国家社科基金领军人才项目
“成都与中国现代文学的地方路径研究”阶

地方路径与中国现代文学

中国现代文学研究会第十三届年会论文集

中国现代文学研究会 组编
李　怡 执行主编

四川大学出版社
SICHUAN UNIVERSITY PRESS

图书在版编目（CIP）数据

地方路径与中国现代文学 ： 中国现代文学研究会第十三届年会论文集 / 中国现代文学研究会组编 . -- 成都 ： 四川大学出版社，2024. 9. -- ISBN 978-7-5690-7271-6

Ⅰ . I206.6-53

中国国家版本馆 CIP 数据核字第 20240DL044 号

书　　名：地方路径与中国现代文学——中国现代文学研究会第十三届年会论文集
　　　　　Difang Lujing yu Zhongguo Xiandai Wenxue——ZhongguoXiandai Wenxue Yanjiuhui Di-shisan Jie Nianhui Lunwenji
组　　编：中国现代文学研究会
执行主编：李　怡

选题策划：吴近宇
责任编辑：吴近宇
责任校对：刘一畅
装帧设计：墨创文化
责任印制：李金兰

出版发行：四川大学出版社有限责任公司
　　　　　地址：成都市一环路南一段 24 号（610065）
　　　　　电话：（028）85408311（发行部）、85400276（总编室）
　　　　　电子邮箱：scupress@vip.163.com
　　　　　网址：https://press.scu.edu.cn
印前制作：四川胜翔数码印务设计有限公司
印刷装订：成都金龙印务有限责任公司

成品尺寸：170mm×240mm
印　　张：16
字　　数：304 千字

版　　次：2024 年 9 月 第 1 版
印　　次：2024 年 9 月 第 1 次印刷
定　　价：70.00 元

扫码获取数字资源

四川大学出版社
微信公众号

目 录

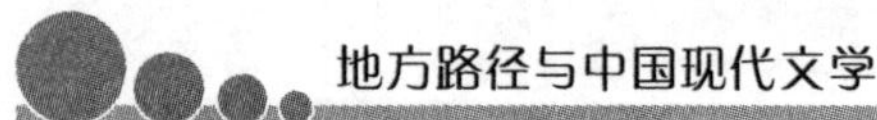

“打出世界上去”

——从鲁迅先生《致陈烟桥》两通信札说起

丁　帆　南京大学

内容摘要：本文从鲁迅《致陈烟桥》的两通信札中管窥“文学地方性”的本质特征，反观一切文学的“地方色彩”中的“异域情调”，以及所形成的具有风景画、风俗画和风情画的书写特色，才是引起“别国所注意，打出世界上去”的要义，正是这一点缺陷，才形成了中国百年文学史上文学书写的“盲点”。另外，需得注意的是“文学地方性”必须适应普通读者的阅读兴趣，作品必须首先解决的是大众精神食粮的需求问题，俘获他们味蕾求异的本能，这是人类对文学艺术最基本的审美追求。所以，作家和艺术家“首先是在引起一般读书界的注意”，这才是开拓自身艺术视野的路径——没有引起市场注意的作品，“只有几个人来称赞阅看，这实在是自杀政策”。从中可以见出鲁迅先生对消费文化的先知先觉。

关键词：文学地方性　异域情调　风景画　风俗画　风情画　消费化

题　记

感谢大会学术组给我确定了这个针对大会主题的发言题目，近年来，“文学地方性”的论题又成为一个学术焦点问题，这个题目也是我常年来最感兴趣的论域之一。今天，我就从一个很小的切口入手，谈一谈对此论域新的认知，庶几能在陈词滥调中有所些微发现。

四十多年前，为了撰写我的第一部专著《中国乡土小说史论》，我试图从“地方色彩”和“异域情调”角度切入文本，将“风景画、风俗画、风情画”纳入乡土小说整体分析的框架之中，从而将文学描写的“地方色彩”提升到史论的高度来认识。于是，我就去查找了鲁迅、茅盾等新文学先驱者对这一论域的理论概括，发现我们引用最多的概念是鲁迅1935年在《中国新文学大系·小说二集·导言》中对乡土小说所做的“侨寓文学”“隐现着乡愁”和“异域情调”的概括，以及茅盾对乡土小说的定义。无疑，乡土文学的“地方性”主要是来源于鲁迅在1934年与陈烟桥的通信中对文学艺术“地方色彩”的倡扬。当然，我们不能忽略20世纪20年代初就有王伯祥等人发表过《文学的环境》和《文学与地域》那样的文章，但是，真正起到理论引领作用的还是鲁迅和茅盾的有关“地方性”的论断。

坊间和学界相传甚广的是鲁迅先生那句“只有民族的才是世界的”（《且介亭杂文》）被衍化成“越是民族的就越是世界的”名言，后来鲁迅研究专家袁良骏先生还专门写文章纠正和重释了这一段讹传。其实，鲁迅的原话出处是1934年4月19日在给广东木刻家陈烟桥（陈雾城）的信札中，其中对“地方性”的论述是两段完整的艺术理论概括：“木刻还未大发展，所以我的意见，现在首先是在引起一般读书界的注意，看重，于是得到赏鉴，采用，就是将来那条路开拓起来，路开拓了，那活动力也就增大；如果一下子即将它拉到地底下去，只有几个人来称赞阅看，这实在是自杀政策。我的主张杂入静物，风景，各地方的风俗，街头风景，就是如此。现在的文学也一样，有地方色彩的，倒容易成为世界的，即为别国所注意。打出世界上去，即于中国之活动有利。可惜中国的青年艺术家，大抵不以为然。”“况且，单是题材好，是没有用的，还是要技术；更不好的是内容并不怎样有力，却只有一个可怕的外表，先将普通的读者吓退。例如这回无名木刻社的画集，封面上是一张马克思像，有些人就不敢买了。”①

在鲁迅给陈烟桥全部不足十通的信札中，讨论的都是艺术技巧与出版细节问题，但人们从来都没有完整地引用过这两段话并对其深度剖析，我认为这种疏漏是我们学界的失误。这段话很重要，因为鲁迅在阐释文学艺术技巧和主题内容时，提出了一个具有现代性前卫意识的概念，即：如何引起读者的注意？从而在占领市场的前提下，来提升作品的品格。这段90年前的文字虽带有“普罗文学”观念的印迹，却也富含了对作品进入接受美学层面的市场操作期待，乃至于他在给陈烟桥的信中多次提及木刻如何进入商业渠道的妙招。这种意识形态对文学的植入，无疑是过去许多学者不愿提及的问题，以为是对鲁迅思想的亵渎，殊不知，天天记账的鲁迅先生也是“地之子”，他活在现实的世界里，但希望把高蹈的文学艺术首先拉入民众普遍的审美的眼睛中，使文学艺术成为大众消费文化的一部分，这样的观念仍然是今天文学艺术创作和批评的指南。

---

① 鲁迅：《鲁迅全集》第12卷，人民文学出版社，1981年版，第391页。

这与“文学的地方性”有没有关系呢？答案是肯定的，因为一切文学艺术的“地方性”只有首先进入消费渠道，才能获得审美的普遍认同，这是一个前提。鲁迅先生要让作家解决的是面对大众精神食粮的需求问题，适应普通人的口味，俘获他们味蕾求异的本能，这是人类对文学艺术最基本的审美追求。所以，作家和艺术家们“首先是在引起一般读书界的注意，看重”，这才是开拓自身艺术视野的第一条路径——没有引起市场注意的作品，“只有几个人来称赞阅看，这实在是自杀政策。”是的，文学艺术倘若一味地向着云端飞升、采取闭门造车的策略，是难有前途的，奢望那种伟大艺术作品死后被发掘出来，毕竟是概率极低的艺术冒险，这在世界文学艺术史中是罕见的现象，而中国百年来的文学艺术史告诉我们的经验教训则是：许许多多前卫先锋的艺术家沉湎于高蹈的境界中，其作品往往是文坛昙花一现的烟云，虽然他们在艺术技巧上留下了流星般的印痕，有利于文学艺术技术层面的改造，却不能进入更高的艺术殿堂，其缘由就是他们在追求艺术的道路上忽略了身后广大阅读者和看客的存在，陷入了自我陶醉的世界中不能自拔，其“活动力”只能缩小，影响力也就愈发减弱，这就是把本来可以“异域情调”和“地方色彩”进入世界视域范畴的作品阉割了。

需要说明的是，鲁迅先生的这种思想观念并非在“左联”时期形成，这一美学路径早在新文学小说创作的初创时期，即“黄金时代”就显露出来了。其《阿Q正传》就是首先满足了大众阅读的快感，对于鲜活生动的艺术形象的认可，乃是一般民众在有趣的阅读中获得快感的第一步。当然，这也并不妨碍理论家和批评家分析出更深层次的艺术和内容上的审美内涵，好的艺术品总是雅俗共赏的，读者是大量各个层面的“朗读者”，同时，也是用各种不同的“地方性”视角来阅读和观看文学艺术作品的，这就是“一千个读者就有一千个哈姆雷特”阅读效应的真理所在，能够满足不同层次欣赏功能的作品才是伟大的作品，这样的作品是极少数的。所以，像《阿Q正传》这样的作品之所以历经百年不倒，仍然屹立在中国现代文学史长廊的首位，是因为鲁迅先生不仅懂得艺术的真谛，更懂得文学艺术市场的规律，从这个意义上来说，鲁迅先生才是把具有“地方色彩”作品“打出世界上去”的先驱者。

也许，90年来，人们更加关注的是文学艺术如何在技术方面进行描写的意见和建议，因此，鲁迅先生这段话的后半段才是最为重要的结论：“我的主张杂入静物，风景，各地方的风俗，街头风景，就是如此。现在的文学也一样，有地方色彩的，倒容易成为世界的，即为别国所注意。打出世界上去，即于中国之活动有利。可惜中国的青年艺术家，大抵不以为然。”当年我就是沿着这样的思路去构建“风景画”“风俗画”和“风情画”的乡土小说分析框架的，毋庸置疑，这才是文学艺术“地方色彩”最重要的生成元素，文学艺术作品只有保有“地方性”的色彩才能吸引读者的眼球，才能引起世界的普遍的注意。这就是鲁迅主张中国的文学艺术“打出世界上去”的策略和路径。然而，90 年过去了，这样的策略不仅没有得到中国青年艺术家们的关注，乃至于连许多文学史家、理论家、批评家和评论家都没有高度关注这一问题，大家都在围绕着主流的审美经验和既定的技术描写进行创作和批评，至多也就是模仿世界新潮的审美技术方法勾兑“新瓶老酒”或“老瓶新酒”，从而未能从“地方性”中寻觅到取之不尽的原创性资源。

我反反复复琢磨过鲁迅先生在这封信札中关于如何处理题材、内容与描写策略之间关系的论断，虽然很少会有人引用这段话，但是我觉得它的实践意义是很大的：“况且，单是题材好，是没有用的，还是要技术；更不好的是内容并不怎样有力，却只有一个可怕的外表，先将普通的读者吓退。例如这回无名木刻社的画集，封面上是一张马克思像，有些人就不敢买了。”其实，鲁迅先生是在变相地批评一些青年作家不会运用“曲笔”去构造自己的作品，换言之，一个好的作品并非恩格斯所说的那种“简单的传声筒”，而是“作品的观念越隐蔽对作品越好”，唯此，才有助于作品在艺术上的进步，因为艺术作品的观念呈现不是单一的表现，而是多义性的表现，所以只有具备了这样的创作意识，才能超越时间和空间的局限性，让其永远活在历史的长河之中。

面对当时 20 岁出头的中国左翼美术家联盟成员的陈烟桥，鲁迅先生为什么会批评这个年轻人在艺术上不成熟呢？显然，这一时期鲁迅先生为了反对专制的国民党政权，在整体思想观念上是偏向左翼的。然而，尽管他自己用“匕首与投枪”去战斗，试图一个人去肩扛闸门，但是他在政治上主张青年用“壕堑战”去阻击和抵御专制政权的压迫，因此在艺术上更不主张白刃战，而是提倡用“曲笔”来表现作品的艺术张力，以获得更广大的读者的青睐。鉴于此，鲁迅先生不主张用一张马克思的头像就吓退许多读者的做法，这种简单的观念直露并不有助于艺术，而是对艺术的亵渎，同时也是在那种文化语境下文学艺术表达上的一种错误策略性行为，它也极大地阻塞了文学艺术作品“地方色彩”表现的路径。

从鲁迅与陈烟桥的通信当中，我们可以看出鲁迅先生主要是和这个年轻的木刻家谈艺术问题，在鼓励之余，更多的是为他开出克服艺术上的幼稚病的良方，比如在1934年3月28日的致陈烟桥信札①中，鲁迅先生说：“我看先生的木刻，黑白对比的力量，已经很能运用的了，一面最好是更仔细的观察实状，实物；还有古今的名画，也有可以采取的地方，都要随时留心，不可放过，日积月累，一定很有益的。”从这段勉励话语中透露出的是鲁迅先生对于青年艺术家的殷切希望——首先是打好艺术技巧的基础，吸纳古今中外艺术的精华，不要做空头观念宣传的牺牲品，这就是鲁迅先生要求青年把艺术和宣传区别开来的初衷。

因此，鲁迅先生才接着说出了艺术上的真谛所在：“至于手法和构图，我的意见是以为不必问是西洋风或中国风，只要看观看者能否看懂，而采用其合适者。”我以为鲁迅先生在这里不仅仅是进一步强调了文学艺术的市场效应性，更是对文学艺术的“地方性”提出了更高的要求，即“地方性”的艺术效应恰恰就是建立在一种比较鉴别的框架之中，没有比较就不可能找到准确的坐标，也就不能凸显出“地方色彩”的艺术效应，所以，“中国风”（“地方色彩”的代名词）是在拿来的“西洋风”比照中才能凸显出其“异域情调”的优质性，才有“打出世界上去”的可能，否则它就是一潭死水。无疑，鲁迅先生把青年文学艺术家的将来就寄托在知识积累的广阔视野上，更是寄望用“侨寓文学”的眼光去俯视“文学的地方性”，这便是“打出世界上去”的良方。

文学艺术是有着巨大通约性的，鲁迅先生对青年木刻家陈烟桥的艺术期望值甚高，那也是对那个时代文学艺术青年寄寓的目标：“所以例如阴影，是西法，但倘不扰乱一般观众的目光，可用时我以为也还可以用上去。睡着的人的头上放出一道毫光，内画人物，算是做梦，与西法之嘴里放出一道毫光，内写文字，算是说话，也不妨并用的。”这就是中西融合的典范“拿来主义”理论主张，也是“世界的”艺术遗产为“地方性”所用的中国文学艺术的目标，这无疑是“地方色彩”的中国文学艺术通往世界的必经之路，百年中国文学史证明了鲁迅先生这一论断的正确性。这个理论仍然是引导我们今天文学创作和批评的火炬。

---

① 鲁迅：《鲁迅全集》第12卷，人民文学出版社，1981年版，第365页。

从地方文学、区域文学到地方路径

——“地方路径”问题的提出

李　怡　四川大学

内容摘要：现代中国文学“地方路径”研究的提出可以置放在地方文学、区域文学以及文学地理学的发展线索中来认识，这是一个全新的命题，地方路径的提出意味着我们将有意识地超越“地域文学”或者“地方文学”的方式，实现我们联结民族、沟通人类的文学理想。“地方路径”的提出首先是对文学与文化研究“空间意识”的深化，同时也是对域外中国学研究动向的一种有益回应。中国学者对“地方路径”问题的发现从根本上说还是一种自我发现或者说自我认知深化的结果，是创立中国学术主体性的积极体现。

关键词：地方路径　地方文学　区域文学　文学地理学

2020 年，我在《成都与中国现代文学发生的地方路径问题》中，以地处内陆腹地的成都为例，考察了李劼人、郭沫若等“与京沪主流有异”的知识分子的个人趣味、思维特点，提出这里存在另外一种近现代嬗变的地方特色。这一走向现代的“地方路径”值得剖析，它与多姿多彩的“上海路径”“北平路径”一起，绘制出中国文学走向现代的丰富性。沿着这一方向，我们有望打开现代文学研究的新的可能。① 同年 1 月，《当代文坛》开始推出我主持的“地方路径与文学中国”学术专栏，邀请国内名家对这一问题展开多方位的讨论，至 2021 年年中，该专栏共发表论文 33 篇，涉及四川、贵州、云南、湖北、安徽、内蒙古、青海，江南、华南、晋察冀、京津冀、绥远、粤港澳大湾区等各种不同类型的“地方”观察，也有对作为方法论的“地方路径”的探讨。2020 年 9 月，中国作协创研部、四川省作协、中国人民大学书报资料中心、《当代文坛》杂志社联合举办了“地方路径与文学中国”学术研讨会，国内知名学者

① 李怡：《成都与中国现代文学发生的地方路径问题》，《文学评论》2020 年第 4 期。

与专家济济一堂，就这一主题问题深入切磋。到会学者包括阿来、白烨、程光炜、吴俊、孟繁华、张清华、贺仲明、洪治纲、张永清、张洁宇、谢有顺，等等。[①] 2021 年 10 月，中国现代文学理事会在成都召开，会议主题为“地方路径与中国现代文学”，线上线下与会学者 100 余人继续就“地方路径”作为学术方法的诸多话题展开广泛研讨，值得一提的是，这一主题会议还得到了第一次设立的国家社科基金“学术社团主题学术活动”资助。

经过两年的酝酿和传播，“地方路径”的命题无论是作为理论方法还是作为文学阐述的实践都产生了重要的影响。这个时候，需要我们继续推进的工作恰恰可能是更加冷静和理性的反思，以及在更大范围内开展文学批评的尝试。就像任何一种理论范式的使用都不得不经受“有限性”的警戒一样，“地方路径”作为新的文学研究方式究竟缘何而来？又当保持怎样的审慎？需要我们进一步辨析。同时，这种重申“地方”的思维还可以推及什么领域？带给我们什么启发？我们也可以在更多的方向上加以尝试。

一

《论语》云：“名不正，则言不顺”。20 世纪 50 年代以来，西方史学界发现了“概念”之于历史事实的重要意义，开启了“概念史”（conceptual history）的研究。这也是我们进一步推进学术思考的基础。

在这里，其实存在一系列相互联系却又颇具差异的概念。地方文学、地域文学、区域文学、文学地理学以及我所强调的地方路径，它们绝不是同一问题的随机性表达，而是我们对相近的文学与文化现象的不同关注和提问方式。

虽然“地方”这一名词因为“地方性知识”的出现而变得内涵丰富起来，但是在我们的实际使用当中，“地方文学”首先是一个出版界的现象而非严格的学术概念，也就是说，它本身一直缺乏严格的界定。地方文学的编撰出版在 20 世纪 90 年代以后逐渐升温，但凡人们感到中国文学的描述无法涵盖某一个局部的文学或文化现象之时，就会自然而然地将它放置在“地方”的视野之中，因为这样一来，那些分量不足以列入“中国文学”代表的作家作品就有了隆重出场、载入史册的机会。近年来，在大中国文学史著撰写相对平静的时代，各地大量涌现出以各自省市为单位的地方文学史，不过，这种编撰和出版的行为常常都与当地政府倡导的“文化工程”有关，所以其内在的“地方认

---

① 研讨会情况参见刘小波：《地方路径与文学中国——“2020 中国文艺理论前沿峰会暨四川青年作家研讨会”会议综述》，《当代文坛》2021 年第 1 期。

同”或“地方逻辑”往往不甚清晰，不时给人留下了质疑的理由。

这种质疑很容易让我们联想到“区域文学”与“地域文学”的分歧。学界一般认为，“地域文学”就是在语言、民俗、宗教等方面相互认同的基础上形成的文学共同体形态，这种地区内的文学共同体一般说来历史较为久远、渊源较为深厚，例如江左文学、江南文学、江西诗派，等等。“区域文学”也是一种地区性的文学概念，不过这里说的地区主要是特定时期行政规划或文化政治的设计结果，如内蒙古文学、粤港澳大湾区文学、京津冀文学等，其内在的精神认同感明显少于地域文学。“‘地域’内部的文化特征是相对一致的，这种相对一致性是不同的文化特征长期交流、碰撞、融合、沉淀的结果，不是行政或其他外部作用所能短期奏效的。而‘区域’内部的文化特征往往是异质的，尤其是那种由于行政或者其他原因而经常变动、很难维持长期稳定的区域，其文化特征的异质性更明显。”① 在这个意义上，值得纵深挖掘的区域文学必须以区域内的历史久远的地域认同为核心，否则，所谓的区域文学史就很可能沦为各种不同的作家作品的随机堆砌，被一些评论者批评为“逻辑荒谬的省籍区域文学史”，“实际上不但割裂了而且扭曲了文化的真实存在形态”。② 1995 年，湖南教育出版社开始推出严家炎先生主编的《二十世纪中国文学与区域文化》丛书，涉及东北文学、三晋文学、齐鲁文学、巴蜀文学、西藏雪域文学等。历经近二十年的沉淀，这套丛书在今天看来总体上还是成功的，因为它虽然以“区域”命名，实则却以“地域文学”的精神流变为魂，以挖掘区域中的地域精神流变为主体。相反，前面所述的“地方文学”如果缺乏严格的精神的挖掘和融通，同样可能抽空“地方性”的血脉，徒有行政单位的“地方”空壳，最终让精神性的文学现象仅仅成为大杂烩式的文学“政绩”的整合，从而大大降低了原本暗含着的历史价值。

中国传统文化其实也一直关注和记录地域风俗的社会文化意义，《诗经》与《楚辞》的差异早就为人们所注目，《禹贡》早已有清晰明确的地域之论，《汉书》《隋书》更专列“地理志”，以各地山川形胜、风土人情为记叙内容，由此开启了中国文化绵邈深远的“地理意识”。新时期以来，中国文学研究以古代文学为领军，率先以“文学地理”的概念再写历史，显然就是对这一传统的自觉承袭。21 世纪以降，文学地理学的理论建构日臻自觉，似有一统江山，

---

① 曾大兴：《“地域文学”的内涵及其研究方法》，《东北师大学报（哲学社会科学版）》2016 年第 5 期。

② 方维保：《逻辑荒谬的省籍区域文学史》，《扬子江评论》2012 年第 2 期。

整合各种理论概念之势——包括先前的地域文学和区域文学。有的学者总结认为：“文学地理学是由中国本土学者提出并发展起来的一门学科，也是由中国本土学者提出与发展起来的一种新的文学批评方法。”[①] 这也是特别看重这一理论建构与中国传统文化的深刻联系的表现。

当然，也正如另外有学者所考证的那样，西方思想史其实同样诞生了“文学地理学”的概念，并且这一概念也伴随晚清“西学东渐”进入中国，成为近代中国文学地理思想兴起的重要来源：“文学地理学是18世纪中叶康德在他的《自然地理学》中提出的一个地理学概念，由于康德的自然地理学理论蕴涵着丰富的人文地理学和地域美学思想，在西方美学和文学批评中产生了深远的影响。清末民初，在西学东渐和强国新民的历史大潮中，梁启超、章太炎、刘师培等人将康德的‘文学地理学’和那特硁的‘政治学’用于中国古代文学艺术南北差异的研究，开创了中国文学地理学的学科历史。”[②] 通过认真勘察，我们不难发现西方渊源的文学地理学依然与我们有别：“在康德的眼里，文学地理学是地理学的一个分支学科而不是文学的分支学科。”[③] 后来陆续兴起的文化地理学，也是将地理学思维和方法引入文学研究，改变了传统文学研究感性主导色彩，使其走向科学、定量和系统性，而兴起于后殖民时代的地理批评以“空间”意识的探究为中心，强调作品空间所体现的权力、性别、族群、阶级等意识，地理空间在他们那里常常体现为某种的隐喻之义，现代环境主义与生态批评概念中的“地方”首先是作为“感知价值的中心”而非地理景观，用文化地理学家迈克·克朗的话来说就是：“文学作品不能被视为地理景观的简单描述，许多时候是文学作品帮助塑造了这些景观。”[④] 较之这些来自域外的文学地理批评，中国自己的研究可能一直保持了对地方风土的深情，并没有简单随域外思潮起舞。当然在宏观层面上，我们还是承认，现当代中国的文学地理学是对外开放、中西会通的结果。

“地方路径”一说是在以上这些基本概念早已畅行于世之后才出现的，于是，我们不禁要问：新的概念是不是那些旧术语的随机性表达？或者，是不是某种标新立异的标题？

这是我们今天必须回答的。

---

① 邹建军：《文学地理学：批评和创作的双重空间》，《临沂大学学报》2017年第1期。

② 钟仕伦：《概念、学科与方法：文学地理学略论》，《文学评论》2014年第4期。

③ 钟仕伦：《概念、学科与方法：文学地理学略论》，《文学评论》2014年第4期。

④ ［英］迈克·克朗：《文化地理学》，杨淑华、宋慧敏译，南京大学出版社，2003年版，第55页。

二

在现代中国讨论“地方路径”，容易引起的联想是：我们是不是要重提中国文学在各个地方的发展问题？也就是说，是不是要继续“深描”各个区域的文学发展以完整中国文学的整体版图？

我们当然关注现代中国文学的一系列共同性问题，而不是试图将自己局限在大版图的某个局部，为失落在地方的文学现象拾遗补阙，从这个意义上来说，跨出地方的有限性，进入区域整合的视野甚至民族国家的视野乃是题中之义。但是，这样的尝试却又在根本上有别于我们曾经的区域文学研究。

在中国，区域文学与文化研究集中出现在20世纪90年代中期，本质上是80年代以来“走向世界”的改革开放思潮的一种延续。严家炎先生主编的“二十世纪中国文学与区域文化”丛书最早于1995年推出，作为领命撰写四川现代文学与巴蜀文化的首批作者，我深深地浸润于那样的学术氛围，感受和表达过那种从区域文化的角度推进文学现代化进程的执着和热诚。在急需打破思想封闭、融入现代世界的那种焦虑当中，我们以外来文化为样本引领中国文学与文化的渴望无疑是真诚的，至今依然闪耀着历史道义的光辉，但是，由于心态的焦虑，也在自觉或不自觉中遮蔽了某些历史和文化的细节，自我改变的激情淹没了理性的真相。例如，我们很容易就陷入了对历史的本质主义的假想，认为历史的意义首先是由一些巨大的统摄性的“总体性质”所决定的，先有了宏大的、整体的定性才有局部的意义，中国文化的现代化进程也是如此，先有了整个国家和民族的现代观念，才逐步推广到了不同区域、不同地方的思想文化活动之中，也就是说，少数先知先觉的知识分子对西方现代化文化的接受、吸收，在少数先进城市率先实践，形成了中国现代文化的“总体蓝图”，然后通过一代又一代知识分子的艰苦努力，传播到更为偏远的区域，最终完成了全中国的现代文化建设。虽然区域文学现象中理所当然地涵容着历史文化的深刻印记，但是作为“现代文学”的历史进程的重要环节，我们的主导性目标还是考察这一历史如何“走向世界”、完成“现代化”的任务，所以在事实上，当时中国文学的区域研究的落脚点还是讲述不同区域的地方文化如何自我改造、接受和汇入现代中国精神大潮的故事。这些故事当然并非凭空捏造，它就是中国文化在近现代与外来文化交流、沟通的基本事实，然而，另一方面，也许是更主要的事实却被我们忽略，那就是文化的自我发展归根结底并不是移植或者模仿的结果，而是自我的一种演进和生长，也就是说，是主体基于自身内在结构的一种新的变化和调整，这里的主体性和内源性是不可或缺的基础。如果说现代中国文学最终表现出了一种不容回避的“现代性”，那么也必定是不同的“地方”都出现了适应这个时代的新的精神的变迁，而不是少数知识分子为中国先建构起了一个大的现代文化，然后又设法将这一文化从中心输送到了各个地方，说服地方接受了这种新创建的文化。在这个意义上，地方的发展汇集成了整体的变化，是局部的改变最后让全局的调整成为现实。所谓的“地方路径”并非偏狭、个别、特殊的代名词，在通往“现代”的征途上，它同时是全面、整体和普遍，因为它最后形成的辐射性效应并不偏于一隅，而是全局性的、整体性的，只不过，不同“地方”对全局改变所产生的角度与方向有所不同，带有鲜明的具体场景的体验和色彩。在这里，我们可以得出结论：在现代中国文学的学术史上，我们曾经有过的区域文化研究其实还是国家民族的大视角，区域和地方不过是国家民族文学的局部表现；而地方路径的提出则是还原“地方”作为历史主体性的意义，名为“地方”，实则是一个全局性的民族文化精神嬗变的来源和基础，可谓是以“地方”为方法，以民族文化整体为目的。

“地方”以这种历史主体的方式出场，在“全球化”深化的今天，已经得到了深刻的证明。

当今，全球化依然是时代的主题。然而，越来越多的人开始意识到一个重要的问题：全球化是不是对体现于“地方”的个性的覆盖和取消呢？事实可能很明显，全球化不仅没有消融原本就存在的地方性，而且林林总总的地方色彩常常借助“反全球化”的浪潮继续凸显自己，在一个相当长的时期内，全球化和地方性都会保持一种纠缠不清的关系，虽然有矛盾冲突，但也会彼此生发。

文学与地方的关系也是如此。现代中国的文学一方面以“走向世界”为旗帜，但走向外部世界的同时也不断返回故土，反观地方。这里，其实存在一个经由“地方路径”通达“现代中国”的重要问题。

何谓“现代中国”？长期以来，我们预设了一些宏大的主题——中国社会文化是什么？中国文学有什么历史使命和时代特点？不同的作家如何领悟和体现这样的历史主题？主流作家在少数“中心城市”如何完成文学的总体建构？然而，文学的发生归根结底是具体的、个人的，人的文学行为与包裹着他的生存环境，具有更加清晰的对话关系，也就是说，文学人首先具有切实的地方体验，他的文学表达是当时当地社会文化的有机组成部分，文学的存在首先是一种个人路径，然后形成了特定的地方路径，许许多多的“地方路径”不断充实和调整作为民族生存共同体的“中国经验”，当然，中国整体经验的成熟也会形成一种影响，作用于地方、区域乃至个体的大传统，但是必须看到，地方经验始终存在并具有某种持续生成的力量，而更大的、整体的“大传统”却不是一成不变的，“大传统”的更新和改变显然与地方经验的不断生成关系紧密。正是在这个意义上，我们认为，并不是大中国的文化经验“向下”传输逐渐构成了“地方”，“地方”同样在不断凝聚和交融，构成了跨越区域的“中国经验”。“地方经验”如何最终形成“中国经验”，这与作为民族共同体的“中国”如何降落为地方性的表征同等重要。在现代中国文学发展的过程之中，不仅有“文学中国”的新经验沉淀到了天南地北，更有天南地北的“地方路径”最后汇集成一条“文学中国”的宽阔大道。[①]

这样，我们的思维就与曾经的区域文学研究不同了。

地方路径的提出也意味着我们将有意识地超越“地域文学”或者“地方文学”的方式，实现我们联结民族、沟通人类的文学理想。

如前所述，我们对区域文学研究“总体蓝图”的质疑仅仅是在否定这样一种思维：在对“地方”缺乏足够理解和认知的前提下奢谈“走向世界”，在缺乏“地方体验”的基础上空论“全球一体化”。但是，这并不意味着我们要固守在“地方”之一隅，或者专注于对地方经验的打捞以此回避民族甚至人类的共同问题，排斥现代前进的节奏。与“区域文学”“地方文学”相对静止的历史描述不同，“地方路径”文学研究的重心之一是“路径”，也就是追踪和挖掘现代中国文学如何尝试现代之路的历史经验，探索中国文学介入世界进程的方式。换句话说，“路径”意味着一种历史过程的动态意义，昭示了自我开放的学术面相，它绝不是返回到故步自封的时代，而是对“走向世界”的全新的阐发和理解。

同样，我们也与“文学地理学”的理论企图有所不同，建构一种系统的文学研究方法并非我们的主要目的，从根本上看，我们还是为了描述和探讨中国文学从传统进入现代，建设现代文学的过程和其中所遭遇的问题，是对现代中国文学的“现象学研究”，而不是文艺学的提升和哲学性的概括。当然，包括中外文学地理学的视角、方法都可能成为我们的学术基础和重要借鉴。

三

现代中国文学的“地方路径”研究当然也有自己的方法论背景，有着自己的理论基础的检讨和追问。

“地方路径”的提出首先是对文学与文化研究“空间意识”的深化。

---

① 参见李怡：《“地方路径”如何通达“现代中国”》，《当代文坛》2020 年第 1 期。

传统的文学研究，几乎是基于对“时间神话”的迷信和依赖。也就是说，我们大抵相信历史的现象是伴随时间的流逝而渐次产生的，而时间的流逝则是由一个遥远的过去不断滑向不可知的未来的匀速过程，时间的这种不以人的意志为转移的匀速前进方式成了我们认知、观察世界事物的某种依靠，在很多时候，我们都是站在时间之轴上叙述空间景物的异样。但是，20 世纪的天体物理学却告诉我们，世界上并没有恒定可靠的时间，时间恰恰是因为空间的不同而变化多端。例如，爱因斯坦、霍金等人的宇宙观恰恰给予了我们更为丰富的“相对”性启示：没有绝对的时间，也没有绝对的空间，时间总是与空间联系在一起，不同的空间有不同的时间。“相对论迫使我们从根本上改变了我们的时间和空间观念。我们必须接受，时间不能完全脱离开和独立于空间，而必须和空间结合在一起形成所谓的时空的客体。”[①] 20 世纪尤其是 20 世纪 70 年代以后，西方思想包括文学研究在内出现了众所周知的“空间转向”，传统观念中的对历史进程的依赖让位于对空间存在的体验和观察，这些理念一时间获得了广泛的认同：“当今的时代或许应是空间的纪元……我们时代的焦虑与空间有着根本的关系，比之与时间的关系更甚。”[②] “在日常生活里，我们的心理经验及文化语言都已经让空间的范畴、而非时间的范畴支配着。”[③] “一方面，我们的行为和思想塑造着我们周遭的空间，但与此同时，我们生活于其中的集体性或社会性生产出了更大的空间与场所，而人类的空间性则是人类动机和环境或语境构成的产物。”[④] 有法国空间理论家列斐伏尔等人的倡导，经由福柯、詹姆逊、哈维、索雅等人的不断开拓，文学的空间批评得到了前所未有的长足发展，文本中的空间不再只是故事发生的背景，而是作为一种象征系统和指涉系统，直接参与到主题与叙事之中，空间因素融入传统的社会历史批评、文化批评、性别批评、精神批评等，激活了这些传统文学研究的生命力，它又对后现代性境遇下人们的精神遭际有着独到的观察和解读，从而切合了时代的演变和发展。

如同地理批评远远超出了地方风俗的文学意义而直达感知层面的空间关系一样，西方文学界的空间批评更侧重于对资本主义成熟时期的各种权力关系的

---

① ［英］霍金：《时间简史》，徐明贤、吴忠超译，湖南科学技术出版社，2002 年版，第 22 页。

② ［法］福柯：《不同空间的正文与上下文》，陈志悟译，见包亚明主编：《后现代性与地理学的政治》，上海教育出版社，2005 年版，第 18、20 页。

③ ［美］詹明信：《晚期资本主义的文化逻辑：詹明信批评理论文选》，陈清侨等译，生活·读书·新知三联书店，1997 年版，第 450 页。

④ 爱德华·索亚语，见包亚明：《后大都市与文化研究》，《前言：第三空间、后大都市与文化研究》，上海教育出版社，2005 年版，第 1 页。

挖掘和洞察，“空间”隐含的主要是现实社会中的制度、秩序和个人对社会关系的心理感受。

在中国现代文学的研究中，我们长期坚信西方“进化论”思想的传入是唤醒国人的主要力量，从严复的“天演公例”到梁启超的“新民说”、鲁迅的“国民性改造”，中国文学的历史巨变有赖于时间紧迫感的唤起，这固然道出了一些重要的事实，然而，人都是生存于具体而微的“空间”之中的，是这一特殊“地方”的人生和情感的体验真实地催动了其思想的变化，文学的现代之变，更应该落实到中国作家“在地方”的空间意识里。近现代中国知识分子，同样生成了自己的“空间意识”：

> 中国近现代知识分子是在一种极为特殊的条件下形成自己的时空观念的。不是时间观念的变化带来了他们空间观念的变化，而是空间观念的变化带来了他们时间观念的变化。我们知道，正是由于鸦片战争之后中国的知识分子发现了一个“西方世界”，发现了一个新的空间，他们的整个宇宙观才逐渐发生了与中国古代知识分子截然不同的变化。
>
> 中国现代知识分子的“地理大发现”，发现的却是一个无法统一起来的世界，一个造成了空间割裂感的事实。这种空间割裂感是由于人的不同而造成的。
>
> 我们既不能把西方世界完全纳入我们的世界中来，成为我们这个世界的一个有机组成部分，我们也不愿把我们的世界纳入到西方世界中去，成为西方世界的一个有机组成部分。二者的接近发生的不是自然的融合，而是彼此的碰撞。
>
> 上帝管不了中国，孔子管不了西方，两个空间结构都变成了两个具有实体性的结构，二者之间的冲撞正在发生着。一个统一的没有隙缝的空间观念在关心着民族命运的中国近现代知识分子的意识中可悲地丧失了。这不是一个他们愿意不愿意的问题，而是一个不能不如此的问题；不是一个比中国古代知识分子“先进”了或“落后”了的问题，而是一个他们眼前呈现的世界到底是一个什么样子的问题。正是这种空间观念的变化，带来了他们时间观念的变化。[①]

近现代中国知识分子同样在“空间”感受中体验了现实社会中的制度与秩

---

① 王富仁：《时间·空间·人（一）》，《鲁迅研究月刊》2000年第1期。

序，明白了各种不平等的权力关系，但是，与西方不同的是，我们在“空间”中的主要发现不是存在于普遍人类世界中隐蔽的命运，而是赤裸裸的国家民族困境；不是个人的特异发现，而是民族群体的整体事实，它既是现实的、风俗的，又是精神的、象征的，既在个人“地方感”之中，又直陈于自然社会之上。总体上看，近现代中国的空间意识不会像西方的空间批评那样公开拒绝地方风土的现实“反映”，而是熔现实体验与个人精神感受于一炉。我觉得这就为“地方路径”的观察留下了更为广阔的可能。

“地方路径”的提出也是对域外中国学研究动向的一种回应。

海外的中国学研究，尤其是美国汉学界对现代中国的观察，深受费正清“冲击/反应”模式的影响，自觉不自觉地站在西方中心的立场上，以西方社会的现代化模式来观察中国，认定中国社会的现代化不可能源自本土，只能是对西方冲击的一种回应。不过，在 20 世纪三四十年代以后，这样的思维开始遭受汉学界的质疑，以柯文为代表的“中国中心观”试图重新观察中国社会演变的事实，在中国自己的历史逻辑中梳理现代化的线索。伴随这样一些新的学术思想的动态，西方汉学界正在发生引人瞩目的变化：从宏大的历史概括转为区域问题考察，从整体的国家民族定义走向对中国内部各“地方”的再发现，一种着眼于“地方”的文学现代进程的研究正越来越大地显示自己的价值，已经有中国学者敏锐地指出，这些以“地方”研究为重心的域外的方法革新值得我们借鉴：“从时间与空间起源上，探究这些地区如何在大时代的激荡中形成具有现代意义的文学观念、如何生发具有地域特色的文学文本，考察文学与非文学、本土与异域、沿海与内地、中心与边缘之间的多元关系，便不失为中国现代文学研究的一种新路径。”①

当然，必须指出的是，中国学者对“地方路径”问题的发现从根本上说还是一种自我发现或者说自我认知深化的结果，是创立中国学术主体性的积极体现。以我个人的研究为例，我是在探寻近现代白话文学发生的过程中，接触到了李劼人的成都写作，又借助李劼人的地方经验体验到了一种近代化的演变曾经在中国的地方发生，随着对李劼人“周边”的摸索和勘察，我们不断积累“地方”如何自我演变的丰富事实，又深深地体悟到这些事实已经不再能纳入西方—中国先进区域—偏远内陆这样一个传播链条来加以解释了。与“中国中心观”的相遇也出现在这个时候，但是，不是“中国中心观”的输入改变了我

① 张鸿声、李明刚：《美国“中国学”的“地方”取向与中国现代文学研究——以中国现代文学研究的区域问题为例》，《中国现代文学论丛》2018 年第 13 辑。

们的认识，而是双方的发现构成了有益的对话。这里的启示可能更应该这样描述：在我们力求更有效地摆脱“西方中心”观的压迫性影响、从“被描写”的尴尬中尝试自我解放、重新获得思想主体性的时候，是西方学者对他们学术传统的批判加强了这一自我寻找的进程，在中国人自己表述自己的方向上，我们和某些西方汉学家不期而遇，这里当然可以握手，可以彼此对话和交流，但是并不存在一种理论上的“惠赐”，也再不可能出现那种丧失自我的“拜谢”，因为，“地方路径”的发现本身就是自我觉醒的结果。这里的“地方”不是指那种退缩式的地方自恋，而是自我从地方出发迈向未来的坚强意志。在思考人类共同命运和现代性命题的方向上，我们原本就可以而且也能够平等对话，严肃沟通，当我们真正自觉于自我意识、自觉于地方经验的时候，一系列精神性的话题反而在东西方之间有了认同的基础，有了交谈的同一性，或者说，在这个时候，地方才真正通达了中国，又联通了世界。在这个时候，在学术深层对话的基础上，主体性的完成已经不需要以“民族道路的独特性”来炫示，它同时也成了文学世界性，或者说属于真正的“人类命运共同体”的有机组成部分。

20 世纪 20 年代，诗人闻一多也陷入过时代发展与“地方性”彰显的紧张思考，他曾经激赏郭沫若《女神》的时代精神，又对其中可能存在的“地方色彩”的缺失而深怀忧虑，他这样表达过民族与世界、地方与时代的理想关系：“真要建设一个好的世界文学，只有各国文学充分发展其地方色彩，同时又贯以一种共同的时代精神，然后并而观之，各种色料虽互相差异，却又互相调和。”[①] 在某种意义上，这可以被我们视作中国现代文学沿“地方路径”前行的主导方向，也是我们提出“地方路径”研究的基本原则。

---

① 闻一多：《〈女神〉之地方色彩》，《创造周报》第 5 号，1923 年 6 月 10 日。

地方路径之于中国现当代文学研究的意义

王卫平　辽宁师范大学

内容摘要：最近一两年，“地方路径”的研究视角频繁出现在中国现当代文学的研究之中，这给学科研究带来了新鲜的气息，值得肯定，值得重视，也值得总结。以李怡、李永东等为代表的学者提出的地方路径的研究视角，不仅具有理论价值，而且具有实践意义，它在一定程度上开启了中国现当代文学研究的新生面，具有理论的创新性和实践的操作性。地方路径的研究视角与以往的地域文化、地方文学研究既有联系，更有区别，区别在于其视角、路径、方法、目标的不同，是对以往地域文化与文学研究的覆盖和超越，因此更宽广、深厚和开阔。同时，地方路径的研究视角必然以地方性文学史料为支撑，因此，也将开启地方性文学史料的抢救、发掘、整理与研究的新局面。

关键词：地方路径　视角　现当代文学研究　价值　意义

学术研究首先遇到的问题就是选取什么角度，也就是研究视角问题。你能不能观察到眼前的事物，常常取决于站在什么高度、选取什么角度，正如古人云：“横看成岭侧成峰。”因此，研究视角的创新也是学术创新性的具体体现之一。最近一两年，“地方路径”视角频频出现在中国现当代文学的研究之中，从粤港澳大湾区文学到京津冀文脉与“大京派”文学；从“重新发现中国文学版图上的华南”，到“成都”与李劼人的创作、“成都体验与《激流三部曲》的城市书写”；从地方路径与20世纪中国革命和文学，到地方路径与文学史的重构……这给中国现代文学研究带来了新鲜的气息，值得肯定，值得重视，也值得总结，它不仅对中国现代文学研究具有启示意义，而且对中国当代文学研究同样具有启示意义。

一、地方路径开启了中国现当代文学研究的新生面

地方路径的研究视角可以追溯到李怡于2010年发表的《地方性文学报刊

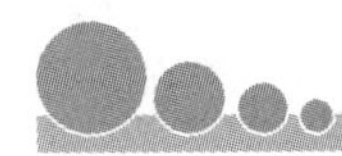

之于现代文学的史料价值》，该文认为："中国现代文学研究应该加强对地方性文学报刊的搜集整理与研究，这是克服和跨越中国独特的区域分割特征的基本方式，也是搜寻现代战争造成的知识分子凌乱痕迹的要求，是抢救濒临消失的民国文献的需要，更有利于从一些新的角度和立场上拓宽现代中国文化的研究空间，这就是'地方性知识系统'的建构。"① 文章具体论述了加强地方性文学报刊的整理与研究的意义。

2012 年，王光东发表了《汉语新文学史写作的"地方性"问题》，认为"地方性"与"世界性"同样重要，"为什么要在世界性的背景下讨论文学史写作的地方性问题呢？这是因为 20 世纪 80 年代以来的文学史写作特别重视汉语新文学的世界性因素，相对忽视了文学史中的'地方性'问题。文学史写作中'地方性'因素的凸显对于理解汉语新文学的本土化发展过程是非常重要的。"文章"试图说明的是与地方性密切相关的'民间性'和'地域性'因素在汉语新文学史中的意义和作用"②。

2016 年，李松睿出版了《书写"我乡我土"：地方性与 20 世纪 40 年代中国小说》，该书详细探讨了 20 世纪 40 年代中国的文艺理论家、作家在理论和小说创作上倡导的加强地方性的特征、表现及其成因。该书认为，以地方风物、方言土语等形式出现的地方性特征在小说中的大量出现，极大地改变了这一时期小说创作的基本面貌，对于 20 世纪 40 年代的中国小说具有重要意义。可见"地方路径"由来已久，尽管这里的"地方性"和后来的"地方路径"有些不同。

2020 年，李怡从《当代文坛》第 1 期起，主持了"地方路径与文学中国"专栏。在"代主持人语"中，李怡首先强调"地方路径"不同于以往的区域文学研究和地方文学研究，它有另外一重事实："重新定义文学的'地方路径'，我们的结论是，'地方'不仅仅是'中国'的局部，它其实就是一个又一个不可替代的'中国'，是'中国本身'，从'地方路径'出发，我们不是走向地域性的自夸与自恋，而是通达形色各异又交流融通的'现代中国'。"所以，"透过文学'地方路径'，重新辨析'文学中国'整体经验的形成，这是一个才刚刚启动的研究工程"③。这一栏目创立后，持续至今，已发表了 30 多篇论文。

其中，李永东在《中国现代文学研究的地方路径》中认为，"地方"如何

---

① 李怡：《地方性文学报刊之于现代文学的史料价值》，《中国现代文学研究丛刊》2010 年第 1 期。

② 王光东：《汉语新文学史写作的"地方性"问题》，《文艺争鸣》2012 年第 4 期。

③ 李怡：《"地方路径"如何通达"现代中国"——代主持人语》，《当代文坛》2020 年第 1 期。

参与中国现代文学的建构，是一个有待深入开掘的话题。他强调“在中国现代文学研究中，‘地方’不应狭隘地理解为作家的出生、成长的那片土地，而应看作与生活体验、文学活动相关的一切地理空间，即文学的‘在地性’，包括作家生活创作、内容风格、思潮流派、社团组织、新闻检查、报刊出版、传播接受所关联的故乡与异地、国内与国外等地域空间。”提出“地方路径”，应立足于中国现代文学的空间结构关系，把“地方”作为研究的路径、方法和认知“装置”。[①] 这就赋予了“地方路径”即文学的“在地性”以宽广、深厚的研究内涵，开拓了中国现代文学的空间地图，从而推动中国现代文学研究走向深耕细作。

张光芒的《论地方路径与文学史的重构》试图从理论上提出地方路径与“重构文学史”的问题。文章认为，正是由于过去“重写文学史”对于地域文学的认识、处理和史学叙述存在着各种各样的局限性，所以才强调一种深层结构上的重写，那就是从“地域文学”到“地方路径”思维的转换；进言之，要善于发现、挖掘和采取地方路径，强化民间文学与新文学的密切关联，吸纳“地域文化的内部视野”[②]。

除《当代文坛》的专栏外，李怡还在《文学评论》上发表了《成都与中国现代文学发生的地方路径问题》，李怡认为：“中国现代文学研究，有必要改变沿袭多年的外来冲击/回应模式，进一步发掘和梳理中国社会与文化自我演变的内部事实。不同区域、不同群体的对话和并进形成了中国现代文学的整体格局。”文章以内陆腹地的成都为例，以“成都”这一区域的地方性知识为背景，以李劼人、郭沫若等四川作家为切入点，探寻与京沪主流有异的知识分子的个人趣味、思维特点，形成了近现代嬗变的地方特色。这一“地方路径”与风姿多彩的“上海路径”“北平路径”一起，绘制出中国文学走向现代的丰富性。[③]

何吉贤在《粤港澳大湾区文学评论》上发表了《地方路径与“20 世纪中国革命和文学”研究中的可能性》，文章认为，在“20 世纪中国革命和文学”的研究中，地方路径是一条重要的途径，表现出了多样的构成形态，为我们提供了深入研究的多种可能。[④]

从以上概略的描述和提炼中，我们可以看到，尽管地方路径研究视角集中

---

① 李永东：《中国现代文学研究的地方路径》，《当代文坛》2020 年第 3 期。

② 张光芒：《论地方路径与文学史的重构》，《当代文坛》2020 年第 5 期。

③ 李怡：《成都与中国现代文学发生的地方路径问题》，《文学评论》2020 年第 4 期。

④ 何吉贤：《地方路径与“20 世纪中国革命和文学”研究中的可能性》，《粤港澳大湾区文学评论》2021 年第 1 期。

出现是近期的事，前后不到两年（2020—2021年），但我们也完全有理由对它拭目以待。从研究成果的初步显现来看，它的优势、新意已经显现，它之于中国现当代文学研究，不仅具有理论价值，而且具有实践意义，还在一定程度上开启了中国现当代文学研究的新局面。

首先，地方路径的研究视角具有理论的创新性。李怡、李永东等学者借鉴美国著名文化人类学家克利福德·吉尔兹在《地方性知识》一书中所提出的“地方性知识”的理论，提出从“地方路径”来研究中国现代文学的构想，这是富有新意的。它与以往对文学的“地方性”研究、对“区域性”的揭示、对“地域文化”的阐释是有很大不同的。正如李怡所说，“地方”不仅是中国的局部，“地方”就是“中国”本身，从“地方路径”可以通达“文学中国”“现代中国”。也正如李永东所言，“地方”是一个丛聚概念，不是一个单一概念，即使就单个作家的创作来看，也往往包含了多地经验的交错和叠加。“地方路径”也不是一个封闭的概念，“地方”与“地方”是相互联系、相互开放的。中国现代的多数作家都没有把自己局限在“一地”“某地”，而是多地联动，形成了“地方路径”的动态系统。这是具有理论价值的。沿着这一方向，我们有望打开中国现当代文学研究的新可能。

其次，地方路径的研究视角具有实践的操作性。地方路径具体而细致，避免了大而空，是接地气的。正如李永东所言，过去，我们缺乏对文学“在地性”的追问和探究，而地方性又是形成文学现象和作品风格的关键性因素，地方路径就成了有效打开“文学中国”的途径。“地方”“知识”作为研究的路径、方法，将打开中国现当代文学研究的空间结构，开启中国现当代文学研究的新生面。

“地方性知识”“地方路径”有助于我们认知现代中国文学的新格局。比如，刘勇等对京津冀文脉的提出和“大京派”文学的建构就极具开创性：从地缘关系、文化涵养着眼，整合了京津冀三地各自的审美趣味和共通的艺术追求，既打破了以往“现代”“当代”的时间分割，也打破了京派文学、京味文学、北京文学、天津文学、河北文学等空间分割，认为它们各自都不足以涵盖京津冀文学复杂多元的历史面貌，也不足以适应社会发展的最新需求，时代呼唤着“大京派”文学的建构。① 再比如，蒋述卓等提出“粤港澳大湾区文学的共时呈现”问题，它“植根于共同的文化传统与历史记忆”，“随着粤港澳大湾

① 刘勇、陶梦真：《京津冀文脉的历史涵养与“大京派”文学的时代建构》，《当代文坛》2021年第1期。

区建设提升为国家发展战略，大湾区文学将成为承载、丰富‘人文湾区’的重要内容而获得前所未有的发展机遇”，“大湾区文学必须在植根传统、立足当下、面向未来的开放视野中思考历史文化与区域生活的演变”。①

“地方性知识”“地方路径”也有助于我们认知具体的现当代文学现象、流派群体和作家作品。现当代文学很多现象、社团、流派、群体、作家、作品都不可避免地受到“在地性”的影响，因此，他们往往只能在特定的地方发生。例如，张爱玲的“大俗大雅”只能产生在20世纪40年代的“摩登上海”，它植根于大都会上海高度发达的市民文化和市民趣味之中，张爱玲也不避讳自己的“小市民”身份。与张爱玲的这种“上海路径”截然不同的是“北平路径”和“北京路径”，从现代文学史的“京派文学”到当代文学史上的“京味小说”“京味乡土小说”“京味市井小说”，那种挥之不去的“都市乡土气”充盈其间，也与冯骥才的“津味市井小说”、汪曾祺的“苏味乡土小说”判然有别。而叶兆言的创作（从小说到散文）则与历史上与现实中的南京有着不解之缘，“南京路径”构成了他的个性标签之一。何以如此？地方性知识和路径、地方性体验恐怕是关键性元素。还有东北作家群体和个体，从现代文学史上的“东北作家群”到当代文学史上的“新东北作家群”，他们的“地方路径”有什么联系和区别？他们在时间和空间上怎样建构起了东北文学的格局？他们是通过怎样的路径、在多大程度上冲出东北，走向全国，甚至走向世界的？黑龙江的迟子建之于北极村；辽宁的孙惠芬之于歇马山庄，“铁西三剑客”之于城市文学的建构，他们都以鲜明的“在地性”特征，开启了城乡二元世界的双向触摸，也开启了他们个人伤痛的情绪记忆，进而关注和展现城市化进程中人性的冲突。这些地方路径的研究视角都是可以做出一番富有意义的研究的。

“地方性知识”“地方路径”还有助于建构和重构文学史。王光东、李怡、张光芒、李永东、何吉贤等学者不约而同地指出“地方路径”之于文学史建构和重构的意义。李永东说：“中国现代文学的发展史，可以按照观念、思潮、文体、语言的时间演进逻辑进行叙述，也可以按照话语中心的空间转移进行叙述。沿着‘上海（清末民初）——北京、上海（‘五四’）——上海（1930年代）——武汉、重庆、延安等（全面抗战时期）——内地、香港、台湾（1949年前后）’的空间主线，同样可以完成中国现代文学史的叙述。”② 如果说李永东强调的是“建构”，那么张光芒重视的则是“重构”，之所以强调“重构”，

① 蒋述卓、龙扬志：《粤港澳大湾区文学的共时呈现》，《当代文坛》2020年第1期。

② 李永东：《中国现代文学研究的地方路径》，《当代文坛》2020年第3期。

是为了强调从根本的史学思维上进行反思，强调从“地域文学”到“地方路径”思维的转换。[①] 以往的文学史建构虽然也有“地域文学”“地方文学”的内容，也重视地方的特色，但那往往是孤立的、静态的，而不是叠加的、联动的，不是地方路径整体思维的贯彻，特别是没有把“地方”上升到民族国家的隐喻性存在，因此是有局限的。

二、地方路径研究视角与地域文化、地方文学研究的联系与区别

“地方”“地域”“局部”是与“全国”“全局”“整体”相对而言的，“地方”也是与“中心”相对应的，“全国”是由一个个“地方”构成的，“整体”也是由一个个“局部”组成的。

“地方”的划分常常依据地理、政治、经济、文化、行政等因素。文学“地方”的划分往往也依据上述因素，而不具有自足性、独立性，因为文学总是社会现实的反映，文学总是受制于地理、政治、经济、文化、行政等因素。于是，我们看到，在现代中国，先有国统区，然后有国统区的文学；先有解放区，然后有解放区的文学，先有沦陷区，然后有沦陷区的文学。在当代中国，有京津冀、长三角、珠三角、粤港澳大湾区、东部、中部、西部、东北等区域划分。文学中已有西部文学、东北文学的提法，如今又有粤港澳大湾区文学的提法。

过去我们常将“地方文学”和“地域文学”混同使用，其实，细究起来，两者应该略有差异。“地方文学”多按行政区域划分，分为省（直辖市）、市、县（区）等级别。随着“文化自信”的深入人心，各级地方党政部门高度重视文化建设，对地方文学的创作和研究也自然受到重视，这首先体现在省（直辖市）、市两级，特别是省，几乎多数省（直辖市）都有自己的文学史。其次是每个市也都有自己的文学创作队伍和文学评论队伍，即文艺评论家协会。这是现今地方文学创作与研究的基本态势。

“地域文学”，也称“区域文学”，这一术语往往超越了地方行政区域划定的范围，是以地域文化的差异为依据来划定的。正如严家炎先生所说：“文学有地域性，这一事实似乎很早就受人注意。”“中国是一个幅员辽阔的多民族古国，各少数民族固然有不同于汉族的地区文化，就是在汉族居住的广大地区，

---

① 张光芒：《论地方路径与文学史的重构》，《当代文坛》2020 年第 5 期。

由于历史沿革、地理环境以及诸种人文因素的殊异，也同样形成了许多具有不同质态的区域文化，例如齐鲁文化、吴越文化、荆楚文化、巴蜀文化、陕秦文化、三晋文化、燕赵文化、闽台文化、岭南文化、客家文化、关东文化等等。到近代，在沿海一带，还产生了上海、香港等为代表的大都会文化。”① “地域文学”多从“地域文化”视角来研究，特别是自从文学的文化学研究“热”兴起以后，从“地域文化”（区域文化）角度来研究地方文学就方兴未艾，延续至今。严家炎先生 1995 年主编的“二十世纪中国文学与区域文化丛书”就是一个明证，该丛书共 10 本，涉及中国多地“地域文化”，是从地域文化视角来研究地域文学的例证，自然是以典型的具有地域文化特征的文学现象和作家作品作为切入口，其落脚点则是地方文学研究。也正如严家炎所说区域文化“不仅影响了作家的性格气质、审美情趣、艺术思维方式和作品的人生内容、艺术风格、表现手法，而且还孕育出了一些特定的文学流派和作家群体”②。

在中国现当代小说研究中，还有一个“边地”的概念，它是与“中心”相对而言的。因为中国是一个幅员辽阔的多民族国家，政治、经济、文化、社会的发展存在不平衡，有些偏远地区、边疆地区交通不便，信息闭塞，相对落后，所以就保留了不少原始的、自然形态的东西，再加上地理、文化、风俗的不同就形成了与“中心”有很大差异的生活方式、人生样态和文化品格。“边地小说”就是展现这种人生样态的作品。“边地小说”一定与边远、边缘、边疆等相联系，具有不同于“中心”“核心”“发达”地区小说的诸多特点，只有这样，“边地小说”的单独提出和独立研究才有意义。如今，不论是中国现代的边地小说还是中国当代的边地小说，都有人进行专门研究。

应该说，以李怡、李永东为代表的学者提出的地方路径的研究视角与上述的地方文学、地域文学、边地文学研究是有紧密联系的，都从“地方”出发，都着眼于“地方”，都要突出“地方”“地域”的重要性，突出“地方”的特色。因此，乍一看，地方路径的研究视角自然让人联想到以往的地方文学研究、地域文学的文化学研究。但仔细辨析，其视角、路径、方法、目标还是很不相同的。以往的地方文学、地域文学研究，其视点和视角着眼于一地，多从地域文化、地方风俗的路径观照该地的文学，其方法主要是区域文化学、区域民俗学和宗教学等方法，当然也会用社会历史学的研究方法。其研究目标主要是认知地方文学的文化特点和文学特征，强调这种地方文学的重要性，以争得

① 严家炎：二十世纪中国文学与区域文化丛书，《总序》，湖南教育出版社，1995 年版。

② 严家炎：二十世纪中国文学与区域文化丛书，《总序》，湖南教育出版社，1995 年版。

在全国的一席之地。而地方路径的研究视角，当然也关注“地方”，但又不把目光局限在“地方”一地，不对“地方”做孤立、静态的研究，而是把“地方”看作多地联动、丛聚、转移、甚至跨国经验的交错与叠加，强调不同区域、不同群体的交流与对话。同时，地方路径的研究视角把“地方”不仅仅看作“地方”，而是“中国本身”，强调“地方路径”就是通向“文学中国”的路径，倡导通过地方路径参与现当代文学空间结构的建构，重构作家在故乡与异地、国内与国外的生活体验、生命体验，正是这种流动性造成了地方路径研究视角的丰富多彩。可见，地方路径的研究视角所强调的“在地性”，远比以往地方文学研究的路径宽广、深厚、开阔。在研究目标上，地方路径的研究视角也绝不止于对地方文学和文化的认识，而是要通过这一视角探求它怎样辐射“文学中国”，从而重新认识“文学中国”的构成，重新认识地方特色怎样超越某一地域，怎样作为民族国家的隐喻而存在，怎样体现国家文学的特征。地方路径的研究视角，其目标还有一个“去中心化”的问题，这也是以往地方文学、地域文学研究目标没有的。以往的现代文学研究过于强调和突出“中心化”“大区域”的言说与阐释，也过于突出启蒙、现代性等主流文学思想潮流，这样多少造成了对现代文学多重路径的裹挟、冲击和湮没。于是，中国现代文学发生的多重路径就有所遮蔽，像李怡在文中剖析的成都路径对李劼人、郭沫若等知识分子的个人趣味、思维特点的塑造就与“上海路径”“北平路径”判然有别。①

从地方路径的研究视角来观照中国现代和当代文学，有许多鲜活、生动的例子。比如，茅盾作为来自浙江的作家，他的文学生涯和创作风貌却与故乡体验并无多么密切的关联，也与江浙文化扯不上多少干系，这一点是他与鲁迅、许钦文等乡土派作家明显不同的地方。由茅盾文学创作的地理空间可知，他的“在地性”具有很大的流动性，上海、武汉、重庆、桂林、香港等是他创作重要的地理空间。上海商务印书馆的 10 年，不仅造就了理论家、批评家、翻译家沈雁冰，也造就了革命家沈雁冰。而远赴日本的流亡体验直接影响了他早期短篇小说、长篇小说以及抒情散文的质地和色调。过去，我们曾对茅盾长篇小说《腐蚀》的创作背景缺乏深度了解，以为这部长篇与他前后的作品都不搭界，茅盾为什么要写一个堕落的国民党女特务？而且用第一人称、日记体？他熟悉女特务的生活吗？有人猜想茅盾的创作动机是隐喻秦德君，是对她投靠四川军阀的提醒和劝诫。这种猜想当然缺乏根据。其实根据茅盾彼时的“香港路

---

① 李怡：《成都与中国现代文学发生的地方路径问题》，《文学评论》2020 年第 4 期。

径”和此前的“兰州路径”就不难理解。《腐蚀》是茅盾在香港应邹韬奋之约，在他主编的《大众生活》上连载的小说。写什么才能吸引香港的读者？茅盾后来回忆说：“香港以及南洋一带的读者喜欢看武侠、惊险小说，这种小说我自然不会写。不过国民党特务抓人杀人的故事，以及特务机关的内幕，却有一层神秘的色彩。……如果写这样一个故事：通过一个被骗而陷入罪恶深渊又不甘沉沦的青年特务的遭遇，暴露国民党特殊组织的凶狠、奸险和残忍，他们对纯洁青年的残害，对民主运动和进步力量的血腥镇压，以及他们内部的尔虞我诈和荒淫无耻，也许还有点意思。”①

写什么大致想好了，接着就是怎么写的问题。按照茅盾写长篇小说的习惯，“总要预先有所准备，写一个提要，列个人物表……”，但邹韬奋只给他一周时间。“一周时间无论如何是不够的。于是决定采用日记体，因为日记体不需要严谨的结构容易应付边写边发表的要求。我一向不喜欢用第一人称的写法，这时也不得不采用了。小说主人公即日记的主人，决定选一女性，因为女子的情感一般较男子丰富，便于在日记中作细腻的心理描写。”② 从茅盾创作的诸多小说来看，他一向擅长写女性及其心理，所以，这次将主人公设定为女性，其重心是写心理也顺理成章。但女特务的形象从何而来呢？是否有原型呢？按照日本学者阪口直树的观点，“茅盾在兰州遇到的‘神秘的’男装‘军统’女特务明显地成了他执笔《腐蚀》的动机。那是赵惠明的原型”③。茅盾在兰州遇见的这位国民党“军统”女特务确有其人，对此茅盾在回忆录中有过记述，但并没有说过她是赵惠明。阪口直树还认为“作为《腐蚀》暴露对象的特务组织是‘军统’……而对‘中统’则可看出保持着‘积极的’关系。茅盾与国民党特务组织的关系明确限于文化方面，其组织关系也只限于国民党‘文运会’的活动。”“茅盾《腐蚀》的内容、发表时间以及作者的活动场所等三方面均与‘40年代初期的重庆’紧密相关。”④ 由此可见，茅盾《腐蚀》写什么、怎么写、主人公形象的原型及其确立、地方性知识等与茅盾的“香港路径”“兰州路径”“重庆路径”都有着密切的关联，这三者是缺一不可的，是联动效应。

---

① 茅盾：《回忆录二集》，《茅盾全集》第36卷，黄山书社，2014年版，第468页。

② 茅盾：《回忆录二集》，《茅盾全集》第36卷，黄山书社，2014年版，第468页。

③ ［日］阪口直树：《〈腐蚀〉的背景——茅盾与国民党“特务组织”》，见靳丛林编译：《东瀛文撷——20世纪中国文学论》，吉林大学出版社，2003年版，第198页。

④ ［日］阪口直树：《〈腐蚀〉的背景——茅盾与国民党“特务组织”》，见靳丛林编译：《东瀛文撷——20世纪中国文学论》，吉林大学出版社，2003年版，第197—198页。

再比如，20 世纪 30 年代的东北作家，他们多生于东北，长在关内，他们的地方路径是“东北路径”和“关内路径”的叠加，而不仅仅是东北这片黑土地。而 20 世纪 40 年代后，迫于沦陷区的重压和文化的贫瘠，梅娘、袁犀、山丁、辛嘉、黄军等一批东北作家也离开故土，相继入关，在华北形成“侨居”的东北作家群。从故乡到异乡，从东北到华北，使关东文化与中原文化对接并相互作用，这是他们的地理空间和地方路径。新时期的乡土小说如陕军、湘军、豫军、晋军等形成多个“重镇”，他们的地方路径和个人风格与现代乡土作家有很大的不同，也值得深入探究。在影视界，被誉为“金牌编剧”的大连剧作家高满堂，2008 年因 52 集电视连续剧《闯关东》一炮而红，又相继创作了《北风那个吹》《雪花那个飘》《钢铁年代》《温州一家人》《大河儿女》《老农民》《老中医》《老酒馆》等 20 多部电视连续剧，多次获得国内国际大奖。高满堂的作品已打上鲜明的个人印迹，具有独特的风格和魅力。为了体验生活，他跑遍了山东和东北各地，建构起了从山东到东北的地方路径和地方品格，其作品往往从老百姓的日常生活故事写起，最后上升到民族精神、家国情怀的高度。我们研究高满堂的创作之路，实际上也就是从对地方路径的探求发展到对“中国路径”和“中国经验”的总结；因此，他的电视连续剧作品不仅具有地方性，更具有全国性乃至世界性。

三、地方路径与地方性文学史料的抢救、发掘与整理

地方路径的研究视角必然要求地方性文学史料作为支撑，这是不言而喻的。因此，地方性文学史料的抢救、发掘、整理自然是从地方路径研究中国现当代文学的题中应有之意。为什么叫抢救？自然是因为出现了紧急、危险的情况，如不抢救就濒临消亡。11 年前，李怡就提出“中国现代文学研究应该加强对地方性文学报刊的搜集整理与研究”，因为“中国印刷出版物基础薄弱，纸张质量、印刷技术有限，加之如抗战的经济困难……地方报刊获得保存的可能性减小，损失乃至消失的可能性随着时间的流逝大大增加，到今天大半个世纪过去，几乎到了寿命极限，十分危险！”因此他呼吁：“如不加以及时的，抢救性的发掘和保存，损失将难以弥补。”①

无独有偶，11 年后，中国当代文学研究名家程光炜在呼吁抢救当代文学史料，应当把地方性文学史料考虑在内，因为“中国当代文学史，是一部包含

---

① 李怡：《地方性文学报刊之于现代文学的史料价值》，《中国现代文学研究丛刊》2010 年第 1 期。

着‘全国性’文学和‘地方性’文学的文学史”。在程光炜看来，“地方文学杂志，是文学史料整理需要首先抢救的对象。”“‘地方性’研究，还包括各省作家协会的史料整理。”“加强当代文学史‘地方文学’史料的抢救性整理，是一个长期的任务。”①

中国现代文学期刊，按照刘增人等的统计，“大约在3500种左右。这是一幅很难用简短的文字描述的极其宏伟又相当驳杂的文学景观与出版景观”②。这还不包括报纸。仅就刊物，有像《新青年》《小说月报》《抗战文艺》等具有全国影响的刊物，已引起了研究者的重视，有的已重新印刷或影印再版。同时，也有相当一部分只在地方或局部产生影响，甚至影响甚微的地方性刊物，如果再加上地方性报纸，则数量更为可观。这部分报刊长期被冷落，甚至无人问津。比如，在东北各城市，相较于上海、北京、南京、武汉、重庆、桂林、广州等城市，报刊相对稀少，这也是东北培养起来的作家数量较少的原因之一。在东北，最早的刊物是1922年4月15日创刊于大连的《东北文化月报》，出至第7卷第9期停刊。其次是1923年2月创刊于大连的《新文化》月刊，出至第6期停刊。1924年2月，不定期刊物《白杨文坛》创刊于吉林。1928年，吉林又有《吉林文学》月刊创刊，仅出1期。20世纪30年代以后，沈阳、哈尔滨也有了一些文学刊物。但仍然是零星的，且“寿命”较短。抗战胜利以后，东北的文学期刊有所增多，据笔者初步统计，从1945年“8·15”以后到1949年，东北地区创办的刊物有33种以上，其影响也在扩大，主要撰稿人也大大增多。比如，1946年12月1日，创刊于哈尔滨的《东北文艺》月刊，系中华全国文艺协会东北总分会会刊，到1948年1月1日共出两卷12期。主要撰稿人中有不少是20世纪40年代的著名作家，像赵树理、刘白羽、严文井、草明、萧红、萧军、舒群、白朗、公木、宋之的等。1948年3月创刊于大连的《学习生活》月刊，曾开辟过“纪念邹韬奋、陶行知、李公朴、闻一多四先生特辑”和“鲁迅先生逝世十二周年特辑”。撰稿人中既有革命领袖毛泽东，也有文学巨匠茅盾等，其影响力可想而知。1948年7月创刊于哈尔滨的《文学战线》月刊，由周立波主编，共出两卷11期。主要撰稿人有茅盾、韶华、丁玲、刘白羽、草明、宋之的、舒群、白朗、马加、戈宝权等各路名人。像这样的地方刊物正是研究“地方路径”不可或缺的资料。

当代文学中的地方报刊也是首先应该抢救的对象。程光炜在《再谈抢救当

① 程光炜：《再谈抢救当代文学史料》，《中国当代文学研究》2021年第3期。

② 刘增人等：《中国现代文学期刊史论》，新华出版社，2005年版，第3页。

代文学史料》一文中大致列举了中央和省级的文学杂志，除此之外，还有地区级和县级的文学刊物没有列出，它们可能多为内部刊物，但也在发挥了一定的作用。

从现代到当代，抢救、发掘、整理地方性报刊有何意义？

首先，地方性报刊也曾刊载名作家的作品。比如，最近几年研究者就发现了茅盾的两篇抗战短篇小说，一篇是刊载于香港《国讯》第 6 期（1941 年 10 月 30 日）的《十月狂想曲》[①]，另一篇是刊载于香港《东方画刊》1938 年第 1 卷第 6 期的《铁怎样炼成钢》[②]。这两篇小说的发现，一方面修正了茅盾一生短篇小说创作的数量，由 55 篇增至 57 篇，另一方面也加深了对茅盾抗战小说讽刺、批判性文笔以及游击队与鬼子、汉奸顽强战斗的认识。这两篇小说均发表在地方性刊物上，容易佚失。当代文学名家在地方性报刊发表处女作、成名作、代表作的例子就更多了。程光炜在文中列举了孙犁、李准、陆文夫、吴强、马烽、茹志鹃、赵树理、柳青、莫言等作家的作品为例子，兹不赘述。

其次，地方性报刊多是名作家、经典作品的出发地，是作家创作生命启航的地方，是作家成长的重要阶梯。许多作家的创作都是从地方起步，经过地方报刊、评论的扶持才走向全国甚至世界的，地方报刊、地方评论对一个作家的扶持、培育、影响、鼓励，对他的成长所起的作用不可小视，不可低估。除陕西的路遥、陈忠实是较典型的例证以外，河南作家、江苏作家、上海作家的成长，“地方”也都在其中扮演重要角色，如果对地方报刊、地方评论资料的整理出现缺失，那么，一个作家的成长史必将残缺不全。再以大连作家为例，邓刚、孙慧芬、素素、老藤、马晓丽、徐铎、津子围、车培晶、古耜、宁明、侯德云、张鲁镭、陈昌平、刘东等，其知名度渐次冲出地方，走向全国，无一不是受到本地报刊、评论的培养和鞭策。著名女作家孙惠芬，她的处女作短篇小说《静坐喜床》就发表在本地杂志《海燕》（1982 年）上，从此叩开了文学的大门。老藤的小说创作渐入佳境，影响越来越大，他的长篇小说《北障》就连载在《大连日报》上。

最后，地方报刊，包括其他地方史料，相对全国性、国家层面的史料更分散、零散，有的也更稀缺、易损毁，层次也不高，如果没有明确的保存意识就更容易散失，更容易被置于整理者的视线之外。因此，抢救、发掘、整理就成

---

① 邓龙建、凌孟华：《三十年来首度发现茅盾抗战时期小说佚作——被遗忘的〈十月狂想曲〉论略》，《现代中文学刊》2019 年第 1 期。

② 金传胜：《〈东方画刊〉上的茅盾佚作》，《中国现代文学研究丛刊》2017 年第 11 期。

了当务之急。除程光炜在文中说到的地方文学杂志和各省作家协会的史料外，还应该包括地方报纸、地方文学评奖活动等。如今，国家层面的文学评奖已相当规范化和制度化。各省、市的文学评奖也已十分健全，各省、市都有自己的评奖体系。以辽宁省和大连市为例，辽宁省有“辽宁文学奖”“曹雪芹长篇小说奖”“青年作家奖”。大连市有“文艺金苹果奖”“文艺新人奖”“文艺创作优秀奖”“大连文艺界‘三个十’评选活动”（十位有影响的文艺人物、十件有影响的文艺作品、十项有影响的文艺活动）。地方文学评奖对地方作家的成长所起到的激励作用比地方报刊和评论的扶持更大，因此，也应该纳入地方文学史料的范畴。

综上所述，地方路径的研究视角之于中国现当代文学研究意义重大，它既会开启中国现当代文学研究的新路径、新生面，也将开启地方性文学史料的抢救、发掘、整理与研究的新局面。

当然，地方路径的研究视角不可能解决中国现当代文学研究的所有问题，任何一种研究视角，包括研究路径和研究方法都不是万能的，正像任何一种“灵丹妙药”都不可能包治百病一样。不论是中国现代作家还是中国当代作家，其“地方路径”都是极其复杂、特殊的，有的也是易变、不稳定、不完整的。因此，切忌简单套用，形成固定模式。比如，“成都路径”用在李劼人身上是可行的，但如果把它套用在同样来自成都的巴金身上就不一定奏效。有些社团、流派、群体具有明显的“在地性”和“地方性知识”的轨迹和特点，有些则没有这样的轨迹和特点，如文学研究会、创造社、新月派、七月派、九叶派等；因此，套用“地方路径”就不一定合适。由此也再一次证明：一劳永逸的研究视角和方法是不存在的。正如李怡所说：“在中国现代文学的研究之路上，只有繁难的问题，没有轻松的答案。”①

① 李怡：《成都与中国现代文学发生的地方路径问题》，《文学评论》2020 年第 4 期。

集体主义语境下的个性主义诉求

——论20世纪40年代初的“延安文艺新潮”

田建民　河北大学

内容摘要：一些研究者把20世纪40年代初出现在延安的暴露性文学潮流称为“延安文艺新潮”，这种命名是不合适、不确切的。其实这股潮流并不“新”，其只不过是五四启蒙文学传统在特殊历史语境下的延续或再现。尽管这些暴露性作品表现了以科学理性反对封建保守的现代意识，反映了特定历史时期的某种社会生活侧面及特定知识群体的真实的思想、情感与心态；但因其个性主义的诉求与当时历史所要求的集体主义不相适宜，加之其不适当地把农民和工农干部当成讥讽与批判的对象，导致二者之间出现了严重的矛盾对立。对此，完全否认其文学价值与积极意义，或抛开历史而谈其现代意识与独特贡献，都是有违历史事实的一偏之见。

关键词：延安　文艺　新潮　个性主义　集体主义

一

自1941年1月“文抗”（中华全国文艺界抗敌协会）主办的《文艺月报》创刊，至1942年5月延安文艺座谈会召开，此间延安文艺界出现了一批站在启蒙或个性主义的立场上揭露和批判所谓延安“阴暗面”的作品，形成了一股暴露文学的潮流。这些作品发表后不久即因其个性主义的立场与不恰当的批评方法和态度而受到了批评。在稍后的延安文艺整风中，创作这些作品的作家，大都对此进行了反省并做出了深刻的自我批评。20世纪50年代后，在“整风”“反右”“文革”等政治运动中，这些暴露性的作品被定性为对党领导下的边区的诽谤攻击而加以批判。一些作家也因此被戴上“右派”的帽子，受到了不公正的对待。新时期后，随着那些被错戴“右派”帽子的作家被平反昭雪和“启蒙新潮”的兴起，一些人又开始站在启蒙的立场，以知识分子独立批判的姿态，对这批暴露性作品进行了翻转性的重新评价。在这种翻转性的评价中，丁玲的《在医院中》[①] 可谓一个有代表性的个案。这篇小说发表不久，就因其过分暴露边区医院环境的落后和医院领导与职员们的保守、狭隘，而被批评为“是将个别代替了一般，将现象代替了本质。……是反集体主义的，是在思想上宣传个人主义”[②]。1958 年更被批判为“反党”“反人民”的大“毒草”。新时期后，在科教兴国、“尊重知识，尊重人才”的社会氛围下，有的学者站在新启蒙的立场，认为该小说是“站在无产阶级方面来揭露小生产思想习气同现代科学技术及革命集体主义之间的尖锐矛盾的。它继承了‘五四’新文学的战斗传统，在共产党领导的区域内第一次提出反对小生产思想习气的问题。……从整个文学发展史上看，《在医院中》自有其不可磨灭的独特贡献。可以说，它是《组织部新来的青年人》这类作品的先驱”[③]。由是，原来被批评为带有小资产阶级思想弱点的主人公陆萍，成了以“高度的革命责任感”，用现代科学文化知识，“与小生产者的蒙昧无知、褊狭保守、自私苟安等思想习气”坚决斗争的英雄。在这种新启蒙思潮下，除了对诸如《在医院中》这样暴露性的作品进行翻转性的评价，有研究者更是从整体上把 20 世纪 40 年代初兴起的这股暴露性文学潮流称为“是在延安文坛上吹拂起的一阵与工农兵文学思潮迥异的文学新风。对于工农兵文学思潮来说，这既是一种挑战，也是一种补充、丰富和调整”[④]，有人将其命名为“延安文艺新潮”。后又有学者界定为“带有强烈启蒙意识、民族自我批判精神和干预现实生活的……文学新潮”[⑤]。这里“新潮”的命名包含着肯定的价值判断。在近现代思想史上，破旧立新往往代表着革新与进步。“旧”代表保守与落后；“新”则代表现代与进步。笔者认为，将出现在特殊历史条件下的这些暴露性作品看成“反党”“反人民”的“毒草”，这肯定是错误的；但对其完全肯定并给予高度评价，断然否定其在特殊时期产生过消极影响，显然也不是实事求是的科学态度下的行为。分析和评价文艺作品，尤其是文艺思潮，一定不能离开当时的历史语境。给这股批判或

---

① 该篇小说最初以头版头条的位置刊载在 1941 年 11 月 15 日《谷雨》创刊号上，题名为《在医院中时》。在 1942 年 8 月 30 日由茅盾主编的《文艺阵地》7 卷 1 期再刊时，改名为《在医院中》。

② 燎荧：《“人……在艰苦中生长”——评丁玲同志的〈在医院中时〉》，《解放日报》，1942 年 6 月 10 日。

③ 严家炎：《现代文学史上的一桩旧案——重评丁玲小说〈在医院中〉》，严家炎：《师道师说 严家炎卷》，东方出版社，2016 年版，第 196 页。

④ 刘增杰：《延安文学新潮的弄潮儿——评丁玲四十年代初期的文学活动》，胡天：《丁玲文学创作国际研讨会会议论文摘编》，《中国现代文学研究丛刊》1993 年第 3 期，第 304－305 页。

⑤ 黄昌勇：《砖瓦的碎影》，同济大学出版社，2008 年版，第 267 页。

暴露性的文学潮流冠之以“新潮”的名头并不确切，它其实并不“新”，而是五四启蒙文学传统在特殊历史语境下的延续或再现。对此，有学者已提出过不同意见。如陈涌认为：“在解放区的文学新潮是工农兵文学，而不是丁玲、艾青、王实味等代表的那股文学思潮，那也不是工农兵文学思潮……它们的积极面是使文艺正视现实矛盾和阴暗面，指出向共产党人和劳动人民的转变，是个漫长的过程。其消极面是有明显的小资产阶级情绪。”[①] 丁尔纲认为：“丁玲、艾青等一大批由国统区来的作家，他们推出的那批既讴歌也批判的作品，‘对解放区说来，固然是一股新鲜气息，确实对工农兵文学起了补充、丰富、调整作用。但说它是“一种挑战”，且是一股文学新潮，似乎不妥。因为就全国范围讲，这是“五四”文学潮流和左翼文学思潮对解放区工农兵文学的融合，是它在解放区的一种延续与拓展。从宏观时空讲，它相对于新的工农兵文学，倒是原已有之的“旧”文学。’”[②] 遗憾的是，这些学者只是简略地提出了观点，并没有联系作品和史实展开论证。本文意在把这一暴露性文学潮流，放回20世纪40年代初延安解放区的特殊历史语境，在了解和体验丁玲等当时的思想与心态、考察分析这些暴露性作品的具体内容、思想情感、存在的问题及引发的矛盾的基础上，对其做出合乎历史真实与艺术真实的评判。

二

抗日战争时期，以延安为中心的解放区建构的“三三制”民主集中制式的各阶级联合专政的民主、开明与开放的政权形式，与国统区国民党政府推行为限制其他党派及人民团体的抗日活动，实行专制统治与特务政治形成鲜明的对比。此外，相较国统区对知识分子的防范、禁锢乃至迫害，解放区对知识分子给予了高度的政治礼遇。丁玲当时的经历可谓典型。1936年9月，丁玲在冯雪峰、张天翼等人的帮助下从国民党特务软禁她的南京苜蓿园逃离，经上海转西安，于11月到达当时党中央所在地保安，毛泽东等中央领导同志“洞中开宴会，招待出牢人”。这种从阶下囚的屈辱到座上宾的礼遇自然使丁玲深受感动。丁玲之外，毛泽东后来对萧军、艾青、欧阳山、草明等很多到延安的作家，都诚挚地以朋友待之。在工作与生活上，延安对来到解放区的知识分子都安排了适当的工作并实行供给制加津贴的优厚待遇。即吃、穿、住等基本的生活所需都由“公家”供给，无须个人操心，外加高于当时政府或军队中高级领

① 崧巍：《丁玲文学创作国际研讨会综述》，《文史哲》1993年第4期，第102页。

② 崧巍：《丁玲文学创作国际研讨会综述》，《文史哲》1993年第4期，第102页。

导人额度的津贴。如：“在当时军委会主席毛泽东每月仅有5元津贴、边区政府主席林伯渠每月4元津贴的情况下，学者何干之‘每月20元津贴费，还派给他一名警卫员。’”① 冼星海“每月津贴15元（含“女大”兼课津贴3元）。……在鲁艺的艺术教员一律12元，助教6元。……抗大的主任教员艾思奇、何思敬、任白戈、徐懋庸每月津贴10元。”② 而在当时的国统区，著名作家如朱自清、学者如闻一多尚且生活于窘困之中，一般知识分子则更是工作难觅、生活无着、穷困潦倒。巴金小说《寒夜》和宋之的剧本《雾重庆》，就形象地展现了当时国统区知识分子的痛苦挣扎与悲惨命运。作品中的汪文宣、曾树生、林卷好、沙大千、老艾、徐曼等有理想、有追求的知识分子，在国统区黑暗残酷的社会环境中，有的贫病而死，有的沦为交际花，有的自甘堕落甚至走上了犯罪的道路。

正是由于党的正确的政治路线和知识分子政策，延安在当时成了引领抗战的精神灯塔和爱国知识分子向往的革命圣地。就像沙汀的小说《磁力》中所描写的那样，当时的延安如磁石一样吸引着全国进步的知识分子和革命青年，而延安也是热情地张开双臂欢迎这些知识分子的。据何其芳记载，当有人问会不会对外面来的人加以限制时，一位延安的高级领导表示：“‘我们认为到延安来的知识分子都是中华民族的精华。假若有一万个科学家，工程师要到延安来，我们就挖五千个窑洞给他们住。’他说到抗大的名额满后在从这里到西安的沿途的电线杆上都贴着‘抗大停止招生’，‘抗大停止招生’，但还是有许多青年徒步走来，而且来后还是得到了学习或工作的机会，没有一个人被拒绝回去。”③ 1938年是知识分子涌向延安的高峰期。据《延安自然科学院史料》记载：“1938年夏秋之间奔向延安的有志之士可以说是摩肩接踵，络绎不绝的。每天都有百八十人到达延安。到抗战后期，在延安的知识分子总共4万余人。”④ 有人统计，“其中受过高等教育的近万人，文学艺术工作者407人，作家227人”⑤。当时全国各地的文艺工作者，冲破重重人为封锁，不畏种种艰难险阻，争相奔赴寄托着希望、理想和光明的革命圣地延安。这之中不仅有周扬、丁玲、周立波、徐懋庸、沙汀、艾青、田间、柯仲平、萧军、罗烽、舒

---

① 何干之：《何干之文集》第2卷，北京出版社，1994年版，第1页。

② 陈晋：《漫谈延安时期知识分子的待遇》，《党的文献》2015年第1期，第116页。

③ 何其芳：《我歌唱延安》，林默涵总主编，雷加主编：《中国解放区文学书系 散文·杂文编》，重庆出版社，1992年版，第356—357页。

④ 陈晋：《漫谈延安时期知识分子的待遇》，《党的文献》2015年第1期，第115—116页。

⑤ 程鸿彬：《延安“文抗”创建始末以及相关问题》，《新文学史料》2008年第4期，第163页。

群、马加、欧阳山、草明等大批左翼作家，也包括众多的民主派作家和刚从国外归来的作家或艺术家，如何其芳、卞之琳、陈学昭、冼星海、高长虹等。本来，边区大部分位于陕甘宁各省的落后山区或农村，其文艺还处于自发或民间的状态，正是大批文艺工作者的涌入，使原本在文艺上落后的边区，很快以自己活跃的文艺氛围和鲜明的创作特色而跃升为引领全国进步文艺界的地区。正是在党的正确的政治路线和知识分子政策的吸引和感召下，才出现了知识分子争相奔赴延安这一“特殊的文化移动现象”，形成了当时延安的一道靓丽的文化风景线。

对于那些追求民族解放与个人理想的知识分子来说，当时的延安就是他们向往的政治民主和精神自由的乐园。他们从国统区或沦陷区，冲破重重阻碍，历经千辛万苦，在终于踏上解放区的土地时，犹如浪迹天涯的孤儿投入了母亲的怀抱。“他们到延安一过边界，就匍匐在地上亲吻土地。”① 可见，那些初到解放区的知识分子们，是多么热情而欢快地投入到了这理想的新天地。作为文艺工作者，他们很快把这种兴奋和快乐的心情转化为一篇篇歌颂解放区的新生活，以及抗日英雄人物与英雄事迹的诗歌。丁玲初到解放区，一扫莎菲、梦珂时代的消极迷茫及“左联”时期的罗曼蒂克幻想，戎装跃马到陇东前线为抗日将领彭德怀、左权书写颂歌，被毛泽东赞为“纤笔一枝谁与似？三千毛瑟精兵。……昨天文小姐，今日武将军”。她在《七月的延安》中由衷地赞美延安是“百事乐业，耕者有田”的乐园。其他来到延安的作家也大都有着与丁玲大致相同的精神变化历程。何其芳到延安后说自己“呼吸着这里的空气我只感到快活。仿佛我曾经常常想象着一个好的社会，好的地方，而现在我就像生活在我的那种想象里了”②。感觉“延安像一支崇高的名曲的开端，响着洪亮的动人的音调”③。而延安的空气也是“自由的空气，宽大的空气，快活的空气”④。由此，何其芳在创作上，以往“画梦录”“预言”式的孤寂苦闷的情绪与虚无缥缈的幽思一扫而光，他开始放声歌唱延安，歌唱解放区的“少男少女们”，赞美解放区的“生活是多么广阔”，诗风变得充满激情，开朗而明快。善于表现祖国和人民的苦难生活与命运的诗人艾青，也摆脱了《大堰河》和《北方》

① 赵浩生：《周扬笑谈历史功过》，《新文学史料》1979 年第 2 期，第 238 页。

② 何其芳：《我歌唱延安》，林默涵总主编；雷加主编：《中国解放区文学书系　散文·杂文编》，重庆出版社，1992 年版，第 358 页。

③ 何其芳：《我歌唱延安》，林默涵总主编；雷加主编：《中国解放区文学书系　散文·杂文编》，重庆出版社，1992 年版，第 354 页。

④ 何其芳：《我歌唱延安》，林默涵总主编；雷加主编：《中国解放区文学书系　散文·杂文编》，重庆出版社，1992 年版，第 356 页。

中那种“北方”式的忧郁，而是站在革命圣地延安，告诉人们光明的到来。在《黎明的通知》中表现出了无比乐观欢快的情绪。正是这些为追求光明与理想而来到解放区的作家，开创了解放区现代文艺的新天地。

当然，在解放区文艺的初创期也存在一些问题。一来当时党与边区政府忙于政治与军事工作，在文艺上，只是笼统地号召作家“深入到群众民众中间去”，要以“艺术家的勇气”，做到对边区的缺点“从艺术方面得到反映和指摘”[①]，还来不及对文艺发展的方向等问题制定方针政策；二来当时解放区的来自不同地区、不同艺术流派或团体的作家们，虽然在抗日救亡的大目标上是一致的，“对朱（德）、毛（泽东）都充满了感情”[②]，但他们又有着各自不同的思想认识与创作倾向。因为这些来到边区追求光明和进步的作家，基本上都是吸吮着五四新文化运动启蒙思想的乳汁成长起来的知识分子，遵循的是人的文学与个性主义的文化传统，大都以个性解放和人道主义作为审视和判断事物的价值标准。而在当时的特殊历史语境下，民族救亡与人民解放才是边区政府面临的头等大事和要完成的首要目标。为实现这样的目标，就要强调具有高度的组织性、纪律性和原则性的集体主义，要为了这种有组织的集体的“大我”而不惜牺牲个体的“小我”。由此，这些作家虽然满怀着救亡与进步的一腔热情，但因他们秉持的是启蒙的个性主义立场与价值标准，由此就使他们无论是在现实的生活与工作中，还是在文艺创作的思想与艺术追求上，每每与当时解放区倡导与营构的集体主义原则与氛围不够协调，甚至有点格格不入。更为重要的是，工农是党完成民族救亡与人民解放的重任的主要依靠对象，所以文艺应该激发和赞扬他们的朴素的爱国情感和向往翻身解放的革命精神。然而，这些秉持个性主义的作家，却是以高高在上的启蒙知识精英态度，习惯于表现和批判工农的愚昧与落后。甚至有人以超越党派的姿态傲然宣称他“一支笔要管两个党”[③]。也就是说，这些满怀救亡热情与社会理想来到解放区的作家，他们之中许多人实际上还不能站在当时民族救亡和中国革命全局的政治高度来看问题，更多是以启蒙的个性主义与人道主义为衡量事物的标准。由此，他们因对边区的一些现象和党的一些政策、做法不能理解而产生了困惑与抵制的情绪。这就是人们常批评的所谓知识分子的小资产阶级思想与无产阶级思想和解放区的革命生活的矛盾的根源，也是知识分子的作风、情调、趣味难以与工农

---

① 《欢迎科学艺术人才》，《解放日报》社论，1941年6月10日。

② 赵浩生：《周扬笑谈历史功过》，《新文学史料》1979年第2期，第237页。

③ 1942年10月，延安召开纪念鲁迅逝世六周年大会，萧军在大会发言时说：“我这一支笔要管两个党！”陈明：《我说丁玲》，湖南文艺出版社，2004年版，第93页。

兵打成一片的根源。他们原来想象中的革命圣地延安是一个理想的乐园。而现实中的延安，其政治生活中也不排除存在一些官僚主义、强制命令等不健全、不合理的现象。工农群众强烈要求从民族压迫和阶级压迫下解放出来的革命性是极可宝贵的，但他们的内心和血液中还积淀着不是一朝一夕能抹去的几千年的精神奴役带来的创伤。因这些现象与这些作家原来的预设与期待不相符合或有所偏离，由此产生的内心的失落使他们由当初的快乐、兴奋转为了困惑与苦闷。何其芳作为来到解放区的作家的思想转变标杆，尚写了《叹息三章》，感叹不能尽快挣脱自我而融于大众中去，表现在献身革命时还纠结着的空虚与寂寞的复杂个人情感。由此被认为“是个在河边徘徊的诗人”，“与工农之间却有着一个间隔，不能融成一片”。[①] 而其他尚没有自觉转变意识的作家，则站在启蒙的个性主义立场，沿着五四新文学批判现实的传统，倡导并创作了一批意在批判与讽刺的所谓暴露性作品，形成新时期后一些学者所说的“延安文艺新潮”。

三

丁玲是这股启蒙批判性文艺潮流的鼓动者和弄潮儿。1941 年 1 月，她在“文抗”的《文艺月报》创刊时就主张该刊要“毫不宽容地指斥应该克服、而还没有克服，或者借辞延迟克服的现象。……不要使《文艺月报》成为一个没有明确主张、温吞水的，拖拖沓沓的，有也可无也可的，没有生气的东西”[②]。随后她发表了《干部衣服》[③] 和《我在霞村的时候》[④]。前者是一篇杂文，写在延安，男同志借债、女同志拿漂亮的藏青布去换那蓝不蓝绿不绿的灰布，都要定制一套干部服，为的是被人“看得起”，批评当时一些社会风气与等级观念。后者是一篇重在揭露和批判农民封建落后意识的小说。作品塑造了一个很具有反抗精神与自我个性的农村姑娘贞贞的形象。她大胆地追求自由恋爱，为反抗包办婚姻宁愿去当修女。在不幸落入日本人手中被迫做了慰安妇后，忍辱负重做着为我军打探敌人情报的特殊工作。这样一个值得同情与赞赏的姑娘，回到村子后却不能得到乡民们的理解，而受到他们的排斥与非议。作品在赞扬贞贞的坚强个性与为了民族大义不惜牺牲自我的同时，把批判的锋芒指向了霞村村

---

① 金灿然：《间隔——何诗与吴评》，《解放日报》，1942 年 7 月 2 日。

② 丁玲：《大度、宽容与〈文艺月报〉》，《文艺月报》第 1 期，第 3 页，1941 年 1 月 1 日。

③ 《文艺月报》第 5 期，1941 年 5 月 1 日。

④ 《中国文化》第 3 卷第 1 期，1941 年 6 月 20 日。

民封建愚昧的落后意识。丁玲毫不宽容地批判现实的主张和她这些作品的发表，标志着这股启蒙批判的文学潮流已初露端倪。此后，丁玲发表了《我们需要杂文》。认为“现在这一时代仍不能脱离鲁迅先生的时代。……即使在进步的地方，有了初步的民主，然而这里更需要督促、监视。中国所有的几千年来的根深蒂固的封建恶习，是不容易铲除的，而所谓进步的地方，又非从天而降，它与中国的旧社会是相联结着的。……陶醉于小的成功，讳疾忌医，……是懒惰和怯弱。……我们这时代还需要杂文，我们不要放弃这一武器。”① 该文号召要像鲁迅一样为真理而不怕一切，以杂文为武器来干预和批判现实。这篇文章发表于当时的党中央机关报《解放日报》上，对延安文艺界自然会产生很大的影响。一些作家开始配合和呼应丁玲“需要杂文”的主张。认为“黑白莫辨的云雾”不单盛产于重庆，在延安也时常出现。“若是单凭穿华丽的衣裳，而懒于洗澡，迟早那件衣裳也要肮脏起来的。……如今还是杂文的时代。……希望今后的《文艺》变成一把使人战栗，同时也使人喜悦的短剑。”② 主张“作家并不是百灵鸟，也不是专门唱歌娱乐人的歌伎。……希望作家能把癣疥写成花朵，把脓包写成蓓蕾的人，是最没有出息的人……愈是身上脏的人，愈喜欢人家给他搔痒，而作家却并不是喜欢给人搔痒的人。等人搔痒的还是洗一个澡吧。有盲肠炎的就用刀割吧。有沙眼的就用硫酸铜刮吧。生了要开刀的病而怕开刀是不行的。患伤寒症而又贪吃是不行的。鼻子被梅毒菌吃空了而要人赞美是不行的。”③ 在这种情况下，延安文艺界兴起了一股批判与暴露的文艺风潮。就其批判与暴露的内容看，大致有如下四个方面。

第一，批评缺少人文关怀，存在等级制度及享乐主义作风等现象。艾青和萧军用杂文的形式明确地批评延安政治生活中缺少对作家的尊重与理解，缺少同志之间的温暖与爱。认为“作家除了自由写作之外，不要求其他的特权。他们用生命去拥护民主政治的理由之一，就因为民主政治能保障他们的艺术创作的独立的精神。因为只有给艺术创作以自由独立的精神，艺术才能对社会改革的事业起推进的作用。尊重作家先要了解他的作品。……适如其分地去批评他，不恰当的赞美等于讽刺，对他稍有损抑的评价则更是一种侮辱。让我们从最高的情操上学习古代人爱作家的精神吧！——生不用封万户侯，但愿一识韩

① 丁玲：《我们需要杂文》，《解放日报》，1941年10月23日。

② 罗烽：《还是杂文的时代》，《解放日报》，1942年3月12日。

③ 艾青：《了解作家，尊重作家——为〈文艺〉百期纪念而写》，《解放日报》，1942年3月11日。

荆州”[1]。萧军则从谈《八月的乡村》的创作体验，批评一些人只盯着“地位”和“权威”而缺少同志间的“爱”与“耐”。说“感到这‘同志之爱’的酒也越来越稀薄了！”指出“‘爱’和‘耐’是分不开的，只有真正的爱，才有真正的耐。”[2] 此外，柳青的小说《废物》[3]，写八路军某营老马夫王得中，虽年老体衰腿拐，但个性固执好吹牛。自己说自己是“废物”，不中用了。许多人也把他看成“累赘”，总对他讽刺挖苦。在一次严峻的战斗转移前，营领导担心他掉队被俘受不了敌人的极刑暴露部队的行踪，决定让他转到地方游击队。而他却坚定地表示死也要跟队伍走。营长严厉地挖苦训斥他：“少罗唣！”“这一仗打下来还有你没有？把你留在地方武装里还是想让你多糟蹋几天小米哩！”呵斥地叫他“剥掉你的军装，给你一套便衣上你的路！”部队紧急出发了。在突破同蒲铁路的战斗中，当王得中清楚地意识到无法赶上队伍时，他用一颗手榴弹与三个来抓他的日本兵同归于尽了。作者用先抑后扬的手法塑造了一个抗日英雄，但在前面“抑”的描写中，却令人感到革命队伍中缺少了阶级友爱和人道关怀。

在这种批评作品中，表现得最为偏激的就是王实味的《野百合花》[4] 和陈企霞的《鸡啼》[5]。在《野百合花》的“前记”中，作者回顾女友李芬为革命而牺牲的悲壮，想到现在每一分钟都有倒在血泊中的同志，感叹“歌啭玉堂春、舞回金莲步”的与此不和谐的升平气象，是写这组杂文的缘由。该文认为近来延安的青年的不满情绪，主要是因为在这里的生活中缺少理解、尊重和爱与温暖。认为领导对同志生病或死亡漠不关心，总是摆首长架子训人，动不动说别人平均主义。而且“到处乌鸦一般黑”，“大头子是这样，小头子也是这样”。针对有人批评延安的青年不能容忍延安的缺点，稍有不满就发牢骚，其实延安比“外面”好多了。作者认为青年的可贵，“在于他们纯洁，敏感，热情，勇敢，他们充满着生命底新锐的力。别人没有感觉的黑暗，他们先感觉；别人没有看到的肮脏，他们先看到；别人不愿说不敢说的话，他们大胆地说。……我们应该从这些所谓‘牢骚’‘叫嚷’和‘不安’的现象里，去探求那产生这些现象的问题底本质，合理地（注意：合理地！青年不见得总是‘盲目地叫嚣’）消除这些现象的根源。……是的，延安比‘外面’好得多，但延

① 艾青：《了解作家，尊重作家——为〈文艺〉百期纪念而写》，《解放日报》，1942 年 3 月 11 日。

② 萧军《论同志之“爱”与“耐”》，《解放日报》，1942 年 4 月 8 日。

③ 柳青：《废物》，《解放日报》，1941 年 6 月 15、16 日连载。

④ 《解放日报》，1942 年 3 月 13 日、23 日。

⑤ 《谷雨》第 1 卷第 4 期，1942 年 4 月 15 日。

安可能而且必须更好一点”。

《野百合花》还批评一些“主观主义宗派主义的大师们”。文中，受到批评时有的“大师”甚至说：“女同志好注意小事情，现在男同志也好注意小事情!”作者指出：“在认识这必然性以后，我们就须要以战斗的布尔塞维克能动性，去防止黑暗的产生，削减黑暗的滋长，……把黑暗削减至最小限度。”“如果让这‘必然性’‘必然’地发展下去，则天——革命事业的天——是‘必然’要塌下来的。……在延安，大概不会出什么叛党叛国的大事情的，但每人做人行事的小事情，却有的在那儿帮助光明，有的在那儿帮助黑暗。而‘大人物’生活中的‘小事情’，更足以在人们心里或是唤起温暖，或是引起寂寞。”此外，文章批评等级制度，认为现在还处于艰难困苦的革命过程，所以无论谁都还谈不到“取值”和“享受”，而且负责任更大的人更应该表现与下层同甘苦的精神。所以“衣分三色，食分五等”是不必要也不合理的。作者站在道德主义的高地，以绝对平均主义为标尺，揭露和批判所谓“黑暗”面，把个别存在的官僚习气、腐败作风、不平等制度夸大和渲染为“到处乌鸦一般黑”的普遍现象，造成了一些人的不满情绪，不利于团结，甚至造成了敌人攻击延安的口实。

陈企霞的《鸡啼》则是一篇隐喻性的杂文。作品写自己小时候是听到鸡鸣而起床上学，成年后则是听到鸡鸣而放下笔上床休息。鸡被认为是迎接太阳、歌颂光明的使者。但是，一天夜里，鸡却鸣叫起来，原来那夜的月亮特别亮，鸡是误把月亮当成了太阳。以此隐喻那些主张歌颂光明的艺术家是受了欺骗。这样的作品，则无论从主观立意还是从客观效果上，都是错误的。由于作品是用隐喻的手法写的，没有引起多少人的注意，所以没有产生大的影响。

第二，批评集体主义制度与环境压抑知识青年的独立精神与自由个性。叶克的《科长病了》[①]，写一个爱好文学的知识青年来到延安后，组织上分配他做油印工作并担任科长。他总是把《共产党人》捧在手里，有着很强的革命理念。他一直辛苦而努力地工作，但单调的油印工作与他对文学的热爱和去“鲁艺”的渴求形成矛盾张力，由此在内心产生了无限的哀怨、郁闷和烦恼。就是在这种个人人生价值无法体现的精神压抑下，这个“油印科长病了”。刘白羽的《胡铃》[②]，写一个追求革命从南方的家里偷跑到延安的20岁女学生胡铃，先到延安的一所学校去学习，因在履历表的“家庭关系”中填了她父亲是警察

① 《解放日报》，1941年12月23日。

② 《文艺月报》第14期，1942年4月15日。

厅长，所以学习结束后，学校干部科给她的鉴定是“脱离群众……社会关系复杂”。对此她不做申辩，认为只有服从，自己对组织忠诚才能被理解。她带着这样一个不名誉的鉴定在几个单位工作过。在每个单位她工作都很努力，人们也都承认她工作好，但人人都把她看作外人而不接近她。这使她非常悲哀、感到不解与不安。刘白羽的《陆康的歌声》[①] 则把以旺盛的革命激情全身心地投入革命工作的老革命陆康，塑造成一个性格偏执、精神变态的极端个人主义者。陆康曾被敌人关过五年牢房，但他的革命信念始终坚定不移。他习惯于轰轰烈烈、紧张而繁忙的斗争与工作，认为平静而有序的工作不算革命，对这样工作的同志极为蔑视，由此与周围的人产生了隔膜。为排遣寂寞与孤独，证明自己的存在，他不顾别人的工作与生活，每天像狂风嘶吼一样地唱着令人恐怖而烦躁的歌。方纪的《意识以外》[②] 是一篇带有精神分析色彩的小说。作品写K和L这两个来到延安的女孩，K学的是音乐，喜欢拉小提琴；L则毕业于美专。两个天真活泼喜爱艺术的女孩都被分配到医院做护理工作。她们把自己的专长与爱好压抑在“意识以外”，开始积极热情地投入到紧张繁忙的工作中，有时一天要加班十几个小时。时间长了，L开始不能控制自己，患上了歇斯底里症，受到周围人们的嘲讽和非议。而总是给人以力量和自信微笑的坚强的K，最终也患上了精神分裂症，常常处于昏迷和梦呓的“意识以外”。这些作品大都站在启蒙的个性主义立场，夸大了集体主义的环境对人个性的压抑和伤害，在当时的集体主义主旋律中发出了不和谐的声调。

第三，揭露和批判一些干部，特别是工农出身的干部，因观念落后、思想僵化而产生的教条主义、事务主义和官僚主义。如严文井的《一个钉子》[③]，写马飞和任正搬到一间窑洞同住，因墙壁上有一个凸出的锈蚀的铁钉，马飞害怕被扎破头而要拔去铁钉。任正则不同意，他认为拔掉铁钉是浪费，而浪费是原则性问题，二人因此吵得不可开交，以此批判教条主义的思想作风。朱寨的《厂长追猪去了》[④]，写一个经过土地革命的老干部，他吃苦耐劳，工作的热情也很高，却陷入了事务主义。他每天都忙不迭地在职工室、工房、马棚、厨房、猪圈、厕所等处穿梭般奔走查看，却不在厂长的岗位正常地履行职责。工务科长就如何改进技术和产品质量、更新设备、调整工房及生产流程等问题找他商量，很多天都找不到他。负责采购的同志好不容易有机会让要去延安的人

① 《解放日报》，1942年3月24、25日连载。

② 《文艺月报》第14期，1942年4月15日。

③ 《解放日报》，1941年7月24、25、26日连载。

④ 《解放日报》，1941年10月13日。

顺便给采买一些必需品，但会计科没有厂长的签字，就是买一根草的钱也不能借。一群人山上山下，工房，职工窑洞，各处都找不到厂长。原来厂长要亲自检查厂里刚买来的一头猪肥不肥，在摸猪屁股时猪受到惊吓，撞开圈的栅门跑走了。厂长急着追猪去了。雷加的《躺在睡椅里的人》[①]，主人公是延安某医院的副院长钟正枝。他是一个16岁就参加革命且经历过长征的干部。可他失去了对革命工作甚至对生活的热情，每天奔波于各种会议之中，这使他对一切都厌倦而冷漠了。医院因为疏于管理而一团糟。医护人员都不负责任，病人连水都喝不上。大便盆梗在病人的腰上，病人喊破了喉咙也没有人管。家属质问看护人员还遭到了冷漠驱逐。病员代表向钟正枝反映这些问题，他回答说：“我有什么办法呢？我每天要向毛主席解释我们的困难，又要向小鬼伙夫同志解释毛主席的困难。毛主席有困难，小鬼伙夫同志也有困难，遇见来质问的人，我又要解释这两方面的困难，我几乎包围在困难里面，我还能做些什么呢？”他感到“所有的只是疲倦，疲倦，疲倦”。只有躺在睡椅里他才感到舒适和快意。这篇小说把一个老工农干部描写成了革命意志消退、毫无作为的官僚。这类揭露农民出身干部的落后意识与官僚主义作风，表现知识分子与当时工作环境不相协调的作品，影响最大的是丁玲的《在医院中时》[②]。作品主人公陆萍毕业于上海某产科学校，“八一三”抗战时积极到战地医院服务，后奔赴延安到抗大学习并入了党。虽然她不喜欢医务工作而想做政治工作，但还是服从“党的需要”到医院去做产科医生了。医院的院长和指导员都是农民出身，他们不懂业务、不懂管理，还乱搞男女关系。院长叫医护人员学着用弯了针头的注射器给病人注射，为了省钱不让手术室生炉火，差点闹出医疗事故。指导员只是强调没有钱，认为外来的医生不好对付。医院的看护多是只经过短期培训还认不过十来个字的家属，她们天天热心议论的是男女关系，谁是党员，谁有政治问题等。陆萍以极大的热情投入到工作中去，她指导看护们消毒搞卫生，没有人响应，她就亲自去做。她亲自去照顾那些产妇和婴儿，为产妇的需求而和管理员、总务长、秘书长甚至院长争执。她不断向院领导提改进医院的意见。起初人们说她爱放大炮、出风头、浪漫。后来党会上有人批评她党性不强，小资产阶级意识，个人英雄主义。她因做手术中煤气的毒，病倒了，却有人就说她因爱上外科医生郑鹏而得了相思病。院长、指导员找她谈话，警告她不要为恋爱而妨碍工作，还把她的问题上报到了卫生部。上级领导了解真

① 《解放日报》，1942年3月17、18日连载。

② 《谷雨》创刊号，1941年11月15日。

相后才批准她离开医院再去学习。这类暴露性作品，一是过分夸大了工农干部及周围群众的局限性与落后性；二是不适当地把个性主义中独特个人与庸众对立的主题移植到已经建立起工农政权的解放区。

第四，为妇女申诉，反映老干部与知识女性的婚恋情感纠葛，对一些人“以权谋婚”的现象给予批评与嘲讽。丁玲的《“三八节”有感》[①] 就是其中一篇具有代表性的杂文。文章从工作、家庭、结婚、离婚这些平凡但直接关乎妇女的生活与命运的具体事例入手，揭示在延安倡导尊重妇女的新社会制度下，传统的男权意识还很严重，妇女实际上还处于被压制与不自由的尴尬处境。文章首先肯定“延安的妇女是比中国其他地方的妇女幸福的”。但是，延安妇女的工作多是服务性的。“女同志在医院，在休养所，在门诊部都占着很大的比例。”她们无论怎么做都难免成为人们非议的对象。在婚恋方面，“她们不能同一个男同志比较接近，更不能同几个都接近”。她们如果嫁给有地位的干部，就被讥讽为走“首长路线”。而坚持不嫁给干部，就又被训斥：“瞧不起我们老干部，说是土包子，要不是我们土包子，你想来延安吃小米?”而不结婚则成了永远被诬蔑和被造谣的对象。结婚被迫带孩子被说成“回到家庭了的娜拉”。如果为工作不要孩子或不带孩子，又被责备说：“带孩子不是工作吗？你们只贪图舒服，好高骛远……既然这样怕生孩子，生了又不肯负责，谁叫你们结婚呢?”而女同志的“落后”，又成了她们被男人提出离婚的口实。其实，“她们在没有结婚前都抱有凌云的志向，和刻苦的斗争生活，她们在生理的要求和‘彼此帮助’的蜜语之下结婚了，于是她们被逼着做了操劳的回到家庭的娜拉”。丁玲在文章中替妇女呼吁是不错的，但是，以男女对立的逻辑，不加区分地把首长、老干部、艺术家等一律看为欺压女性的人，则显然是把个别事例夸大为一般现象。

此外，一些作家站在个性主义的立场，描写延安的老干部与知识女性的婚恋情感纠葛，对其中“以权谋婚”的现象给予批评与嘲讽。莫耶（陈淑媛）的《丽萍的烦恼》[②] 是一篇比较客观地反映延安的老干部与知识女性在婚恋上的情感纠葛的小说。主人公丽萍为反抗包办婚姻，与恋人林昆一起奔赴延安，在一个剧团里做抗日宣传工作。她积极热情地投入工作中，看不起那些嫁给高干后不工作的女性，把她们称为“六条腿”的“新式寄生虫”。但现实生活的艰苦，又让她羡慕嫁给大领导的同事阿黄。阿黄出门骑马，住着温暖的大房子，

---

① 《解放日报》，1942 年 3 月 9 日。

② 《西北文艺》第 2 卷第 1 期，1942 年 2 月。

睡有着白纱帐、绿缎被、羊毛毯的大双人床，用着香气四溢的玉兰皂和大盒的凡士林，吃的是带肉的面条，家里还有“小鬼”伺候着。这使她很快在赵国华团长又是请吃饭又是送派克笔的“进攻”下“缴械”了。赵团长娶了个洋学堂出来的“知识分子”老婆，很有面子也很快意。而婚后的丽萍，和团长没有谈得来的话题。虽然物质生活的享受曾使她满足，但她在精神上却感到无限的抑郁、烦恼。过去一些可谈的朋友，又都跟她疏远了。林昆来到干部所，她去找他诉说烦恼，被团长看到了。团长发了脾气，教育她要注意保持他的威信。因为在团长看来自己是上千人的领导，老婆和别的男人谈话拉手会损害自己的威信。丽萍临产时，警卫员陪她骑马去医院，两个伤兵瞥着马后驮着的肉和大米骂她是“骚货”！这使她感受到了莫大的侮辱。生下孩子后她对团长说把孩子送人，自己要出去工作。团长严厉地教育她说：“养孩子也是革命工作!”丽萍终于不顾一切地哭喊：“离婚……离婚……”老团长也大巴掌拍在桌上吼道：“你调皮捣蛋!”

马加的小说《间隔》[①] 与刘白羽的小说《胡铃》[②]，则从个性解放、婚姻自主的视角，对个别老干部“以权谋婚”的现象给予批评与嘲讽。《间隔》写杨芬与周琳这两个大学时代的恋人一同奔赴解放区，在×县救国会工作。反扫荡前杨芬和周琳被派到区里去组织担架队，在敌人的扫荡中被冲散在山野中的她，危急中遇到了与敌人战斗的八路军×支队。支队长是一个操着江西口音的老革命。支队长见到杨芬异常惊喜：“两只小眼睛频频地闪着光，似乎他在打扫战场时意外地发现了稀罕的胜利品。”他告诉杨芬敌情不明，她一个人走路会碰到危险，要她跟上队伍一起打游击。就在杨芬迟疑时，支队长已果断地命令特务员把她扶到马上跟着队伍走了。到了宿营地，支队长“显示了露骨的亲密，把她从马上抱下来，拍去了她身上的尘土”，并吩咐特务员给杨芬端来了洗脚水。支队长所做的一切都使杨芬感到窘迫、不安、烦躁和苦恼。她到支队办公室找支队长辞行，支队长以道路被敌人封锁了，不能做敌人的俘虏为由坚持让她留在支队的火星剧团工作。他们谈话时，本来在此谈天的支队参谋长和政治部主任都偷偷地溜走了。支队长开始以帮助她政治进步的名义向她明确地表示爱意。他“走到她的面前，两只闪着亮光的眼睛盯在她的脸上，‘你明白我的意思吗？留在剧团里，我愿意帮助你进步。’”。他不顾她的惊恐和躲避，追着她用颤抖的声音表白说：“你明白我的意思吗？杨芬同志，我愿意帮助你

---

① 《解放日报》，1941年12月15、16、17日连载。

② 《文艺月报》第14期，1942年4月15日。

进步……”并“用他痉挛的手指从身上摘下一支钢笔，接着就把钢笔插在她的身上”。杨芬一直低着头反抗，县青救会主任周琳带着担架队突然闯进院子里，这才使她脱离了窘境。她本想从周琳身上得到理解与支持，可是他却以嫉妒和怨恨的态度挖苦和讥讽她在支队的剧团工作受到“优待”，还收到了“珍贵”的礼品派克笔。这使她难为情而又悲哀绝望。她憎恨那支带给她痛苦的派克笔。一段时间之后，支队长问她问题考虑得怎样了。她冷静地回答说没有考虑的必要。而支队长却对她说：“没有考虑的必要，那么就请组织批准吧!”当她充满惊讶和疑惧地问他什么意思时，支队长迸发出脆快的唇音，红肿的眼圈燃着亮光，告诉她：“请组织批准我们结婚!”她表示不愿意后，政治部主任和参谋长找她谈话，向她介绍支队长的革命历史。政治部主任说：“反正你们女同志迟早总要结婚的，找一个像支队长这样的老干部，是很困难的。”参谋长告诉她：“找一个老干部结婚，是顶吃得开的。”支队长请她吃饭，送她东西，每天晚饭后都单独到剧团找她谈话。杨芬不接受他，他认为是因为周琳，不无嫉妒地怒骂：“该死的知识分子!”为赢得杨芬的好感，他把自己做长工，分配土地时参加革命的苦难而光荣的经历给她讲了八遍，但她听来却淡然无味而且觉得讨厌。她敬重支队长的英勇、沉毅、果敢，但总觉得他有些不顺眼。他的直率、单纯在她看来是没有教养。“连吃辣椒也使她不喜欢。她觉得在她们之间绝没有存在某种关系的可能，假如要求实现，那正像有谁在勉强她吃苍蝇一样的困难。”她坚定地表示要离开游击队。支队长气得战栗，发火说：“你能不服从组织!”“组织叫你和我结婚。”并且他“凭着一股莫名的劲”拉住她的手紧紧地捏住。使“她痛绝地退到墙角边，她简直吓坏了，恍惚有一条毛虫爬进了神经细梢，使她的神经震慄着”。她决然地丢开他跑出了屋子。小说《间隔》表现了知识分子与工农之间的“间隔”。《胡铃》也有与《间隔》类似的故事情节，写来到延安的女学生胡铃，因一份写有“脱离群众……社会关系复杂”的鉴定，导致她虽然工作很努力，但受到别人的歧视。经过苦苦思索，她认为人们不喜欢接近可能是由于她不是党员。于是，她鼓起勇气向组织科的领导提出了入党的要求。令她高兴的是该领导很和蔼地和她谈了半个小时，夸她工作很好，表示了解她，还很友好地和她握手告别。她以为她的生活就要有一个新的开始了，令她没有想到的是，那个领导主动到她的住处来找她谈话了。她决定把自己的一切都敞开来告诉组织，可是该领导却大谈自己悲壮的革命经历。尤其详细地谈他们怎样在监狱中开展绝食斗争以致损伤了身体，胡铃听了后表示很羡慕他顽强的斗争精神，自己也愿把生命奉献给党。没过多久，组织科的另一个领导找她谈话，告诉她原来和她谈话的领导很爱她，而且她也表示过羡慕他。所以胡铃应该和他结婚了。这使胡铃很是震怒。一切服从，难道结婚也要服从吗？于是她要求调动工作，甚至离开延安。得不到答复她就拒绝工作。但对此没有人过问，也没有人理会她，反而是单位里传播着一些对她不利的流言。她病倒了。最后，她给这个大机关的最高领导写信说明这一切，这领导告诉她，那些人这样对待她，不是“误会”而简直是“罪恶”。她经过这一切而不灰心，已经应该是一个共产党员了。

这些作品，表现女知识青年与工农干部在婚恋情感上出现的隔阂与纠结时，显然对前者是给予同情与肯定，而对后者则多是讥讽甚至丑化。当时，组织或领导出于对一些把青春年华献给了革命战争的老同志的关心与爱护，不排除在婚姻问题上有出面牵线或帮助的情况，但不会像这些作品中所描绘和讽刺的那样夸张。对这些在特殊的历史条件下，由于战争造成的问题，这些作家不能站在工农的立场上给予理解与包容，而是站在个性主义立场进行揭露、嘲讽与批判，无疑会刺伤那些工农干部的情感与自尊，由此激化和加深了知识分子和工农兵群众之间的矛盾、隔阂与对立。

除以上从四个方面所谈的正式发表的文学作品之外，一些人还以壁报的形式张贴批评讽刺性的作品，办漫画展览，为这股批判与暴露的文艺风潮推波助澜。1941年4月，中央青委机关的李锐、童大林、于光远、许立群等人，在文化沟路边办起了大型壁报《轻骑队》，把一些杂文、诗歌、短论、顺口溜等用毛笔抄写后贴在大木板上。张贴的主要是对延安的不良现象进行批评与讽刺的作品。“其中不少是针对老干部的。有一篇稿子写道：老干部接到秘书转给他的一封妻子来信。他不识字，找的读信人也认字不多，把上面写的‘给你一个吻’读成‘给你一个物’，老干部便找秘书去要那个‘物’。”① 1942年3月，在整风运动中出现的墙报《矢与的》，主张要以“民主之矢，射邪气之的”。实际是以“绝对民主”的理念，用大鸣大放的方式，来宣泄和鼓动自由主义的思想情绪，其中刊载了很多批评甚至抹黑院领导罗迈（李维汉）等人的作品。如“墙报上的一幅漫画：罗迈拖着一条长尾巴，后面有四五个支持他的人抬着，保护这条尾巴。罗迈后来回忆：‘中央研究院的整风墙报《矢与的》更以“民主”获胜的面目，轰动了整个延安，有几期甚至不是贴在墙上，而是贴在布上拿到延安南门外（闹市区）悬挂起来，前往参观者川流不息’。”② 王实味则在

① 孙国林：《延安文艺大事编年》，陕西师范大学出版社，2016年版，第284页。

② 荣敬本、罗燕明、叶道猛：《论延安的民主模式：话语模式和体制的比较研究》，西北大学出版社，2004年版，第195页。

《矢与的》上发文称罗迈的家长武断作风使他“联想到那不断送了多少同志性命的‘比猪还蠢’的领导”[①]。鼓动“我们底眼光不应只看到本院，更应该注意到全延安以至全党……我们还需要首先检查自己的骨头。向自己发问：同志，你的骨头有毛病没有？你是不是对‘大人物’（尤其是你的“上司”）有话不敢说？反之，你是不是对‘小人物’很善于深文罗织？要了解，软骨病本身就是一种邪气，我们必须有至大至纲〔刚〕的硬骨头！”[②] 此外，当时华君武、蔡若虹、张谔等人还在“鲁艺”创办了一个漫画墙报，就是把漫画作品粘在一块蓝布上，挂在窑洞外面的墙上。作品既有反映反对德意日法西斯、讽刺国民党消极抗战积极反共的，也有批评讽刺身边的人和事的。因漫画墙报受到大家的欢迎，所以几个画家于1942年2月15日，以延安美协的名义在军人俱乐部举办讽刺画展，在延安引起了轰动。展出的画作包括《和平的鼾声》《老子天下第六》《摩登装饰》《首长路线》等70余幅。其中华君武的《首长路线》，画了两个年轻女同志一面走路一面打毛线，其中一个说：“哦！她，一个科长就嫁啦?”讽刺的是一些女性利用婚姻攀高枝，走“首长路线”。丁玲在《“三八节”有感》中，从妇女权利与地位的角度，把走“首长路线”看作当时妇女的一种尴尬与无奈的选择。

四

丁玲等人创作批判与暴露性作品的主观意图，是为了把“黑暗削减至最小限度”，使革命事业更好地发展；但其在客观效果上却激化和加深了知识分子与工农兵群众之间的隔阂、矛盾与对立。之所以会出现这种主观意图与客观效果的严重悖逆，其根本的原因是知识分子的个性主义理想，与特殊历史语境所要求的高度集中的集体主义的现实，形成了错位与矛盾。而正是这种错位与矛盾，使这些批判与暴露性的作品，在当时延安依靠工农、团结一致、共同对外的主旋律中出现了不和谐的音调。

首先，“文艺新潮”作家，在特殊的历史语境下却选择了不适当的批判对象。所谓“文艺新潮”的这些作家，基本上是在革命的名义下，承继了五四启蒙批判的文学传统，其作品的主基调是张扬个性主义、思想自由、人格平等，

---

① 王实味：《答李宇超、梅洛两同志》，刘增杰、赵明、王文金等编：《抗日战争时期延安及各抗日民主根据地文学运动资料》（上），山西人民出版社，1983年版，第355页。

② 王实味：《零感两则》，刘增杰、赵明、王文金等编：《抗日战争时期延安及各抗日民主根据地文学运动资料》（上），山西人民出版社，1983年版，第353—354页。

批判专制、保守、愚昧等封建落后意识。在他们看来，正是这些封建落后意识，使一些干部观念落后、思想僵化，并由此产生了教条主义、事务主义、官僚主义、享乐主义、压抑个性、不平等婚姻等不健全不合理的现象。由此他们站在启蒙的个性主义立场，对民众特别是农民及农民出身的军人干部的封建意识和落后观念，进行揭露与批判。然而，在20世纪40年代民族危亡之时，党正领导全国人民，依靠工农且把农民作为革命的主力军来抗击日本帝国主义的侵略，在这种特殊的历史语境下，不以正面的肯定与鼓励态度来激发农民的爱国情绪与革命积极性，反而以俯视的姿态来揭露、抨击和针砭他们的落后性与愚昧性，这显然与党的战略方针和革命事业的发展不相协调。这些吮吸着五四思想乳汁成长起来的作家，对封建落后的思想意识有着可贵的敏感，但他们又不能站在时代与政治的高度，认识到“中国的革命实质上是农民革命，现在的抗日，实质上是农民的抗日。新民主主义的政治，实质上就是授权给农民。新三民主义，真三民主义，实质上就是农民革命主义。大众文化，实质上就是提高农民文化。抗日战争，实质上就是农民战争。现在是‘上山主义’的时候，大家开会、办事、上课、出报、著书、演剧，都在山头上，实质上都是为的农民。抗日的一切，生活的一切，实质上都是农民所给”①。所以这些知识分子是不恰当地把要依靠和结合的农民作为揭露、批判与嘲讽的对象。

在当时的革命队伍中，尤其是在军队中，工农出身的干部可谓中坚力量，党除在政治军事上培养他们的觉悟与素能外，在生活上，也理应给予切实的关心与帮助。“毛泽东和中共中央为补偿大多数高级将领由于军务倥偬而耽误了青春，鼓励和帮助他们解决婚姻问题。……当时延安的高级领导人，师级以上的军官中80％以上的人都是在这一时期恋爱、结婚、成家、生子。”② 在政治家看来，这是对因革命战争而造成的人生缺憾的弥补，是符合革命的人道主义精神的。而在那些作家看来，婚姻上的“组织帮助”或“组织批准”，是有违他们所接受的个性自由、婚姻自主的基本认知的。由此，他们对干部与女知识青年结婚的现象进行了批评。丁玲在《“三八节”有感》中借诗人们的口说：“延安只有骑马的首长，没有艺术家的首长，艺术家在延安是找不到漂亮的情人的。”这无疑会使知识分子尤其是文艺青年产生不满与对立情绪。当时的中央领导人敏锐地意识到了这些作品存在的问题。据丁玲回忆，主持《解放日

---

① 毛泽东：《新民主主义论》，《毛泽东选集》第2卷，人民出版社，1966年版，第652—653页。

② 黄正林：《抗日战争时期陕甘宁边区的社会生活》，陕西省图书馆编：《陕图讲坛 2016》，三秦出版社，2017年版，第184页。

报》的博古从杨家岭带回了对小说《间隔》的批评意见后，“我们在编辑部的会议上作过检查，但没有写文章公开发表”[①]。

其次，“文艺新潮”作家个性主义的自由、独立、平等理想，与特殊历史语境所要求的思想统一形成了错位与矛盾。作家多是理想主义者，他们认为，追求光明就容不下“太阳上的黑点”，要求绝对的政治民主、思想自由与个性独立。由此他们站在个性主义立场，描写陆萍、K和L（《意识以外》）、胡铃、杨芬、丽萍等一批有理想有热情的知识青年，来到延安后，有的以极大的热情改变落后的环境，最后受到排挤中伤而一走了之；有的努力适应环境，把一切与环境不相符合的思想欲念都压抑在“意识以外”，最后导致精神失常；有的努力工作，积极上进，却在个别领导简单粗暴的求婚下陷入痛苦与烦恼……以此表现这种集体主义的环境缺少人文关怀，批判这种环境对人的个性的压抑和伤害。甚至以绝对平等自由的思想，批判“等级制度”，剑指一些领导干部。他们这些绝对自由、民主、平等的理想，犹如服装展览会上的时装，虽然绚丽多彩，具有审美愉悦的价值功能，但在现实生活中，人们不可能总是上T台走猫步的。当时最紧要的现实，就是为实现民族独立、国家统一，这就需要统一的思想与步调。毛泽东在《关于整顿三风》中说：“因为思想庞杂，思想不统一，行动不统一，所以这个人这样想问题，那个人那样想问题，这个人这样看马列主义，那个人那样看马列主义。一件事情，这个人说是黑的，那个人则说是白的，一人一说，十人十说，百人百说……打起仗来，把延安失掉，就要哇哇叫，鸡飞狗跳，那时候，‘诸子百家’就都会出来的，那就不得了，将来的光明也就很难到来，即使到来，也掌握不了它。……延安失掉了还没有什么，张家也要独立，王家也要独立，那就不得了。所以就是延安失掉了，反主观主义也要搞，作战也要搞。总之，一定要搞，搞到哇哇叫也要搞，打得稀巴烂也要搞。”[②] 虽然毛泽东这里针对的是张国焘、王明等人政治上的宗派主义与主观主义，但文艺上自由放任地批判与暴露所造成的现实矛盾与思想混乱，显然也是与政治上要求的思想统一不相协调的。

最后，“文艺新潮”作家的批评态度与方式不恰当。其实，对农民及工农出身的干部自身的弱点或延安政治生活中的不尽人意之处，不是不能批评，但这种批评应该是站在团结与帮助的立场上，而不是持对立与否定的态度。其方

---

① 丁玲：《延安文艺座谈会的前前后后》，张炯主编：《丁玲全集》第10集，河北人民出版社，2001年版，第276—277页。

② 毛泽东：《关于整顿三风》，《毛泽东文集》第二卷，人民出版社，1993年版，第414—416页。

式方法应是与人为善的批评教育，而不是无情地暴露与讥讽。在这些批判与暴露性的作品中，有些将批评的态度与方法把握得比较好，如《一个钉子》《厂长追猪去了》《陆康的歌声》等，作品的主人公虽然有教条主义、事务主义、个人主义等缺点，但他们都是有着热情与理想的革命者，作者对他们也都是善意的含笑的批评。再如《丽萍的烦恼》写女知青丽萍与老干部赵国华的情感隔阂与矛盾，对双方的优缺点都有比较客观的揭示与描绘，不是简单地同情某一方而对另一方进行揭露与讥讽。对丽萍，作者既肯定她追求革命，天真、热情、有正义感，也批评她爱慕虚荣，贪图享乐。她从心里看不起那些嫁给高干骑马享福不工作的“六条腿”的“新式寄生虫”，但她又无法抵御这种生活的诱惑。这使她虽然感到老团长“那一脸皱纹的确讨厌”，但又想“像这么个快四十的人，……还艰苦奋斗地做革命工作，的确是可敬而又可怜。我嫁了他，安慰他，让他更努力工作，这也是为着革命，并不是为着我自己；至于林昆，……一个小小的干事，有时连自己的鞋子都没得穿，还谈得到帮助我?!”明明是自己贪图虚荣与享乐，想抛弃原来的恋人而嫁给老团长，还说是“为着革命”，以求心理安慰。作品也正面写赵国华团长是位老革命英雄。他“很威严，指挥作战的魄力常常使战士们坚守纪律，信仰服从，获得了多次胜利”。并且他也很懂得珍惜感情。他像爱护珠宝似的爱护妻子，“总处处迁就她，顺着她的意，尽量使自己更‘知识分子’化。”但作者也写他知识水平低，给丽萍写信也只是第一、第二、第三的干巴巴的“官话”，认为老婆只是属于自己一个人的。他为着大家辛辛苦苦地干了半辈子革命，“老婆当然也应该牺牲自己，为着他个人”。“对于自己的老婆，他熟悉的方式也只有一种，那就是从小在家庭中看到的父亲对母亲奴役的权利及母亲对父亲服从的义务，长大了在部队里是‘军人以服从为天职’，他认为妻子服从丈夫也是一种天职，于是现在对丽萍也要拿出丈夫的威力。”小说批评他的脾气暴躁、心胸狭隘、大男子主义等。但像《在医院中时》《躺在睡椅里的人》《间隔》《胡铃》等作品，则刻意暴露民众、工农出身的领导干部的封建落后意识与狭隘自私心理。作家不体谅民众与工农干部的文化素养和情感自尊，以高高在上的启蒙者姿态，无情地批判工农的愚昧与落后，揭露所谓“阴暗面”。在他们的笔下，民众都愚昧保守，言行粗俗；领导则官僚主义，作风腐化，不尊重知识与人才，对陆萍、杨芬、胡铃这些有知识、有热情的女青年，要么是歧视、孤立和排斥，要么就想凭借自己的地位与权力，以“组织批准”的名义占为己有。在这些作家看来，个性自由、婚姻自主是五四时已经确立的基本准则，一些人以“组织批准”的名义“以权谋婚”已经超出了作家们容忍的底线。正是由于怀有这种“义愤”

的情绪，使其作品中对干部形象难免有所“丑化”。特别是陈企霞的《鸡啼》和王实味的《野百合花》《零感两则》等文章，以否定和对立的态度，影射歌颂光明是受了欺骗，指斥“到处乌鸦一般黑”，鼓动反对领导，特别是反对“大人物”的硬骨头精神！难怪王震看到这样的文章“发了脾气，说我们在前方打仗流血，王实味这样的人却在后方这样讽刺挖苦我们的领导干部”①。

五

20 世纪 40 年代初丁玲等主张批判与暴露的一批作家，毋庸置疑都是满怀着救亡的热情和革命的理想来到延安的。他们对边区的批评，也是为着使其在制度与风尚上更为完善和理想；表现了知识分子对社会、对革命事业的强烈的责任感与担当意识。不过，这些作家虽然对美好的革命图景充满热情与向往，但他们思想的底色还是启蒙的个性主义。而在当时特殊的战争岁月，为争取民族的独立与革命的胜利，建立组织严密、纪律严明的革命体制、发扬集体主义精神是历史的必然。由此，这些置身于集体主义的环境氛围却以个性主义的视角来观察问题的作家，在作品中表现的是有组织的集体对人的个性与自由的压抑，呼吁对这种个性与自由的尊重、理解与关爱。尤其是他们以启蒙者的俯视姿态，来暴露和批判民众及工农出身的干部身上存在的落后性与局限性的作品，更是导致知识分子与工农及工农干部之间产生了矛盾对立。长期为民族和人民的解放事业而浴血奋斗的工农与工农干部无法接受作品中对他们的批评与嘲讽。他们基于自己朴素的认知情感，认为自己在前方浴血奋战，作家们却安逸地躲在后方写挖苦和讥讽他们的作品，这使他们难以理解与容忍。可以说，正是这股暴露性文学潮流引发了知识分子与工农之间的激烈矛盾，而这种矛盾的发展势必会影响到解放区政治的安定与走向。这使党的领导人感到“现在文艺的问题碰到鼻子上来了，不能不管一下”② 了。很明显，这股暴露性文艺潮流，不但是延安文艺座谈会召开的原因，也是延安文艺整风所针对的问题，创作上的重要纠偏对象。所以，尽管这股暴露性的文学潮流，总体倾向是以现代理性精神和科学知识反对保守落后的封建意识，其作品独特的题材与主题，也反映了特定历史时期的某种社会生活侧面与特定知识群体在特定历史语境下的

---

① 邓力群：《回忆延安马列学院的整风运动》，任文主编：《我所亲历的延安整风》上，陕西师范大学出版总社有限公司，2014 年版，第 66 页。

② 毛泽东为准备召开延安文艺座谈会找当时负责文化俱乐部的诗人萧三了解情况时说：“我本来不管文艺的，现在文艺的问题碰到鼻子上来了，不能不管一下。”陈晋：《文人毛泽东》，上海人民出版社，1997 年版，第 229 页。

真实的思想、情感与心态；但是，这些作品表现的个性主义的自由、独立、平等思想，与当时要求集体主义与思想统一的特殊历史语境不相适宜。完全否认这些作品的文学价值与积极意义，甚至把其看成“反党”“反人民”的“毒草”，固然是错误的，但完全抛开其历史的缺陷而谈其现代意识与独特贡献，同样是有违历史的偏见。此外，把这股暴露性文学潮流命名为“延安文艺新潮”，也是不合适、不确切的。它其实并不“新”，而是五四启蒙文学传统在特殊历史语境下的延续或再现。

论中国现代文学史观的未来性问题

陈国恩　武汉大学

内容摘要：中国现代文学史观中的未来性，即关于未来社会的想象和愿景，是引导文学现代性实践的思想动力，也是文学现代性至关重要的组成部分。对于未来的想象，在中国现代文学实践中造成了现代性的分化，形成革命现代性、启蒙现代性和世俗现代性，它们各自依照具体的社会条件作用于文学的发展。因此，未来性作为中国现代文学的逻辑基础，制约了中国现代文学的发生和发展。对于中国现代文学一些重大问题的讨论，比如起点问题，并非要简单地回归历史，而是要从联系着现实发展的未来性出发来评价革命现代性、启蒙现代性和世俗现代性的作用，方能厘清。这是基于未来性的立场进行的价值评判，是从未来的维度看当下和过去的一种思维模式。由此产生的争议，源于对未来性的不同理解。对研究者而言，重要的则是如何实现未来性这一思想逻辑与真实历史的辩证统一。

关键词：未来性　现代性　中国现代文学观　历史与逻辑

当思想摆脱了教条，面对历史的时候，仅仅从历史来谈历史，会有不少重大问题仍然难以厘清，甚至“公说公有理、婆说婆有理”。造成这种现象的根源，相当大程度上是因为历史不仅仅是历史，而且是一个与现在，与未来相关的问题。关于未来的想象和构想，事实上影响了人们对历史的判断。中国现代文学学科，它的一些基本问题在相当长时期里没有多大争议，主要是因为它受到中国革命史观的规范。到了新时期，人们对历史进行更为深入的探讨，中国现代文学史的研究也就在它的一些基本问题上，比如起点的问题，出现了明显的分歧。这是学科充满活力的表现，但不得不说，产生这种分歧的一个重要原因，是人们在讨论历史问题的时候，心里想的却是未来的中国，或者说中国的未来。不同的未来想象，影响了对中国现代文学史一些基本问题的判断。

历史必须尊重事实，但是对事实的解释有一个未来性的参照系。建立在一定思想体系基础上的关于未来中国的想象和愿景，有其自身的逻辑，应该成为我们研究中国现代文学的重要参照，我们在研究中应追求这一思想的逻辑与真实历史的辩证统一，去弄清楚一些重大分歧的由来。这是一种不同于从当下看过去，或者从过去看当下的思考问题方式，它是从“未来”看当下和过去。思维模式的这一革新，有助于我们从一个新的视角来研究历史，获得新的认知。

一、由未来性引导和规约的现代性

中国现代文学，是现代性的中国文学。现代性是把现代文学从整个中国文学中分离出来，使之成为与中国古代文学对应的具有独立形态的文学的根本依据。即使主张中国现代文学是中国现代时期的文学，把现代性简化成一个时间观念，悬置对文学现代性的价值判断，也仅仅是把现代性的判断从文学史转移到现代史上去，依据对历史时期的现代性判断，来为现代文学确定一个时间边界。

“现代”这个词，天生具有当下性，即任何时代都可以用来标记当下与此前历史的差别。“现代”不断成为历史，也使“现代性”的概念呈现为一个过程。今天，相当一部分学者认为现代性是与人的觉醒联系在一起的。无论是历史学家汤因比认为“现代时期”是指文艺复兴和启蒙时代，还是更多的思想家认为“现代”起源于启蒙运动，他们的共同特点都是把人摆脱神权的束缚、具备独立的人格和思想视为历史进入现代的一个标志。这主要是因为启蒙主义在认识论上摆脱了知识来源于上帝这样的传统观念。随着自然科学的突飞猛进，启蒙主义哲学家开始重视检验事实，强调理性是人的天赋，人类不必依赖上帝的引导，凭自己的理性就可以从经验中获取可靠的知识来重构关于世界的图景，甚至改变世界。在这样的观念中，世界不再是由上帝创造的，而是有一个生成的过程，人在其中发挥重要作用。这就像康德在1784年发表的那篇著名文章《什么是启蒙运动》中说的：“启蒙运动就是人类脱离自己所加之于自己的不成熟状态。不成熟状态就是不经别人的引导，就对运用自己的理智无能为力。当其原因不在于缺乏理智，而在于不经别人的引导就缺乏勇气与决心去加以运用时，那么这种不成熟状态就是自己所加之于自己的了。……要有勇气运用你自己的理智，这就是启蒙运动的口号。”① 康德强调这种不成熟状态由“自己加之于自己”，与上帝或者其他的外在权威无关。因此，无论是成熟还是不成熟，人类都要对自己的行为负责。启蒙主义关于人的主体性的论述，是指

① 康德：《历史理性批判文集》，何兆武译，商务印书馆，1990年版，第22页。

向未来的，给了人们一个关于人在未来的自由状态的预期。

人们谈论现代性，基本是就截至目前的历史来谈现代性，把现代性这一范畴的当下性，即在当前一个时期里所要实现的具体构想，比如以一定的价值观念为基础的政治、经济、文化制度，与这些包含了价值观的制度形态合乎规律的进一步发展的可能性即它的未来性混同了起来，因此，我们很难清楚有力地说明现代性在实践中为什么会存在多样的形态。这也造成了现代性的意义含混，从客观上削弱了现代性在推动社会发展的实践中所应发挥的重大作用。其实，人们不难发现，现代性概念的提出既是为了解释从过去到今天的历史，解决当下所面临的挑战，也是为了谋划未来的发展。这说明现代性的范畴是当下性与前瞻性的统一：就其当下性而言，它是联系着过去的当下一个时期里所要实现的具体构想；就其前瞻性而言，它既是关于社会未来发展的系统性想象、理想和愿景，也是对未来社会某一发展阶段基本属性的判断，人们要依据这些判断来设计或者修正现代性的方案。如果只关注现代性范畴的当下性一面，那只能用其来说明当下与过去的关系，彰显当下相对于过去的进步。如果兼顾现代性范畴的未来性一面，则未来性又是现代性得以践行的内在依据。这样来理解现代性，就会发现现代性中的前瞻部分作为引导现代性实践的思想力量，是现代性这一范畴中至为重要的组成部分。

就指向未来的启蒙主义观念而言，它同时也是一种思想的逻辑，在它还没有在社会实践中转变为现实的力量之时，就已经是未来性的一种思想形式，在社会面临新选择的时刻，提供了一个解决当下问题、确立社会发展新方向的未来方案，引领社会革命运动。这逐步造就了现代资本主义的国家体制和社会管理模式。

作为启蒙主义认识论革命所推动的政治革命的一个成果，资本主义的政治制度充分关注个人的自由和权利，对国家权力加以规范和监督。价值观念革新，政治制度创新，科技革命的发生，推动生产力突飞猛进，创造了人类有史以来最为壮观的经济奇迹，以至于“现代性”在后来的观念中是与议会民主、市场经济、个人主义紧紧联系在一起的，并成为人类文明的一个重要标志。

但是，思想的逻辑和历史的发展不会严格地吻合。当人们欣喜于资本主义的自由、民主、平等、博爱等美好前景时，许多人忽然发现，从概念的内在逻辑上说，有了民主就不会有完全的自由，追求效率就难以保证完全公平。个人权利和社会利益，存在着难以调和的冲突。因而标榜理性的启蒙主义，事实上并没有给世界带来它所许诺的和平。资本主义不断扩大再生产，并且向外扩张。按理性原则组织起来的国家机器，在一些地方采用非理性的暴力，变成对启蒙主义原则的一种讽刺：人不仅没有获得预想中的自由与幸福，反而成为权力和资本的奴隶。正是在这样的背景下，众多新的学说如无政府主义、基尔特主义、空想社会主义等轮番登场，引导了世界性的社会革命运动。马克思主义的诞生，引导世界进入民族解放和人民革命的新阶段。这些新的学说，是关于未来的新的想象，它们作为未来性的思想逻辑对社会的发展产生了重大的影响。

社会主义从空想到科学的发展，说明随着资本主义矛盾的加剧，人们试图找出一条新的现代化的发展道路。这条道路，开始时就针对资本主义存在的问题；十月革命后，明确提出要通过生产资料公有制、计划经济、按劳分配来实现共同富裕的理想。这一包含了共产主义理想的现代性想象，一度动员起了世界性的革命激情。在思想领域，这一革命受其自身的条件和所要达到的目标的要求，一反启蒙现代性所推崇的个人自由和权利，转而崇尚集体主义、统一思想、革命纪律。中国共产党在新时期总结了世界社会主义运动的正反经验，提出了社会主义初级阶段的理论。它的核心思想就是我国的社会主义已处于并将长期处于初级阶段；在这个初级阶段，社会主义要发展市场经济，解放生产力，尊重人、肯定人的价值，调动人的积极性。这一新的发展战略，创造了改革开放四十年来的经济奇迹，从理论到实践推进了中国特色社会主义进程。社会主义初级阶段的理论，它的未来想象，即关于未来社会的构想实际上吸取了历史的经验，把社会主义的理想与经济发展、人的解放联系了起来，把社会主义的理想与截至今天人类所创造的优秀文化，在新的社会条件和思想基础上加以改造并发扬光大，使社会的发展有了一个良好的现实基础。

在资本主义世界，另一种现代性的探索则是以批判的方式完成的。从现代主义的哲学、文学、艺术到后现代主义的哲学、文学、艺术，就是这一探索的成果。如果说现代主义的哲学、文学、艺术表达的是对资本主义现代化的焦虑，思考现代性的新的可能性，那么后现代主义的哲学、文学、艺术就是基于现代化的负面后果，比如周期性的经济危机，科技发展造成的生态破坏，足以毁灭人类的核战争阴影，信息爆炸对人的智力提出的挑战，人的主体性的失落，话语霸权制造的不公平等，直接提出解决问题的方案。后现代主义提出的方案，大致就是解构中心、破除权威，多元化和相对主义，其目的就是在受到现代性的压迫后，追求新意义上的人的自由和解放。由这样的未来性引导，后现代主义对资本主义的观念和制度采取了激进的批判态度。

二、中国现代文学中的未来性因素

对于未来的想象是现代性的重要思想动力。这一点对中国现代文学学科来说尤其重要。决定中国现代文学的现代性质的现代性，是一种什么样的现代性？这不能不考虑现代性中的未来性因素。如果仅仅进行现代性的自我审视，不容易找到有说服力的答案。

鸦片战争后，一些进步人士开始思考中国的未来。洋务派提出“师夷长技以制夷”，推动工业化，走富国强兵之路。晚清的新政促进了自由经济，推动了教育、法制和军队的现代化。这一新政显然是以西方，尤其以日本的现代化经验为蓝本的。新政在辛亥革命的枪声中宣告终结，但它在许多方面为民国制度的形成提供了重要经验。晚清的现代性探索对文学的影响不大，但客观上在思想领域造成了现代文明与中国传统观念的冲突，造成了这一过渡时期社会和思想的混乱。比如，小说界革命、诗界革命、文界革命虽然带来了文学的新风气，但这些变化总体上还停留在比较表面的层次。白话报纸虽然大量涌现，但正宗的文学仍推崇文言。诗歌采纳口语成分，但仍坚守旧体诗的格律。新小说如雨后春笋，却仍以娱乐消遣为主。也有宣泄欲望的，如在通俗小说中表达人性欲求，但许多人又宣扬寡妇不能再嫁，伦理观念十分守旧。这充分说明此一时期思想的混乱和精神的萎靡不振。

辛亥革命在中国开创了革命现代性的实践。它以革命结束了清王朝统治，建立起了共和政体。这是现代性进入政治领域的实践，它对文学发展没有直接影响，但它追求现代民族国家的理想及其初步成功，显然为文学的革新提供了一个制度保障。当辛亥革命自身的一系列问题出现后，以陈独秀为代表的“新青年”派借助共和政体所给予的条件掀起了一场轰轰烈烈的五四运动，拉开了文学革命的序幕。

五四运动所追求的现代性，与辛亥革命所追求的现代性存在很大差别。首先，它是为了补救辛亥革命的历史局限性而发动的。辛亥革命在民众还很不成熟的条件下爆发，革命者与他们所要依靠的民众之间还存在严重隔阂。革命没有得到民众的广泛响应，像鲁迅在《药》《阿 Q 正传》《风波》等小说里所表现的那样，国家的实际权力落到了袁世凯的手里。政治上的这一挫折，既是二次革命等历史事件的起因，也是陈独秀等人发起新文化运动的一个根本原因。“五四”先驱发现中国社会的进步取决于人的现代化，于是开展了旨在“立人”的五四运动。在启蒙思想的指导下，五四文学着力批判国民劣根性，探索知识分子的思想道路，是从属于思想启蒙这一时代主题的。可见，五四文学所执着的现代性采取了与辛亥革命完全不同的策略和方法，即不是采用革命的暴力，而是诉诸批判的武器进行思想启蒙的工作。这一差别的根源，就是五四启蒙现代性中的未来想象是聚焦于人的现代化的，它的现代性方案中关于现代性实现的途径和手段，即它关于未来的想象与革命现代性诉诸暴力的内容存在很大的不同点。

这项工作遭遇了现实的巨大挑战。启蒙主义者指望用启蒙手段“立人”，使阿Q们觉悟过来，这注定难以成功，因为民众读不懂鲁迅的小说，封建思想还根深蒂固，鼓励他们争取作为公民的权利，就会像《药》里的红眼睛阿义骂夏瑜那样，受到民众的谴责。五四运动在知识精英中掀起了巨大波澜，拉开了中国现代史上思想革命的序幕，但它致力于民众觉醒的目标难以通过启蒙的手段实现。这暴露了思想启蒙在中国的现实困境，也是众多思想启蒙先驱在五四运动遇到低潮时感受到巨大的苦闷、先后选择了不同思想道路的一个现实原因。①

就在新青年阵营分化、启蒙难以为继的时候，社会革命运动开始兴起了。中国共产党以马克思列宁主义为指导，致力于人民革命，先与代表社会上层利益的国民党合作，终因革命的目标不同而与国民党决裂，独立承担起了领导中国革命的历史使命。

共产党人领导的社会革命，体现了革命现代性的要求，是对辛亥革命的革命现代性的一个重大发展，又远较辛亥革命的现代性追求明确且成熟。它有系统的理论，有广大基层民众基于自身利益而给予的广泛支持，不再像辛亥革命那样仓促，而革命者又严重脱离群众。它以俄国十月革命为范本，要通过暴力手段打碎旧的国家机器，建立人民政权，来实现中华民族的现代化梦想。它包含着中华民族的历史悲情，代表了民众的大同理想，在实践中有十分悲壮的呈现，逐步赢得了社会不同阶层，特别是民众的支持。

与五四启蒙现代性不同，革命现代性的方案不是采取从思想到思想，最后才延伸到社会的思想革命路径，而是采取从社会到社会，在革命过程中来提高革命参与者思想觉悟的路径。换言之，它是用马克思主义武装民众，使之认识到革命就是夺回自己的权利，用革命手段铲除剥削阶级的经济基础，走共同富裕的道路。这与五四启蒙现代性所追求的建立未来现代化民族国家最终目标是一致的，但实现这一目标的路径和手段完全不同。换言之，它关于未来想象的终极目标与五四启蒙思想是一致的，即实现国家的现代化。因而两者在一定条

---

① 参见陈国恩：《现代性的历史演进与“鲁迅”形象》，《学习与探索》2016年第11期。

件下可以合作；但由于路径和手段不同，它与五四启蒙思想又会在历史进程中发生冲突。

毛泽东提出新民主主义理论，最大限度地实现了革命现代性与启蒙现代性的统一。这种统一，在毛泽东的新民主主义历史观中，是把五四启蒙现代性与中国共产党人坚持的革命现代性视为同一现代性过程的不同发展阶段，强调中国现代革命是从五四彻底反封建的思想革命发展为吸引了广大民众参与的推翻旧的剥削制度的政治大革命。就像毛泽东说的："在'五四'以后，中国产生了完全崭新的文化生力军，这就是中国共产党人所领导的共产主义的文化思想，即共产主义的宇宙观和社会革命论。"① "所谓新民主主义的文化，一句话，就是无产阶级领导的人民大众的反帝反封建的文化。"② 这表明，五四新文化运动与后来的社会革命前后相接，共同构成了新民主主义革命的历史。

鲁迅从思想启蒙到接受社会革命的道路，就体现了上述历史发展的逻辑。在思想革命遭遇现实的阻碍时，鲁迅基于早期的民主主义立场，从正在兴起的社会革命中看到了思想革命的局限得到补救的可能性，比如愚昧的阿Q难以通过思想启蒙觉悟，但如果让他看到革命对他有利的一面，他就有可能被动员起来，因而鲁迅才逐渐接受了社会革命的观点。鲁迅的这一思想转变，既有共产党人的影响，也是他自己在历史发展中基于个人感受和思考所做的一个合乎其思想逻辑的选择。当然，这样的选择并不意味着他与五四的思想传统一刀两断；相反，他是在吸取五四的"立人"思想基础上接受阶级观点的。这一点，为左翼文学运动内部后来出现的一些重大论争埋下了伏笔。

共产党人的革命现代性观念，紧密联系着未来建立现代民族国家的理想。在这样的观念指导下，左翼文学必然把自己视为整个新民主主义革命的一个重要组成部分，自觉承担起动员人民、打击敌人的使命。因此，左翼文学是政治性第一、艺术性第二的文学。其中一些优秀的作品，是作家在革命实践中经由个人的生活体验，把自己的生命感受与革命的理想融合起来的，在表现革命主题的同时，又取得了艺术上的重要成果，如鲁迅、茅盾、丁玲、萧红等人的作品。但不能不看到，左翼文学中存在着不少主题先行、艺术粗糙的作品。这主要是一些作家把政治观念作为创作的起点，缺乏真实的生活体验，结果既生吞活剥政治概念，又扭曲了生活经验，把作品写成了观念的传声筒。这种现象直到新时期通过调整文艺指导方针，从文艺为政治服务调整到为人民服务、为社

① 毛泽东：《新民主主义论》，《毛泽东选集》第2卷，人民出版社，1991年版，第696—697页。
② 毛泽东：《新民主主义论》，《毛泽东选集》第2卷，人民出版社，1991年版，第698页。

会主义服务——实际是更好地尊重文艺的自身规律，反对政治对文艺的直接干预，才得到了比较有效的纠正。

由于“左”的政治对文艺的严重干扰，在新时期拨乱反正、追求思想解放的历史背景下，以人的自觉为核心的启蒙主义及启蒙主义的文学观受到了思想界和文艺界的广泛重视。文学创作中出现了凸显人的主体性的“伤痕文学”“反思文学”“改革文学”，而在文学史研究中，五四以来的文学运动、文艺思想论争和许多文学作品，按照实践是检验真理的唯一标准的原则，得到了重新评价。这一新的文学思潮，寄托了中国人民普遍的对于人道、正义和人的尊严的向往，包含了马克思主义关于人的本质全面实现的未来想象。关于人的本质全面实现的未来想象，这一吸取了历史经验后形成的未来性观念力量引领了新时期的现代性社会实践，结合中国自身的条件，形成了中国特色社会主义道路，也规范着新时期的文艺发展。

在启蒙现代性或者革命现代性主导文坛的时代，无论是在生活还是在文学中，世俗现代性都受到了不同程度的压制。五四新文学阵营对旧的通俗文学的批判，革命文学阵营对旧的通俗文学采取抵制的态度，主要是因为五四的启蒙和后来的无产阶级革命都看重文学的批判功能，要通过文学来实现内涵虽有所不同，但一个相当长时期里方向却基本一致的功利性目的；而旧的通俗文学则注重文学的娱乐和怡情属性，它的价值观不符合思想革命和政治革命时代的要求，是有碍于革命理想主义的。其实，旧的通俗文学中并非没有现代性，王德威所肯定的晚清文学的现代价值，主要是指它具有世俗现代性的一面，即所谓晚清文学中的欲望、正义、价值、知识[①]。世俗现代性，也是一种现代性。它更为关注人的世俗欲望和市民社会的日常生活，包含一些不满现状的转型时代的情绪，使之呈现某种现代性的特点。但世俗现代性注重的是人的本性和欲望，实质上不认同启蒙和革命的宏大主题和崇高使命，在想象未来时更为看重人在世俗生活中的自在、富足、平和与惬意，更为明确地坚持自古皆然的合乎世俗情怀的欲望满足。因而，它不像启蒙现代性那样与传统对立，而是淡化时代的差异，肯定人的欲望，包含了较多的民间观念，并且与古代的文化传统较易取得谅解和妥协。它又决不赞同革命者要求节制个人欲望、为革命事业献身的理想主义，而是青睐市民社会的安逸与舒适。也就是说，世俗现代性中的未来性观念，是侧重于平民日常生活的。正因为如此，20 世纪末，当改革取代

---

① 参见王德威关于“没有晚清，何来五四?”的论述，见王德威：《想像中国的方法》，生活·读书·新知三联书店，1998 年版。

革命再次成为时代主旋律时，人们开始更为尊重生活的多样性，人的日常欲望受到肯定和鼓励，与传统文化保持联系的世俗规则重获认可，旧的通俗文学中被长期压抑的那种世俗现代性获得了释放，不仅以金庸为代表的新派通俗小说在国内大为流行，而且晚清乃至民国的通俗小说也回归市场，获得了新的认可，学界开始了对它们的系统研究。与此同时，五四文学革命的反传统、反世俗的激进性一面却受到了批评。文学创作和文学研究，似乎又开始了新一轮的循环。

三、未来性与中国现代文学的起点

由未来性引导的关于现代性的探索，制约着中国现代文学思潮的变化与迭代。从这一种意义上说，21 世纪以来关于中国现代文学学科结构调整，特别是关于其起点的论争，就是基于不同未来性指导下的现代性诉求，解释中国现代文学的性质、由展望其未来发展所引起的分歧。当然，这也说明，中国社会在进入 21 世纪后，面临着进一步明确发展方向的历史契机。如果没有这样的历史契机，人们的认识停留在比较被动的状态，就会听凭历史，依照不同政治力量较量所体现的现代性方向来发展。而有了这样的历史契机，思想界就有了深入思考的机会和自觉，人们同时也就面临着受制于个人认知局限的选择困境。由于历史、当下与未来的内在统一，当个人面向历史发言时，他无疑是站在当下，依据他对当下的思考和对未来的设想来发表意见。不同的立场，不同的诉求，源于不同的未来性想象，造成对历史问题的观察和思考难以避免地发生意见上的相左。这其中的一个重要问题——关于中国现代文学起点的争论，反映的就是不同发言者在其所设想的未来中国及想象中这个未来中国对于文学的不同要求问题上的分歧。

在新民主主义的历史框架中，中国现代文学是无产阶级领导的、人民大众的、反帝反封建的文学，它的性质是明确的，所以作为新民主主义革命起点的“五四”，合乎逻辑地成为中国现代文学的起点。新民主主义学说，要求文学反映人民大众的斗争，要求作家成为文学战线上的战士。它的内在依据，就是展望未来会建立一个人民群众当家做主的新社会。为了实现这一理想，文学上的政治自律乃至必要的牺牲，即为了政治而在某种程度上放弃文学自身的追求就有了很高的道德意义。

但历史表明，新民主主义革命理论中关于未来中国的终极目标，要实现它需要一个相当长时期的过程。它要求生产力高度发达，社会物质财富极大丰富，人的思想觉悟达到很高水平。这与新民主主义理论所设想的终极社会目标，是互为前提的——终极社会目标需要这些极高水平的条件，但实现这些极高水平的条件又要依赖先进的社会制度，因而这一理想目标要经过长期的实践，期间不可避免地会出现曲折的情况。

我们回顾中国革命的过程，总结经验教训，寻找实现中国现代化目标的新的道路。这不是对中国革命历史的否定，而是在总结中国革命历史经验的基础上对现代化方案的调整。调整的一个关键，就是根据具体的国情和未来要达成的目标，提出以经济建设为中心的发展战略，让整个国家进入一个新的现代化发展阶段。于是，在中国现代文学起点问题上，如果坚持新民主主义革命意义上的五四起点说，就必须回答一个问题：这是出于对这一革命的历史的尊重，还是坚持这一革命在其开始时对未来中国的想象，而不计较这一革命在进行过程中所产生的一些问题，不计较这一革命在其早先所持的未来性观念中所含的超越历史阶段的认识？这里的复杂性在于历史不仅仅是过去，而且是一个按时间展开的过程，必然包含着未来的因素，这就要由人的认知来把握，对许多问题要进行具体的分析。换言之，要在尊重中国新民主主义革命成果的前提下，对这一革命向文学提出的要求以及这一革命前进到社会主义阶段时向文学提出的要求，进行正反经验和教训的总结。比如怎样坚持人民本位的文学观？又如何超越文学从属于政治的观点而前进到文学为人民服务、为社会主义服务？更重要的是，要在尊重新民主主义文学历史的前提下，以更为开阔的视野，从中国现代化发展的远景出发，重新评价新民主主义时期的文学现象、文学创作，克服一些片面之见，从而使文学的未来发展有一个更具活力的基础。

把工作重点转移到经济建设上来，实际上就是让社会进入常态的、以现代化为目标的发展阶段，让人在现代化事业中充分发挥个性和才华。这在相当大程度上改变了人的存在方式，使之从被动的、工具性的人变为具有主观能动性的人。适应这一形势，新时期以来，思想领域汇集了声势浩大的新启蒙思潮，而在现代文学研究领域，便出现了回归五四的声音。此时要回归的那个“五四”，当然已经不纯粹是政治革命视野中所理解的“五四”，而是思想革命视野中的“五四”，因而它与政治革命中的“五四”既有现代性方向的一致，又有重要的差异。这种差异，主要就是政治革命中的反帝反封建任务，到了思想革命里的“五四”，人的现代化更多地要通过“人”的思想解放来实现。这与五四启蒙时代的主题一致，即五四启蒙主义者通过人的解放来推动社会进步，包括实现反对帝国主义的目标。五四启蒙中的“立人”，即人的现代化的主题，切合新时期思想解放的时代需要，于是在回归“五四”的呼声中开始用启蒙主义的观点重新评价中国现代文学，包括重新评价鲁迅，把此前相当长一个时期里作为政治革命符号的鲁迅重新塑造成为思想革命的一面镜子①，也包括对五四文学与左翼文学关系的重新思考等。这一文学史的重写，意味着人们认识到了从五四新文化运动高举科学与民主的大旗开始，致力于人的解放，这一历史性的任务经历半个多世纪的努力后，还需要做许多艰苦的工作，还要克服前进路上的许多挑战。

从这样的意义上说，回归“五四”不仅是一个历史命题，而且是关乎未来中国发展的一个重要的思想命题。它重视人的主体性，明确了关于中国未来的，包含了民主与科学内容的现代化方向的规定性。这样一个“五四”，无疑成了区分古代中国和现代中国的历史界碑。它在中国现代文学史上的重要性，大大地提高了。

坚持现代文学的“五四”起点说，一般就是看重“五四”在中国历史从古代到现代转型过程中的这个历史界碑的意义，看重“五四”科学民主思想对于中国现代社会的深远影响，看重“五四”人的解放的思想对于未来中国发展的重要价值——这是一个建立在启蒙主义思想基础上的未来性想象。不赞同中国现代文学的“五四”起点说的，也就应该回应：对一个由重大的历史事件——五四新文化运动所象征的现代启蒙理性精神持什么态度？不仅要明确这一以人的自觉为核心的启蒙理性在划分中国历史从古代到现代转型过程中有怎样的意义，应该担当什么样的角色，而且更要明确这一以人的自觉为核心的启蒙理性对于中国未来发展的意义，它在中国未来的现代化过程应该扮演何种角色？发挥什么样的作用？

改革开放，社会回归常态，人的思想和个性有了较大的发展空间，精神需求渐趋多样化。反映在文学领域，出现了注重文学的娱乐和消费功能的世俗化文学思潮。这一思潮，是人性趋于丰富、审美趋向多样化的一个标志，即文学不再单纯地承担思想改造的使命，它也可以怡情、娱乐、消遣，即文学的功能和角色发生了变化，文学开始讲述世俗男女的故事，讲述离奇古怪的经历，武侠、言情、宫闱、游仙等题材重现文坛。文学观的这一变化，影响到文学史，就是对五四文学革命批判晚清通俗小说的现象提出质疑，晚清通俗小说的价值受到重视。为晚清通俗文学正名，再向前一步，就是以晚清通俗文学的世俗现代性为标准，强调中国现代文学的起点在晚清。这种观点无疑具有新意，即它提升了世俗现代性在中国现代文学史上的地位，给了人们考察中国现代文学一

① 王富仁：《中国反封建思想革命的镜子——论〈呐喊〉〈彷徨〉的思想意义》，《中国现代文学研究丛刊》1983 年第 1 期。

个新的标准和一个新的角度。但这一以世俗现代性为核心的中国现代文学史观，同样应该回答如下疑惑：娱乐性和消遣性，能体现文学现代性的核心价值吗？当今社会是一个消费社会，文学只承担娱乐和消遣的功能吗？娱乐、消遣文学会是文学的主流吗？娱乐和消遣，是一种精神需要，它在任何社会都是存在的，世俗现代性就是追求人生的惬意，它有现代性的因素，但足以成为一个新时代、新的文学时代开始的标志，且成为新的历史阶段和新的文学时代的一个界碑吗？

今天如何界定中国现代文学史的起点，意味着我们是从中国历史的发展中，从可预见的未来中国的历史走向，来确定现代化的标准，来选择什么样的现代性可以作为认识过去、展望未来的基本依据。这不仅影响对历史的认知，而且影响社会的发展。历史是一条奔腾的大河，是连续性和阶段性相统一的过程。任何一个阶段都有它所自来的前缘，都要通向未来。中国现代文学学科的确立，不过是要从中国文学的整体中划分出一个现代的发展阶段。确定起点不是要割断历史，但起点的选择无疑是表明一个态度，表明对历史的一个判断和对未来的一种期待。现代性在历史进程中展现为不同的形态——革命现代性、启蒙现代性、世俗现代性，它们在历史语境中相互联系，形成了不同的思想理论体系。用不同的现代性的观念来考察中国现代文学，得出的结论会不同，其中包括关于中国现代文学起点的观点的不同。因而，关键就在于选择：如果你认为人的现代化是一个根本性问题，在可预见的将来仍然会影响中国发展的重大主题，你就应该重视新文化运动的那个“五四”的意义，坚持已融合了思想启蒙内容的新民主主义“五四”起点说。如果你认为文学与时代关系不大，主要是一种怡情、消遣的个人志业，或者中国未来就是世俗社会，人们追求的是人生的享受和惬意，而文学在其中只扮演了一种娱乐消费的角色，那就不妨坚持世俗现代性立场，越过“五四”，以晚清消遣性的通俗文学为中国现代文学开始的标志。都是现代性的标准，似乎都可以用来评判以现代性为自我确证依据的中国现代文学。

不过，认同什么样的现代性作为标准，不仅仅是一个简单的历史认知，更是基于复杂的现代性构成中的未来性思想力量，即现代性方案中关于未来中国社会的构想和期待，包括对社会发展的预测和结构形态的评估，对历史—文学史所做的一个判断。这是从未来的维度看当下和过去，而不是从当下看当下，从过去看过去。思维方式的这一调整，既会有一个不一样的过去，也会有一个不一样的当下，对中国现代文学起点的认知，就可能会因此有所改变。当然，也完全有可能因为对未来性的理解不同，使各人的观点依然存在分歧。但是，时间或历史本身，会对选择得当与否做出评价，比如会逐一确认左翼文艺观在什么条件下，在何种程度上能解决好它自身的政治性与艺术性之间的矛盾；世俗现代性能不能在可预见的将来成为社会的主导力量；启蒙现代性在未来中国将发挥怎样的作用；等等。这其实也是未来性在社会实践中转化为现实的力量，最终确认它自身的一个过程，更是思想的逻辑与历史的逻辑相统一的一个过程！

打造“金课”的普通地方高校路径

——山东师范大学中国现代文学课程建设案例分析

魏　建　山东师范大学

彭冠龙　山东师范大学

内容摘要：汉语言文学专业作为传统文科，如何打造高质量的专业课程并培养创新型人才，是亟待解决的实际问题。山东师范大学“中国现代文学”课程的几代教师经过长期的探索与实践，逐步摸索出一套持续打造“金课”的有效做法。首先，狠抓课程学理研究，通过课程理念的创新，推动教学内容和教学手段的整体改革。其次，多维互通，以“四个结合”的方式引领学生贴近文学创作，即要求教师“课上与课下相结合”“口头讲述与直观展示相结合”，要求学生“阅读与写作相结合”“文学学习与创作实践相结合”。再次，开放共享、协作创新，与多所地方高校共同开发和建设课程，不断提高人才培养质量，取得良好效果。

关键词：“金课”　中国现代文学　人才培养　“双一流”　山东师范大学

高等学校培养创新型人才的重要路径之一，就是要打造高质量的专业。如何以广博的学术视角、开阔的问题意识和深厚的学术积累为基础，为学生提供更契合现代社会需求的素养训练，如何把现代信息技术融入传统文科教学，为学生提供综合性的学科视野，实现知识扩展和创新思维的培养，推动专业建设的进一步发展，是所有高校必须解决的重大问题。然而，相对来说，“双一流”高校的专业建设条件比非“双一流”高校先进。因此，没有进入任何“双一流”建设项目的普通地方高校要想提高专业建设水平，就应当采取适合自己的、不同于部属高校的专业建设方针。按照“双一流”建设的思路，暂不能建成一流高校就先建一流学科，暂不能建成一流学科就先建一流课程。所以，地方高校的专业建设应聚焦个别课程的建设，通过“金课”的建设成效推动专业建设水平的整体提高。山东师范大学中国语言文学专业的“中国现代文学课程”初设于20世纪50年代，经过一代又一代教师的探索与努力，逐渐形成适应时代需求的、具有地方高校特色的持续打造“金课”的课程建设经验。

一

山东师范大学（前身是山东师范学院，以下一律简称“山师”）中国语言文学专业的“中国现代文学”课程（以下简称“本课程”）开设于1952年，当时叫“中国新文学”。山师是全国较早开设并设立专门教学机构[①]的少数高校之一。本课程奠基人和负责人是著名中国现代文学史家田仲济教授。近70年来，本课程的建设经历了如下几个阶段：

（一）20世纪50年代初中期

这一时期是国内同类课程的草创阶段，当时，只有少数高校开设了中国新文学的“讲座”“专题”之类，绝少将其作为一门独立课程开设，在毫无依傍和借鉴的情况下，本课程第一代任课教师白手起家，自编讲义，自己刻蜡版，自己油印发给学生。这一时期在山师先后讲授本课程的教师有田仲济、许毓峰、钟皓、薛绥之、顾盈丰等[②]。他们在油印讲义的基础上编写了最初的《中国新文学史》教材以及《新文学作品选》《鲁迅作品选》等，使本课程教学文本的“基本建设”初具规模，这在国内是比较早的。这一时期，田仲济教授最重要的贡献是对本课程进行原始资料建设。[③]

（二）20世纪50年代后期和60年代前期

1957年以后，本课程团队增加了一批青年教师：冯光廉、查国华、蒋心焕、书新、董福昌、杨为珍等。他们积极响应中共中央发出的“向科学进军”和“教育大革命”等口号，与老教师一起，在教育教学改革、教材及教学资料建设等方面做了大量工作。这一时期，本课程团队拟编写一部新的《中国现代文学史》，由薛绥之、书新、查国华、顾盈丰等教师与20余位高年级本科学生一起搜集整理相关资料。其中，薛绥之先生不仅贡献了编辑资料的方法和这套

---

① 据山东师范大学档案馆馆藏档案，当时山师中文系设有三个教学小组：古典文学教学小组、现代文学教学小组、语文与习作教学小组。

② 依据山东师范大学档案馆馆藏档案，最初的现代文学教学小组成员除田仲济外，还有俄罗斯文学翻译家高植，古典文学专家庄维石、金启华、李毓芙，以及语文教育学专家吴述郑。

③ 《山东师范大学名家传略》编写组：《山东师范大学名家传略》，山东友谊出版社，2020年版，第50—51页。

资料的编写体例，还“无私地提供了自己历年辑存的全部资料”①。他们于1959年至20世纪60年代初推出了《中国现代作家作品参考资料》《中国现代作家小传》《中国现代文学社团介绍》《1937—1949中国现代文学期刊目录》等资料。一位中国现代文学文献史料研究专家称山师编的这些书和中国现代作家研究资料丛书“完全可以看作新时期由中国社会科学院文学研究所主持的大型史料丛书‘中国现代文学资料丛书’甲、乙、丙编的雏形”②。这些资料因其教学和科研的双重奠基性在国内外学界产生了很大的影响。这一时期，本课程团队还推出了五卷本的《中国现代文学史（初稿）》。1961年本课程团队作为山东省属高校的唯一代表，出席全国“文教群英会”并荣获全国文教先进集体称号。

（三）“文化大革命”期间

这一时期是本课程建设历史上的“低谷”期。1966年“文化大革命”爆发后，本课程的建设完全停滞。1971年随着首届工农兵学员入学，山师与全国多数高校一样，教学秩序看似得以恢复。但受到极左思潮的冲击，课程建设极不正常，本课程同样如此。受上述因素影响，本课程在当时主要是讲斗争性较强的鲁迅作品，再就是讲“样板戏”，还有浩然的作品和当时报刊上发表的一些作品（如《西沙之战》）。这一时期，本课程建设的主要成绩在于对鲁迅作品的教学研究，不仅出版了《鲁迅作品讲解》《鲁迅作品教学初探》《鲁迅杂文选讲》《鲁迅小说选讲》，还编印了《鲁迅主编及参与或指导编辑的杂志》等。

（四）改革开放后的20年

改革开放后的思想解放运动，极大地推动了本课程建设的快速发展，在教学观念更新和教学内容改革方面成绩突出，不断推出新的教学成果。1979年，“真理标准问题大讨论”正在进行的时候，田仲济教授和孙昌熙教授主编的《中国现代文学史》出版。这部教材挑战了以往中国现代文学史著作受极左思想影响所产生的诸多严重问题，针对下列三个问题进行编排：“排斥了许多非革命作家于文学史之外”③，把徐志摩、沈从文、庐隐、凌叔华、李金髮等作

① 《山东师范大学名家传略》编写组：《山东师范大学名家传略》，山东友谊出版社，2020年版，第101页。

② 刘增人：《对于山东师大中国现代文学学科三大传统的印象》，魏建、李宗刚、刘子凌主编：《拓展现代中国文学研究的新格局》，山东人民出版社，2016年版，第373页。

③ 田仲济、孙昌熙主编：《中国现代文学史》，山东人民出版社，1979年版，第541页。

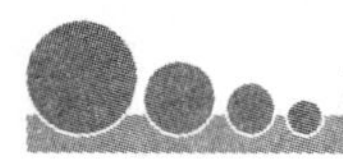

家重新“打捞”起来；“将萌芽的东西写为主体的东西”①，揭示了《女神》等作品的原版风貌；“有违于实事求是的优良传统”②，恢复了胡适在五四白话文运动中的领导地位和《尝试集》之于新诗史的开创地位。总之，这部教材在当时中国现代文学界思想解放的进程中发挥了先声的作用。本课程团队并不满足于此，五年后他们集体编写的《中国现代文学史教程》③ 出版，实现了国内同类教材教学内容再一次更新。20 世纪 80 年代后期本课程新的课程负责人朱德发教授作为第一主编的《新编中国现代文学史》④，是第一次组织华东地区直属师范大学编写的跨省市协编教材，这两部教材都强化了文学史回到“文学”本身的学术方向。1990 年，本课程的教学成果《更新观念是全面提高教学质量的关键》获得山东省首届普通高等学校优秀教学成果一等奖。1996 年，本课程负责人朱德发教授作为第一主编主持了北京大学、复旦大学、吉林大学、南开大学、南京大学等全国 18 所高校合作的教材《中国新文学六十年》⑤ 的编写，这是一部打通中国现代文学和中国当代文学的全新教材。这一时期，本课程团队实力空前雄厚，拥有 8 位教授、6 位副教授（以上和以下所有团队信息均不含当代文学教师）。

（五）世纪之交的 10 年

20 世纪 90 年代中后期，本课程的教学改革意识更为自觉，教学成果产出更多。1996 年至 1998 年，由本课程团队教师朱德发和魏建主持的两个教学改革项目均获得山东省“面向 21 世纪教学内容和课程体系改革项目”立项。1999 年，朱德发主编的《中国现代文学史实用教程》⑥ 被列为“山东省‘九五’立项教材”，被省内外 30 余所高校使用。2000 年魏建推出他作为第一主编，打通古代文学、现代文学、当代文学的《中国文学》教材。全书 7 卷 320 万字，作为支撑成果后来获得山东省省级教学成果二等奖。2001 年，魏建和房福贤主编的《中国现当代作家作品研究》⑦ 被确定为山东省高教自学考试汉语言文学专业本科教材出版。魏建主编的《现代中国文学读本》⑧ （2003 年）

---

① 田仲济、孙昌熙主编：《中国现代文学史》，山东人民出版社，1979 年版，第 541 页。
② 田仲济、孙昌熙主编：《中国现代文学史》，山东人民出版社，1979 年版，第 541 页。
③ 冯光廉、朱德发等：《中国现代文学史教程》，山东教育出版社，1984 年版。
④ 朱德发、蒋心焕、陈振国主编：《新编中国现代文学史》，明天出版社，1989 年版。
⑤ 朱德发、邢富钧主编：《中国新文学六十年》，春风文艺出版社，1996 年版。
⑥ 朱德发主编：《中国现代文学史实用教程》，齐鲁书社，1999 年版。
⑦ 魏建、房福贤主编：《中国现当代作家作品研究》，山东人民出版社，2001 年版。
⑧ 魏建主编：《现代中国文学读本》，齐鲁书社，2003 年版。

《当代中国文学读本》[①]（2004 年）都把原著阅读纳入文学史的结构框架，使文学感知和文本解读真正成为中国现代文学史教学的有机组成部分。这在国内同类中国现当代文学史教科书中应是具有开创意义的。这一时期，本课程教材建设成绩显著，教学成果《以教材建设推动中国现代文学史教学改革》先后获得山东省省级教学成果一等奖、国家级教学成果二等奖。课程负责人朱德发教授先后荣获曾宪梓教育基金高等师范学院优秀教师奖二等奖、首届国家级教学名师等奖项和荣誉称号。

（六）2007 年以来

2007 年，本课程被教育部批准为国家级精品课程，此后，本课程教学团队继续加大课程建设的力度。在师资队伍建设上，继续加强教学团队建设，使本课程团队的年龄结构、职称结构、学历结构和学缘结构进一步优化；除首批国家级教学名师外，团队成员中增加了 1 名国家“万人计划”教学名师、3 名山东省教学名师、教育部中国语言文学类专业教学指导委员会委员和山东省中国语言文学类专业教学指导委员会副主任委员；团队中享受国务院特殊津贴的专家 3 人，国家级学会副会长 3 人，省级教学名师 3 人。在教学内容上，2012 年，本课程团队自编教材《中国现代文学新编》被高等教育出版社列为国家精品课程教材出版。该教材较之以往有了大幅度的调整，尽量靠近历史现场和中国现代文学的原生状态，综合了这些方面的研究和教学特色。本课程团队积极申报“中国现代文学史”为“国家级精品资源共享课”，并于 2013 年获得立项。团队成员还依托本课程相关教学内容申报了国家“精品视频公开课”“郭沫若的《女神》与《屈原》”，2015 年获得立项。2019 年，本课程被评为山东省首批一流本科课程。2020 年，本课程被评为首批国家级一流本科课程。

二

本课程取得以上成绩是本课程团队几代人接续努力的结果，包含了长期摸索形成的一些课程建设经验和教训。其中最重要的经验是：狠抓课程的学理研究，通过课程理念的创新，推动教学内容、课程体系和教学手段的整体改革。

在课程学理研究方面，本课程团队完成了一批通过课程和学科理念创新推进课程改革的成果，比如朱德发、贾振勇著《评判与建构：现代中国文学史

---

① 魏建主编：《当代中国文学读本》，齐鲁书社，2004 年版。

学》[1]，贾振勇著《重叠的镜像——文学史理论与实践》[2]，朱德发著《现代中国文学史重构的价值评估体系》[3]，贾振勇著《文学史的限度、挑战与理想——兼论作为学术增长点的"民国文学史"》[4]，李宗刚著《现代教育与鲁迅的文学世界》[5]《民国教育体制与中国现代文学》[6] 等。近年来，李宗刚教授的民国文学教育研究取得了显著成果，其主持的"民国教育体制与中国现代文学""共和国教育与中国当代文学"先后获得国家社科基金项目立项。这些成果对"中国现代文学史"课程理念进行了深入的思考。这一系列探索，对中国现代文学史的学科意识和课程意识，中国现代文学史的基本形态、框架格局、发展趋向、治史方法以及"重写文学史"等问题，从文学史学的层面做了系统的反思与探索，为本课程建设奠定了理论基础。

基于以上探索，本课程团队确定了"回到文学，突出经典"的课程建设方针。以经典文学作品为中心，将作家人格与文学现象密切结合、将理性化的理论教学与感性化的审美教学紧密结合。在授课过程中，本课程始终将作品的文学解读放在重要的位置上，通过多种教学方法和技术手段呈现作品独特的艺术魅力。在解读与讨论作品的过程中，本课程团队注重将作家的创作个性作为分析解读的重要教学内容，既能够将作为历史存在的社会现实与作为形象客体的艺术世界，在主体中介的深层环节上融为一体，尽力还原中国现代文学史的丰富性与完整性，又能使学生通过心灵、情感的渠道进入文学发展的生命流程中，深切感受作家人格力量的浸染。为了达到更好的教学效果，本课程教师在理性化阐释的同时，强化感性化的审美教学，从而使学生在对作家的人格精神、审美形象、情感世界的全面把握中，树立正确的人生观和世界观以及崇高的道德操守。我们清晰地意识到，人格精神是学生综合素质中一个重要的构成因素。为真正培养出德、智、体、美、劳全面发展的优质人才，多年来本课程团队始终坚持在传道授业解惑的教学过程中，以五四一代作家伟大崇高的人格与德行来教育引导学生，使学生从中受到真善美的教化感染。围绕新的课程理念，为提升学生培养质量，本课程团队还陆续编写推出了课程辅助阅读著作

① 朱德发、贾振勇：《评判与建构：现代中国文学史学》，山东大学出版社，2003 年版。

② 贾振勇：《重叠的镜像——文学史理论与实践》，中国戏剧出版社，2003 年版。

③ 朱德发：《现代中国文学史重构的价值评估体系》，《中国社会科学》2008 年第 6 期。

④ 贾振勇：《文学史的限度、挑战与理想——兼论作为学术增长点的"民国文学史"》，《文史哲》2015 年第 1 期。

⑤ 李宗刚：《现代教育与鲁迅的文学世界》，人民出版社，2020 年版。

⑥ 李宗刚：《民国教育体制与中国现代文学》，中国社会科学出版社，2021 年版。

《现代中国文学通鉴》[①]、“二十世纪中国文学主流·历史档案书系”和“二十世纪中国文学主流·学术新探书系”等，均取得良好的效果。

在课程理念更新的基础上，本课程教学团队建立了“一个核心，三大板块，串联百年”的选修课程体系。

“一个核心”是指以中国现代文学史课程理念的改革为核心，所有选修课都围绕这一核心来设置。“三大板块”是指为体现中国现代文学形态的基本风貌，本课程的选修课分别隶属于思潮研究类、作家研究类、创作研究类三个板块。“串联百年”是指本课程的必修课和选修课基本上接晚清文学，下连当代文学，讲授内容为百年中国文学的有关专题。

这一选修课体系的建设，主要实现三个目标，即“突出经典、夯实基础、强化能力”。“突出经典”是在教学内容中突出中国现代文学史上那些具有经典性和艺术生命力的优秀作家作品。本课程团队坚持“以文论人”的原则，对文学现象和文学作品删繁就简，严格筛选，将具有经典意义的现代中国作家作品重新解读、重新定位。“夯实基础”是在教学内容的安排上，首先着眼于对学生基本理论和基础知识的培养，通过专业功底和学养的科学建构，调动各种教学手段，在夯实学生专业素质上下功夫，为学生创新能力和综合素质的提高打下坚实的基础。“强化能力”是在课堂教学和课外的教学实践活动中，唤醒和培养学生的创造能力，这包括两大部分：一是提高思维水平，即发现问题的能力、解决问题的能力和思想的独创性；二是提高现代中国文学的鉴赏水平，即创造性想象能力、艺术感觉的灵敏和文字表达能力。为了实现前文所述三个目标，本课程团队主要围绕以下两个方面对课程体系进行打造。

一是“本体化”。中国现代文学史是一个自足的本体系统，其核心本应是文学创作本体特征的描述与评估，但以往的文学史教学常常忽略了这一根本问题，花大气力于描述勾勒历史、时代、社会、文艺思潮、文艺思想斗争等大背景和小背景，虽强化了文学史作为文学思潮史的内涵，但导致了文学性被淡化。针对这些实际问题，本课程团队力求还原文学创作在文学史中的主体地位，简化了大背景、小背景等外在系统，以文学作品和艺术创作审美规律为主要内容，将文学运动、社团流派、文学思想斗争、文艺理论思潮井然有序地交织串联，使其服从于文学本体的统摄。

二是“经典化”。中国现代文学史的精华是那些具有经典性和审美“增值”意义的优秀作家作品，即那些在当时特定文学思潮中，既对文坛产生过重要影

---

① 朱德发、魏建主编：《现代中国文学通鉴》，人民出版社，2012 年版。

响，又有力地承载了时代要求，同时还具有长久艺术生命的作家作品。为此，本课程团队首先对一批具有经典意义的作家作品重新解读和定位，对那些虽未达到经典程度但在文学史中产生过较大影响并具有独特艺术个性的作家作品，也留出一定的位置进行分析评述。无论是对作品文本的具体阐释与解读，还是对作家在文学史中的地位与价值的评述与定位，本课程团队都严格遵从文学批评的原则，依循史学和美学的尺度，以“经典化”的眼光审视和筛选，努力使本课程的教学内容符合“回到文学，突出经典”的课程建设方针。

三

在教育部提出“双一流”建设之前，本课程团队就一直以国家级“一流”大学和“一流”学科为榜样，在课程建设方面争创“一流”，努力打造“金课”。具体做法是：以“四个结合”的方式引领学生走进作品，实现课堂教学与课下实践、读书与写作、思考与探索、感受与表达、文学与生活、中国语言文学与相关学科等多维互通，感受中国现代文学的艺术美感。“四个结合”即：要求教师“课上与课下相结合”“口头讲述与直观展示相结合”；要求学生“阅读与写作相结合”“文学学习与创作实践相结合”。

“课上与课下相结合”是指课堂教学与指导学生课下学习的结合。课堂教学仍然是本课程的基本教学形式，在此基础上，本课程团队还以多种方式增加了课下指导活动，实现了课上与课下相结合。比如学期内每个星期天晚上的中国现代文学沙龙，目前已连续举办了100余期，由本课程团队的教师与前来参加沙龙的学生就中国现代文学进行交流。整个活动以自由参与、自由发言、平等交流、探求真知为原则，在轻松活泼的氛围中对课堂教学进行有效拓展。目前不仅有文学院学生参与，而且吸引了本校国际教育学院、历史文化学院的师生参与，还吸引了本市的山东大学，外地的淄博、泰安等地高校相关专业的师生参与，影响渐次扩大。积极参加这一沙龙的本科学生中，已有多位考上北京大学等名校中国现当代文学专业的硕士研究生。

“口头讲述与直观展示相结合”是指传统教学形式与现代化教育手段的结合。本课程团队充分利用各种先进电子设备，借助新引进的高科技仪器，有效弥补了课堂教学中仅靠口头讲述的局限性。尤其是山东师范大学中国语言文学实验室建成后，本课程团队拟探索它对中国现代文学课的辅助作用。目前该实验室包括智慧教室、眼动实验室、脑电实验室、数据分析与讨论室、计算语言实验室、实验语音学实验室等。本课程团队计划通过眼动仪、脑电仪快速直接地检测出学生阅读作品时对哪些语句最感兴趣，用数据直观展现出使学生审美感受最强烈的作品内容，从而在课堂教学的口头讲述中更直接、更准确地传递学生最需要的知识。同时，还计划借助智慧教室，采用虚拟仿真教学方式，实现学生与文学作品、由作品改编而成的其他形式艺术品之间的直接互动，并由机器评分反馈，以此代替以往单纯放映由作品改编而成的电影电视片段的教学方式。

“阅读与写作相结合”是指培养学生的文学鉴赏水平和文字表达能力的结合。本课程团队坚持开展“五个一”教学活动，即在每个班组织中国现代文学史学习兴趣小组，要求每位同学每周读一本书，写一篇读后感，每个月写一篇完整的小论。每个兴趣小组每周开一次读书交流会，每个兴趣小组的组长每周向老师提交一份记录整理的讨论总结。不仅将课程教学的过程性考核有机融入学生学习活动中，避免了靠简单的点名、签到进行平时成绩认定的问题，而且有效地促进了学生的读书活动，提高了学生的文本解读能力与写作能力。

“文学学习与创作实践相结合”是指让学生参加实践活动与融会所学理论知识的结合。本课程团队协助文学院本科学生成立了“陀螺文学社”，并担任文学社名誉社长和文学社顾问，定期举办关于文学的阅读与写作的师生互动交流活动。该社已出版30多期《陀螺》文学期刊，收录小说、诗歌、散文、时评、文评等文学作品。该刊始终立足文学原创，秉持人文理念，以兼容并包的姿态为青年大学生提供学术探讨、思想交流的平台，并致力于发掘有潜力、有实力的青年文学新人，在校内外引起了热烈反响。此外，还协助文学院学生会创办了学术型的《学洲》杂志，致力于追求文化底蕴，开拓文学视野，探寻文学魅力和学术奥妙，为文学院学生提供了一个展示才情的原创舞台和交流学习的学术平台。

这“四个结合”在本质上是强调教师与学生保持密切接触和多维互动，全身心地投入教学活动和人才培养中。为保证“四个结合”能够紧密、可持续地展开，本课程团队还特别重视师资团队和师德师风建设。实际上，本课程团队从20世纪50年代起就组建起由老（田仲济等）、中（薛绥之等）、青（冯光廉等）相结合的教学梯队，形成“强调基础、鼓励创新、梯队优化”的团队特色。半个多世纪以来，本团队始终保持其固有特色和优良传统。学术造诣高、授课经验丰富的教授一直担任本科教学，延续着教授传帮带青年教师的传统，鼓励教师在夯实基础的前提下进行教学改革，使本团队始终教学水平高、教学效果好，在教学改革方面不断取得新成果。

本课程团队在探索与实践中，继续发扬优良传统，进一步优化梯队结构，吸引优秀中青年教师加盟，并探索教学管理的监督和约束机制，完善“教授传帮带青年教师”制度，加强对教师的考评力度，拓宽学生反馈教学意见的渠道，不断提高任课教师的教学质量。在加强师资力量建设的同时，为配合“四个结合”的教学方式，本课程团队承续了教材编写的传统，不断推出新型教材，以适应不同时期的需要。衡量一部教材使用效果的优劣，第一要看它是否为教师的课堂讲授提供了正确而沉实的史学资料和理论依据，第二要看它为教师课堂发挥留有多少空间和余地，我们对此持有十分清晰深刻的认识，在以下三个层面改革拓新。第一，在内容上，力求线索简明精炼，纲举目张，既保证为学生提供切实可行的知识增长点，又为教师学业讲授留有较大的能动性发挥余地。第二，在文学史的体例择定上，我们突破了传统的模式，注重历史的系统性与逻辑的系统性相结合，既有现代文学历史发展轨迹的纵式勾勒，从宏观角度为学生提供现代文学史的整体框架；又有对精选的经典作家文化人格的评述定位和其代表作品的文本细读，从微观角度进行个案分析；还兼顾了对重要专题简明精要的解答，既是对文学史本体内容的回应，又是对其补充和深化，相当具有理论深度。这种编写体例便于引导学生进入一种由点到面、由宏观到微观的连贯性的教学轨道。第三，突出强化了基础知识与基本技能的“双基”训练。一方面注意对史料选精用当，又尽力拓宽文化信息量，突出文学史和作家作品基础知识的增长点；另一方面注重理论观点的沉实稳健，及时追踪学术前沿，力求把具有科学性和先锋性的最新研实成果引用到教材中，有效提升学生史学研究和文本解读的理论水平。在这样的教材编写观念的指导下，本课程团队完成了《中国现代文学史实用教程》。以该教材为主要内容的教学成果，于 2001 年先后荣获山东省优秀教学成果一等奖、国家级教学成果二等奖。随着时代发展和学术研究的进步，本课程团队于 2012 年进一步完成了《中国现代文学新编》，该教材使用至今，被高等教育出版社列为“国家精品课程教材”。另外，本课程团队编写的选修课教材大多已经出版，比如《跨进新世纪的历程——中国文学由古典向现代转换》由明天出版社于 2000 年出版，《20 世纪中国文学理性精神》由上海人民出版社于 2003 年出版，《中国现代主义诗学》由人民文学出版社于 2001 年出版，《世界化视野中的现代中国文学》由山东教育出版社于 2003 年出版，《现代中国作家作品研究》由山东人民出版社于 2001 年出版。

近年来，本课程团队在“双一流”建设和新文科理念背景下，借助新技术实现了开放共享与协作创新，促进了传统汉语言文学专业在信息化时代培养创新型人才。一方面，本课程团队坚持开放性原则，通过“引进来、走出去”双向互动提升课程教学质量，不断邀请校外专家来讲学，尤其注重不受时空地域限制的网络在线讲学。另一方面，本课程团队教师也多次应邀前往各个高校讲学、制作慕课和网络精品课程等，将持续打造汉语言文学“金课”的山师经验以及课堂实况与温州大学、河北大学、曲阜师范大学、济南大学、南通大学、阜阳师范大学、江苏师范大学等高校共享，并以山东师范大学为主要实践单位，与其他高校联合，继续探索更加符合时代需要的教学理念和方法。目前已经与山东大学文学院合作制作慕课“领读经典”，其中现代文学部分的课堂讲授主要由本课程团队承担。从何谓经典到现代文学典律构建，在中国现代文学经典化的文脉中，引出被众多文学史所确认的文学经典作品的个案解读。由经典作品所构建的“微型文学史”，突破了“通史”“概论”的泛泛而谈，深入到文本的“细枝末节”，引领学生“具体而微”地品读经典，汲取文学养分。该慕课已经在中国大学 MOOC（慕课）网站、国家精品在线学习平台网站、喜马拉雅网站及手机 App、荔枝网站及手机 App、蜻蜓网站及手机 App 等网络平台上线，学习人数不断增加，并受到广泛好评，在中国大学 MOOC（慕课）网站的用户评分为 4.7 分（满分为 5 分）。另外，还更多地与地方高校（河北大学、温州大学、曲阜师范大学等）合作探索了“中国现代文学”课程新的内涵与外延的研究，推出了各类课程，入选各级各类精品课程项目、课程思政示范课项目和产学合作协同育人项目。

近十年来，本课程团队已邀请 20 多所国内外高校和科研院所的 60 多位学者来我校讲学，使学生能够突破有限的课堂，接触到更新鲜的知识，有效拓展了学生的视野，提升了学生的学术素养。在校外专家讲学的同时，本课程团队的任课教师以研讨、观摩、经验交流等多种形式与他们对话，吸收好的教学理念和方法，融入本课程之中，提升本课程质量。同时，近十多年来，本课程团队任课教师应邀出国讲学 20 多人次，应邀到国内其他高校讲学 100 余人次，将本课程建设方案和建设成果分享到省内外 40 多所高校，促进了他们的教学改革，产生了一批高质量的教学成果。

四

教育是有目的、有计划、有组织地培养人的活动，它规定了人的发展方向。我国教育目的、基本精神有三大主要特征，首先是培养劳动者和社会主义建设者，其次是坚持全面发展，最后是培养独立个性。因此，教学应该坚持全面发展和实现德育、智育、体育、美育、综合实践活动相结合，坚持因材施教和素质教育、创新教育相结合。一方面，德育是方向，对其他各种教育起着保证方向和保持动力的作用；智育是核心，是其他各种教育的知识和智力基础。

所以，在“双一流”建设背景下，应把立德树人放在首位，把知识传递作为中心，以此为出发点展开各项工作。另一方面，在课程建设中注重课程的整体性、阶段性、层次性和持续性，必须对课程进行整体设计，分层次、分阶段做出安排和部署，以充分引导学生掌握科学文化基础知识和基本技能，培养学生的创造才能和实践能力，培养学生具备科学的世界观、良好的思想品德、健康的审美情趣和良好的心理素质，促进学生成为完善的人。

本课程建设经验还包括以下三点。首先，确立立德树人、知识传授和能力培养“三位一体”的育人目标。保证教学过程能让学生充分了解中国现代文学的性质、特点，系统掌握中国现代文学史的基础知识，同时，培养学生对文学史的认知能力，对文学作品的解读鉴赏能力，激发学生发现问题、分析问题的创新意识，在此基础上，深入挖掘本课程蕴含的思想政治教育元素，注重培养学生的国际视野、家国情怀和高尚的道德情操、确立正确的人生观、价值观。其次，注重对文学史课程理念的探索，以科研推动教学改革，强化学术研究对教学改革实践的引领，从对中国现代文学的学术研究抓起，通过学术创新，推动教学内容、课程体系和教学手段的整体改革。最后，积极探索教学手段的改革，并以“新文科”理念指导汉语言文学专业课程的教学改革，积极创造激发学生内在学习动机和学习成效的现代化条件。在方案实施过程中，组织力量分别研究“新文科”对人才培养目标的影响，对教育教学理念的影响，以此推动教学内容的创新，提高教学质量，达到多出人才、快出人才的目的，培养基础深、素质高、能力强的复合型优秀本科生。

“双一流”建设重在内涵式发展，教育理念的更新是根本，具体到文科专业，则存在“新”与“旧”如何交融的问题。传统治学方式的传承对于文科专业而言是至关重要的，在教学方面，文科专业对新技术设备的依赖程度不高，尤其是中文系各专业，特别强调书面知识的积累以及对典籍的阅读与阐释，如果将这些“旧”的方式全盘改革，就会伤及根本。真正的“一流”，不是一味求“新”，而是顺应不同专业、不同课程的基本特点，努力使传统与时代需求相结合，发掘各文科专业在当下的意义和价值，以适当的教学方法引导学生成为有用人才。山东师范大学“中国现代文学”课程着意突出对审美能力和人文情怀的培养，以内在素质的养成为目标，正是对“新文科”理念的实践，纠正了以往文学教育忽略性情养成和审美能力培养、把创造力激活单纯变成知识积累的状况。

本课程团队的探索与实践，对教师教学质量和学生学习质量均有很大提升。在教师教学质量提升方面，近五年的各项荣誉和获奖足以说明。2016 年，

1人入选国家“万人计划”教学名师；2017年，1人荣获“齐鲁最美教师”荣誉称号；2019年，1人荣获“全国模范教师”称号；2020年，1人获得教育部国务院政府特殊津贴；2020年和2021年，2人荣获山东省高等学校青年教师教学比赛二等奖。在学生学习质量提升方面，通过数据统计和典型案例可以反映出效果。本校汉语言文学专业的本科生文学创作的热情和创作能力不断提升，具体表现为发表文学作品的数量递增，获奖等级提高，如2017级本科生郑颖荣获全国大学生创作比赛二等奖。本校汉语言文学专业的本科生考取中国现当代文学专业硕士研究生的数量逐年提升，以考取国家重点学科同专业硕士研究生的数量为例：从2014年的5人增加到2021年14人。另外，本课程团队与合作单位共同建设中国现代文学课程，在其他合作学校也取得了良好的应用效果，并取得多项高水平成果。山师的“中国现代文学史”课程建设一直得到省内外同行的肯定：从20世纪90年代的山东省教学改革立项课程，到2004年成为山东省高等学校首批精品课程，到2007年成为国家级精品课程，到2013年成为国家精品资源共享课，再到2020年入选首批国家级一流本科课程，走出了一条普通地方高校打造“金课”之路。

当然，以上成绩并不能成为止步的理由。本课程团队依然在努力探索、改进、和开辟新道路。首先，在现有基础上，按照国家级一流本科课程建设标准，通过开放共享的方式，加强与省内外地方高校的交流，以持续思考优化课程格局、更新教学手段、提高学生素质的方式，达到多出人才、快出人才的目的，培养基础深、素质高、能力强的优秀高等师范院校中国语言文学专业本科生。其次，探索多样化的教学方法，力求实现课堂教学与课下实践、读书与写作、思考与探索、感受与表达、文学与生活、中国语言文学与相关学科等多维互通，打破课堂教学的时空限制，扩展学生的学术视野，打通理论学习与创作实践的隔阂，使学生能够更加深切地感受中国现代文学艺术美感。最后，在“双一流”建设背景下，思考新文科理念的应用方式，力争突破传统文科的思维模式，以继承与创新、交叉与融合、协同与共享为主要途径，促进多学科交叉与深度融合，以需求为导向，从专业分割转向交叉融合，从适应服务转向支撑引领，以一门“金课”的建设推动汉语言文学这一传统文科的更新升级。

中国现代文学研究的“地方路径”

李永东　西南大学

内容摘要：“地方”如何参与中国现代文学的建构，是一个有待深入开掘的话题。“地方”不应狭隘地理解为作家的出生地和成长地，而应看作文学的“在地性”。中国现代文学的发展和特性，受到“在地性”的影响，文学史叙述应重视文学的“在地性”。提出“地方路径”，应立足于中国现代文学的空间结构，把“地方”作为研究的路径、方法和认知“装置”，阐发“地方”的丛聚、转移、选择、伸缩等多重特性和交互关系，发掘其在中国现代文学研究中的理论价值，重绘中国现代文学的空间地图。

关键词：地方　地方路径　在地性　中国现代文学

一、“在地性”与文学史的建构

文化研究的兴起和文学研究的空间转向，以及“地方性知识”“中国中心观”等观念的提出，为中国现代文学的“地方”研究提供了新的理论方向。

“地方”是指具体的地理空间和社会场域，它有着属于自己的自然环境、社会构成、生活方式和价值体系，在个人的知识经验和身份认同的形成过程中起着重要作用。正如马丁·海德格尔所言：“‘地方’使人在某种程度上揭示了他的存在的外部联系，同时揭示了他的自由和现实的深度。借此，它给了人类一个栖身之所。”[①] 个人的知识、经验和性格，很大程度上由“地方”塑造，进而影响一地的创作风貌，所以才会出现诸如“京派”“海派”“津味小说”“山药蛋派”“荷花淀派”“茶子花派”等“地方”文学现象。

需要强调的是，在中国现代文学研究中，“地方”不应狭隘地理解为作家出生、成长的那片土地，而应将其看作与生活体验、文学活动相关的一切地域

① 爱德华·拉尔夫：《“地方”与地理学的现象学基础》，钟天意、司远钊、李玉新译，微信公众号“乡土文化丛谭”，2019年12月9日。

空间，即文学的“在地性”，包括作家生活创作、内容风格、思潮流派、社团组织、新闻检查、报刊出版、传播接受所关联的故乡与异地、国内与国外等地域空间。“地方”不仅是文学的外部因素，也是文学的内部因素，地方和文学相互生产。一方面，地方的文化场域和生存体验影响文学的生产；另一方面，文学通过创造地方故事、地方形象和地方风格，实现了对“地方”的生产。

21 世纪以来，在中国现代文学研究领域，立足全局、整体的大一统文学史观，和以时间演进为内在逻辑的文学史建构方式，可供开拓的余地日显逼仄，其裁剪历史的方式也频繁遭到质疑。在此情形下，“地方”视野既可具体而微地进入文学的发生现场和空间关系，又能避免宏大历史叙事的话语宰制，从而推动中国现代文学研究走向深耕细作。

“地方”如何参与中国现代文学的建构？这是一个有待深入开掘的话题。新闻有五要素（5W），即何时（When）、何地（Where）、何事（What）、何因（Why）、何人（Who）。中国现代文学史的叙述，同样不能缺少这五要素。实际情形是：被忽略的往往是何地（Where）。富有影响的《一份杂志和一个“社团”——重评“五四”文学传统》一文，就非常具有代表性。该文立足于文学观念的交织和流动，按照观念来建构文学史的内在演进逻辑，顾及了大的时代语境，而不把杂志、社团、人事与具体的地方或城市联系起来，偶尔提到几个地名，只有符号意义，并不涉及地方语境和城市性质。这样的论述尽管是“及物”的，但未“及地”。

文学史提及“地方”，主要基于两种原因，一是作为国家政治空间，涉及权力中心（北京、延安）或大区域（沦陷区、解放区），二是作为文学社团和流派的诞生地，如“创造社”“海派”与上海，“京派”与北京。而诸如重庆、南京、杭州、广州、青岛、哈尔滨、武汉、长沙、成都等地如何参与中国现代文学的现代进程，以及“地方”与“地方”如何互动，在文学史叙述中并未得到呈现。

文学发展史本身包含对时间之流的处理，时间线性逻辑为了维持观念的自恰自足，往往忽略了那些溢出时间/观念主线的地方元素所发挥的作用。例如：1902 年至 1917 年在中国创办的 29 种以“小说”命名的报纸杂志（其中《新小说》创办于日本横滨，第二年移至上海）①，为什么没有一种在首善之区北京创办？为什么大都分布在有租界的城市和被殖民统治的城市（上海 23 种，

① 陈平原：《二十世纪中国小说史（1897—1916）》，《陈平原小说史论集》中，河北人民出版社，1997 年版，第 657－658 页。

汉口2种，香港2种，广州2种)？与这些地方的文化、政治生态有何关系？我们通常缺乏对中国现代文学“在地性”的追问和探究。文学史的时间线性叙述模式，以中心观念对多维、复杂的文学面相进行了裁剪。革命文学史观、启蒙文学史观、现代性文学史观引领下的中国现代文学研究，都多少体现了这一点。文学史是对一定时空内发生的文学事实进行陈述，除了作为时代整体语境的“中国空间”，具体的、局部的“地方空间”的作用机制也应该引起研究者的重视。

中国现代文学的发展史，既可以按照观念、思潮、文体、语言的时间演进逻辑进行叙述，也可以按照话语中心的空间转移进行叙述。沿着“上海（清末民初）—北京、上海（五四）—上海（20世纪30年代）—武汉、重庆、延安等（全面抗战时期）—内地、香港、台湾（1949年前后)”的空间主线，同样可以完成中国现代文学史的叙述。

不可小觑“地方”对中国现代文学性质和风貌的形塑作用。一些文学事实发生、存在于某地，并不是一个抽象的空间位置问题，而是类似于植物与土壤气候的关系，其风貌特征受到“在地性”的影响。鸳鸯蝴蝶派有着江南文人的气息，延安文学吸收了较多的西北民间文艺元素。有些文学现象只能在特定的地方发生。例如，在中国，只有上海才能成为左翼文学的诞生地，包括左翼文学的叙事征候，也打上了租界化上海的文化烙印。[①] 即使当代文学的历史叙事，也要考虑与地方的切合性。冯骥才的《三寸金莲》所讲述的小脚缠放和文明变迁故事，“只有放在天津的城市背景下讲比较合适。放在近代北京，故事就不能照原样讲，情节设计、场景描绘都要改，许多意味就出不来。放在上海也不大合适，近代上海‘洋气’太盛，租界文明观念的扩张较为顺畅”[②]。地方性是形成一些文学现象和作品风格的关键性元素，因此，文学史叙述应重视文学的“在地性”。在这一点上，吴福辉的《中国现代文学发展史（插图本)》(北京大学出版社，2010年版）做了有益的尝试，该著作从上海的望平街（今山东中路）说起，以“在地性”开启了中国现代文学史叙述的新模式。由文学的“在地性”出发，可以淡化线性叙事模式的专断话语，把中国现代文学的发生发展置于空间视域下重新考察。

---

① 李永东：《租界文化与30年代文学》，上海三联书店，2006年版，第95－117页。

② 李永东：《重读〈三寸金莲〉与重返八十年代》，《中国现代文学研究丛刊》2017年第12期。

二、“地方路径”与周边观念的重新审视

关于“地方”与文学的研究，除了传统的地域文化视野，新近的成果多受到克利福德·吉尔兹提出的“地方性知识”概念的影响。李怡则在这之外，提出“地方路径”概念。李怡提出和阐述“地方路径”的话语策略，带有对“世界性”眼光的反思色彩。相对于“全球化—发达城市现代化—后发达地区逐渐开化”① 的现代化发展链，以及“大中国的文化经验‘向下’传输逐渐构成了‘地方’”的“自上而下”的叙述逻辑，他试图另辟一条“自下而上”的路径，探求“地方经验”如何最终形成“中国经验”，并认为“‘地方’不仅仅是‘中国’的局部，它其实就是一个又一个不可替代的‘中国’，是‘中国’本身”②。李怡的观点具有“去中心化”和“散点透视”的倾向。而笔者更关注“地方”作为一种思路方法和结构性视野所具有的理论效力。

“地方路径”打开“文学中国”的方式，在方法和目标上皆与地域文学研究有所区别。地域文化与作家创作相互印证的研究模式，其目标止于确证一地作家创作的“地方性”特征，难以牵连、辐射“文学中国”的整体景观，难以撬动文学史叙述的稳定结构。近年来，学界亦在力求突破20世纪90年代所形成的地域文学研究模式。李松睿对20世纪40年代小说的研究，就超越了地域文化与文学特征比附印证的模式，通过追问40年代小说“在加强其作品的地方性特征时，究竟想要表达些什么？地方性特征在这一时期的文学作品中到底发挥着怎样的功能”③，以此探究“地域风光、地方风俗以及方言土语等地方性因素的呈现”④ 所涉及的创作与批评问题。不过，对“地方性特征”的追问和发掘，与“地方路径”研究仍有较大的区别。李松睿能够从文学史建构的角度看待“地方性特征”，但对“地方”的论述和对40年代小说的审视，仍立足于“地域风光、地方风俗以及方言土语”等地方性元素的阐发。对于40年代小说而言，这些元素不失为战时观念的集体显影，所做辨析可以带动对创作和批评深层动因的解读，但恐怕无法以此类推、运用到其他时段的文学研究中。以笔者研究上海、重庆、天津等地方文学的经验来看，“地方路径”研究如果

---

① 李怡：《地方性文学报刊之于现代文学的史料价值》，《中国现代文学研究丛刊》2010年第1期。

② 李怡：《“地方路径”如何通达“现代中国”——代主持人语》，《当代文坛》2020年第1期。

③ 李松睿：《书写“我乡我土”：地方性与20世纪40年代中国小说》，上海人民出版社，2016年版，第12页。

④ 李松睿：《书写“我乡我土”：地方性与20世纪40年代中国小说》，上海人民出版社，2016年版，第39页。

还胶着于自然环境、风俗民情、地方方言的阐发，就难以与20世纪90年代的地域文学研究区分开来。仅通过自然的、原初的地方性特征的阐发，难以抵达中国现代文学发生发展的深层机制。研究“地方”与文学的关系，更应关注新因素所引发的“地方”调整，例如：上海辟设了外国租界，成都设立了华阳书报流通处，作家南下广州，国民政府内迁重庆。外来的、新的因素进入“地方”，引发内外、新旧元素的交流互动，“地方”被重新建构，从而与中国现代文学形成了同构共生的动态关系。

提出“地方路径”，应立足于中国现代文学的空间结构关系，把“地方”作为研究的路径、方法和认知“装置”。

“地方”是一个丛聚概念，即使从单个作家的创作来看，也往往包含了多地经验的交错、叠加。现代作家几乎有着多地、跨地甚至跨国的生活经历和“地方”体验，而且，他们几乎是离开故乡后，在异地进行文学创作的，他们的“地方”经验是城乡参照和多地混杂的结果，所以鲁迅把在异地创作的这类乡土文学称为“侨寓文学”①。鲁迅自己的小说创作，就汇聚了他在绍兴、南京、杭州、北京、广州、上海以及日本的东京、仙台等地的地方经验，进而融合生成超越地理空间的艺术创造。鲁迅说过，他的小说在塑造人物时，采取“杂取种种，合为一个”的方法，“往往嘴在浙江，脸在北京，衣服在山西，是一个拼凑起来的角色”②。这正是丛聚的地方经验在创作中的表现，促进了中国现代文学“从人的外部世界到人的内部标尺的全面性认知与体验”③。在此情形下，以作家一地体验作为理论前提，来阐发其文学活动和具体创作，有较大的局限性。这也对“地方”研究提出了新的要求，要求在观念和空间的敞开、流动、交错中来讨论文学的“地方路径”。

由“地方路径”出发，需要警惕把“地方”封闭起来讨论。如果把“地方”看作孤立、封闭、边缘性的区域，就切断了“地方”与“文学中国”的有机联系，避免不了就“地方”言“地方”的拘囿。“地方”与“地方”是相互联系、相互开放的，这就需要在更大的空间格局中来考察“地方”，如此，“地方路径”才能在文学史整体格局中与“中国经验”沟通，而不是把“中国经验”看作各个“地方经验”的简单拼凑。

提出“地方路径”，似乎跳不出空间结构上的“中心—边缘”模式。对其

---

① 鲁迅编选：《中国新文学大系·小说二集》，上海良友图书印刷公司，1935年版，导言第9页。

② 鲁迅：《我怎么做起小说来》，《鲁迅全集》第4卷，人民文学出版社，2005年版，第527页。

③ 贾振勇：《日月不出　爝火何熄——〈狂人日记〉百年祭》，《探索与争鸣》2018年第7期。

需要转变观念思路。如果把所有的地域和城市（包括“中心城市”），都看作“地方”，“中心—边缘”的先见就被暂时搁置，以便理性审视各个“地方”在整个文学场域中所处的位置，并对“地方”之间的邻近、互动、影响关系进行考察。讨论中国现代文学的现代化进程，自然不能无视中心城市的先锋角色和引领作用。由地方路径进入中国现代文学史的讲述，并不需要刻意“去中心化”。毋庸置疑，中国现代文学基本上依靠城市，城市生产并传播一切现代观念和现代之物。更确切地说，是中外的中心城市为诸多中小城市和乡土社会提供了现代观念之源。晚清时期长沙的郭嵩焘、民国初年成都的李劼人等人传播的新观念，并非长沙、成都的原产物，他们的新知识受惠于域外经历、大都市体验或报刊上的新思潮。处于边缘的“地方”的“现代观念”最初只能是“流”，而不是“源”。但现代观念流向“地方”，有一个协商、在地化的过程，它要适应各地“河床”的宽窄、深浅、高低、急缓。也可以说，“流”辗转到各地，其形状、态势甚至成分，已被修改调整。“地方路径”正是在这个意义上，具有了独特的“现代”样本价值，构成了现代中国的一部分，丰富了中国现代文学的整体风貌。

就对全国文化、文学发展的影响和价值而言，并不是所有的“地方”都能挤进“文学中国”的核心地带。“文学中国”也存在对各地“论功行赏”、排座次的问题。个别城市或区域，因与中央权力、革命历史或党派政治的特殊关系，在文学史的表述中，由“地方”升格为“国家”层面的中心空间，如北京、南京、重庆、延安等。同样的原因，这些城市或区域的地位也可能在文学史叙述中被贬低。对于文学史写作来说，“去中心化”的主要任务是揭示被某种观念操纵所制造的中心假象。

“冲击—回应”说尽管一再被质疑，但是，在西方殖民势力向东方扩张的时代，中西两种文明相遇，确实给文化接触地带（主要为通商口岸）的中国社会带来了巨大的冲击，并把这种冲击逐渐传递到中国内地。整体来看，近代中国的文化变革，大致可以看作对冲击的回应，五四激进派的思想文化变革观念，也是以追慕欧美作为方向。对中国现代文学的研究，完全绕过或推倒“冲击—回应”说的观念模式，是不切实际的。不过，重构中国现代文学的发生学，可以由反思“冲击—回应”说开始。首先，需要反思的是“何为现代”“谁的现代”，只有超越“西化”即“现代化”的观念，才能抽空“冲击—回应”说的理论基础，确立“中国中心观”。其次，“冲击”引发“回应”，其中存在许多中间环节，观念的在地化要经过磋商、选择、变形，在不同人群中激起的回应也有所不同，因此我们研究的重心需要转向这些中间环节，如留学生、买办、假洋鬼子、租界现象、半殖民文化等人物和现象，把关注的焦点从欧美的“冲击”转到中国方面的“回应”。最后，各个时期的“冲击”强度不一，清末和五四时期较为明显，而20世纪三四十年代则更多是对“冲击”的反思，而且“冲击”带给各地的影响不可等量齐观，各地的回应机制也大有不同，如租界现象在上海、天津、广州的本地社会引发的反响就存在明显区别。总之，无论“谁的现代”，还是“冲击—回应”的中间环节，以及“冲击”的强度，都需要回到“地方”，才能切实地做出解答。

谈论“地方”与中国现代文学，似乎注定要把“现代性”当作问题的指向。“现代性”的展开，不是在各个国家和地区均质流动的一个过程，周宪就提醒我们注意“现代性的地方性、差异性和多元性”：

> 本雅明有一个著名的比喻：“理念之于对象正如星丛之于星星。”这就是说，观念的思考恰似一个星丛，而思考的对象恰如诸多星星。这里，“星丛”概念彰显的思想的“碎片”性质，恰如本雅明所说，哲学的思考就像是马赛克，“两者都是由独特的和各不相关的因素构成的”，“概念的功能就是把现象聚集在一起”，“理念存在于不可化约的多元性之中”。从这种思路来考虑，现代性便从同一性转向了差异，从总体性转向“地方性”（或“局部性”）。即是说，并无统一的无所不包的现代性，只有不同层面和领域的诸种现代性。这就避免了那种忽略差异的同一性思维和本质主义。
>
> 所谓地方性的概念，是借人类学家吉尔兹的说法（“地方性的知识”），强调的是概念思考的不同角度和概念自身的局部性及差异性，它相对于总体性。地方性不仅为现代性的思考提供了更多的可能性，而且有助于把握到现代性自身的复杂性。地方性的观念实际上在提醒我们，现代性一方面存在种种差异，另一方面把握现代性也必须充分注意到这些差异。①

由“地方路径”进入中国现代文学，当然不是为了确证现代观念的同一性，而是为了探究现代性的地方差异。关于现代性的地方差异，我们不妨以租界体验与文学书写作为例子。各地的租界作为帝国主义势力的延伸空间，在性质上并无二致。但是，租界“在地性”所造成的殖民性和现代性体认却存在差

---

① 周宪：《作为地方性概念的审美现代性》，《南京大学学报（哲学人文科学社会科学版）》2002年第3期。

异。由20世纪20年代关于汉口、天津、上海等城市租界的书写，可以辨别出现代性的“地方”差异。劲风的小说《租界》[①] 呈现了本土经验与汉口租界的对话性质。汉阳极有声望的张老头子闯入汉口租界，以误读的方式认同租界的城市制度，租界经历证明了他的知识经验的无效，但他并未意识到其中的权力关系，反而转身向乡村世界炫耀自己的租界经历，并希望外国人把自己的家乡变成租界。在小说中，对汉阳经验进行规训的汉口租界文明代表了地方对“现代”的渴慕。焦菊隐在小说《租界里》[②] 中书写了五卅运动时期的天津租界体验，几位天津本地青年对天津英租界和俄租界的城市景观，尚处于“初到”和“惊诧”的阶段，他们的现代化愿景与民族主义情感处于对峙的状态，最终只有放弃对现代城市生活的欲求，现代生活与民族情感在对峙中两败俱伤。彭家煌对上海租界的书写，捕捉到了租界权力关系与外国列强心理的幽微之处，他书写上海租界华洋关系的小说《Dismeryer先生》《势力范围》《教训》等，对列强心理、民族情感的描摹，达到了细致入微、深刻反思的程度，其现代性观念体现在对租界外国人形象的解构。由这三位作家对汉、津、沪三地租界的书写，可以管窥租界“在地性”带来的现代性观念的多样性和复杂性。

现代性是动态发展的，五四时期鲁迅在小说中对家族伦理的批判具有现代性，抗战时期老舍在话剧中对“家国同构”观念的重申也具有现代性。“地方”也处于动态建构中。因此，我们应在动态中辨析现代的观念、制度、器物等在由外而内、由中心而边缘的旅行过程中，如何引发“地方”的变动，“地方”如何做出回应。在动态中理解“地方”应对现代变革的能力。以往的研究注重时代整体语境的制导作用，却忽略了“地方”经验、区域文化的应对机制。各地文学的消长起伏，部分取决于“区域文化应对时代精神气候的潜在活力”[③]。

三、“地方”的转移、选择与弹性

“地方”是一个不断转移和扩大的概念。对个人与地方关系的理解，可以借助费孝通关于乡土中国的社会、地缘关系的解说，仿佛往水中投入一块石头，“水面上所发生的一圈圈推出去的波纹”[④]，由近及远、由亲及疏扩展。它以作家所在的村庄或街道为中心点，扩大到一个县、一个市，再到一个省，直

---

① 劲风：《租界》，《小说世界》1923年第1期。

② 焦菊隐：《租界里》，《现代评论》1925年9月，第2卷第39期。

③ 李永东：《文化间性与文学抱负：现代中国文学的侧影》，人民出版社，2019年版，第202页。

④ 费孝通：《乡土中国》，生活·读书·新知三联书店，1985年版，第23页。

至一个国家。作家的跨地经历，造成所处位置不断转移，由此荡漾出一个个不同的空间圈层。对于郭沫若而言，“沙湾—乐山—成都—四川”的空间范围递进，构成了他的地方归属和地方经验的圈层结构；“福州路泰东书局—公共租界—上海—中国”可以看作他另一时期地方经验的圈层结构；他在日本、重庆等地的地方经验亦可如是观。多个地方经验的圈层结构并不是相互隔离的，而是存在叠加、对话、整合、汇通的关系。由“地方路径”进入作家不同时期的创作，需要对“地方”本身进行考量，兼顾位置中心的确定，地方范围的划定，地方经验的叠加，以及后来的地方经验对之前经验的赋意。

跨地经历形成了作家、文学资源的地区流动。“地方”对作家的吸引和分配原则，值得探究。曾朴给张若谷的《异国情调》所作的序言中写道：

> 我现在住的法租界马斯南路寓宅 Route Masseet，依我经济情况论，实在有些担负不起它的赁金了。我早想搬家，结果还是舍不得搬。为什么呢？就为马斯南是法国近代的制曲家，我一出门，就要想他拉霍尔王 le Roi Lahare 少年维特 Werther 的歌剧。再在夕阳西下时，散步在浓密的桐荫之下，左有高耐一街 Rue de Corneilla 不啻看见西特 Cid 和霍拉斯 Horoce 悲壮的布景，右有莫理爱街 Rue de Moliere，好像听见伪善者 Tartub 和厌世人 Misunthrope 的苦笑，前面横贯新辣斐德路 Areenue de La fayette……我彳亍在法国公园，就当她是鲁森堡 Uxembourg，我蹒跚在霞飞路，就当她是霜霰莉蕊 Chanyes－elyessee，这些近乎疯狂似的 Exotisme，就决定了我的不搬家。①

这是迷恋法兰西文明的曾朴对处所的选择态度，他不愿离开上海法租界搬到其他地方住。沈从文 1931 年 10 月写给朋友的信中，也表达了对“地方”的选择态度：“我不久或到青岛去，但又成天只想转上海，因为北京不是我住得下的地方，我的文章是只有在上海才写得出也才卖得出的。”② 全面抗战时期老舍之所以离开武汉去重庆，是因为“流亡者除了要跟着国旗走的决定而外，很难再有什么非这样或那样不可的主张”③。作家与“地方”之间存在双向选择的关系。什么样的“地方”，适合什么样的作家；作家一般也会根据自己的

---

① 曾朴：《东亚病夫序》，见张若谷：《异国情调》，世界书局，1929 年版，第 9－10 页。

② 沈从文：《书信 · 193110629　致王际真》，《沈从文全集》第 18 卷，北岳文艺出版社，2002 年版，第 143 页。

③ 老舍：《我为什么离开武汉》，《弹花》1938 年第 6 期。

需求和兴趣选择“地方”。选择“地方”，也就是选择政治位置、舆论环境、生活方式和文学态度。对于作家个人来说是如此，对于现代作家群体来说也是如此。1927 年前后，哪些作家待在北京，哪些作家南下广州、上海、南京？全面抗战时期，哪些作家留在北京、上海孤岛和沦陷区，哪些作家流徙香港、延安、重庆、广州、昆明、桂林等地？按照“地方”对作家的吸引和分配原则，可以绘出中国现代文学的空间和观念地图。

针对作家的地方转移和跨地体验，中国现代文学研究需要可以引入互动、对照的地方视野。20 世纪 30 年代京派和海派的文学格局，一定程度上是地方与地方远距离互动的结果，甚至可以说，上海的文学风气催生了京派。[①] 可以说，沈从文是从上海走出来的京派作家。仅仅从湘西经验或北京经验，无法阐明沈从文创作的京派特性，唯有在湘西、北京、上海三地经验的对照中，才能解说明白。老舍的小说《二马》既写伦敦体验又写北平文化，他的话剧《谁先到了重庆》既写北平性格又写重庆精神，关于这两部作品对民族性格和中外文化的反思，只有在北平、重庆、伦敦多地体验的对照之中去阐发。

“地方”是一个富有弹性的空间概念。“地方性在空间上的相对性，意味着某一个‘地方’要通过比它更大的另外一个‘地方’来确认与发明。”[②] “地方”的范围可大可小，大的地方视野，便于文学史的整合和对整体趋势的把握。黄万华的专著《跨越 1949：战后中国大陆、台湾、香港文学转型研究》在广阔的地方视野下，“把此期间中国大陆由解放区文学‘扩展’为共和国文学的历史进程和国统区文学‘萎缩’至台湾以及香港接纳现代文学各种传统结合在一起考察”[③]，以此完成了对中国现代文学性质和流变的诠释。文化接触地带的文学创作，以及离散人群的写作，同样需要从跨地、跨国的“地方”大视野加以审视。在世界文化的视野中，甚至可以把中国也看作一个“地方”[④]，中外之间、地区之间的文化、文学交流，就可以理解为“地方”与“地方”的关系，由此可以发现民族、身份、宗教、语言等的间性状态和冲突情形，拓展“地方路径”研究的空间。《租界生活：一个英国人在天津的童年》《小洋鬼子：一个英国家族在华生活史》中的鲍尔兄弟，我们与其把他俩看作英国人，不如看作爱尔兰乡下人的后裔，这样一来，关于天津生活的回忆叙事，就可以在天

---

① 李永东：《租界文化与 30 年代文学》，上海三联书店，2006 年版，第 129—136 页。

② 何言宏：《坚持一种批判的地方性》，《文艺争鸣》2011 年第 12 期。

③ 黄万华：《跨越 1949：战后中国大陆、台湾、香港文学转型研究（上）》，百花洲文艺出版社，2019 年版，第 1 页。

④ 王光东：《汉语新文学史写作的“地方性”问题》，《文艺争鸣》2012 年第 4 期。

津租界、爱尔兰乡村、大都市伦敦等多重空间中来解读。[①] 大的“地方”视野，还包括在别处发现“地方”，在异国发现中国现代文学。“地方”“中国”一般是作为内部经验而存在的，但有时也会跨越自身范围，转移到“别处”发挥作用。黄万华对陈季同在法国以法语创作的长篇小说《黄衫客传奇》的解读[②]，就为我们观察“中国经验”的异国“在地性”开启了新思路。

作为一个富有弹性的概念，“地方路径”不仅意味着我们可以采取更宽广的地方视野，而且意味着可以从“缩小”的地方视野讨论中国现代文学，对“地方”进行切蛋糕式的分析。我们不妨以租界城市与文学的关系为例来说明。整体谈论上海、天津、武汉等租界城市的地方经验，多少显得笼统甚至不得要领。可以对这些城市的空间构成进行划分，着眼于“两个上海”（租界上海和华界上海）、“两个天津”（租界天津和旧天津城），甚至可以具体区分街区的文化性质。沈从文1928年住在上海法租界善钟里，鲁迅等左翼作家主要在日本势力主导的公共租界虹口一带活动。天津的五大道、“三不管”、旧城区的文化风尚、城市体验和生活方式相差悬殊。只有深入人与地的日常关系，才能捕捉到切实可感的地方体验。微观的“地方”，是作家生活和文学活动的具体场所，是作家地方经验的核心构成，有时恰恰为重新理解文学事件和创作特征提供了有力的支撑。

讨论文学中的“地方”，还需要辨别虚和实的关系。文学中的“地方”，往往是作为民族国家的隐喻而存在。“空间、地方、地域、地景（landscape）等词一旦与文学和文化相关，这些空间就不再是客观和‘均质’的，而必须表现出一个时期特有的思想、文化和精神征候，甚至带有不可避免的意识形态性。”[③] 作为政治、文化隐喻的“地方”，不一定实指或对应现实中国的某一地域，如老舍虚构的猫城，鲁迅笔下的鲁镇，沈从文讲述的边城。与其说他们在构设地方图景，不如说他们在借“地方”言“中国”，“地方”即“中国”的一副面影。作为政治意识形态表达的“地方”，在茅盾笔下是一种常态存在，他在抗战时期创作的《腐蚀》《风景谈》《雾中偶记》《大地山河》《开荒》以及《如是我见我闻》系列游记散文，无不采取“地方”政治化的书写路径。但是，任何主观化的“地方”，都依托地方体验，我们在研究中需要仔细辨析虚拟的

---

① 李永东：《他乡即故乡，故国亦他国：论洋鬼子的天津租界记忆与想象》，毛迅、李怡主编：《现代中国文化与文学》第19辑，巴蜀书社，2016年版。

② 黄万华：《序幕是这样拉开的：晚清陈季同旅欧创作中的中华文化传播》，《南国学术》2019年第1期。

③ 霍俊明：《先锋诗歌与地方性知识》，山东文艺出版社，2017年版，第5页。

地方与现实的地方之间的联系，阐释地方隐喻背后的心理动因和美学策略。

从聚、转移、选择、弹性、虚实等观念所构成的“地方”认知，体现了对“地方”与中国现代文学交互关系的结构性把握。对于动态建构的“地方”，相互关联的“地方”，可大可小的“地方”，文本内外的“地方”等，我们只有从多个面向打开认知“地方”的方式，充分发掘“地方”的理论活力，才能实现重绘中国现代文学空间地图的目的。

“地方路径”与中国现代文学研究的新视野

张全之　上海交通大学

内容摘要：“地方路径”的概念有助于重新厘定“中心/地方”之关系，可以改变文学史研究的整体观、因果律和进化思维，对经典作品重读也会产生重要影响，所以这一概念给中国现代文学研究带来了新视野。但这一概念自身也有难以克服的问题，其有效性还需要时间来检验。

关键词：地方路径　地域文学　文学城市

近年来，中国现代文学研究进入相对沉寂的时期，有重大突破的成果较少，而李怡教授提出的“地方路径”问题，让人有豁然开朗之感。这一概念指明的研究思路，已经显示出了巨大的潜力，必定会给现代文学史的研究带来新的学术增长点。

一、“地方路径”的概念

关于现代文学研究的“地方路径”，李怡做了如下界说：

> 所谓的“地方路径”的发现和彰显则是充分意识到另外一重事实……文学的存在首先是一种个人路径，然后形成特定的地方路径，许许多多的“地方路径”，不断充实和调整着作为民族生存共同体的“中国经验”，当然，中国整体经验的成熟也会形成一种影响，作用于地方、区域乃至个体的大传统，但是必须看到，地方经验始终存在并具有某种持续生成的力量，而更大的整体的“大传统”却不是一成不变的，“大传统”的更新和改变显然与地方经验的不断生成关系紧密。①

---

① 李怡：《“地方路径”如何通达“现代中国”——代主持人语》，《当代文坛》2020 年第 1 期。

着眼于个人经验和地方性知识所形成的文学流脉，并考镜源流、辨析特征，呈现“文学中国”的多重路径和复杂结构，无疑对传统文学史研究提出了挑战，是拓展文学研究视域、寻求学术突破的重要尝试。这种福柯式的思路，会让研究者发现散落在历史深处的知识碎片和文学根须，并通过这些过去被忽视的琐碎材料，重构文学史的空间版图，其意义是不容忽视的。李怡对成都的研究，就是一次成功的学术实验。成都作家李劼人有着自己的文学趣味和自觉的文学追求，他于 1915 年创作的白话小说《儿时影》，语言明白晓畅，叙事也摆脱了传统小说的窠臼。很显然，李劼人的文学走向，与五四文学革命无关，但的确是新文学的重要组成部分。他后来的一系列小说，都流淌着成都特有的文化趣味和审美特质，以一种与主流文学迥异的姿态，成为新文学阵营中的一员大将和重要组成部分。而在李劼人周围的很多四川作家，包括郭沫若、叶伯和、吴芳吉、吴虞等，“他们的历史态度、个人趣味都表现出了与时代主流的某种差异，具有明显的‘地方品格’，而如此的地方品格却构成了现代文学的另一种内涵”[①]。强调地域意义上的边缘作家在文化和创作风格上与主流作家的差异，并非为了进行传统的区域文学研究，而是寻找新文学建构和发展过程中的多元路径，这是这一研究思路的独特之处。

李怡对成都路径的成功发掘与论析，为这一论题的深入推进提供了借鉴，正如他指出的那样：“在属于成都的‘地方路径’之外，中国现代文学自然也可以继续找到来自其他区域经验的多姿多彩的现代化‘路径’，例如张爱玲与上海近现代文化的区域路径，老舍与北平文化的区域路径等等。”[②] 这就意味着，这一学术实验是可以复制和推广的，事实也确实如此。李怡在《当代文坛》上主持的专栏，推出了多篇以“地方路径”为方法的研究论文，陈瑜的《晚清“新小说”的地方路径——以武汉〈扬子江小说报〉为中心的考察》[③]，认为《扬子江小说报》作为晚清武汉地区第一份新小说杂志，从创刊之始便立足于本地，呈现出一条从“地方”到“中心”的新小说发展路径。其他刊物也陆续推出了一些相关文章，如何吉贤的《地方路径与“20 世纪中国革命和文学”研究中的可能性》，从三个层面分析了“地方性”因素在“中国革命和文学”研究中的作用，并认为“‘地方路径’的引入，确也能为‘20 世纪中国革

① 李怡：《成都与中国现代文学发生的地方路径问题》，《文学评论》2020 年第 4 期。

② 李怡：《成都与中国现代文学发生的地方路径问题》，《文学评论》2020 年第 4 期。

③ 陈瑜：《晚清“新小说”的地方路径——以武汉〈扬子江小说报〉为中心的考察》，《当代文坛》2021 年第 1 期。

命和文学’的研究带来很多的可能性”[①]。谭华的《汉口与中国近现代通俗文学发生的地方路径问题》[②]，指出在苏州至上海的通俗文学路径之外，还有一条汉口至上海的路径。这些研究，充分展示了“地方路径”这一概念在文学史研究中的有效性。除了这些理论实践，关于这一概念的讨论，也出现了多种声音。张光芒充分肯定了文学“地方路径”在重构文学史中的意义和价值[③]，李永东通过分析文学的“在地性”，肯定了“地方路径”这一理论构想在重回中国现代文学空间地图方面可能带来的突破[④]。2020 年 9 月，“地方路径与文学中国·2020 年中国文艺理论前沿峰会暨‘四川青年作家研讨会’”在成都召开，李朝全、李怡、程光炜、张洁宇、贺仲明、吴俊、张永清、孟繁华等多位学者就“地方路径与文学中国”问题发表了看法，助推了这一问题的影响和传播。就目前来看，这一概念仍然处于探索时期，其学术前景还有待进一步开掘。

二、文学的“地方路径”针对的问题

专门提炼出这样一个概念，显然是想解决一些无法解决的问题，或者说是为了照亮现代文学研究中存在的理论盲区。对此，李怡有着明确的、清醒的认识，他说：“重新定义文学的‘地方路径’，我们的结论是，‘地方’不仅仅是‘中国’的局部，它其实就是一个又一个不可替代的‘中国’，是‘中国’本身。从‘地方路径’出发，我们不是走向地域性的自夸与自恋，而是通达形色各异又交流融通的‘现代中国’。”[⑤] 要绘制完整的“文学中国”的空间版图，仅有过去的区域文学或地域文学研究是不够的，必须寻找那些像毛细血管一样的“地方路径”，才能看到完整的血液循环图。由此不难看出这一概念的背后潜藏着巨大的学术愿景，也就是通过地方与中心的对话关系，从根本上改变中国现代文学的内部结构。具体来说，这一概念的提出，要解决的问题主要集中在三个方面：

第一，“地方路径”概念的提出，有助于重新厘定中心与地方（边缘）的关系。任何一个时代的文学，或者一种文学思潮、流派，都有自己地域上的中

---

① 何吉贤：《地方路径与“20 世纪中国革命和文学”研究中的可能性》，《粤港澳大湾区文学评论》2021 年第 1 期。

② 谭华：《汉口与中国近现代通俗文学发生的地方路径问题》，《中州学刊》2021 年第 5 期。

③ 张光芒：《论地方路径与文学史的重构》，《当代文坛》2020 年第 5 期。

④ 李永东：《中国现代文学研究的地方路径》，《当代文坛》2020 年第 3 期。

⑤ 李怡：《“地方路径”如何通达“现代中国”——代主持人语》，《当代文坛》2020 年第 1 期。

心，就中国现代文学而言，北京和上海就是其诞生和发展的中心。在抗战时期，作为陪都的重庆一度成为文学上的中心城市，但那是作家和文学漂泊的异乡。抗战胜利以后，在极短的时间内，作家们纷纷返回东部城市，重庆再次被边缘化，北京、上海依然是文学的大本营。就像费正清研究中国历史时提出的“冲击—反应”模式一样，在中国现代文学史叙述中，中心和边缘也构成了一种“冲击—反应”模式：全国各地边缘城市的文学现代化，都是在北京、上海文学的辐射、带动下发展起来的。这一叙述模式到今天依然是文学史建构的主流方式。李怡提出的“地方路径”，就像柯文提出的“在中国发现历史”一样，试图在“地方”发现“文学”、发现“中国”，他说：“在中国发现历史，在成都发现现代中国的历史和现代中国文学，这是一种思维的根本突破。它的意义并不在表面的激情般的口号，而是切切实实地对一系列历史事实敞开。”[①] 这不能简单地概括为“去中心化”，确切地说是重新审视中心与地方的关系，或者说重建中心与地方之间的平等关系，它意味着：地方并不总是处于被带动、被建构，甚至被覆盖的状态，而是具有自身的独立性、独特性，与中心形成一种互动和互补的平等关系。这一思路对重新认识文学史自然具有独特的价值。就像已有文章显示的那样，在成都、汉口等地，在新文学诞生过程中，自发地出现了符合新文学特征的创作实践，最终与起源于京、沪的新文学合流。由于后者为主流，所以前者被收编，从而失去了自己的身影。就像一条支流汇入长江，从此失去了自己一样。但对文学而言，这些支流的独立价值是不能被收编也不能被吞并的，这是“地方路径”概念在学术上的重要指向。

第二，“地方路径”概念的提出，可以改变文学史研究的整体观、因果律和进化思维。中国现代文学史研究是一门历史科学，有着历史学基本的特征：“历史是根据历史重要性进行选择的一个过程，……不仅是对现实认识的选择体系，而且是对现实原因、取向的选择体系。”[②] 这一选择体系的逻辑基础是因果关系：历史学家从大量的因果关系中，抽取出符合自己解释框架和论述模式的因果律，从而建构起一套属于自己的阐释体系，历史由此获得了意义。中国现代文学研究经过几十年的积淀，形成了多种阐释框架，每个框架都由几个核心概念组成，形成了一套价值体系。蓬勃的、错杂的现代文学被整合进各种阐释体系之后，形成了理论上的自洽性和整体性。从早期的“新民主主义革命”体系到之后的启蒙文学体系，再到“现代性”体系，都显示了理论本身具

---

① 李怡：《“地方路径”如何通达“现代中国”——代主持人语》，《当代文坛》2020 年第 1 期。

② ［英］E. H. 卡尔：《历史是什么?》，陈恒译，商务印书馆，2007 年版，第 205 页。

有的巨大能量。李泽厚提出了“启蒙与救亡的双重变奏”，钱理群等人在论证“20世纪中国文学”概念时将“改造民族灵魂”作为20世纪中国文学的总主题，将“悲凉”作为主导的审美风格。提出者在解释这一概念的时候，特别强调：“在‘二十世纪中国文学’这个概念中蕴含着的一个重要的方法论特征就是强烈的‘整体意识’。”[①] 这种“整体意识”是以牺牲众多富有个性的作家为代价的。同时，在文学史叙述中，进化论与因果律成为结撰文学史的基本逻辑。众多题名为“中国现代文学发展史”的教材，就显示了自五四以后形成的进化史观，而进化的过程，正是一个因果连接的过程。正如有研究者指出的那样：“所谓新文学，都是在‘进化论’的规范下，在新与旧、传统与现代的对立矛盾中彰显文学历史的演化过程。”[②] 文学就是通过这一逻辑，整合为一个结构缜密、秩序井然的有机整体。正如卡尔指出的那样：“像科学家一样，历史学家由于他急于理解过去，同时也被迫简化其错综复杂的答案，使一个答案归属于另一个答案，在混乱的事情和混乱的特定原因中引入秩序与一致。”[③] 但当我们进入文学史的内部，凭借我们自己的阅读感受去认识它的时候，就不难发现，文学史错综复杂，任何整合都显得武断、粗暴。文学史就像原始的热带雨林，纵横交错、芜杂繁茂，要让它井然有序，就必须借助刀斧的加工。从文学教学和研究方面来说，我们需要这种井然有序的文学史，但有时我们也需要重返茂密的雨林，感受文学史的原始形态，寻找我们需要的绿叶与花朵。“地方路径”的提出，就是为了重返文学史现场，在文学史的原始形态中，探寻每一个研究者自己的路径，就像李怡通过对成都现代文学的考察，在京沪之外，找到了一个新文学的原发性起点一样。自然，李怡的这一发现，无意以成都取代京、沪作为新文学发源地的地位，也不可能取代，但这一发现，对解释新文学发生的地域性、多元性，具有重要意义。就以中国新诗的诞生而言，论者多将《新青年》作为新诗的发源地，1917年《新青年》发表胡适的《白话诗八首》，被看作新诗诞生的标志。而在此之前，即1916年，胡适在美国有意尝试白话诗创作。同年，郭沫若在日本自发地进行白话诗创作，写下了《死的诱惑》《新月》《白云》等作品，后来成为《女神》中的重要篇什。胡适和郭沫若，一个在美国，一个在日本，在相互隔绝的情势下从事白话诗创作，所以说

---

① 钱理群、黄子平、陈平原：《二十世纪中国文学三人谈》，北京大学出版社，2004年版，“写在前面”第30页。

② 胡希东：《文学观念的历史转型与现代文学史书写模式的变迁》，中国社会科学出版社，2016年版，第1页。

③ ［英］E. H. 卡尔：《历史是什么?》，陈恒译，商务印书馆，2007年版，第190页。

中国新诗的诞生既有“美国路径”，也有“日本路径”。郁达夫的白话小说创作，与《新青年》提倡的白话文运动也没有太大关系，更多的是一种自发追求，所以在研究现代小说起源的时候，“日本路径”是一个重要的认识装置，如果忽视了这一点，就必然造成对历史的曲解或误解。其他如陈衡哲、叶绍钧等人的早期创作，都预示着一种新的文学形式的萌芽。即使在京、沪两地，很多“不入流”（难以归属）的作家，也彰显了文学中心城市的“地方路径”，而在文学史的宏大叙事中，这样的“地方路径”往往被遮蔽了。

可见，“地方路径”概念的提出，为打破几十年来文学研究和写作的固有模式，提供了一个重要思路。

第三，“地方路径”的概念的提出，有助于开辟新的学术领地，引发对一些作家和作品的重评，对重写文学史会产生一定影响。“地方路径”的概念的提出，必然会引发人们对地方文学的重新审视，一些边缘作家和文学现象会被重新发现，并赋予新的意义。也许它能够像一束强光，照亮过去被我们忽视的文学史中的暗区，让我们有新发现。更为重要的是，“地方路径”的概念为我们重读经典提供了新的视角。从已经发表的论文来看，赵静的《成都经验与〈激流三部曲〉的城市书写》是借助地方路径解读文学经典作品的一次重要尝试，显示了这一概念在作品分析方面的巨大潜力。在以往对《激流三部曲》的研究中，人们强调的是“家”中的故事和人物，相对而言，对“家”所在的成都关注不多。赵静的论文，分析了鸣凤、觉慧性格中的成都因素，使我们看到巴金对这两个人物的塑造，立足于新文化之外的本土资源，显示了成都文化的独立性及其与北京、上海等主流文化之间的异质性。文章指出：“巴金写了‘双面成都’，即从复杂多元的世俗生活的‘成都’中渐渐意识到了一个理想中的‘成都’，而这样的‘成都’是觉慧‘侠’思想中奇异的国度，亦是后来的‘上海’。在某种意义上，是‘成都’生产了‘上海’。而非‘上海’覆盖了‘成都’。这也不难解释缘何巴金写不出觉慧到达上海后‘群’的生活，大抵是因为‘上海’也有着双面性，觉慧终究还是面对日常起居以及市民层面的‘上海’。”[①] 如果不借助“地方路径”的概念，是很难看到“文学成都”和“文学上海”之间的互动关系的。同样，借助这一概念，像沈从文、东北流亡作家群等，都可以有新的发现，所以说，“地方路径”的提出，为经典重读提供了重要的理论支撑。

---

① 赵静：《成都经验与〈激流三部曲〉的城市书写》，《当代文坛》，2021年第3期。

三、“地方路径”的局限与反思

“地方路径”概念的提出，已经引起人们广泛关注，部分研究成果也显示出这一概念的学术潜力和较为广阔的前景。但作为一个新的文学史概念，“地方路径”的真正价值还有待时间检验。从理论上讲，“地方路径”开拓了文学史研究的视野和思路，但它无意也无法改变文学史研究的主导方向和叙述主流，所以对其意义不能过于夸大。就以李怡对成都的研究而言，李劼人等成都作家最早的文学尝试和其作品中流淌的成都逻辑，借助“地方路径”这一概念得到充分发掘，但无论如何，都不会影响文学史书写中对李劼人的基本评价，也不会颠覆文学史的基本框架结构。四川五四作家的“蜀学”背景为解读四川作家提供了新的入口，但“蜀学”并没有进入主流文学的血脉。而郭沫若、巴金、李劼人、沙汀、艾芜等作家在现代文学史上的贡献，与“蜀学”的独特性关系并不大。所以从这个角度来说，“地方路径”是文学史研究的补充，但不会带来文学史研究范式的转换，不会从根本上撼动文学史研究已有的格局，所以其价值是有限度的。

“地方路径”的提出得益于柯文的《在中国发现历史》一书。该书是一部反思和批判西方中心主义的著作，深得中国学者青睐。但这里有两个问题需要正视：第一，费正清的“冲击—反应”模式固然有西方中心主义之嫌，但并非是理论假说，而是有着深刻的历史根源。自近代以来，西方一度成为包括中国在内的第三世界国家追慕和学习的对象，这是不可否认的事实。中国自近代开始的现代化进程，就是一个学习和追赶西方的过程。费正清正是基于对这段历史的认识，才提出了这一研究模式。我们可以批评西方中心主义的霸权与傲慢，但无法否认历史上存在过的以西方为中心的世界格局。从理论建树上来说，柯文并不比费正清高明——他对西方中心主义的批评，正是西方中心主义的副产品。同样，在中国现代文学研究中，“中心/地方”之间业已形成的格局自有其合理性。从晚清开始，以上海、北京为中心的文学和文化运动，通过书籍、报刊、教育等媒介，对全国大部分地区产生了巨大的辐射和带动作用。尤其是上海，以其强大的出版和发行能力，成为西方文化的转运中心。正是这种辐射和带动作用，使新文化和新文学在全国很多地方蔚然成风。五四文学革命依然如此，所以北京、上海的文学和文化中心地位是无法动摇的。确实有某些作家呼应时代要求，自发地创作顺应时代发展方向的作品，这是因为这些作家有着强烈的时代感，以一己之力回应时代主潮，这种状况是很常见的。这也证明“地方路径”问题具有普遍性，而其阐释力也是有限的。

文学史写作一般来说是先做加法，再做减法。一个时期的文学史，在最初的研究和写作中，通过广泛发掘史料，对作品进行细读、研究，筛选出其中的经典之作。这是一个经典化的过程，也是研究者争鸣、辩论和最终达成共识的过程。之后，该淘汰的就会被淘汰，而经典作家则留在文学史上。我们现存的中国古代文学史著作，大部分都是由经典作家、作品构成的。中国现代文学史从王瑶的《中国新文学史稿》算起，也有 70 多年的历史了，做加法的过程应该收尾，现在应该开始做减法了。但“地方路径”的提出，会使很多已经被湮没的作家浮出水面，这固然有一定的学术价值，但并不符合文学史进入“做减法”时段的学术趋向，所以对“地方路径”的使用，应有所保留。

略论“后古代”的中国丝路文学研究

李继凯　陕西师范大学

内容摘要：所谓“丝路”既是一个实体的空间存在，又是一个具有延展性的文化符号。“后古代”亦即近现代以来的丝路文学创作，与古代文学一样，必然会被打上丝路文化的历史烙印，并成为丝路文化整体研究的重要组成部分。无论有多少争议，丝路学这一学术概念都是成立的，且值得大力提倡并进行切实的研究，其中也必然包括对丝路文学的研究。积极建构当代丝路学，不仅要在宏观研究如知识谱系研究和学科概论等方面有较大发展，而且要在一些薄弱环节以及微观研究方面，包括丝路文艺/文学的文献整理、丝路文学的传承与发展、代表作家作品和沿线国家文学比较研究等，切实加强细化研究，使丝路学包括丝路文学研究取得实质性进展，从而拥有“交叉学科”的令人向往的学术前景和未来。

关键词：丝路文学　丝路学　后古代　学术史　交叉学科

一、从“后古代”等概念说起

笔者近年来持续关注和研究“文化磨合”与“大现代”及“丝路文学”等问题，反复强调“古今中外化成现代，这个现代是大现代”的文化/文学观。与此相关，就特别关切、不断阐释“后古代”亦即“三代（近代－现代－当代）整合”的“大现代”文学。① 笔者坚持认为：确实有“古代中国”与“现代中国”之别，既有一个辉煌灿烂、丰富复杂的“大古代”，也有一个艰难求索、奋斗不息的“大现代”。而这个“大现代”也就是“后古代”所有时段的整合及命名。通常所说的近代、现代、当代在“大现代”视域中得以整合、磨合，体现了中华民族对现代化中国及其文化的持续追求。

① 参见李继凯：《“文化磨合思潮”与“大现代”中国文学》，《中国高校社会科学》2017 年第 5 期。

所谓中国“大现代”文化，就是“古今中外化成现代”的集成文化、多样文化，其中既有对古代优秀文化的继承和弘扬，也有对世界优秀文化的接受和吸纳。在观照个别作家和地域文学时自然也应该从这个大现代文化视野中进行研究。在笔者的观念中，中国古代和现代都既有精华也有糟粕，包括文艺也有优劣之分，这些都要结合具体语境具体分析。从“文化磨合”与“大现代”视域来探讨“后古代”文化/文学，不仅可以借此分析古今中外文化/文学的磨合以及“后古代”文化/文学发展等问题，而且可以借此分析经典作品在多元多样文化元素磨合中如何生成亦即被再创造的具体过程，更可以进一步恰切地理解作品意涵和人物形象以及文体样式，避免片面化地解读和阐释文本。

在探究“后古代”丝路文学时，也要有这种“大现代”的文化视野。我们知道，随着“一带一路”倡议的提出，丝绸之路这一文化遗存所蕴含的话语活力被重新激活了，它不但推动了当代作家对丝路文学的自觉书写，而且带来了现代文学研究范式的转换和革新。丝路文学研究作为丝路学的一个分支，在丝路文化枢纽地带的敦煌文学和西域文学研究方面已经取得了很多成果。但整体而言，目前对丝路文学的研究主要集中在对古代文献的整理与考订上，这一方面显示了丝路文学研究学科建构的自觉，另一方面也造成对现代丝路文学的忽视。这既与丝绸之路在现代社会所处的边缘性地位有关，更在于“五四”以来新文学研究中现代性话语体系的影响，现代性研究以西方现代文化为圭臬来衡量和评价其他文化的价值，这种同质化的历史叙事强调现代文学和古代文化与文学之间的“断裂”，以此凸显现代文学区别于古代文学的“现代”品质，压抑和遮蔽了现代文学创作中的中国经验和传统基因。这种研究范式主导下的丝路文学被纳入和整合到现代性的时间序列之中，它通常被冠以各种以局部地理为依据的名称，如西部文学、西域文学、敦煌文学等，这些充满历史意涵的命名指认和标示了丝路文学作为前现代符号的文化身份，这不仅导致了对丝路文学内部硬性的切割和分裂，而且使丝路文学最为本质的文化价值得不到彰显，人为地割裂了文学发展内在的历史逻辑和文化的整体感，这种研究思路不仅偏离了文学发展的事实，而且难以使丝路文学和中国文学、世界文学之间形成有效的对话。

丝路文学这一概念的提出，针对的是中国的社会现实和文学研究的问题语境，不仅是对丝路沿线区域文学的重新认知与整合，而且是对当下文学创作和研究困境的一种回应。丝路文学作为一种研究视角，早已存在于丝路学的分支之中，而我们今天之所以要对这一概念重新命名，是因为“一带一路”倡议给我们重新认识中国的文化和文学提供了一个全新的研究范式。“一带一路”倡议的提出，所体现的是中华民族的一种文化自觉和文化自信，蕴含着中国人民对世界文化秩序革新和重构的期待，激发了政治、经济、文化领域的研究活力。文学作为文化的重要组成部分，能够敏锐地捕捉时代精神的变化，对社会发展产生内在的建构功能和推动作用。在这样一个时代背景之下，我们强调和化用丝路文学等相关概念，不仅是对丝绸之路地域文学研究的一种学术整合，更是对文学研究中使命意识和社会意识的一种复归。

丝绸之路有狭义和广义之分。狭义的丝绸之路是指以古代中国长安为起点，经过甘肃河西走廊和今天的新疆地区，越过帕米尔高原，进入中亚，再到西亚的伊朗等地，连接亚洲、欧洲的交通和商业贸易路线。广义的丝绸之路是古代东西方之间经济、文化交流的代名词，即，凡是古代中国到相邻各国的交通路线，不论是陆路还是海路，均纳入丝绸之路。而我们所要细究深探的“后古代”丝路文学，是指广义上的有关丝绸之路的“大现代”文学创作，既包括陆丝文学，也包含海丝文学。诞生于陆上丝绸之路和海上丝绸之路的文学创作，一方面继承了古代丝路文学跨地域、跨民族、跨文化交流的历史传统，另一方面又融入了强烈的时代精神和现代意识。

作为古代世界人文交流史上的辉煌篇章，丝绸之路的从无到有及其持续拓展，无论对于起始国还是沿线国（地区）甚至整个人类，其意义都是非常重大的。《易经》云：“刚柔交错，天文也。文明以止，人文也。观乎天文以察时变；观乎人文以化成天下。”[①] 丝路凿通、丝路交错也有“化成天下”的功能，尤其是当今的“一带一路”，作为古代丝绸之路的延续和发展，更是具有“化成天下”的作用。尽管依然曲折，但前途依然光明可期，“一带一路”定然会成为世界性的“多带多路”，一定会有越来越多的国家和人民通过“一带一路”交通、交流、交心而对人类命运共同体达成共识。[②] 笔者经常说的“古今中外化成现代”及“文化磨合”也正是这种思路的体现，意在强调于广泛的借鉴、沟通、互助与磨合中“化成天下”。由此可以说，在当今“一带一路”背景下及丝路文化语境中言说丝路学、丝路文学以及相关的创业文学、陆丝文学、海

① 《周易·贲卦·彖传》。天文人文殊异，却也互动互文，天人合一，和而不同，对于人类开拓的丝路也都有其深刻无比的影响。

② 尽管还存在许多困难和问题，但从主要方面看，在国内外同仁共同努力之下，旨在进一步弘扬丝路精神的“一带一路”正在发展、拓展，且已经成为造福各国人民的合作之路、繁荣之路、开放之路、绿色之路、共赢之路。事实表明，丝路也是思路和生路，丝路也是开路和福路，顺应了构建人类命运共同体的理想，亦即坚持和平发展、合作共赢、追求开放、谋求幸福的人类初心与共同愿景。

丝文学等话题，可谓恰逢其时。本文无力涉及所有相关问题，仅就以下问题谈谈自己的看法。

二、当代丝路学的建构

人文学说是关于人类文化、文明的学说，与科技实验及理论明显不同，其可以讨论的自由度极大，“众说纷纭”或“百家争鸣”是其基本的存在样态。近年来丝绸之路研究尤其是“丝路学”即是如此。其实，任何人文学说及其分支的发展，恰恰都依赖于“众说”和“争鸣”而来的思想积累。笔者近些年所关注的积累已多、渐趋成熟的丝路学，目前其实依然处于相当热闹的讨论或争鸣之中，由此也迎来了丝路学自身发展的一个非常难得的时期。而本文重心在于讨论丝路文学及其研究，自然离不开丝路学建构这样的话题，因为只有在丝路学论域中，丝路文学及其研究的学理性和学术性才能得到体现，同时也能为尚在建构中的丝路学有所贡献，发挥其不可或缺的重要作用。

在笔者看来，所谓丝路学，其实就是丝绸之路研究，英文翻译就是 Study of the Silk Road（也有学者译为 Silk Roadology Study），或者也可以视其为“丝绸之路研究”的“升级版”。丝路学与敦煌学一样有着相当明确的研究对象和范畴，其学理性探讨和个案研究以及资料搜集整理实际早已展开了，在学术领域成为一门交叉新兴的特殊学科，亦即专门学问的可能性应该是有的，近年来有人积极提倡①，同时有人质疑也很正常。但我本人坚信，丝路学是比敦煌学更广阔、更重要，作用也更大的一门学问。敦煌学是为“显学”，丝路学可以成为“显学”。荣新江先生著有《敦煌学十八讲》（北京大学出版社，2001年版），丝路学仿此体例或许可以写出八十讲。无论从历史还是从现实来看，作为古代丝绸之路“明珠”的敦煌以及敦煌学，都可以被建构成丝路学的研究对象并成为丝路学的一个重要组成部分。从长远看，世界各国人民跨地跨国的

---

① 有学者已经提出丝路学（或丝绸之路学）和一带一路学等概念并进行了论证，如《丝绸之路》杂志于 1997 年起就设立专栏讨论丝绸之路学，发表了胡小鹏、侯灿、李正宇、建宽等学者的多篇论文；又如沈福伟在《光明日报》上发表了《丝绸之路与丝路学研究》（2009 年 12 月 30 日）；马丽蓉《丝路学研究：基于人文外交的中国话语阐释》，《新疆师范大学学报（哲学社会科学版）》2016 年第 1 期；魏志江、李策《论中国丝绸之路学科理论体系的构建》，《新疆师范大学学报（哲学社会科学版）》2016 年第 2 期；马丽蓉《百年来国际丝路学研究的脉络及中国丝路学振兴》，《新疆师范大学学报（哲学社会科学版）》2017 年第 4 期；黎跃进：《丝路域外经典作家、思想家与中国文化——东方研究重大课题论证纲要》，《东方丛刊》2018 年第 1 辑；马丽蓉、王文：《构建一带一路学：中国丝路学振兴的切实之举》，《新丝路学刊》2019 年第 1 期等。尤其是马丽蓉，还牵头出版了专著《丝路学研究：基于中国人文外交的阐释框架》（时事出版社，2014 年版），着力从人文外交视角，拓展和深化丝路学研究。

交流交通只会越来越频繁，而且还会为人类的“命运共同体”以及未来奋斗不已。笔者还认为，历史上的丝绸之路（包括陆上丝路和海上丝路以及北方的草原丝路、南方的茶马丝路等），本质上是广义的“交通之路”和“创业之路”。交流交通不但是人类行为，而且是一种精神，从经济到文化，从政治到教育，都很需要交流交通。通达到心灵层面也许更为重要，这就非常需要丝路文学/文艺了。笔者曾在一次国际学术会议上强调过：丝路文学、丝路文化是文化磨合、文化创造、文化策略的典范，丝路文学是跨时空、跨民族、跨语言、跨文化的研究领域，丝路学必将成为一门具有国际影响力的真正的“大学问”。[①] 笔者还牵头，在丝路学的学术实践层面上，与学生合著了《文化视域中的现代丝路文学》[②]，2020 年已经由科学出版社出版发行，并在学术界产生了一些影响。

要进行丝路学的学术建构，就要抓住许多关键环节。其中尤为重要的是对所涉关键词有所界定，并给出恰当的理解。这里先说第一个关键词“丝路”。它是“丝绸之路”的简称。丝路有广义和狭义之分，近年来，关于丝绸之路的各种言说越来越多，尤其在学术层面上说得多了，就会催生新的学说。第二个关键词是丝路学。丝路上有个非常著名的敦煌，研究敦煌的学问被学界命名为敦煌学，是具有国际影响的显学。自然，丝路学听起来还是一个新概念，其来龙去脉都需要仔细探究，这门学问包括敦煌学但不限于敦煌学，且会在敦煌学及已有相关研究的基础上继续推进。可以说，丝路学的建构业已成为一种重要的学术追求，笔者在不少场合都为丝路学鼓与呼，笔者所在的陕西师范大学人文社科高等研究院挂牌时（2017 年）就成立了“丝路学研究中心”，还聘请了一些著名学者参与研究，办辑刊和产出研究成果。在此笔者想特别强调：从学理上讲，丝路学与敦煌学一样有着相当明确的研究对象和范畴，且敦煌学是丝路学的一个分支。既然敦煌学能够成为一门具有国际影响力的学问，那么较之更具有丰富意涵的丝路学也必将成为一门“大学问”。事实上，在此前国内外学人精心研究丝绸之路的基础上，注重丝路学的学理性探讨和个案研究以及资料搜集整理的工作，近年来在很多高校及研究机构都已经展开，且目前不少学者，包括笔者都在积极提倡和建构体系化的丝路学，认为应该借鉴建构长安学、敦煌学以及红学的经验，积极建构丝路学这样一门交叉的新兴学科。事实

① 张雨楠：《丝绸之路人文与艺术国际学术研讨会在兰州大学召开》，中国社会科学网，2019 年 07 月 17 日，http://www.cssn.cn/wx/wx_xszx/201907/t20190717_4935585.shtml.

② 李继凯、荀羽琨、王爱红等：《文化视域中的现代丝路文学》，科学出版社，2020 年版。

上，丝路学作为一门专门学问的必要性和重要性确实是存在的，其可能性、可行性也是存在的。笔者甚至还进一步主张文理科结合、多种方法并用，从而建构一门具有系统性、学理性和国际性的交叉学科、新兴学科。只是迄今学术界对此确实也还存在诸多不同的看法或论争，其实无论哪一门学科或学问的诞生都有一个艰难的过程，其间出现各种论争和不同观点也是很正常的。丝路很古老，丝路学却很年轻，需要大家热情关注和积极参与。

三、丝路文学的传承与发展

我们所说的丝路文学主要包括陆丝文学和海丝文学。学术界有人还提出彰显“草丝”“茶丝”等丝路及其文化/文学，这些其实都可以纳入总体的陆丝文学范畴。近年来，人们关于丝路的想象往往像“丝路花雨”一样充满了诗意的浪漫。人们津津乐道于丝路文化、丝路风情或丝路景观，却很少有人深究丝路文学。其实丝路故事多，丝路文学亦多。在丝路故事和文学中，不仅有古人的风骚浪漫，也有古人面临的风险考验。尤其可贵的是，古今的丝路故事和文学，都相应地体现了这种在“丝路”穿梭中形成的，于交流交通、开拓探索中体现的，艰苦创业的丝路精神。在当代创业文学和方兴未艾的当代丝路文学之间，确实存在密切的关联性，其异同之处也蕴含着有意味的启示；中国历史上延绵两千多年的丝绸之路，不仅是一条贸易之路，而且是一条文学之路。当大漠驼铃、商队驿站被逐渐尘封在历史的深处，当千帆竞发的古代船队被当今现代化远洋航海舰队取代之时，文学却依然笃定地在这条道路上前行，绵延不绝。从《穆天子传》《山海经》中对异域的神话想象，到汉唐边塞诗创造了中国诗歌艺术的辉煌，从明清域外小说的兴盛到近现代留学作家群的“西学东渐记”，从现代文人抗战时期的丝路行记到当代文人的丝路叙事，无不表达了“感时思报国，拔剑起蒿莱”的家国情怀，诞生于丝绸之路上的文学构成了中国文学的精神高地的一部分。由此可以从丝路文化的视域系统梳理丝路文学发展脉络，重建中国文学的文化自信。从跨国历史的角度看，丝路文学无疑也是世界文学的一个重要组成部分，沿线丝路国家和地区在贯通丝路的交流过程中，政治经济和文化艺术遇合、磨合后就会产生许多故事，单是记录这些故事，都会使文本具有可读性。如《史记・大宛列传》《汉书・西域传》《后汉书・西域传》等就是兼具历史性、文学性乃至传奇性的文本。有人将记录丝路旅程的文学，以及记录丝路往来故事和事物的文本，都视为丝路文学，认为司马相如的《上林赋》、张衡的《西京赋》、班固的《两都赋》与著名的边塞诗、敦煌文学等都是丝路文学的代表作或标志性文本，这种观点自然也是成立的。

至于丝路民间文学，也是丰富多彩的，值得深入挖掘和研究。比较而言，学术界对古代丝路文学尤其是陆丝文学的关注与研究较多①，已有博硕士学位论文多篇，但对近代以来丝路文学的专题研究、整体研究则很少，甚至可以说，学界还没有获得一种学术自觉意识，也少有关于现当代中国丝路文学的深入而系统的研究论著。

正是基于这样的理解，笔者和学生们一起共同努力，撰写了《文化视域中的现代丝路文学》一书（科学出版社，2020 年版）。从最初提出丝路文学的构想到实际写作的完成，笔者确有“筚路蓝缕”之感，以我们几人之力，短时间内对丝路作品的阅读难以穷尽，更重要的是，“丝路文学”概念的提出在学界尚属少见，没有系统的理论著作可以借鉴，这无疑增加了写作和论证的难度。该书的写作仅仅是初步的探索，但也具有开拓性，“诚望杰构于来哲也”。文学是人学，人在路上也会“走出”文学，文学与丝路同在。从古至今，有了丝路就孕育出了丝路文学。到了中国现当代，那条古老的丝路还在，书写丝路故事的文学更是层出不穷。于是，探究新丝路与新文化、新文学的关联也成了一个不可或缺的研究课题。丝路文学当是跨时空、跨民族、跨语言、跨文化的文学，而现代丝路文学也当是古代丝路文学的继续和发展。所谓现代是相对古代而言的，且是古今中外化成合成的现代，是文化总量增加而非减少的现代。这个现代也是仍在不断建构、发展的“大现代”，所谓现代文学其实也就是尚在建构的大现代文学。作为这一大现代文学的重要组成部分，21 世纪的丝路文学也在持续发展中。该书在“一带一路”倡议的时代背景下，从文化视域（尤其是丝路文化论域）对中国丝路文学（主要是中国现当代丝路文学）进行了整体考察和个案分析。该书分别探讨了陆上丝路文学（即陆丝文学）和海上丝路文学（即海丝文学）。陆丝文学主要是指陕西、甘肃、宁夏、青海、新疆五省（自治区），沿途所产生的表现丝路地域、政治经济、历史文化特色的文学作品和文学现象；海丝文学是具有“海丝”精神、体现“海丝”文化的文学创作和文学现象，主要包括与海上丝路相关的海洋文学、留学文学和海港城市文学。总体来看，该书着力从地域文化等多元文化视角对丝路文学进行多方面的探

① 参见喻忠杰：《古代丝绸之路文学概述》，《长安大学学报（社会科学版）》2015 年第 3 期。该文认为：古代丝路文学是丝路学的一个分支学科。为进一步廓清丝绸之路文学的发端、演进和成熟的全过程，该文从文献学、比较文学和传播学的视角对其进行多方面的考察。经过对先秦至明清时期沿丝绸之路一带的中外各国及地区内所产生的文学作品和发生的文学现象进行研究后认为，古代丝路文学的形成与发展有着特殊的历史和地理背景，依据这种特殊性，大致可将其分为散文、诗赋、说唱、戏剧、小说、神话传说及其他共七类。古代丝路文学的整理和研究对于世界文学和中国文学都有着特殊的意义。

讨，既注重丝路文学研究体系的建构，又通过文本分析深入其内部多元共生的文学形态。通过界定丝路文学的概念，厘清现代中国丝路文学的研究范畴，梳理了丝路文学的书写历史，建构起丝路文学现当代书写的谱系，为深化和拓展中国现当代文学研究做出了新的努力。全书除了绪论和结语，共七章，分上篇“陆丝文化”与“陆丝文学”，下篇“海丝文化”与“海丝文学”。上篇四章为：“概念与范畴：丝路文化和丝路文学”“现代丝路文学”“文化融合背景下的丝路文学”“文化西部视域中的丝路文学”；下篇三章为：“海上丝绸之路与海丝文学”“蓝色畅想：海洋题材与海丝文学”“海丝寻梦：留学体验与海丝成就”。该书尽管不够全面，但仍是一次积极的探索，对后续研究有一定的推动作用。

四、学术史意义上的相关研究

从学术史角度集中讨论丝路学及丝路文学研究很有必要。如前所述，近年来关于丝路或“一带一路”的研究如火如荼，关于丝路文化艺术的研究也相当热闹，但具体到丝路文学及其研究却颇为冷寂。确实，古今丝路文学虽一直存在，但长期以来没有受到重视，相关研究也少见且并不系统深入。不过，这种状况已经开始改变。

自德国学者李希霍芬于 19 世纪末提出“丝绸之路”这个概念以来，相关研究成果越来越多，许多著名的文史哲领域的人文学者为此辛勤耕耘。迄今业已积累了非常丰富的研究成果。学术界早已公认了“丝绸之路学”这样的概念，以此来概括研究丝绸之路所形成的一门学问，这在逻辑上没有问题。在称谓上采取简称丝路学也非常自然简洁，应该成为学术史上一个正规的命名。有学者近期指出：“学术界多年来呼吁的建立‘丝绸之路学’的主张，现在已经初具规模了。丝绸之路、丝绸之路学，首先是一个庞大的知识体系。在这个知识体系中，涉及交通、地理、地质地貌、历史、民族、宗教、文化、艺术等诸多方面。……一个学科的建设，基本的要求是明确的研究对象、准确的知识体系、清晰的学术路径。而对于丝绸之路学来说，首先是关于知识体系的建设。”[1] 由此看来，丝路学研究的任务其实很多还没有完成。

令人欣慰的是，丝路文化/文学研究近年来逐渐活跃，形成了前所未有的热潮。全国成立了不少相关研究机构，创办了新的刊物及网站，举办了不少重

---

① 武斌：《鸿篇巨制的“丝路学”奠基之作——评〈丝绸之路辞典〉》，《中国边疆史地研究》2019 年第 4 期。

要会议及活动，还推出了许多研究成果。如研究机构有：中国人民大学丝路学院、新疆大学丝路经济与管理研究院、厦门大学一带一路研究院、中国地质大学（武汉）丝绸之路学院、暨南大学“一带一路”与粤港澳大湾区研究院、陕西师范大学一带一路文化研究院、陕西师范大学丝路学研究中心、上海外国语大学丝路战略研究所、天津外国语大学一带一路天津战略研究院、西北大学丝绸之路研究院、西安建筑科技大学丝绸之路国际美术研究中心、浙江理工大学一带一路与非传统安全研究中心、西安交通大学丝绸之路经济带法律政策协同创新中心等；期刊（包括集刊）有：《丝绸之路》（甘肃）、《丝绸之路研究》（北京）、《丝路文化研究》（南京）、《新丝路》（陕西）、《丝绸之路研究集刊》（陕西）、《新丝路学刊》（上海）、《丝路视野》（宁夏）、《一带一路报道》（四川）、《丝路艺术》（广西）、《中国丝路文学》（云南）等；重要会议及活动也有很多，各级政府和各个行业很多都在筹划相关工作的推进会，国际会议方面，相关国家地区召开了类似“一带一路”国际合作高峰论坛这样的年度会议，很多高校及研究机构也召开了难以胜数的学术会议；至于学术成果，也已经相当丰硕，笔者通过中国知网查询（2020 年 3 月 23 日），获得若干数据，可以看出丝路学在数量积累方面的进展：如输入“主题”和“丝路”，找到 10,120 条结果；输入“关键词”和“丝路”，找到 2,128 条结果；输入“篇名”和“丝路”，找到 5,346 条结果；输入“全文”和“丝路”，找到 90,979 条结果（表明社会和学术界业已普遍习惯使用“丝路”这一简称）；输入“单位”和“丝路”，找到 533 条结果；输入“摘要”和“丝路”，找到 7,546 条结果；输入“被引文献”和“丝路”，找到 10,991 条结果；输入“被引文献”和“丝路学”，找到 98 条结果；输入“全文”和“丝路学”，找到 305 条结果；输入“篇名”和“丝路学”，找到 65 条结果；输入“关键词”和“丝路学”，找到 9 条结果。从学术史角度看，丝绸之路研究已经很有历史且遍地开花、高潮迭起了，学术界已出现“丝路热”。但冠之以“丝路学”的名称还毕竟是晚近的事情。尽管反对丝路及其研究（包括丝路学这个概念本身）的声音也时有耳闻，但笔者笃信丝路学正在生长、发育，且肯定可以进入学术史。

从很多视角进入丝路研究，都会在潜心求索中有所发现和收获。仅在丝路文艺研究方面，就有不少重要的学术成果问世。这里略举几例。其一，中国社科院文学所在 2015 年一次专题会议基础上编就论文集《走上丝绸之路的中国文学》（社会科学文献出版社，2017 年版），此书体现了学术的当代性，与时俱进且重在回溯历史，主要论述的是丝路文化的许多方面，涉及文学、历史、宗教、音乐、美术、探险、中外文化交流等，展现了丝路文化的丰富性。对推动丝路文化研究有较大的作用。书名标识文学，主要是为了纪念著名学者杨镰先生，为此书作序的刘跃进先生对此有相应的说明。其二，为了建构关于丝绸之路和丝绸之路学（丝路学）的知识体系，陕西师范大学周伟洲、王欣主编了《丝绸之路辞典》（陕西人民出版社，2018 年版），篇幅巨大，有 300 万字，收入有关丝绸之路各方面问题的词和事共 11529 条，分为道路交通、地理环境、政区城镇、政治军事、经济贸易、文化科技、民族宗教、文物古迹、方言习俗、丝路人物、海上丝路、西南丝路、丝路文献、丝路研究、丝路今日 15 个部分。可以说，有关丝绸之路和丝绸之路学的方方面面，历史的和现实的，中国的和外国的，交通地理的和经济文化的，都有所涉及，是一个有关丝绸之路和丝绸之路学的完整知识体系。被学术界视为“丝绸之路学的奠基之作”。其三，在丝路艺术研究方面，推出了一系列有价值的学术成果，如程金城就在丰硕的前期成果基础上，获得了国家社科基金重大项目“丝绸之路中外艺术交流图志”。此外，王子云等《王子云丝绸之路艺术考古遗著》（三秦出版社，2018 年版）、赵喜惠《唐代丝绸之路与中外艺术交流研究》（黑龙江人民出版社，2018 年版）、韩文慧《丝绸之路与西域戏剧》（西北大学出版社，2018 年版），孙剑编著《唐代乐舞》（太白文艺出版社，2018 年版）、张东芳《羽人瓦当研究》（知识产权出版社，2018 年版）、大秦岭文化艺术研究中心编《丝绸之路艺术学院文化艺术研究论文集》（陕西科学技术出版社，2018 年版）、蔺宝钢、张秦安、何桑主编《丝绸之路国际艺术节第三、第四届艺术评论文集》（陕西人民出版社，2018 年版），对丝路学研究也都各自有其价值。其四，《丝绸之路》主编、著名作家冯玉雷①专门就丝路文学开课，这对丝路学的学科建设也是一种促进和探索，对促进丝路学的学术转化也起到了积极的作用。他授课的“丝绸之路文学十三讲”也很有特色，其目次为第一讲：丝绸之路文学的概念及简介；第二讲：“一带一路”倡议与丝路文学书写管窥；第三讲：丝绸之路地理气候对交通、文化、文学的影响；第四讲：丝绸之路文化中的大传统与小传统；第五讲：玉帛文化——华夏文明与文学发生的根本动力；第六讲：丝绸之路中的文学母题及流变；第七讲：丝绸之路文学特质——戴着现实的“镣铐”跳舞；第八讲：丝绸之路文化文物遗存中的文学元素；第九讲：在考察中

---

① 冯玉雷，男，1968 年出生，甘肃人。现任西北师范大学《丝绸之路》杂志社社长、主编。陕西师范大学人文社会高等研究院驻院作家，西北师范大学文学院兼职教授、硕士生导师，兰州市“文化名家”。中国作家协会会员、中国文学人类学研究会甘肃分会主任、兰州市作家协会副主席。出版长篇小说《肚皮鼓》《敦煌百年祭》《敦煌·六千大地或者更远》《敦煌遗书》《野马，尘埃》《禹王书》等，并出版多部专著如《玉华帛彩》《玉帛之路文化考察笔记》《敦煌文化的现代书写》等。

发现丝绸之路文化与文学；第十讲：丝绸之路文学与人类学中的“四重证据”；第十一讲：丝绸之路文学是人类文明的真正主流；第十二讲：全媒体时代的丝绸之路文学创作；第十三讲：丝绸之路文学振兴的必由之路：继承、创新、发展。其五，2018年10月，为了积极响应“一带一路”倡议，大力推进丝路文化及丝路文学研究，探究中国现当代丝路文学的发展状况与独特价值，教育部社科中心《中国高校社会科学》编辑部与陕西师范大学人文社会科学高等研究院在西安联合主办了“中国现当代丝路文学高端论坛”。论坛主要讨论了这些选题：1. “一带一路”倡议与丝路文学书写；2. 中国现当代文化语境与丝路文学的新变；3. 丝路文学的历史脉络与时代特征；4. 丝路文学的空间想象与审美特质；5. 改革开放进程视域中的丝路文学；6. 丝路文学与中国西部文学的关系；7. 丝路文学与中国少数民族文学发展；8. 丝路文学的地域性、民族性与世界性；9. 丝路文学创作传播与丝路沿线国家文化交流；10. 中国现当代丝路文学代表作家研究。这次会议收获了一批优秀的学术论文①，有些论文于会后陆续发表在《中国高校社会科学》《丝绸之路》等重要刊物上。

在许多学者的共同努力下，丝绸之路文学研究打开了新的局面。若干新的变化已出现，一是丝路学与丝路文学意识明显增强，相应的关注度和研究视角有了调整；二是丝路文学研究的相关会议及活动明显增多，学术影响、社会影响进一步扩大；三是丝路文学研究领域的重要著作和研究论文相继出版和发表，研究的范围从古代向现当代拓展；四是丝路文学研究的问题意识增强，研究的内容进一步拓展，系统化和细致化也在继续增强；五是在研究方法及海内外联动方面有了新的尝试，为后续研究和水平提升奠定了基础。

五、面向未来的一个小结

总之，从古至今，有了丝路，就孕育出了丝路文学。到了现当代，那条古老的丝路还在，书写丝路故事的文学依然层出不穷。于是，探究新丝路与新文

---

① 如《论丝路意识与戴小华的游记创作》（杨剑龙）、《丝路文学空间想象与审美特质》（程金城）、《如何阐释界定丝路文学》（方长安）、《从丝路文学看香港文学发展的新契机》（郑贞）、《桑原骘藏笔下的海上丝绸之路与蒲寿庚》（常彬）、《“一带一路”倡议与丝路文学书写管窥——以冯玉雷创作实践为例》（冯玉雷、冯仲华、杨锦凤）、《丝路文学新观察：后乡土时代与作家的情志——“宁夏文学六十年（1958—2018）”文学史散论》（李生滨）、《作为方法的丝绸之路》（郭国昌）、《中国西部文学中的丝绸之路书写》（刘宁）、《以杨镰为例谈西域文化研究作为新的学术增长点的价值与意义》（冷川）、《西部散文的命名、概念及边界》（王贵禄）、《丝绸之路的文化记忆与散文书写》（郭茂全）、《论铁穆尔散文中的生态意识》（孙强、王雅楠）、《一带一路背景下中国文学经典对外传播研究——以〈西游记〉为例》（蒲俊杰、衡婧）等。

化新文学的关联也成了一个不可或缺的研究课题。丝路文学当是跨时空、跨民族、跨语言、跨文化的文学，而现代丝路文学也当是古代丝路文学的延续和发展。所谓现代只是相对古代而言的，且是古今中外化成、合成的现代，其文化总量是增加而不是减少的现代，尤其不是今不如昔、今不如古的现代，这个现代是不断建构、仍在发展的“大现代”，所谓现代文学其实也就是尚在建构的大现代文学。作为这个大现代文学的重要组成部分，21 世纪的丝路文学及其研究也在持续发展。面向未来，我们既要有“文化自信”，也要有建构“丝路学”的学术文化自信。

其一，正是历史和时代催生了丝路学。笔者认为：丝路既是一个实体的空间存在，又是一个具有延展性的文化符号，现代以来丝路沿线的文学创作与古代一样，也必然会被打上丝路文化的历史烙印，并成为建构丝路文化的重要组成部分；无论有多少争议或非议，笔者对丝路学这一学术概念都是高度认同的，认为值得大力提倡和使用这一概念。丝路学已在宏观研究如知识谱系研究和学科概论方面有较大发展，同时在一些薄弱环节亦即微观研究方面，如丝路文献整理、丝路文学案例分析以及沿线国家文学比较研究等，也要切实加强，还要动员更多的青年学者投身这一研究领域，使丝路学后继有人，拥有令人向往的学术前景和未来。

其二，拓展和深化丝路学研究还需要做许多具体的工作。丝路学虽然已有深厚的积淀，但仍需要积极建构，还需要不断呼吁和讨论。尤其在学科建设、人才培养和深化研究层面，需要建构“丝路学共同体”，借助社会发展大势，使其在国家学科设置及学位教育的“交叉门类”中占有一席之地（笔者的这个想法近来很强烈。在国家进行“双一流”布局（2016 年）时，就有了推动丝路学的想法，还曾建议陕西师范大学上报丝路学为自定的一流学科）。

建构丝路学需要坚持，尤其需要深化和细化研究。积极建构当代丝路学，不仅要在宏观上如知识谱系研究和学科概论等方面有较大发展，而且要在一些薄弱环节以及微观研究方面，包括丝路文献整理、丝路文学的传承与发展、代表作家作品和沿线国家文学比较研究等，切实加强细化研究，使丝路学研究尤其是丝路文学研究取得实质进展。比如就可以在文化视域来探讨近现代以来的丝路文学，并进行更多的文本分析和个案研究。

其三，对当代“丝路学”的建构要充满信心。在笔者看来，所谓“丝路学”，其实也可以视为“丝绸之路研究”更加学术化、学科化的命名。由于丝路文化/文学是文化磨合、文化创造、文化策略的典范，丝路文化/文学是跨时空、跨民族、跨国界、跨语言、跨文化的研究领域，所以作为交叉学科的“丝路学”必将成为一门具有国际影响力的真正的“大学问”。笔者真诚期望“一带一路”倡议持续发展，丝路文化和文学，相关的各类研究也能取得更多新的成果，为建构人类命运共同体做出重要的贡献。

李金髮诗歌的古典传统与乡土记忆

巫小黎　佛山科技大学

内容摘要：李金髮诗歌的意象建构，抒情氛围的营造，所用的基本材料，一如中国诗歌的古典传统。长林浅水、孤舟野渡，垂柳斜阳、松涛月夜等自然景观和山村风物，都是他偏爱的诗歌元素。其诗歌所传承的依旧是“景语皆情语”的经典抒情范式。诗人的童年经历、乡土记忆、青春苦闷和异国漂泊的孤独感、离愁感等多种情愫叠合交缠，经过陌生化的艺术处理后，凝成瑰丽奇异的诗章，洋溢着乡土情怀与泥土气息。李金髮诗中随处可见的古典意象、客家风物，显示了其与中国文学母体、本土文学传统深刻的文化血缘关系。

关键词：李金髮　意象　古典传统　乡土记忆

一

如果从1916年7月胡适作《答梅觐庄——白话诗》算起[①]，白话新诗已经诞生一百余年。中国新诗诞生的外来影响不容置辩，学界已有共识和定评。而中国新诗与乡土传统、中国文化的关联，白话新诗与古典诗歌、传统文学的渊源及文学内部自身流变等问题的研究，则明显不够，甚至被有意无意地忽略了。其中，渴望融入世界潮流的文化危机意识所引发的影响和暗示，肯定起了很大的作用。在纳新吐故、趋新求变的时代，“新”与“洋”等“时尚”元素，往往被赋予了诸多美学意义和价值内涵，成为整个社会具有象征意义的普遍诉求。政治、军事、经济、科技、教育等远远落后于西方国家的现实困境，也可能孕育、催生出卑以自牧，崇洋媚外、自我放逐的文化心理。故提起中国早期象征派诗人李金髮，人们往往就把他和法国象征派诗歌和以《恶之花》闻名于世的波德莱尔等法国诗人联系在一起，更有甚者，干脆给他戴上“东方的波德

① 胡适的第一首白话诗《答梅觐庄——白话诗》作于1916年7月22日，又题《新大陆之笔墨官司》，参见胡明编注：《胡适诗存》（增补本），人民文学出版社，1993年版，第112页。

莱尔”的帽子①。

中国新诗研究界往往将李金髮与法国象征派诗歌及波德莱尔视为密不可分的整体，这一点也不过分。换言之，中国新诗研究界业已默认李金髮为波德莱尔的私淑弟子。

至于李金髮对自己的诗歌创作与中国文学传统、古典诗词的传承与关联所作的直接表白，研究者反而要么不大提起，要么视而不见。李金髮说：“其实东西作家随处有同一思想、气息、眼光和取材，稍为留意，便不敢否认。”②这种说法，迥异于评论界几乎众口一词强调李氏诗歌具有荒诞、奇诡的西方情调与充满颓废没落世纪末气息的主流评价。简言之，就李金髮诗与本土文学传统关系而言，关注两者之间的断裂疏离者多，寻求精神联系与内在一致者少。在诗人看来，他的艺术灵感、诗情诗思乃至取材等，依然植根于中国文学的文化土壤，而他的诗作，便是“沟通中西”的结果。用诗人的话说：“余于他们的根本处，都不敢有所轻重，惟每欲把两家所有，试为沟通，或即调和之意。”③

“沟通”或“调和”中西诗艺与诗歌传统，既是李金髮诗歌创作的主要技术路径与赢得诗坛赞誉的制胜法宝，又是其诗歌创作的自觉的美学追求。诗人的夫子自道，具体且直白，为我们解开“诗怪”写“怪诗”之谜提供了一个非常好的入口。

事实上，调和古今，沟通中西的追求，是彼时整个思想、文化界的大环境。李金髮的诗歌理想，是五四思想先驱文化理想的冰山一角。比较宗教学家许地山，曾旗帜鲜明地提出“沟通宗教”的主张；对基督教独尊一神，排斥异教的戒律，他有不少尖锐的批评言论，并且以文学创作委婉含蓄地表达自己的宗教理想。他的小说《玉官》里的年轻寡妇玉官，便是一手拿着《圣经》拜基督，一手捧着《易经》尊孔孟，又信耶稣又敬祖宗，“耶儒”互补的东方基督徒④。五四思想先驱的意图在于改造中国文化，重塑民族精神。从实际效果上看，他们将清末以来“中体西用”的思想主张推进了一大步。由是观之，李金髮其实以革新诗歌为路径，介入创新中国文化的伟大事业。他对于自己的诗与中国文化改造、陶冶人心之效用，有非常清晰的认知，值得我们深长思之。他

① 黄参岛：《〈微雨〉及其作者》，《美育杂志》1928年第2期。

② 李金髮：《〈食客与凶年〉自跋》，见《李金髮诗集》，四川文艺出版社，1987年版，第435页。以下出自《李金髮诗集》的引文，均同此，不再注明版本信息。

③ 李金髮：《〈食客与凶年〉自跋》，第435页。

④ 巫小黎：《〈玉官〉与许地山“宗教沟通”的文化构想》，《文学评论》2008年第3期。

说："这集多半是情诗，及个人牢骚之言。情诗的'卿卿我我'或有许多阅者看得不耐烦，但这种公开的谈心，或能补救中国人两性间的冷淡；至于个人的牢骚，谅阅者必许我以权利的。"①

二

诗歌创作与文化变革的话题，本文不打算展开讨论。笔者感兴趣的是李金髪的所谓东西作家有"同一思想、气息、眼光和取材"的论断，在他的诗歌实践中如何成为可能？即笔者试图于其他研究者有意无意忽略的中国古典诗词传统与泥土味中，挖掘李氏诗歌的中国意识及其艺术渊源。

《弃妇》是李金髪的处女作，也是被研究者反复讨论且被视为李金髪与中国象征派诗的代表作的诗，全诗如下。

长发披遍我两眼之前，
遂隔断了一切羞恶之疾视，
与鲜血之急流，枯骨之沉睡。
黑夜与蚊虫联步徐来，
越此短墙之角，
狂呼在我清白之耳后，
如荒野狂风怒号：
战栗了无数游牧。

靠一根草儿，与上帝之灵往返在空谷里。
我哀戚惟游蜂之脑能深印着；
或与山泉长泻在悬崖，
然后随红叶而俱去。

弃妇之隐忧堆积在动作上，
夕阳之火不能把时间之烦闷
化成灰烬，从烟突里飞去，
长染在游鸦之羽，

① 李金髪：《〈为幸福而歌〉弁言》，见《李金髪诗集》，第439页。

将同栖止于海啸之石上，
静听舟子之歌。

衰老的裙裾发出哀吟，
徜徉在丘墓之侧，
永无热泪，
点滴在草地
为世界之装饰。

这首诗最初以“李淑良”的名字发表于1925年2月16日出版的《语丝》第14期，在李金髮的第一本诗集《微雨》中排于卷首。

《弃妇》意象颓废灰暗，给人沉重的压抑感与窒息感。落木无边、萧索凋零的寒秋里，一个衰老绝望的妇人，孑然一身逡巡徜徉在荒冢累累、鬼魅出没的野外，“长发披遍”其“两眼之前”，“遂隔断”了“我”与“人”和“世界”的关联。她木讷茫然的神情，无可名状的忧伤与哀戚“堆积在动作上”，“衰老的裙裾发出哀吟”，最后的“热泪”都“点滴在草地”。弃妇两眼呆滞，一脸茫然，犹如一口枯井。夕阳渐渐落到地平线下，远方袅袅升起的炊烟，再也与“我”无关。被世界遗弃而没有家园感和归属感的浪子情怀，跃然纸上。漫无边际的暗夜，张牙舞爪的蚊虫，向“我”“联步徐来”，仿佛要将“我”整个吞噬。鲜血成河，枯骨堆积的恐怖场景，令人心惊肉跳。浊浪滔天、阴风怒号的大海里，隐约传来艄公忧郁、悲哀的孤独吟唱，天宇间呱呱怪叫的乌鸦，盘旋而下栖息于嶙峋峭立的岩石之上，凄厉的哀鸣，宛如末日来临的悲歌，又像面目狰狞的死神，冰冷无情地向人们宣告生命的无聊与空虚，仓促短暂的人生不过是亘古绵长的“世界之装饰”。

这里，“弃妇”是一个符号，是衰败、绝望与死亡的象征。作者借助暗示、隐喻、通感、联想、象征等多种艺术手段，摒弃写实主义的文学手法，娴熟地运用整体象征的现代主义表现技巧，成功地构建了一个别具一格的艺术形象，这首诗也成为中国新文学史上里程碑式的作品。它的出现，标志着中国新诗象征表现的开始。《弃妇》写于20世纪20年代初期，当时，作者正在欧洲留学。身处异域的李金髮是否读过郭沫若的《凤凰涅槃》，今已难查考，但《弃妇》与《凤凰涅槃》两者之间传达出来的忧郁悲愤的情绪，决绝无望的姿态，颇有些“神似”之处，或许是浸润于同样的时代空气之故。然而，《弃妇》却以弥漫全诗的孤寂衰败、悲观厌世为抒情基调，并以此和《凤凰涅槃》在死亡中包孕新生，在暗夜里守候黎明的乐观，画出了现代主义文学与浪漫主义文学两者之间的清晰边界。文学研究界公认《弃妇》为中国象征派诗歌的先声，可谓切中肯綮。

立体感极强的《弃妇》，俨然一座浮雕，令人触目惊心，又引人联想翩跹。别出机杼的意象建构，摄人心魄，令人叹为观止。双重意象化的艺术建构，尤其值得称道。首先，弃妇本身就是一个内蕴丰富，阐释空间宽阔的诗歌意象；其次，全诗又是由一连串的自然景观构建成的一个内涵丰富的意象群，从整体上营造了诗歌的抒情氛围，以物象写心境、言衷情，水乳交融，浑然一体。弃妇孑然一身，独立“荒野”，目光所及的是“鲜血”“枯骨”和“丘墓”等凶险之象，令人心惊肉跳，不寒而栗。徐徐降临的夜幕与成群结队的“蚊虫”“联步徐来”，将弃妇团团围住；波飞浪涌的“大海”里，载沉载浮的“孤舟”，飘摇不定，孤苦羸弱的“舟子”如泣如诉；“夕阳”下“游鸦”哀鸣，寻常人家袅袅升起的炊烟，犹如天涯游子的绵绵乡思。

《弃妇》被一一还原、拆解后的一组意象，读者或有似曾相识之感。这首诗，仿佛是马致远《天净沙·秋思》的改编版。诗中的那个弃妇，活脱脱一个“断肠人”。略有不同的是诗歌的意象组合方式。马致远的《天净沙·秋思》极少使用动词，意象与意象之间近乎直接叠加，巧妙地建构起一个形神兼备、蕴藏丰富的意象群。《弃妇》则多以动词作为意象与意象之间的链接，由此筑起一个庞大的意象群。再者，李诗以“孤舟”替换了“瘦马”，抒情主体由男性变成了女性。

当年，周作人及其同道从李金髮众多诗作中挑选了这首诗，抢先在《语丝》上向读者推荐，并且《微雨》出版时也将《弃妇》排在开篇。现在回看，确是慧眼独到，非有敏锐的艺术触角不可。《弃妇》中诡异神秘、新奇怪丽的意象，若不细察，或以为是李金髮与诗神邂逅之结晶，但经典性不够。然而，笔者研究发现，黑夜、荒野、西风、乌鸦、夕阳、红叶、江河、大海和船夫（或舟子）等，正是李金髮诗中经常反复出现的意象。这些大都是李氏先祖留下的文学/文化遗产，又抑或源自他的童年经历与乡土记忆。

三

事实上，一如中国古代的文人墨客，李金髮似乎偏爱垂柳斜阳、松涛月夜与枯草红叶，喜欢孤舟野渡、长林浅水和闲云野鹤等自然景观山村风物。其次，便是“山人之子”（见李金髮的诗《A mon ami de lȧ－bas.》“虽然我们是一群山人之子”）于山间、村野习见的飞鸟鸣禽、山兔野鹿、牛儿羊儿，诸如此类[①]。下面试以“舟”“船”为例展开讨论。

“舟”(或“船”，有时以“帆”“棹”“桨”“楫”等替代)是前现代社会主要的交通运输工具之一，因其成本低、运力大，在人们日常生活与生产活动中被广泛使用。官绅商旅和迁客骚人，莫不吟唱之、咏歌之，凭借它言志抒怀，荷载情思，因而，古代典籍给后人留下的与舟、船、帆有关的诗篇不可胜数。信手拈来若干，都是妇孺皆知。有口皆碑者如下：

> 长堤春水绿悠悠，畎入漳河一道流。莫听声声催去棹，桃溪浅处不胜舟。
>
> ——王之涣《宴词》
>
> 李白乘舟将欲行，忽闻岸上踏歌声。
>
> ——李白《赠汪伦》
>
> 孤帆远影碧空尽，唯见长江天际流。
>
> ——李白《黄鹤楼送孟浩然之广陵》
>
> 两岸猿声啼不住，轻舟已过万重山。
>
> ——李白《早发白帝城》
>
> 路经滟滪双蓬鬓，天入沧浪一钓舟。
>
> ——杜甫《将赴荆南寄别李剑州》
>
> 细草微风岸，危樯独夜舟。
>
> ——杜甫《旅夜书怀》
>
> 丛菊两开他日泪，孤舟一系故园心。
>
> ——杜甫《秋兴八首》
>
> 亲朋无一字，老病有孤舟。
>
> ——杜甫《登岳阳楼》
>
> 都门帐饮无绪，留恋处，兰舟催发。
>
> ——柳永《雨霖铃》

---

① 李金髮：“我，长发临风之诗人，/满洲里之骑客，/长林中满贮着我心灵失路之叫喊，/与野鹿之追随。”——《给×》，见《微雨》，人民文学出版社，2000年版，第30页。以下出自《微雨》的引文同此，不再注明版本信息。“我以冒昧的指尖，/感到你肌肤的暖气，/小鹿在林里失路，/仅有死叶之声息。”——《温柔(四)》，见《微雨》，第101页。“小羊到山后飞跑，/过了断岸跳着，/日光直射着地面，/午昼了一齐到荫处歇着。”——《诗人凝视……》《李金髮诗集》第232页。“倒病的女孩，/梦见天使吻伊的额；/穷追的野兔，/深藏稻草窝里。”——《少年的情爱》，见《李金髮诗集》，第250页。

西城杨柳弄春柔。动离忧，泪难收。犹记多情曾为系归舟。

——秦观《江城子》

晚霁波声带雨。悄无人、舟横野渡。

——廖世美《烛影摇红·题安陆浮云楼》

只恐双溪舴艋舟，载不动，许多愁。

——李清照《武陵春》

去雁远冲云梦雪，离人独上洞庭船。

——李频《湖口送友人》

馆娃宫外邺城西，远映征帆近拂堤。系得王孙归意切，不同芳草绿萋萋。

——温庭筠《杨柳枝》

过尽千帆皆不是，斜晖脉脉水悠悠，肠断白蘋洲。

——温庭筠《梦江南》

以上诗句，只有李白的画舫描船不失乐观浪漫的豪迈气概。其他无不弥漫着生离死别、孤凄愁苦的悲凉意绪。在生产力水平低下的前现代社会，行船走马，安全系数低，出行风险大，亲朋好友羁旅他乡，吉凶难以预料，一去经年，杳如黄鹤者大有人在。于是，代步的舟/船（船夫、舟子）或作为船的组成部分之“帆”“桨”“棹”等，自然而然地成为中国诗歌中表示骨肉分离，亲人失散的文化符号，离愁、孤独与死难的凶险象征；可谓销魂蚀骨，黯然神伤的代名词，进入“公共象征体系”或称“俗成暗码”①，并长期定格在中国人的审美视域。李金髮的诗歌承继的依然是前现代社会的这一传统。

再从阅读积累来看。李金髮自小爱读《诗经》《左传》《唐诗三百首》《古文观止》等，对于《牡丹亭》《桃花扇》《玉梨魂》及《随园诗话》之类也爱不释手。本来为解闷而读书的他，读多了古诗文，兴之所来“渐渐地写一些旧诗”，由此出发，开启了他最初的文学创作②。个人的文学实践与阅读积累之间的关联，不言而喻。既然“舟”“船”及与此相关的“帆”“舟子”“船夫”“大海”“海啸”等是中国文学的经典意象。如是观之，李金髮诗歌对中国古典诗词传统的精神传承，显而易见。

---

① 龚鹏程讲演：《文化符号学导论》，北京大学出版社，2005 年版，第 102 页。

② 陈厚诚编：《李金髮回忆录》，东方出版中心，1998 年版，第 23、29 页。以下版本信息同此者，不再标注。

"吾生爱月夜孤舟"[①]，在茫茫的海边"坐看归帆激浪"[②]，还有《微雨》里的"静听舟子之歌"，李金髮是如此热情、率性地向世人宣告，表达他之所爱，有时又会情不自已地突然寻问"何处是我爱的扁舟"[③]，仿佛"舟""船"是他的"亲人""情人"，是安放其漂泊灵魂的殿堂，是其最爱，是他生命的组成部分。翻阅他的诗，"舟"和因舟衍生、延伸出来的意象，随处可见。

> 渴望天际的归船，/但鸦儿过了一阵，/天遂黑了。
>
> ——《少年的情爱》
>
> 垂杨，用自己之动作语言/装饰天际的光彩，/更欲乘舟远去。
>
> ——《北方》
>
> 风与雨打着窗，正象黄梅天气，/人说夫婿归来了，/奈猿声又绊着行舟。
>
> ——《闺情》
>
> 远山遮断飞帆，/他们来了重去，/鲜艳的日光，/对着林木之阴森长叹。
>
> ——《游 Wannsce》
>
> 如海波欲掠舟子以去，——/一望无垠/似失了天涯归路。
>
> ——《草地的风上》
>
> 你靠近我的孤愤，/如舟子随海岸扬帆而去。
>
> ——《一瞥间的灵感》

四

李金髮的诗，如此频繁出现"舟""船"意象，值得深思。自称"山人之子"的李金髮，不像徐志摩生长在港汊密布的水乡泽国。况且，李金髮的诗写在人类业已进入汽车代步的时代。当时工业化水平走在世界前列的欧洲，常见的交通工具不再是木船、舟楫。趋新弄潮的李金髮，缘何较之于生长在水乡泽国的徐志摩，对舟与船更加一往情深，念兹在兹，感情的复杂程度非同寻

① 《吾生爱》，《李金髮诗集》第 458 页。

② 《赠 Br……女士》，见《李金髮诗集》第 422 页。

③ 《游 Wannsce》"'浮光耀金，静影沉碧'/惟少诗人的歌咏，欲向这不动之清流，何处是我爱的扁舟。"见《李金髮诗集》，第 417 页。

常呢?

笔者认为这与诗人特殊的童年经历和乡土记忆有关。李金髮的家乡梅县，位于岭南粤东，是山多田少、地瘠人贫的丘陵地区。在这里，交通闭塞、经济落后，生活条件十分艰苦。所幸梅县境内有一条梅江贯穿而过，蜿蜒向东南流经大埔县的三河镇汇入韩江，再顺流而下由汕头入海。近代开埠以来，这条水路便成为梅县人与“外面世界”连接的主要通道。迫于生计，当地的青壮男子大多循着这条水路远走他乡，外出谋生。漂洋过海、形单影只去印度尼西亚、马来西亚、新加坡或南非等地做工或经商的人不计其数。民国时期，侨汇是当地重要的经济来源。谋生、侨居海外者，则被家乡人称之为番客、水客或“金山伯”①，他们的社会地位与经济地位大多比留在家乡耕山种地的村民高一些。外出谋生的人，少数还能发点小财，不时往家里寄钱。勤俭持家的人，往往就在家乡置田买地，盖起洋房别墅，以便于几十年后衣锦还乡，叶落归根、安享晚年。

李金髮的家里也有外出谋生的家人，他父亲在毛里求斯经商，后来他哥哥接替了父亲的生意，因此其家境比村里一般人好。留学欧洲期间，李金髮基本上过着衣食无忧的生活，虽以勤工俭学名义赴欧，却不曾“勤工”，而且还能在巴黎、柏林等地拜师、求学和游览名胜，甚至与一位德国籍姑娘恋爱，出双入对，实实在在度地过了几年类乎闲云野鹤的“艺术生”浪漫时光。这些全仰仗海外经商的哥哥资助。幼年、童年时候的李金髮，生长在山区，是否见过大海，有无漂洋过海乘舟远足的经验姑且不说，但海内外频繁往来的亲人，日常生活用品中的舶来品，肯定会唤起他关于大海、舟楫等的诸多丰富多样的想象。或许在他留学之前，脑海里早就装满了各种与大海有关的故事与传说。况且，水运船载的生产场景，舟楫代步的出行方式，于他而言再熟悉不过。十余岁时，他就曾跟着族人一起雇船去松口祭祖，大家合伙撑船拉缆②。身处欧洲之时，李金髮虽早过了青春期，可他幽幽诉说的仍是幼年、童年时期的人生经历和个人的乡土记忆。他悄悄地在心里一再询问母亲：“你还记得否，/父亲泛海，/如渡小川，/常说志在四方的男儿，/他给你多少幽怨。”③ 无疑，这是天涯孤客心中珍藏的儿时生活片段；也是他异域漂泊，不堪其苦的曲折表达；更是失路思归的游子，润泽心灵荒漠的一剂良药。

---

① 陈厚诚编：《李金髮回忆录》，第 12 页。

② 陈厚诚编：《李金髮回忆录》，第 3 页。松口，梅县境内的一个镇，距梅县县城数十公里。

③ 《给母亲》，见《李金髮诗集》第 285 页。

假舟楫之利，山里人多了一条生路。可丘陵地区的人涉江渡河，穿行于崇山峻岭之间，比生活在平原三角洲地区的人承担着更大的风险。识水性的李金髮说："水大则有覆舟的危险，水浅则有触礁的可能。"逆水行舟时，船夫往往束手无策，船上的"搭客则要上岸上去，用绳子拉船，溯水而上"。在岸上拉纤十分危险，一不留神，人就会掉到河里去，或死亡或伤残，只能听上苍的安排。[①]

步入青年时代后，李金髮更是居无定所、辗转漂泊，在梅县、汕头、香港、上海、巴黎等地浪迹萍踪、四海为家，更是少不了与舟船相伴。换言之，舟船一直是李金髮生命中反反复复出现的一个直觉可感的物象。诗人以非凡的艺术才能，将普通的物象转化为诗歌意象。其好处是不直接讲所要讲的意思，而代之以意象，让读者依意象去揣摩意会。这样的技巧，正如中国古典诗词"托芳草以怨王孙，借美人以喻君子，瑶台璚宇，歌筵舞榭，假夫妇闺帏以言君臣朋友之义，因题花看柳而伤山河禾麦之时，乃诗家之惯技也。不惟以此曲达其难言之隐，亦以此形成'意余言外''言有尽而意无穷''含蓄'的艺术效果"[②]。李金髮诗歌创作的艺术思维方式与此一脉相承。笔者认为，舟船作为李金髮诗歌的意象，内涵丰厚，寓意深广。诗人正是借它填补天涯孤客的内心寂寞，寄托远方游子的故园之思，感叹身世飘零的悲凉苦况。

综上，或许可以这样诠释李金髮"独爱扁舟"的心灵秘密。第一，这是诗人对中国古典文学传统的自觉继承，是寄情于物的直觉思维在诗歌中完成现代转换的结果；第二，这是诗人童年记忆、乡土经验的诗意外化。

五

不妨再拿李金髮的《Soir heureux!》为例，做进一步的讨论。

> Soir heureux!
> 纵残阳溅血在毛儿，
> 海风吹醒你的甜梦，
> 冷雪冻了窗门的蒸汽，
> "月夜啼鸦"，
> 因我们的生命是飘荡。

---

① 陈厚诚编：《李金髮回忆录》，第3—4页。

② 龚鹏程讲演：《文化符号学导论》，北京大学出版社，2005年版，第98页。

Soir heureux!
纵青山带了紫黛之冠,
稻花之香
熏醉游人之手足,
晨雨的风对微星作笑,
因我们的生命是孤冷。

Soir heureux!
纵所欢成了叛徒,
青春变了荒唐,
既往之妩媚,
直搅扰到睡眼里,
因我们的生命是突兀。①

这首诗题目的中文意思是“幸福的黄昏”,诗歌每一节的开头都重复这一句,一唱三叹的苍凉况味,呼之欲出。全诗给人难以言表的压抑感与苦海无边的漂泊感,诗中所言非幸亦非福,内容与题目恰好构成反讽。诗中的意象大概可以分为两类,一是和美、欢愉和悦乐的意象,如“甜梦”“稻花之香”和“妩媚”“青春”等;二是让人感到凄冷晦暗,孤绝无望的意象,如“残阳溅血”“月夜啼鸦”与“冷雪”“孤星”等。全诗共三节,每一节最后都用一个肯定判断句,以“我们的生命是飘荡”“我们的生命是孤冷”“我们的生命是突兀”直陈存在的空虚与无聊,颓废之气弥漫全诗。一喜一悲,一忧一乐的两类意象,虚实相伴、错综交缠,深得中国古典诗词以乐写哀的流风余韵。全诗的意象无不来源于自然景观或乡村风物。农耕文明的烙印清晰呈现。

如此看来,诗人的童年经验和故乡的风土人情、景物事象,始终是其诗歌创作不离不弃的主要资源。不论诗人身在何方,故乡的一草一木、游蜂蛱蝶、鸣蝉跳蛙,以及山村居民男耕女织的生产生活场景,都是其营造抒情氛围,建构诗歌意象的素材。那里的山川景色、田野风光,无时无刻不随风入梦。故乡虽然穷困闭塞,但始终是远方游子梦魂萦绕的地方,那里“有木刻的黑马,/

① 《李金髪诗集》,第278—279页。

恐怖着牧人的鞭儿，/更有牛儿和家兔，/在山后呆立”[①]，“他们正因离去同玩的小山羊哀戚了”[②]。李金髮的一首首诗，就好似一幅幅农家即景。炎热的夏日，池塘边“垂柳拥着水鸭深睡”[③]，“忠实的江水/欲诚恳地监察我们生命的行踪，/奈鹅儿的游泳，/扰乱他的思路”[④]。村头汩汩的“流水的微笑，/载去我哀怨的心，/挟粉蝶齐舞[⑤]，太阳睡去，星星醒来”，“沉寂的夜里，/水田的蛙声哜嘈着，/渔人的火炬在远处蠕动，/我的梦魂遂流泪在石级里”[⑥]。“稻花香里说丰年”的田园意趣与“江船火独明”的忧伤沉郁[⑦]，就这么错综交缠，给人残缺与参差的审美感受。

还有一个事实，值得特别留意。写新诗又爱读西洋诗的李金髮，其实十分珍视民间文学传统，他曾亲自搜集整理自己家乡的客家山歌，并以《岭东恋歌》为名正式出版发行[⑧]。由此可见，洋装在身的李金髮，却没有媚外崇洋，表现出对现代工业文明特别浓厚的兴趣。声光电气的意象，高耸入云的摩天大楼，在他的诗中并不多见。相反，前现代农业社会的感受、体验与乡土生活的经验及记忆，才是他诗中最迷人的地方。怪不得他要说：“余每怪异何以数年来关于中国古代诗人之作品，既无人过问，一意向外采辑，一唱百和，以为文学革命后，他们是荒唐极了的。”[⑨] 回到传统与本土，向古典和民间歌谣学习，李金髮的态度十分鲜明。遗憾的是，一直以来，新诗研究界与新诗的创作实践对民间文学的重视都不够。

然而，李金髮的诗，写山村风物却又不同于传统文学中写田园风光中流泉飞瀑的歌诗辞赋，处处流淌着牧歌情调。白昼、阳光、海浪、沙滩；晴空、霓虹、彩霞、流岚等清朗明快的意象，静影沉璧、风清月白、彩云飘飘的旖旎景色，也与李金髮的诗少了一点缘分。他钟爱“暗夜”“残夜”“黑夜”的意象，《微雨》中题为《夜之歌》的诗就有两首。还有《月夜》《寒夜之幻觉》《十七夜》《夜起》等诗。若称他为“爱夜的诗人”或无不可。李金髮诗歌中颓废绝望、悲观抑郁的情调，从抒情氛围的营造与意象建构说，与他喜欢选择“夜”

---

① 《给母亲》，《李金髮诗集》，第 285 页。

② 《晨》，《李金髮诗集》，第 244 页。

③ 《Sagesse》，《李金髮诗集》，第 430 页。

④ 《工愁之诗人》，《李金髮诗集》，第 253 页。

⑤ 《Sagesse》，《李金髮诗集》，第 429 页。

⑥ 《少年的情爱》，《李金髮诗集》，第 251 页。

⑦ “渔人的火炬在远处蠕动”可以认为是杜甫《春夜喜雨》“江船火独明”一句的化用。

⑧ 巫小黎：《李金髮和他的〈岭东恋歌〉》，《新文学史料》2001 年第 2 期。

⑨ 李金髮：《〈食客与凶年〉自跋》，见《李金髮诗集》，第 435 页。

作为诗歌意象不无关系。其所以在诗坛自成一格，或许这正是主要原因之一。

若从意识生成的机制说，或有多种可能。一是诗人少年失怙、青年漂泊的个人际遇使然；二是中国人的文化身份在异质文化面前自我迷失，文化自信心受到极大挫伤之后的结果；三是感染了第一次世界大战后的世纪末情绪。因而，李金髪的诗与中国古典传统有密不可分的渊源，其创作资源其实主要还是来自本土文学传统、乡土记忆和民间文学，然而，又给人新奇怪诞之感，获得巨大成功，在新诗草创时期暴得大名。若是仅仅讨论其与波德莱尔的师承，未免过于简单和偏狭。

新时期以来中国现当代文学研究界的文学地理学研究

刘川鄂　湖北大学

内容摘要：新时期以来，中国现当代文学研究界对文学与地理关系的相关研究经历了文化观照、当代总结、学理深化、方法更新几个阶段。这一研究领域吸引了诸多学科和众多学者，在“文学地理学”“地域文学”“区域文学”“地方路径”等核心概念和研究方法上，各有倚重，缺乏呼应，一定程度上存在二级学科条块分割的状况。所有文学与空间关系的研究都应该整合在“文学地理学”这个学科范围内，作为研究领域、研究方法、研究路径，可以各有所长，各显神通。

关键词：新时期　文学地理学　文学与空间　“地方路径”

人赋山川以灵，文予自然以美，文学地理学自有了文学研究起而存在。“文学地理学”这个名词术语在国内最早见于1902年梁启超发表的《中国地理大势论》，他提出了文学风格的“南北界限”问题，认为中国文学“大抵自唐以前，南北之界最甚，唐后则渐微。盖‘文学地理’常随‘政治地理’为转移”①。此后，有刘师培、丁文江等学者继续探讨地理与文化、地理与政治、地理与历史、地理与文明之间的关系。但作为一个学术性的概念，文学地理学直到最近十年才被学界广泛关注与高度重视。杨义、曾大兴、梅新林、陶礼天、邹建军等学者是这个领域研究用力较深的专家，对文学地理学的概念各有阐释。文学存在于时间和空间两个维度，文学研究尤其是文学史研究，离不开时间和空间的维度，因此与文学地理学相关的话题始终值得重视，甚至可以说所有的文学研究都关涉文学地理。从实证研究到理论阐发，从传统文学到古今中外，从领域方法到学科建制，离不开一代又一代学人的努力。

---

① 梁启超：《饮冰室合集》第2册，中华书局，1989年版，第86－87页。

2009年11月，中国当代文学研究会区域文学委员会在重庆成立，挂靠单位为重庆师范大学，并主编有《区域文化与文学研究集刊》，表明中国当代文学研究界对这个学术领域的特别重视。2011年11月，中国文学地理学会在江西南昌成立，广州大学、江西省社会科学院为主要发起和主办单位（后湖北大学加入）。每年举办一届学术年会，出版一期《文学地理学》年刊，还不定期主办专题研讨会。从2013年召开于南昌的第3届年会到不久前召开于太原山西大学的第11届年会，笔者参加了六七次，主办或协同主办过多次。据笔者所知，中国文学地理学会是当下中国文学研究界较为活跃的学会之一。学会的领军人物和学术中坚，对这个领域的开拓和深化做出了很大的贡献。中国文学地理学会是广泛吸纳了各二级学科成员和学术成就的学会，最初古典文学领域的会员比较多，后来延伸到文艺学、外国文学、中国现当代文学、文献学等各个二级学科。主要负责人是古代文学教授，几位副会长分别为几个二级学科的教授，开放性包容性特别值得点赞。从在湖北大学召开的第6届年会开始，设立硕博论坛，至今已连续举办了6届。参与硕博论坛的年轻人都很积极活跃，表明该领域充满活力和后继有人。

文学地理学研究，或者说文学与空间关系的研究，是新时期以来中国文学研究界的热门话题之一。这一话题不具有特别的冲击性和前沿性，但是有持续性和普泛性。就像某类好的图书，不是畅销书，却是长销书。

文学地理学研究及相关的学术概念，比如地域文学、区域文学、地方路径等，其概念有弹性、综合性、包容性。尽管古代中国的区域行政管辖变化也比较频繁，但农耕文明为主的生活方式还是产生了相对鲜明稳定的地方文化特征，因此地理与文学、文化的关系较为清晰。中国古代文学研究领域的学者投入的精力最多，成果也较为丰厚。全球化、信息化、城市化的当代世界和中国，区域地理和文学的风格特征关系更加复杂，也更加模糊。"区域文学"也好，"文学地理学"也罢，在全球化时代对如何认识本土文化，二者如何融合，有着更复杂的考量，更需要中国现当代文学界的学者参与。新时期以来，四十余年里，中国现当代文学研究界对文学地理及相关学术问题的研究，也可以说是学者众多，成果累累。每个人都是多面手，都是实干家，都是理论探索者。

新时期以来，中国现当代文学研究界对文学地理学的相关研究经历了文化阐释、研讨总结、学理深化、提法更新几个阶段。

一、地域文学的文化阐释

新时期文学最初忙于政治层面的拨乱反正，社会历史层面的纠偏反思和建设层面的热情讴歌，地域因素并未凸显。到了20世纪80年代中期，迎来了文化热、寻根文学热，用文化的而不是政治的、经济的视野观照文学，必然包含以地域文化观照地域文学，对民族传统正负面价值的挖掘也必然关联到各地域文化的特色。地域文学的文化阐释，或者地域表现怎样的文学景观，怎样重塑地方文化，成为中国现当代文学研究界的重要研究话题之一。20世纪90年代严家炎主编的“二十世纪中国文学与区域文化丛书”可以说是集大成之作。包括吴福辉著《都市漩流中的海派小说》，朱晓进著《“山药蛋派”与三晋文化》，费振钟著《江南士风与江苏文学》，李怡著《现代四川文学的巴蜀文化阐释》，逄增玉著《黑土地文化与东北作家群》，李继凯著《秦地小说与“三秦文化”》、魏建、贾振勇著《齐鲁文化与山东新文学》，刘洪涛著《湖南乡土文学与湘楚文化》等（由湖南教育出版社于1995—1997年陆续出版）。大部分作者后来成为中国现当代文学研究前沿的骨干和领军人物。

从地理文化的角度考察文学及相关话题的论文可谓不胜枚举，相关研究著作也比较丰富，如韦建国、李继凯、畅广元等《陕西当代作家与世界文学》（中国社会科学出版社，2004年版），杨光祖的《西部文学论稿》（山西人民出版社，2004年版），梁凤莲的《岭南文化艺术的审美视野》（中国戏剧出版社，2005年版），吴秀明主编的《江南文化与跨世纪当代文学思潮研究》（浙江大学出版社，2009年版），李洪华的《上海文化与现代派文学》（江西人民出版社，2010年版），孙胜杰的《“黄河”对话“长江”：地域文化与20世纪中国文学中的河流书写》（江西人民出版社，2019年版），李莉、刘川鄂、王大菊主编的《地域文化、民族文学与中国现当代文学史》（即首届恩施少数民族文学高峰论坛文集，长江出版社，2019年版）。有别于以往的历史进化论、意识形态化与人本主义等文学研究的旧有模式，以人地关系为研究基点，徐汉晖的《中国现代文学的地理维度研究》（人民出版社，2020年版）从人地关系与文学地理的生成，现代作家人文气质的地理生态征候，作家“地理自我”的情感坐标，故事、地理场所与文学地标的互文性，作为历史重写本的废墟景观和坟墓景观等，重新审视中国现代文学发生与发展的地理环境、场所精神和空间位移等问题。

以赵学勇新近发表的一篇以文化地理看文学风格差异的文章为例，可以看出文化地理是研究作家与地域关系的重要理论资源。陕北、关中和陕南所处的三秦大地，民风民俗同中有异，造就了秦地小说“和而不同”的文化样态。陕北作家如柳青、路遥等的创作根植于坚韧乐观、与时偕行的乡土文化，关中作家如陈忠实等倾心于中庸调和、务实入世的家族文化，陕南作家如贾平凹等生长于轻质异俗、隐秘奇诡的山地文化。[①] 这样的研究建立在对于地域文化清晰的认知基础上，对当代陕西作家“三巨头”特点和差异的见解颇具说服力。

文学是地域文化的形象显现。中国现当代文学研究界以文化地理的眼光看文学，关注山川、气候、物产这样一些自然因素，且重视历史、民族、人口、教育、风俗、语言等人文要素，作家作品、文学流派、文学思潮的空间因素得到了更多的重视。学界以此解析文学思潮、文学活动、文学风格产生的历史文化原因和地理因素，阐释作家题材选择、人物描写和艺术风格的形成及特点，说明作家审美表达的差异性。地理资源可以成为文学资源、文学再生地理资源和地域文化，这些视角也得到了彰显和强化。

二、21 世纪初中国当代区域文学的研讨总结

21 世纪初，重庆师范大学文学院开始成为中国区域文学理论研究和重庆区域文学研究的“重镇”。出版有“区域文化与文学研究丛书”，包括周晓风主编《20 世纪重庆文学史》、靳明全主编《重庆抗战文学新论》、张育仁著《重庆抗战新闻与文化传播史》等（重庆出版社，2009 年版）。周晓风等还主编了《区域文化与文学研究集刊》，至今已出 7 辑。在第 7 辑（中国社会科学出版社，2020 年版），笔者应邀主持了“区域文化与现当代文学研究”专栏。这一组文章是笔者从 2019 年 8 月在三峡大学举办的中国文学地理学会第 9 届年会的参会论文中挑选出来的。古远清关于粤港澳大湾区文学在某种程度上来说也是移民文学的提法，是考量当代文学地理因素的变迁和复杂化的一个很好的样本。信阳师范学院副教授吕东亮探讨徐怀忠 20 世纪 50 年代的西藏书写及其所受到的批评。徐怀忠作品题材的边缘性，风格的异域性，至今仍然闪耀着西部区域文学的魅力。上海交通大学博士王昌忠从沈从文第一次从湘西远行到北京的经历，研讨地域与身份的关系、地域变迁与身份认同的难度，也是一个很有趣的话题。重庆师范大学王昌忠教授讨论了“地域中的诗歌”“地域内容的诗歌”“地域风格的诗歌”几个概念的联系区别，是对既往研究的拓展和深化。这几篇论文选题新颖，论述细密。从作者队伍和文章来源看，可以看作中国文学地理学会和中国当代文学研究会区域文学委员会的一次合作。

地方性大学关注地方文学建设、总结地方文学成就似乎是应有之义，因此文学地理学研究的主力队伍往往在地方性大学。比如广府文化之于广州大学，

---

① 参见赵学勇、魏欣怡：《当代秦地作家与民俗文化》，《陕西师范大学学报》（哲学社会科学版）2021 年第 3 期。

上海文化之于上海大学，江西文化之于江西省社会科学院，巴渝文化之于重庆师范大学。湖北大学则是研究当代湖北文学的“重镇”，刘川鄂主编“世纪转型期湖北文学研究丛书”四册，[①] 探讨中国社会文化转型背景下湖北文学发展的现状及与当代中国文坛的关系、荆楚文化文学传统和地域文化意识在世纪转型期的表现、湖北作家队伍的构成与创作质量的关系、湖北小说诗歌散文创作的基本特色与主要成就等问题。这套丛书既注意到生活和创作在荆楚大地上的作家的某些与地域文化相关的共性，也充分正视其多元繁杂的特点。丛书完整展示了近 20 年湖北文学的成就，也指出了其某些缺失，分析了湖北文学未来的走向并对其发展提出建设性的意见。

笔者还参与了《湖北文学通史》（长江文艺出版社，2014 年版）的编撰和组织工作，并担任当代卷主编，费时三年，受到全国媒体和同行的关注及好评。

据不完全统计，全国目前有百来部官方组织编写的省级区域文学史，如浙江、安徽、河北、山西、云南、河南、上海等地都有文学通史或当代文学史。尚有一些对当代各省（市）文学发展的专论，如陈书良主编《湖南文学史》当代卷（青海人民出版社，2007 年版），刘晓林、赵成孝的《青海新文学史论》（湖南教育出版社，1998 年版），林超然的《1990 年代的黑龙江文学研究》（黑龙江人民出版社，2007 年版），何英的《呈现新疆》（新疆电子出版社，2005 年版）等，或是从古代延伸到当代，或是专门的当代文学史总结，或是当代某一个时段的区域文学总结。《四川文学通史》《广东文学通史》等著作都在紧锣密鼓的撰写中。特别值得一提的是，丁帆主编的《中国西部现代文学史》（人民文学出版社，2004 年版），及十多年后全国 20 多位专家学者历时 3 年修订为《中国西部新文学史》（人民文学出版社，2019 年版），是中国现代文学研究界对大区域文学的首次总结，全书 68 万余字，梳理了从 1900 年至 2017 年百余年的中国西部文学史，涵盖小说、诗歌、散文、报告文学、戏剧、影视、口传文学、少数民族文学创作以及文学思潮、文学评论、文学期刊、文学活动等多个领域，对 400 多位西部作家的作品及创作流变进行研究，完整展现了中国西部新文学的风貌，是中国首部跨世纪的西部文学史，也是迄今最新、最全面、最翔实的西部文学史。

---

① 刘川鄂主编的“世纪转型期湖北文学研究丛书”，包括刘川鄂《世纪转型期的湖北诗歌研究》、梁艳萍《世纪转型期的湖北散文研究》、阳燕《世纪转型期的湖北小说研究》、周新民《世纪转型期的湖北文学理论批评研究》，2011 年由长江文艺出版社出版。

有学者指出："区域文学就是以区域文化为审美对象，拥有意识文化导向、地区文化限度、地缘文化特性、民族文化底蕴这四大文化内涵，地域文学的政治性需要与地方文学的地方性表达趋于一致的文学现象。"[①] 这是截至目前最努力接近区域文学特点的概括。区域文学作为一个有别于地域文学的新概念、新学术领域，它显现的仍然是一体化文学体制和学术体制的中国特色。从学理的角度来说，还有很多问题需要充分解决。首先，"地域""区域"概念的含混。在很多研究论著中这两个概念是混同的，模糊不清的。笔者的理解是，地域文学概念更着眼文化、更注重传统。区域文学概念更当下、更行政化。地域特色是某一地域长期以来自然而然形成的，它往往是跨行政区域的。其次，区域文学史的审美个性和学理阐释存疑。一体化文学体制下的区域文学特色，往往只能解释一体化文学体制下的文学共性。因为各区域文学是受一体化体制领导和规训的，并不具有独立性，因而也就没有独创性的区域文学。比如写一部当代湖北文学史，它只有行政区域的总结意义，并不具有专门史的意义。因为它并不在文学空间上具有不同于其他省份的独立性，只是当代中国文学的带有一定地域色彩的一个切片。或许只是从领导重视程度，管理者个人素养、组织能力等方面提供的工作总结，真正属于"文学"的成分是很少的，其独立成史的学理阐释和文学独立性很可疑。再次，区域文学研究常常削足适履，为地域而地域的研究是这一学术领域的常见病。改革开放和全球化使文学地域/区域风格更加混杂更加繁复，当前中国社会，经济的、代际的、性别的差异远远大于地域、区域的差异。相较农耕文明时代地域区域特点的相对稳定性，研究当下文学地域、区域特点困难重重、矛盾多多，反例充斥其中。

对此，很多省（市）区域文学史的编撰者也是有所认识的，有的学者非常强烈地反对区域文学史的编写。[②] 方维保认为，省籍文学史繁荣的深层原因在于文化的地方主义情结和地方行政部门的地方主义文化冲动。而古今行政区划的"打架"使省籍文学史往往漏洞百出，对地域性做夸张化的强调也忽视了民族共同的文学话语。这些意见可谓尖锐而中肯。

三、对文学地理学的学理深化

前述地域文学、区域文学偏重对中国现当代文学与空间关系的实证研究，21 世纪以来尤其是近 10 年，对文学地理学概念及相关研究领域的学理深化得

① 郝明工：《区域文化与区域文学辨析》，《涪陵师范学院学报》2003 年第 1 期。

② 方维保：《逻辑荒谬的省籍区域文学史》，《扬子江评论》2014 年第 2 期。

到了加强。从实践到理论总结，是学术发展研究的必然趋势，也是一种提升和学术自觉。杨义以“重绘中国文学地图”为口号，认为以往的文学史写作偏重时间概念而忽略了地理维度和精神向度，文学地图“当然是文学这个独特的精神文化领域的专题地图，它有自己独特的地质水文气候和文化生态”[①]。以一种地理学的眼光，从区域形态、领土完整和民族多样性等角度揭示了文学本身的审美特质，重塑了文学发展的直观面貌和整体过程。后来杨义又以“会通学”的观点深化了对“文学地理学”的认知，他的《文学地理学会通》（中国社会科学出版社，2013 年版）汇集了文学地理学内涵与方法专论，中华民族文化总体研究，吴文化、巴蜀文化、江河源文化的板块研究，先秦诸子研究，屈原诗学研究，少数民族文学研究，京派海派研究专题论文，是作者近二十年关于文学地理学的大论集。作者从大文学观下中华民族文化的动力系统考察与“文学—文化（文明）”进行双向互生互动，力图排除在汉文学之外孤立地添上少数民族文学研究的惯常思维，提出了“边缘活力”与“中原凝聚力”的互动互补，正是中华民族文化几千年来生生不息的动力。他指出：“文学地理学在本质上，乃是会通之学。它不仅仅要会通自身的区域类型、文化层析、族群分合、文化流动四大领域，而且要会通文学与地理学、人类文化学以及民族、民俗、制度、历史、考古诸多学科。”[②] 有学者认为，杨义突破了传统中国古代文学研究以朝廷为中心的考察视野，通过文学地理学视角，认为中国古代整个文化的生产力不仅是在朝廷这个中心，还有一些位于边缘地带。这就突破了传统古代文学研究以汉族文学为主体的研究格局，广泛涉及少数民族。突破了传统文学史撰写以传世文献为主且为载体的模式，也关注民间文献、口头文献，而民间文献是中华文学记忆里重要的组成部分。[③]

作为从鲁迅研究和中国现代小说研究起家的著名学者，杨义是少数几位力图打破中国古代、现当代文学学科壁垒的专深学问家之一。而文学地理学恰好又是一个很好的研究路径，他的著作题为“会通”，整合了前人的研究成果，还有一些自己的新颖且不乏创意的表达，对文学地理学的研究是有一定推动作用的，因此这部著作具有独特的意义。

近 10 年来，对文学地理学这个概念和研究领域的学理深化，使各个二级

---

① 杨义：《文学地图与文化还原——从叙事学、诗学到诸子学》，北京师范大学出版社，2011 年版，第 45 页。

② 杨义：《文学地理学会通》，中国社会科学出版社，2013 年版，第 38 页。

③ 詹福瑞：《中国文学研究的新视域——学者谈杨义〈文学地理学会通〉》，《光明日报》2013 年 6 月 9 日。

学科尤其是中国古代文学的不少专家卷入进来。曾大兴认为文学地理学研究“文学要素的地理分布、组合与变迁，文学要素及其整体形态的地域特性与地域差异，文学与地理环境之间的相互关系”①。他出版有《文学地理学概论》（商务印书馆，2017 年版）一书，是其多年来集大成之作。他是在文学地理学研究方面用力最勤、成就最大的学者，在学术界有较大影响。梅新林提出“本位论”，认为文学地理学“是一种以文学为本位、以文学空间研究为重心的跨学科研究理论与方法”②，陶礼天主张：“它是介于文化地理学与艺术社会学之间的一门文学研究的边缘学科，致力于研究文学与地理之间多层次的辩证的相互关系。”③ 侧重考察地域文化与地域文学的关系。邹建军认为文学地理学作为一种批评与研究文学的方法，是中国比较文学研究的一个分支。④ 这些学者在中国文学地理学这面旗帜之下，有计划、有步骤地推动实证研究和理论阐发，取得了显著的成果。

曾大兴等学者近些年致力于把文学地理学当作一个二级学科的分支开展学科建设，也得到了部分学者的响应。“历史学有通史、断代史、专门史，也有历史地理；语言学有语言史、也有语言地理或方言地理；经济学有经济史、也有经济地理；军事学有军事史，也有军事地理，为什么文学有文学史，而不能有一门文学地理呢?”⑤ 笔者认为文学地理学作为研究领域、研究视角、研究方法，都已经取得了显著的成果。但文学史包括时间和空间两个方面，自然也就包括了文学地理，因此在文学史二级学科下再划分出一门文学地理学，其学理性和必要性还需要更充分的论证。

四、近年来部分学者尤其是四川重庆学者关于“地方路径”的方法更新

近年来，学界也在力求突破 20 世纪 90 年代所形成的地域文学研究模式。受克利福德·吉尔兹提出的“地方性知识”概念的影响，李怡提出“地方路径”概念，试图探求“地方经验”如何最终形成“中国经验”，并认为“地方

---

① 曾大兴：《文学地理学研究》，商务印书馆，2012 年版，第 343 页。

② 梅新林：《中国古代文学地理形态与演变》，上海人民出版社，2014 年版，第 1 页。

③ 陶礼天：《北“风”与南“骚”》，华文出版社，1997 年版，第 11 页。

④ 邹建军、周亚芬：《文学地理学批评的十个关键词》，《安徽大学学报（哲学社会科学版）》2010 年第 2 期。

⑤ 曾大兴：《文学地理学的学科建构》，朱立元主编：《美学与艺术评论》第 19 辑，山西教育出版社，2019 年版，第 15 页。

不仅仅是中国的局部，它就是一个又一个不可替代的中国，是中国本身”。每一个“地方”都是“中国”，一个充分包含了文学如何在“地方生产”的故事才最后形成了值得期待的“中国文学史”。① 超越了地域文化与文学特征比附印证的模式，由“地方路径”进入中国现代文学，当然不是为了确证现代观念的同一性，而是为了探究现代性的地方差异。有点类似用“全球史”的方法打破西方中心论、打破“刺激—反应”论，也有点类似“在中国发现历史”，尝试“在地方发现中国”。“我们只有从多个面向打开认知地方的方式，充分发掘‘地方’的理论活力，才能达到重绘中国现代文学空间地图的目的。”② 从2020年第1期起，《当代文坛》开辟了“地方路径与文学中国”栏目，已经有李永东、张中良等十余位学者在这里发表了自己的见解。2020年9月11日，由四川省作家协会、中国作家协会创作研究部、中国人民大学书报资料中心主办，《当代文坛》杂志社和阿来工作室承办，巴金文学院协办的“地方路径与文学中国·2020中国文艺理论前沿峰会暨‘四川青年作家研讨会’”在成都举行，形成了一个学术热点话题。③

中国书写、中国表达有不同空间分布的差异。每一个地方都是中国，中国永远在不同的地方有不同的呈现。地方史既是家族史，也是革命史、文化史、中国史的重要组成部分。地方被不同的作家以不同的方式塑造，地方塑造了作家，作家也对地方进行再塑造。从地方“发现”中国，在研究路径上会有更新的努力。如果是“地域”则偏文化、偏传统，“区域”偏当下偏行政。“地方”偏综合偏整个国家。“地方路径”是对中国表达的一种深化，也是中国现代文学研究界对文学地理学研究的一种新路径。当然，从在这个名目下已经发表的相关论文来看，有的成果与地域文学、区域文学的传统研究方式也并无明显差异。但不管怎样，标举新的学术旗帜、学术概念，是深化和推动相关研究的一种尝试。

从以上简述可见，中国现当代文学研究界在文学地理学及相关领域的研究已经有很大成就。这不是一个纯现当代的话题，要深化文学地理学研究，要广泛吸纳文艺学、文献学、中国古代文学、中国现当代文学、比较文学各学科领军人物和优秀学子的综合力量，相互切磋、质疑、反驳，求得学理上的共同进步和方法上的进一步创新。

---

① 李怡：《“地方路径”如何通达“现代中国”——代主持人语》，《当代文坛》2020年第1期。

② 李永东：《中国现代文学研究的地方路径》，《当代文坛》2020年第3期。

③ 刘小波：《地方路径与文学中国——“2020中国文艺理论前沿峰会暨‘四川青年作家研讨会’”会议综述》，《当代文坛》2021年第1期。

学术界在“文学地理学”“地域文学”“区域文学”“地方路径”等核心概念和研究方法上，各有倚重，缺乏呼应，一定程度上存在二级学科条块分割的状况。有关文学与空间关系的研究，都应该整合在“文学地理学”这个学术范围内，作为研究领域、研究方法、研究路径，可以各有所长，各显神通。“地域文学”有时候被理解为一种题材类型或者风格类型，相关研究是一种视角。“区域文学”很大程度上是依照当代中国行政区划做出的总结，在学理上存在短板。“地方路径”这个提法有方法论上的意义，关注地方与中国的关联，是文学与空间关系的一个方面。这些概念从不同侧面、不同路径讨论文学与空间的关系，所以文学地理学是最常规的、最有概括性、最通行的学术概念。

在全球化背景下，中国与世界的关系、中国经验与地方经验的关系、传统中国与现代中国的关系，必定是相关学者要思考的大题目、大知识。北京师范大学赵勇教授的博士研究生和硕士研究生近期推出了一组关于文学地理学的研究专栏，题为“文学地理青年说”，意在推动青年学者对这个研究领域的参与。相较于当代其他国家的作家来说，我国作家似乎更愿意强调故事的发生地，或凸显其文化，或据其建立系统。张佳的《对文学的地域性要善于“冷观”——“文学地理青年说”之二》一文清醒认识到，文学的地域性特征的确存在，地域文化会对作家创作产生深刻而广泛的影响。然而在当下的文学作品当中，我们时常可以发现，其中的地域性特征已经超出潜移默化的影响，成为一个符号。当文学被局限于某个具体的地域、民族、类型时，就意味着它的写作格局和美学视野降低了。文章还特别提醒：这种地域性是被“虚构”出来的，或是作家主动营造，或是读者、批评家阐释的结果，我们应当理性判断，其究竟是以此追求文本本身的美学价值，还是有外部的非文学企图。同时，要强化文学地理学研究的全球化视野。“地域”的概念是历史地建构起来的，在今天的全球化视域下，单纯强调作品的地域性特色似乎已经稍嫌狭隘，“越是民族的就越是世界的”这一论断似乎显得可疑，我们更应关注地域性在如后殖民主义等文化意义上的全新内涵，打破地域隔膜，探索文学书写更为宽广的可能。青年学者指出传统的文学地理学标签化研究的某些弊端，可谓清醒且睿智。

研究不是贴标签，不是写表扬稿，而是基于学理的审视。关于中国古代的文学地理学研究注意个体的差异，关于现当代作家的地域因素更要注意全球化背景下的混杂矛盾和批判性，当然仍然要注意作家个体之间的差异。笔者一直强调，地域性只是文学风格、魅力之某些要素，但不是决定性要素，更不是必备要素。地域文化和地域文学都是在历史中形成的，当然同时也必定是有历史的局限和缺憾的。一味褒扬只是宣传而不是做学问，是自恋而不是探究，是井底之蛙的炫耀而不是现代文明的审视。

在李白生活的时代，“千里江陵一日还”只是梦，在飞机和高铁时代则是常态。21世纪已经过去了20余年，人们的生活环境、生活方式和文学表达都发生了巨大的变化，文学地理学研究的对象内涵和方法也要充分注意时代的变迁和地理文化因素的变化。在全球化、城市化、高科技化程序相当高的当今社会，在互联网时代，孤立地、封闭地研究作家的地域性，应当取谨慎的态度。互联网写作中的地理空间因素、地域文化对作家到底又有多大的影响？这也是我们需要应对的学术话题。

周作人研究的起点：《中国新文学的源流》话语事件的错位对话

张先飞　河南大学

内容摘要：《中国新文学的源流》话语事件是20世纪中国现代思想文化发展的重要历史节点，周作人及其弟子、同调，以及社会文化界、左翼思想界、学术界共同深入讨论知识分子道路选择、新文化走向、新文学源流等时代核心问题，使该话语事件成为对周作人系统研究的真正起点。这次话语事件整体呈现出错位对话的特点，源于对话各方在社会政治立场上的严重对抗、思想本质方面的深刻争端、对周作人言说方式的误解，以及周作人在学理探讨与历史叙事之间的摇摆。这种错位对话，也是20世纪世界话语活动的普遍常态和突出表征。

关键词：周作人　《中国新文学的源流》　话语事件　错位对话　钱锺书

1932年2至4月，周作人应辅仁大学文学院院长沈兼士邀请，以“中国的新文学运动”为题连续做了8次讲演，随后经周作人校阅，邓恭三记录稿，易名为《中国新文学的源流》，于同年9月10日，由北平人文书局出版。令人始料不及的是，20世纪30年代初这次普通的学术活动竟然迅速演变成一场辐射广泛、社会效应巨大的话语事件，热度持续至1934年周作人“五十自寿诗”话语事件。在《中国新文学的源流》话语事件中，京派领袖周作人高调亮相，其独特发声具有丰富的话题性以及鲜明的派别性、针对性、挑战性。周作人的门生、同调与报刊媒体、出版商等对其有意吹捧、大肆宣传，在社会上掀起波澜，直接带动了“小品文热”，绌“载道”而捧“言志”成为一时风尚。这些现象引发了社会文化界、左翼思想界、学术研究界的激烈争论与尖锐批评，这些丰富的思想对话在历史思考、现实批判、学术研讨方面均达到了较高水准。在这场人员构成复杂，整体气氛激烈紧张的话语事件过程中，各个群体间的对话存在着明显的错位。尽管他们措辞激烈、语调高昂，呈现出气势逼人的辩论态势，但他们之间极少发生切实的交流和真实的思想碰撞，分明是在各说各话。

《中国新文学的源流》话语事件成为周作人研究史上的重要节点，决定了周作人研究活动的基本形态与范式。国人对周作人的论说始于新文化运动，首次集中讨论出现在“革命文学”论争后，一批左翼青年顺应潮流，在北京《新晨报》对周作人进行激烈批判。不过，在 1932 年之前对于周作人的讨论与批评，往往论域狭小，整体思考的沉淀不够。直到《中国新文学的源流》话语事件发生后，人们不仅开始对周作人进行整体观照，而且在各个层面展开了系统的学理探究，因此，可以将《中国新文学的源流》话语事件作为多层面、系统化的周作人研究的真正起点。此后，国内每一时期对周作人的集中论说都像是这次话语事件的翻版，从讨论主旨与方向到论说方式和态度，甚至包括错位对话的表现都如出一辙。

迄今，学界对《中国新文学的源流》相关问题的研究集中于学术史层面，探究《中国新文学的源流》的特殊历史叙事对 20 世纪中国文学史、文学批评史、思想史研究的重要推进作用①；但很少将《中国新文学的源流》出现前后的历史场景当作一场完整话语事件来考察，至于将这一话语事件放置在中国现代思想文化发展、周作人思想变迁以及周作人研究的历史演进脉络中细加考量，则更为罕见②。笔者拟重新审视这场呈现出错位对话奇观的特殊话语事件，深入话语事件发生之际的社会政治、思想文化领域争端蜂起的历史现场，以及各类群落思想交锋的话语现场，探究各种话语的表述意图与真实含蕴，并揭示错位对话现象的形成缘由；同时展示周作人研究范式初现时的历史景观。

一、门生同调、社会文化评论家、左翼理论家的社会思想批判

20 世纪 30 年代初的社会思想文化领域，将周作人《中国新文学的源流》的出现视为一次重大社会事件。经过 20 年代末社会、思想大动荡和“革命文学”论争的混战，新文化界、思想界，以及各类社会改造群体不可能再将周作人的言论仅当作书斋或学府讲坛的发声，而是将其视为周作人及其背后思想文化群落对社会的整体表态。他们普遍热衷于审视周作人等言说行为的社会政

① 吴承学、李光摩：《“五四”与晚明：20 世纪关于“五四”新文学与晚明文学关系的研究》，《文学遗产》2002 年第 3 期。

② 罗岗：《写史偏多言外意：从周作人〈中国新文学的源流〉看中国现代“文学”观念的建构》，《中国现代文学研究丛刊》1996 年第 3 期。

治、思想文化内涵及其广泛、深刻的社会影响，从而形成了引人瞩目的社会思想批判浪潮。

《中国新文学的源流》正式传播开来后，首先引发广泛关注的点是周作人的门生、同调无节制的捧场。俞平伯、沈启无、林语堂等门生、同调不仅在学理上赞同周作人的观点，更与他有着相近的社会政治立场。因此，他们借着高调赞誉周作人新观念的时机，适时表达自己所处圈子的社会政治理念。周作人的门生、同调偏重于依照周作人的思路解说明末新文学运动与“五四”新文学运动之间的源流关系。其中刊载于《大公报·文艺副刊》（天津版）的一篇未署名书评较为典型，该文对《中国新文学的源流》主体部分做出细致描述，肯定了周作人的核心观点，即“中国文学中‘言志’‘载道’两派思潮互为消长”与“新文学运动初非新奇，不过言志思潮之再兴”殊为确当，认为“不独为中国文学史得一新观点，且为中国新文学源流得一新解”。作者在结尾处还根据周作人的逻辑继续推演，明确导引出周作人及其门生、同调呼之欲出的隐含论断，即“谓时下新兴普罗文学为载道思潮之再起也可”[①]，毫不遮掩地标明了周作人等的立场。周作人的同乡好友孙福熙在一则短论中明确点出《中国新文学的源流》的出现对新文学确立自我历史身份、取得历史合法性的话语价值。孙福熙先抑后扬，巧妙地将《中国新文学的源流》的价值凸显出来。文章开篇说明时人极为“讨厌”“新文学”一词，因为“没有人明白解释新文学是什么东西”，并且“大家把新文学看得很神圣，不敢否认，甚且不敢对新文学发生一点疑问”[②]，而直到《中国新文学的源流》出现才有效解决了这些难题。不过，孙福熙对此语焉不详，笔者按其思路总结：首先，周作人明白地解释了新文学严肃的历史意义和价值，使新文学不再是空洞口号，并推动人们进行更深层次的探讨；其次，周作人把新文学看作历史演替过程的产物，而非全新的神圣创造物，并将新文学纳入古今中外文学发展演进的有机进程。以上两篇书评并未做出更多深入探讨，亦未提出多少独特见解，但包括他们在内，周作人及其门生、同调在《中国新文学的源流》话语事件中的观念生产活动、舆论传播活动呈现出一种奇异样态：他们不仅圈子色彩浓厚，而且自我封闭严重，即便他们在论说时有着明确的对手指向，却根本不在意别人的意见和态度，始终摆出一副傲然姿态，因此，几乎无法与其他群落的思考者形成真正有效的对话。

---

① 佚名：《中国新文学的源流》，《大公报·文艺副刊（天津版）》第247期，1932年9月26日。

② 孙福熙：《周作人先生论中国新文学的源流》，《南华文艺》第1卷第18期，1932年9月18日。

这种对话姿态在20世纪30年代之后漫长的历史阶段中似乎成为他们的常态。

对于《中国新文学的源流》的广泛传播，社会上并非赞誉一片。周作人的门生、同调与报刊媒体、出版商的鼓噪引起社会上的嘈杂喧嚣，令很多严肃知识分子不胜其烦，尤其当他们敏锐意识到周作人等鼓动社会热潮别有企图之时，便都按捺不住，提出严厉批评。当时大唱反调的是以陈子展为代表的文坛时评家与社会评论家，他们将矛头直指周作人带头掀起的、已走入偏执的时髦的文坛风气。陈子展目力所及，发现明末小品满天飞，公安派、竟陵派的历史地位与价值被无限拔高；尤为令人不适的是，这种时髦风气的始作俑者竟是文坛巨擘周作人，这位曾经令人敬重的智者居然与门生、同调沆瀣一气，大肆宣扬，推波助澜。总之，在陈子展等看来，这次文化事件所蕴含的内容倾向与形成的社会风气暴露出新文学发展进程中的不良趋向，这也是很多严肃的新文学作家的共识。陈子展直指周作人，斥其私心作祟，在他看来，周作人极力标举传统文学中并不起眼的公安派、竟陵派，首要目的就是为争夺新文学运动“头把交椅”与自身在新文学传统中的正统地位。陈子展特别指出，周作人推重袁中郎的主张，只不过是想将胡适在新文学运动中的首创之功消解于无形中。陈子展最后借诸反语，提醒社会大众不要再盲从周作人有意导引的方向，他不免有些夸张地强调“不要再上知堂老人的当”①。

陈子展等的指责不无偏颇，而且态度略显粗暴；同时，陈子展等将一场大规模社会文化事件的发生完全归因于周作人私心作祟，不免有些武断。不过，陈子展等能够从社会批判、思想批判的角度对《中国新文学的源流》的观念生产与舆论传播做出审视，其拥有的历史眼光与宏观的全局视野还是体现出20世纪30年代国内思想文化批判活动水准的提升②。

左翼理论家对《中国新文学的源流》的观念生产与舆论传播所做的社会批判、思想批判更为有力。自“革命文学”论争发生以来，左翼理论家在如何对待周作人及其背后思想文化群落的问题上始终态度明确、目光坚定，他们与周作人阵营对战，除了围绕当下问题持续激辩，还十分热衷于做出总体性的历史概括。左翼理论家尝试借助宏观的历史眼光与唯物辩证法的分析武器，通过全面的思想研究，对周作人的思想演变与道路选择做出确切历史定位，进而在此基础上总结出历史规律。20世纪30年代初，左翼理论家对周作人的关注贯穿

---

① 陈子展：《不要再上知堂老人的当》，《新语林》第2期，1934年7月20日。

② 在纯学术探讨的方面，陈子展高度评价周作人所做论断的重要价值，见陈子展：《关于中国文学起源诸说》，《逸经》第16期，1936年10月20日。

《中国新文学的源流》话语事件到“五十自寿诗”话语事件的数年间，较之“革命文学”论争阶段，左翼理论家对理论的运用已渐趋成熟，表现沉稳。

1934年，许杰在周作人“五十自寿诗”话语事件的轩然大波中撰写了史论宏文《周作人论》。作为左翼理论家的代表，许杰运用历史唯物主义的科学史观与辩证眼光，尝试系统性地宏观把握周作人的整体思想面貌。许杰将周作人视为现代中国一类典型知识分子——穿上近代衣裳、恋慕封建文化精神的传统士大夫的代表。许杰阐说了这类知识分子在时代大潮冲击下必然落伍的人生道路与历史命运。许杰还极有眼光地选取了《中国新文学的源流》作为核心思想文本，以此透视周作人所堕入的“机械的循环论”[①] 思想方法[②]，并且将这一谬误的思想方法视为推动周作人思想与文学选择的动力源泉。

许杰细致剖析了周作人为何会形成“机械的循环论”的思想方法，他将其归因于周作人未掌握符合辩证法的“历史的演进的原理”，即唯物史观的社会进化观、上层建筑与经济基础之间关系的真理性认识等。许杰指出，正因未能掌握“历史的演进的原理”，周作人无法正确认识“中国的新思潮运动，实在是由封建社会转变到资本制度”的表现，以及建立在资本制度上的近代西方文明成果才是中国新思潮运动的核心内容，造成周作人的荒谬判断：中国的新文学运动，便是三四百年以前的公安派的文学的主张，中国的新文学运动的兴起，只是言志派的复活。

许杰继续指出，周作人的荒谬论断与历史事实不符。因为中国新文学运动始终是“新思潮运动”的有机组成部分，其核心工作，如宣扬科学与民主、打倒封建礼教、倡导文学革命、建立“人的文学”等都是“载道”的活动，而周作人本人正是这些“载道”活动的主要参与者与倡导者。

许杰最后推演出这样的论断：周作人对“机械的循环论”的错误信仰必然导致其迅速落伍并堕入深渊。在许杰看来，周作人既然“误信循环论”，便会认为新文学运动的兴起是由于“言志派”的得势，进而得出结论，认为自己在新文学运动中提倡的“人的文学”观是“载道”的“浮躁凌厉”之气的表现。于是他自然会放弃以往积极革新的“载道”的进步道路，转而选择适合“言志”文学时代的“闲来随分”的消极道路。许杰以为，这就是周作人思想落伍的标志，因此，他必然会被时代洪流抛弃。

---

① 许杰:《周作人论》,《文学》第3卷第1号，1934年7月1日。

② 按照许杰《周作人论》的分析，周作人的“机械的循环论”的思想方法在《中国新文学的源流》中的具体表现为周作人对中国文学思潮的演进规律做出了这样的论断：“中国的文学思潮的演进，是由‘载道派’与‘言志派’两种主张迭为交替的。”

总体考察《周作人论》，我们会感受到许杰等左翼理论家进行辩证思考、总结历史规律的强烈冲动。许杰等有意识地将周作人当作一个固定的历史存在物加以剖析，并且自信地认为，他们借助历史唯物主义的"科学"理论与强大的辩证法思想武器，不仅能够呈现出完整历史时段内历史存在物的内在发展与变化的逻辑链条，而且能够将历史存在物的每个阶段解析成逻辑链条中环环相扣的有机组构，从而揭示出事物发展变化的必然规律。《周作人论》的写作显示出唯物辩证法的分析方法在中国社会早期运用时的突出特点，即限于当时的理论能力与认识水平，以许杰为代表的左翼理论家对马克思主义理论的掌握较为片面、含混，对中国现实的理解也较为生硬、隔膜；同时，他们在思想斗争中习惯盖棺论定，以此体现自己所代表的正确方向，并确立自身真理代言人的地位。因此，许杰等在对周作人进行剖析时所做出的毫不容情、不留余地的判断难免会显得粗率。比如许杰将周作人的思想特质定位为"机械的循环论"、中庸思想、传统士大夫气质、"浅薄笼统"的人道主义信仰等[①]，这些虽是具有启发性的意见，但与周作人的实际情况不尽相符。作为设定这种思想定位的初始者，左翼理论家对周作人问题的思考方式与特点在周作人批评、研究活动中留下了深刻印痕，但是这种缺乏"同情的理解"的讨论方式很难得到其他群落思考者的共鸣，遑论获得认真严肃的回应，左翼理论家的批评活动便处于这样的对话环境中。

二、疏离社会思想争端的学术批评

周作人《中国新文学的源流》对新文学起源与中国文学思潮演进的历史脉络、规律等问题提出了极为大胆的设想，并有不少惊世之论，强烈震撼了新文学创作界、评论界，力图通过反复的历史叙事，与古代文学评论界和文学研究界，引发广泛讨论与多种类型的阐释活动。周作人的门生、同调全力阐释周作人的新见，力图通过不断的历史叙事与反复编选"言志"文学系统的古文集、文论集，用以证实周作人所假想的历史演进的形态正是历史的真实存在。

还有一些学者对周作人的历史假设与历史叙述进行了纯学术的探讨。不过，当时中国文学批评史研究尚处于起步探索阶段，不仅史料文献整理工作滞后，整体认识也相当模糊，关于"言志"说的文献梳理与研究，朱自清[②]、

---

① 许杰：《周作人论》，《文学》第3卷第1号，1934年7月1日。

② 朱自清：《诗言志说》，1937年1月撰毕，国立清华大学中国文学会编，《语言与文学》，中华书局，1937年版。

郭绍虞[①]等的系统性成果要到1937年、1938年才面世。因此，虽然不少学者已察觉周作人的历史论说似是而非、洞见与谬误共存，却又无法确切道出，只好从常识和自身学术经验出发泛泛而谈。如著名明清史专家谢国桢虽已敏锐发现周作人的表述漏洞，却难以展开分析，简单谈及几点怀疑，便戛然而止。他通过补入几条史实，说明周作人仅以公安派来代表明末文学革命是不全面的，周作人的做法近似于胡适写作《白话文学史》的作风，即为了宣扬自己的观念立场，有意扭曲历史事实为己所用，自己“所宗的是什么”“就把古来的作家当作什么了”。[②] 当时从学理上对《中国新文学的源流》进行全面、系统探讨的严肃学术批评文章，出自就读于清华大学外国语文学系的钱锺书之手，他与《中国新文学的源流》的对话给学界留下了深刻印象。

钱锺书批评风格最初展示于1932年、1933年为《新月》的《书报春秋》《海外出版界》两个专栏和《清华周刊》，以及为《大公报》（天津版）的《世界思潮》《文学副刊》《文艺副刊》专栏撰写的书评、散论中，而他对文学史、文艺观念做出的系统思考则凝聚于20世纪30年代撰写的系列文章和40年代撰写的《谈艺录》中，其研究理路与批评特色卓尔不群：一方面，他极为强调厘定各种文艺观念的基本概念、范畴，另一方面，其所作思考跨越不同专业、选择问题涉及古今中西，力求寻找到各民族、各时代“诗心”与“文心”的相通之处，得出一些看似零散、碎断，实则稳妥、切实的结论。钱锺书独特的文学史观、文艺观念成为他在严格学术研究范围内客观研讨《中国新文学的源流》的主要依据，其独有的批评作风也在此时崭露锋芒。

对于钱锺书而言，《中国新文学的源流》的确是一篇极佳的对话文本。在当时盛行从社会、经济等外部因素探究文学活动及文学史发展理路的风气下，周作人的研究方式与态度自然会得到钱锺书的赞赏，毕竟两人的文学史观存在一些相近立场，如钱锺书同样不赞成用进化、线性发展等非文学本体的预设观念框定文学，认为需紧贴文学创作与批评的具体实践进行研究[③]。于是，钱锺书从严谨的学术研究立场出发，严肃审视周作人关于“新文学源流”的话语构造，他基于自身独特的文学史思考和对于世界文学现象的渊博认知，对《中国

① 郭绍虞：《性灵说》，《燕京学报》，1938年第23期。

② 谢刚主（谢国桢）：《中国新文学的源流》，《国立北平图书馆读书月刊·书报介绍》第2卷第1号，1932年10月10日。

③ 钱锺书在《论复古》（1934年10月17日《大公报·文艺副刊（天津版）》第111期）中指出郭绍虞新著《中国文学批评史（上）》的写作存在类似的问题，郭绍虞亦做出答复。

新文学的源流》中的“基本概念及事实”提出商榷和补充①。

钱锺书对周作人将文学分为“载道”“言志”两种类型的方法持有一定的肯定态度，这缘于其自身特殊的文艺观思考。青年钱锺书的文艺观持论极高。首先，他在审视人类的艺术创造活动时，将其放置在人与自然、“天”的关系的高度上，如他在《谈艺录》中曾系统论述：“长吉《高轩过》篇有‘笔补造化天无功’一语……于道术之大原、艺事之极本，亦一言道著矣。夫天理流行，天工造化，无所谓道术学艺也。学与术者，人事之法天，人定之胜天，人心之通天者也……百凡道艺之发生，皆天与人之凑合耳（Homo additus naturae)。顾天一而已，纯乎自然，艺由人为，乃生分别。”② 很明显，在钱锺书看来，人类的艺术创造活动之所以会出现区分，从根本上来讲，是因为人对自然的不同把握方式。其次，钱锺书在审视人类艺术创造活动的不同特质时，认为区分标准不应是人们惯常使用的以时代作为划分的标准，他在《谈艺录》开篇如是断论：“唐诗、宋诗，亦非仅朝代之别，乃体态性分之殊。天下有两种人，斯分两种诗。”③ 概言之，人类艺术创造活动的“格调之别”正基于人的“性情”之分④，或“气质之殊”⑤，因此，时代之别都不能成为标准，遑论进化之说。综合而论，在钱锺书看来，人类艺术创造活动的界分应源自人的精神特性，以及人对于自身和自然关系的选择，这种文艺观明显与当时主流的偏离文学本体的文学论说大相径庭。因此，钱锺书自然十分赞赏周作人不随意屈从主流的文学论说，以及将文学“分为‘载道’和‘言志’”之举，他按照周作人对这一组相对概念所做的定义，指出所谓的文学的“言志”“载道”之分相当于“德昆西所谓 Literature of Knowledge 和 Literature of Power”的分别。但周作人对“言志”“载道”的理解，以及据此理论思考做出的历史叙述却又和钱锺书的持论背离，如周作人将文学演进历程描述为“言志”与“载道”之间机械地交互替代，与硬要以时代区分人类艺术创造活动的错误做法如出一辙。这样一个难得的历史叙事文本激发了钱锺书详加剖析的强烈兴味。

钱锺书首先考察了周作人历史叙事行为的核心概念，尖锐指出周作人之所以将“诗以言志”“文以载道”对立起来并确定为文学史上互为消长的两派，

---

① 中书君（钱锺书)：《评周作人的新文学源流》，《新月·书报春秋》第4卷第4期，1932年11月1日。

② 钱锺书：《谈艺录》，开明书店，1948年版，第71—72页。

③ 钱锺书：《谈艺录》，开明书店，1948年版，第2页。

④ 钱锺书：《谈艺录》，开明书店，1948年版，第5页。

⑤ 钱锺书：《谈艺录》（补订本)，中华书局，1984年版，第313页。

完全缘于其对这两个命题的误读。因为在传统文学批评观念中，它们并非两个格格不相容的命题。钱锺书清晰解说，在中国传统文艺批评中并无综合的“文学”概念，只有“诗”“文”“词”“曲”等零碎的门类，它们各有各的规律和使命。“文以载道”“诗以言志”是对“文”与“诗”各自承担功能的表述：“文”指“古文”，“道”为客观存在的自然现象或抽象的“理”；“诗”是“古文”之余事，品类（Genre）较低，目的仅为发表主观感情，即“言志”。因此，“对于客观的‘道’只能‘载’，而对于主观的感情便能‘诗者持也’地把它‘持’（Control）起来”。基于以上分析，钱锺书做出论断：“诗以言志”“文以载道”两个命题“原是并行不悖的，无所谓两‘派’”[①]，万不可强生区别[②]。

钱锺书聚焦于周作人的核心结论“明末的文学，是现在这次文学运动的来源”[③] 进行辨析。在评论文章的起首处，钱锺书便揭示出周作人所进行的是一场特异的历史叙事活动，并非对历史的真实完整呈现，其现实寄寓已无法掩盖。在关于《中国新文学的源流》的讨论中，人们普遍觉察，无论是在历史描述层面还是理论逻辑层面，周作人的历史叙述均存在很多无法自洽之处。而在钱锺书看来，正是从这些文本的缝隙当中才可窥见周作人立意的关键所在。如周作人一方面说中国文学发展是“言志”“载道”“两种互相反对的力量起伏着”[④]，另一方面又说“明末的文学，是现在这次文学运动的来源”[⑤]，在这两种叙述之间存在着极大的矛盾，因为既然说明中国文学演进是“言志”与“载道”的文学时代的轮转交替，又何以确指某一阶段必然是另一阶段的接续呢？钱锺书借助苏格拉底式的“诘问法”，沿着周作人的叙事逻辑继续推演，揭示出周作人立论的整个逻辑基点存在的巨大漏洞。钱锺书分析说，《中国新文学的源流》的核心理念在于“明末公安派竟陵派的新文学运动，和民国以来的这次文学革命运动，趋向上和主张上，不期而合”，造成这种“旷世奇缘”的根本原因在于两次新文学运动“同是革命的而非遵命的”，而如果我们按照周作

---

① 中书君（钱锺书）：《评周作人的新文学源流》，《新月·书报春秋》第4卷第4期，1932年11月1日。

② 钱锺书在《中国文学小史序论》中引述了他在《评周作人的新文学源流》（1932年11月1日《新月·书报春秋》第4卷第4期）中的观点，1933年《国风》半月刊第3卷第8期。钱锺书又在1978年前后《中国诗与中国画》的修订稿中对此问题做了相同的解说，钱锺书：《旧文四篇》，上海古籍出版社，1979年版，第4—5页，但本段论述不见于1940年《国师季刊》第6期的该文初版。

③ 周作人讲校：《中国新文学的源流》，北平人文书店，1932年9月初版，第55页。

④ 周作人讲校：《中国新文学的源流》，北平人文书店，1932年9月初版，第36页。

⑤ 周作人讲校：《中国新文学的源流》，北平人文书店，1932年9月初版，第55页。

人所设定的核心逻辑基点——“言志”时代的文学是“革命的而非遵命的”进行推论，那么“五四”新文学的源头就不限于明末新文学运动了，因为韩愈、柳宗元、欧阳修、梅尧臣文学革新运动的立论又何尝不与袁中郎的主张相合。经过如此推论，周作人立论的漏洞便暴露出来。不过，钱锺书的推论并未结束，他仍然依据“言志”时代的文学是“革命的而非遵命的”的逻辑，主动替周作人辩解为何只选取明末文学作为“五四”新文学的源头。钱锺书指出关键之处就在于韩柳、欧梅“革命成功”后就“只能产生遵命的文学”了，而“公安竟陵的革命……竟没有成功”，仍然是革命的、“言志”的文学。[①] 钱锺书推论至此，已将周作人如此立论的动机和选择公安派、竟陵派的原因展露无遗：周作人所图甚大，分明是在借一种新的历史叙事为自己发明的“言志”文学观张目。可是当周作人遍寻中国文学史，却发现很难找到符合自己需要的历史故实，最为接近的只有在历史上并不起眼的公安派、竟陵派的部分主张，于是他通过剪裁史实，将公安派、竟陵派放大成为所谓明末“言志”文学时代的领袖。[②] 钱锺书直接指出假借复古名义倡导文学革新是古人惯技，如“韩柳之倡两汉三代，欧梅之尊杜韩……正跟公安之倡白苏一样……不过是一种‘旧瓶盛新酒’的把戏，利用一般人崇远贱近的心理，以为呐喊的口号”。

钱锺书仍怕有读者太过老实，尽信周作人所言，不知其另有寄托。于是，钱锺书又指出，明末仍是“遵命”文学占主流，不能说是“言志”文学的时代，而周作人推崇备至的公安、竟陵派的声势“远不如‘七子’的浩大”。钱锺书还补充了明末文学的历史事实，点明公安派、竟陵派亦非完全是“言志”的代表。钱锺书批驳周作人的著名论断“公安派持论比民国文学革命家，如胡适先生，圆满得多”是一种“立异恐怖”，特意强调袁中郎“善于自相矛盾”，“言志”偏多“载道”之论，革命偏倡复古滥调，并批评周作人对“袁中郎许多矛盾的议论”有意遮掩，“不肯引出来”。钱锺书进而指出，虽然周作人描述

---

① 中书君（钱锺书）：《评周作人的新文学源流》，《新月·书报春秋》第4卷第4期，1932年11月1日。

② 钱锺书对周作人历史叙事行为动机的揭示，在《中国诗与中国画》初次发表的版本中显得更为坦率直接：“每逢新风气的成立，也有一个相反相成的现象：一方面当然要表现绝对新的精神，处处跟所推翻的传统矛盾；而另一方面要表现自己也有历史的根据，向古代另寻一个传统作为渊源所在。这种托古改新并非有了旧瓶子而找新酒来装，这是私生子认父亲，暴发户造谱牒的举动。这种把相合认为相传，替一个新运动来造谱牒，是普遍的宣传工具。”1940年《国师季刊》第6期。六年后，钱锺书又对此文有所增益，说明了自己批评的就是周作人等人的行为：“十年前许多中国批评家也向晚明小品里去找所谓‘新文学源流’”。叶圣陶编，《开明书店二十周年纪念文集》，开明书店，1947年3月初版，第156页。

出了一条受公安派、竟陵派影响而始终流淌着的“言志”文学的涓涓细流，但公安派、竟陵派更重要的影响却是在正统文学方面，例如“它们与明清间‘宋诗’运动的关系，尤其是钟谭对于王渔洋诗学的影响”。尽管钱锺书声称“我的意见，与周先生完全一致”，但经过其如是解说，周作人逻辑思路中的混乱、错漏彰显无遗。

周作人撰著饱含现实寄寓既已是不争事实，钱锺书便在评论文章结尾处特意选取周作人最核心的论断略做考辨。周作人曾持论曰：“一切‘载道’的文学都是遵命的”，而与之相对，自然可断论：一切“言志”的文学都是“革命的而非遵命的”。钱锺书对此论断严重质疑，当时很多讨论者也存在相同的困惑，即“言志”的文学是否真如周作人及其门生、同调所标榜得那么可爱，不仅具有永恒的革命性，而且始终不变地表现人性的自由。针对周作人的论断，钱锺书提出了一个关于“革命”与“遵命”关系的惊人判断：“革命”之所以要“‘革’人家的‘命’，就因为人家不肯‘遵’自己的‘命’。‘革命尚未成功’，乃须继续革命”，而一旦等到革命成功，之前的革命者“便要人家遵命”。在钱锺书看来，这一貌似“诡论”（Paradox）实则充满辩证思考的判断是对包括文学在内的人类历史演进的事实概括，因为“世间有多少始于‘革’而不终于‘因’的事情”？同时，钱锺书还眼光精到地选择了一个文学史现象——“在一个‘抒写性灵’的文学运动里面，往往所抒写的‘性灵’固定成为单一的模型（pattern）”——作为反驳周作人论断的重要例证。在今天看来，这更像是对此后“小品文运动”的准确预言。至此，钱锺书的论述戛然而止，以上历史判断已足够拆毁周作人所苦心经营、大力宣扬的辉煌的“言志”神话了。①

综上分析，钱锺书的评述展示了一场对周作人的历史叙事进行根本性解构的完整过程。钱锺书聚焦周作人《中国新文学的源流》中最为着力之处，并针对周作人最核心的表达目标，透视《中国新文学的源流》中最基本的概念界定和对历史事实的陈说，逐步摧毁周作人的立论基础与论据等，而且将周作人历史叙事中的逻辑断裂之处逐一标明。钱锺书起点不凡、识力超群；一部并未深加推敲的文人的史著确实经不住其挑剔。当然，正因为拥有这样高明的识见，钱锺书才能够真正做到层层解剖并辨析如《中国新文学的源流》般气势宏大且观念混杂、极难读解与阐释的文本。

---

① 中书君（钱锺书）：《评周作人的新文学源流》，《新月·书报春秋》第4卷第4期，1932年11月1日。

青年钱锺书即便对周作人所论异见颇多，但仍保持较为平和的态度，评述点到为止，留有余地，唯有限的识者方能窥破其原旨。直至其后，当钱锺书拥有"学术仲裁者"地位时，他才在《中国诗与中国画》《谈艺录》等论著中借研讨某一种文学史现象之机，不加掩饰地坦承自己的见解，不仅全面否定了《中国新文学的源流》的核心观念，还夹杂着虽精妙又极刻薄的比喻。

钱锺书评述的出现本应像一针镇静剂，为讨论各方带来清醒的认识和冷静的态度。不过，钱锺书并未十分清楚地留意到关于这一话题的主流讨论仍集中于社会政治与思想斗争层面，人们所论话题虽与学术相关，但话语的实际内涵却是关于中国社会政治与思想文化道路选择的激烈争端。因此，钱锺书纯粹的学术言说自然很难得到讨论者的关注。周作人颇为在意钱锺书的指摘，但仍固执己见，所作自辩令人难以信服，钱锺书的态度亦如是。二人固有的倔强与倨傲表露无遗，形成了一次特殊的错位对话。

对于专业的学术研究而言，周作人与钱锺书的态度均值得商榷，况且二人所做皆非定论。很明显，周作人论说过于仓促、粗疏，其门生、同调亦未静心反思；钱锺书虽有洞见，对中西文史现象也谙熟于心。但对"言志"观的历史存在样态并无细考，因此，他颇有自知之明地称只能对周作人所论略做补充。但这一讨论激发了学界热情。"五四"以来，"言志"观并未得到关注，绌"载道"而倡"抒情"成为新文艺界、批评界热衷的话题。当周作人以古代文论术语"言志"描述"抒情"而与"载道"相对时，"言志"立刻成为热点，人们普遍不加分辨地接受了周作人的新定义，仅有朱自清、郭绍虞等对"言志"观做出了细密的学术考量。朱自清于 1937 年 1 月完成《诗言志说》，梳理中国传统文学批评中心观念"诗言志"的历史演进并初步考订，其中对周作人的"言志"说做出了辨析。笔者借用冯友兰关于古史研究的"信古""疑古""释古"三派别说[①]，认为在《中国新文学的源流》话语事件及持续数年的延伸讨论中，学界对周作人"言志"说的态度可分作"信周""疑周""释周"三类，周作人的门生、同调与钱锺书等分属于第一、二类，朱自清则以其专业研究成果与"同情的理解"的态度，合理地解释了周作人的观念活动。朱自清的高明之处在于使用历史的眼光看待从古至今"诗言志"观的发生与演变，洞察到周作人已将传统"言志"观的内涵缩小至"抒情"的范围："'诗言志'的意义直到近代没有变，只论者在'言志'三义中时有所偏重而抹杀其余罢了。可是新文

---

① 冯友兰：《中国近年研究史学之新趋势》，1935 年 5 月 14 日《世界日报》；《近年史学界对于中国古史之看法》（1935 年 5 月 19 日于北平辅仁大学讲演，维民记），《骨鲠》1935 年第 62 期。

学运动以后……‘人人讲自己愿讲的话’才是‘言志’，‘言志’可以换称‘即兴’（其实等于‘抒情’）而与载道相对，意义却变窄了”，而“言志”的意义之所以发生改变，缘于“外国的‘诗’的观念的影响。”① 朱自清的解说显然比“疑周”派的苛责客观、通达得多。②

三、错位对话的形成与周作人的多重意图

综上考察，《中国新文学的源流》话语事件是对周作人研究活动的真正起点，讨论者不仅开始对周作人进行整体性的观照，而且从各个层面展开了较为系统的学理探究，周作人研究的几类主要范式也初步呈现。同时，错位对话现象在周作人研究活动中始终存在，在多次有关周作人的重大话语事件中都掀起过剧烈的社会思想动荡。《中国新文学的源流》话语事件中的所有错位对话都可归因于讨论者与被研讨对象周作人之间的对话错位，这种对话错位的产生根本上缘于一些难以破解的时代难题。

错位对话各方之间之所以壁垒森严，首先是基于其在社会政治立场上的严重对抗。例如，在社会思想领域，自“革命文学”论争以来，京派领袖周作人及其门生、同调与左翼思想文化界之间一直暗潮涌动，从 1932 年《中国新文学的源流》话语事件到 1934 年“五十自寿诗”话语事件，双方多次交锋，他们对于彼此的指责、批评始终充满敌意与警惕。不过，颇具意味的是，双方虽常有对阵，话语交锋甚为激烈，但往往是自说自话，抗拒沟通，暴露出双方实在嫌隙难弥，很难产生思想观念的真实碰撞，遑论寻求共识，交汇融通。双方观念的对话错位成为一种常态。在笔者看来，20 世纪 30 年代初期众多的社会思想文化力量博弈，其互不相让、屡相攻讦等做法是他们寻求自我定位、进行自我塑造的主要方式，至于他们在这一过程中是否能够做到彼此理解则无关宏

---

① 朱自清：《诗言志说》，1937 年 1 月撰毕，清华大学中国文学会编：《语言与文学》，中华书局，1937 年 6 月版，第 35—36 页。

② 朱自清在 20 世纪 40 年代中后期《诗言志辨》定稿前后，基于新的研究成果，对以往观点做出补充。如朱自清审视周作人《中国新文学的源流》的核心观点，“现代有人用‘言志’和‘载道’标明中国文学的主流，说这两个主流的起伏造成了中国文学史”，更为明确地指出，在传统文艺思想发展过程中，“‘言志’的本义原跟‘载道’差不多，两者并不冲突”。（《诗言志辨自序》，《国文月刊》1945 年第 36 期）朱自清指出，周氏的“言志”可以看作对传统“言志”观念引申与扩展后发展出的新概念，这一新概念的产生来源是袁枚的“诗缘情”观加上“外来的‘抒情’意念”。另外，朱自清指出，“言志”这个新定义在社会流传甚广，似乎“已到了约定俗成的地位”，而他解释说这种情况根本“不足惊异”，因为在历史上“词语意义的引申和变迁本有自然之势”。（《诗言志辨》，开明书店，1947 年 8 月版，第 44 页）

旨。因此，在各方偏见颇深的断论及辩驳当中，蕴含着其存身立命的根本。

错位对话各方鸿沟日深，还源于思想本质方面的深刻争端。20 世纪是各类“意缔牢结”盛行并彼此剧烈冲撞的时代，人们建构了各种“认识性装置”，同时也被各种“认识性装置”所建构[①]。即使是在 30 年代初批评“主义”并畅言“自然”“常识”的周作人，也在苦心孤诣地建构“生活之艺术”的系统文明观与“人学”观，以及“载道”“言志”相互对抗与交替的历史哲学等，而“言志”文艺观只是它们的部分显现。在“主义”风靡的时代，周作人表现出对自身文学史观与文艺理念的顽强坚守，固执地抗拒各方批评，这并不能完全归咎于他的自信与倨傲，更为关键的原因在于：周作人根本维护的是其笃信的“主义”——系统文明观、“人学”观、历史哲学等，而参与讨论的其他各方亦固守各自的信念。

造成错位对话各方误解日深的核心原因还在于讨论者对周作人言说方式的严重隔膜。在百年周作人阐释史中，人们惯常忽视 20 世纪 30 年代后周作人在做出重大社会、政治判断时的标志性与常态化的表达方式，即周作人除了善用反讽（Irony）、表达隐晦，其表述往往别有所指、意在言外。这在以周作人为中心的几次重大话语事件与思想讨论中都有突出表现，包括《中国新文学的源流》话语事件、“五十自寿诗”话语事件、“中国思想问题”话语事件[②]，以及围绕和战问题的岳飞、秦桧是非讨论，还有新中国成立后的鲁迅评价、追忆与研究活动等。在周作人指东言西的陈说中深藏着其另有所图的社会目的和别具用心的攻击批判，而偏有老实死板的论者固执地纠结于周作人字面的言说，寻章摘句、南辕北辙。

周作人关于“中国新文学的源流”的言说也确实呈现出一种复杂的样态，客观研究与现实寄寓相互纠缠，混杂一处，造成理解障碍。当然，这是周作人自己制造出的两难境地，因为严肃的学理探讨与为表达“主义”创构历史叙事之间本就难以兼容。

对于“中国新文学的源流”的问题，周作人在 1926—1928 年前后并非没有进行过符合学理的纯学术研讨，如在撰写《〈陶庵梦忆〉序》（1926 年 11 月

---

① 张先飞：《“认识性装置”的建构与运作：以五四现代人道主义思潮运动为例》，《社会科学战线》2019 年第 5 期。

② 张先飞：《粉饰逆伪意识形态的书写策略：从王森然的〈周作人先生评传〉说起》，《中国现代文学研究丛刊》2013 年第 3 期。

5日)[①]、《〈杂拌儿〉跋》(1928年5月16日)[②]、《〈燕知草〉跋》(1928年11月22日)[③]等序跋时，周作人表明自己对“五四”新文学与明末新文学之间关系的判断只是未经考辨的推测，而且他遵从严格的学理讨论方式，多用“好像”等推测性语言表达学理层面的假设。同时，周作人以“载道”“言志”概括中国文学的两种方向，并描述明末新文学如潜流般在新文化运动时代重现的历史判断，背后很可能隐藏着一种严肃的文学史思考。我们还需要回顾周作人的历史写作，他在1917—1919年撰写《欧洲文学史》《近代欧洲文学史》时，将近代欧洲文学整体演进过程与“人性”的二元组构“理性”及“情思”的起伏更替联系在了一起：“文复艺兴期，以古典文学为师法，而重在情思，故又可称之曰第一传奇主义（Romanticism）时代。十七十八世纪，偏主理性，则为第一古典主义（Classicism）时代。及反动起，十九世纪初，乃有传奇主义之复兴。不数十年，情思亦复衰歇，继起者曰写实主义（Realism）。重在客观，以科学之法治艺文，尚理性而黜情思，是亦可谓之古典主义之复兴也。惟是二者，互相推移，以成就十九世纪之文学。及于近世，乃协合而为一，即新传奇主义是也。”[④]很明显，周作人在观照欧洲文学史并进行谱系描述时，未用时代之别作为依据，而是诉诸一种特殊的“人性”观念：周作人认定固定的“人性”由多种相互对待的二元组构所构成，“人性”的二元组构的对抗与交替始终推动着人类文化、思想、制度等的历史演进；而推动“人性”的二元组构发生对抗与交替的动力源泉则是“人性二元，不能偏重，穷则终归于变”[⑤]的“人性”的规律[⑥]。周作人将欧洲文学的演进描述成“理性”“情思”两种“人性”组构相互对抗与交替的过程，不仅完全符合钱锺书所肯定的从人的精神特性出发对人类艺术创造活动进行界分的要求，而且与以“载道”“言志”的相互对抗与交替描述中国文学思潮演进的做法极为相似。此外，周作人对文艺复兴的来源及流变做了描述：“四一五年……希腊思想，于是中绝。更越千载，乃复发现，为文艺复兴主因，至于今日而弥益盛大也”[⑦]，“文艺复兴发端于意大利，渐及法德英西诸国。顾其势力在意最盛，前后历十四五两世纪，各国则

---

① 岂明（周作人）：《〈陶庵梦忆〉序》，《语丝》第110期，1926年11月5日。

② 周作人：《永日集》，北新书局，1929年版，第169－174页。

③ 周作人：《永日集》，北新书局，1929年版，第175－182页。

④ 周作人：《欧洲文学史》（第三卷），商务印书馆，1918年版，第80页。

⑤ 周作人：《欧洲文学史》（第三卷），商务印书馆，1918年版，第79页。

⑥ 张先飞：《“人”的发现：“五四”文学现代人道主义思潮源流》，人民出版社，2009年版，第209－279页。

⑦ 周作人：《欧洲文学史》（第一卷），商务印书馆，1918年版，第69页。

略迟百年。其后虽就消沉，而精神深入人心，造成伟大之文学，至十八世纪后半，始复变焉”①。这些描述与周作人关于明末新文学潜流复活的判断何其相似，而且他还将这一中国文学现象定位为“文艺复兴”②。回顾新文化运动时期《欧洲文学史》等的写作对考察周作人关于“中国新文学的源流”的思考大有裨益，我们可以从这些相近的历史判断出发，探究周作人 20 世纪 30 年代初期的文学史观。

但是，驱使周作人思考不止、笔耕不辍的基本动力并非仅是“为学术而学术”的孜孜追寻，更多的是对中国所面临严峻危机的时刻关注，以及对现实解救之道的不懈渴求。在 20 世纪 30 年代初期，周作人根据自身对世界与中国的“人学”考量、文明思考、历史寻根与现实判断，专意为现代中国把脉询证、因病施方，定下拯救之道，其核心是：培育崇仰自主个性、健康人性的新文明并塑造出大写之“人”。周作人将此视为首要任务，并为求获得具有严重“历史癖”的国民的支持，不遗余力地在传统思想文化中寻找一切可供利用的资源，因此，他不免会采取一些策略性的举措。在《中国新文学的源流》中，他完成了一次特殊的历史叙事：周作人基于某些预设观念和现实目标，对历史现象进行了有意识的突出、剪裁与遮蔽，硬生生地制造出一个逻辑难以自洽、表述含混且模糊、概念与范畴漏洞较多的历史谱系；而且在史料与学理证据均不充分的情况下，截断众流，将其关于“五四”新文学与明末新文学之间关系的大胆学术假说直接认定为历史事实。周作人自然是对该谱系存在的问题了然于心，因为他在为新文学“言志”一脉寻找历史上的异代相知时经常说法不一。可以说，当周作人为了某些现实需要进行历史叙事并构造出特异的历史谱系时，他俨然以社会改革家与道德思想革新者自居，此时的他十分自觉地将自己的思考、言论排除在严谨、纯粹的学术研究之外，对外宣称自己只是一名外行。

总之，周作人浓重的现实寄寓与表达策略在《中国新文学的源流》中表现突出，因此，我们绝不能拘泥于周作人的文字表述，硬要根据其中不确切的概念与范畴、被改造的史实、有意扭曲的逻辑等继续推演，并在得出荒谬结论的情况下痛责周作人，这样就会显得太过迂腐与书呆气了。不过，这种错位对话正是历史上评说周作人时最为常见的话语场景。

① 周作人：《欧洲文学史》（第三卷），商务印书馆，1918 年版，第 19 页。

② 岂明（周作人）：《〈陶庵梦忆〉序》，《语丝》第 110 期，1926 年 11 月 5 日。

四、错位对话的困境与超越

回顾《中国新文学的源流》话语事件，我们会惊讶地发现，在一个如此庞大的话语活动场域内，居然没有形成有效的实质性对话，讨论各方也未在真实的交流、碰撞、沟通中达成共识。整个话语事件呈现出鲜明的错位对话状态，各个对话主体之间的隔阂也显示出这一日渐加深的趋势。

如果我们跳出这一具体话语事件本身，来到现代中国的思想场域，就会清晰地看到错位对话已是一种常态现象，导致其出现的原因有两方面。

首先，启蒙与革命等是现代中国的核心主题，而保证启蒙或革命等在现代中国的思想建构、改造实践得以有效实现的基本条件，就是建构起一种现代社会的对话模式。按照部分新文化运动先驱的思路，在这种对话模式中，对话双方不是单向的表达者与接受者的关系，而是交互主体性的关系，主体间的话语交往活动按照“表达—接收—互动—接受—反馈”等循环往复的方式进行。然而，现代对话模式的建构问题并未得到国人应有的重视，原因之一在于，以对抗或斗争的方式探求真理成了现代中国主体间交往的惯例，占据了每一时代的话语中心，国人无暇思考建构现代对话模式的问题。更为重要的原因在于，一些国人盲目地相信，在启蒙或革命等过程中，信息表达与信息接收的无缝对接是自然而然的事情，不存在复杂的主体间话语交往活动。因此，除了周氏兄弟、蔡元培、胡适，以及现代人道主义思潮运动的参与者，很少人会异常清醒地思考保证启蒙或革命等有效实现的基本条件，并将这些思考上升到建构本土“对话哲学”的高度。对建构现代对话模式的漠视在一定程度上阻碍了现代中国各种社会思想的生产、传播、交流、实践，错位对话便是其中的一种表现形态。

其次，在现代中国的思想场域中，错位对话现象的产生直接源于社会整体思想的巨大撕裂。中国社会思想领域自“五四”落潮起已开始出现观念撕裂的景象，其后历经五卅运动、国民革命等全局性的社会动荡，社会思想的撕裂已达到了难以调和的严重程度。发生在 20 世纪二三十年代转折之际的“革命文学”论战就是一次总爆发，它将社会思想撕裂的真实样貌血淋淋地展现出来。社会整体思想发生撕裂的可怕之处在于，它会造成各个思想群落之间极其严重的错位对话。20 世纪 30 年代的各类话语纷争都延续了“革命文学”论战的显著特点——相互论争的各个思想群落在思想本质上的严重撕裂，以及彼此对话活动的始终错位，《中国新文学的源流》话语事件只是其中一次小小的展示。

如果我们进一步扩大视野，进入 20 世纪世界思想场域，就会更清醒地认识到，因社会思想撕裂而造成的错位对话是世界话语活动的普遍常态与突出表征。在20世纪巨大的社会动荡与思潮转换中，不同思想文化与政治、经济群落热衷于建构各自的“意谛牢结”①，使世界话语活动呈现出愈加深刻的分裂与更加激烈的对抗形态，人类历史在互存芥蒂和更深的芥蒂中蜿蜒行进。同时，整个世界不断发生的遽变逼迫个人、群落、阶级、国家、民族等不停地忍受着思想的裂变，不断加深的精神隔膜与观念撕裂使人类陷入越发危险的错位对话困境中。

因社会思想撕裂而造成的错位对话是20世纪普遍存在的世界性难题，建构合理的对话模式依然是关系人类命运的核心话题。回顾现代中国的重要节点——新文化运动，中国先进知识分子在建构现代社会的“对话”模式方面做出过重要理论思考与实践探索。新文化运动先驱面临第一次世界大战带来的世界性灾难和中国改革无法推进的可怕困境，遂将现代人道主义关于对话模式的理论创造、实践构想作为解决一切问题的万用灵丹。其中当周作人等现代人道主义者共同面对人类社会巨大危机时，曾对如何实现人类的认同、和解、融合等做出了杰出理论构想，并且就如何建构保障对话能够有效实现的认知机制、主体的交往机制、实践机制、伦理规范、交流平台等问题进行了集中思考。这些原创思想成果在解决人类困境方面的理论意义与实践价值，直至今日依然熠熠生辉。

曾几何时，现代人道主义关于对话模式的理论、实践构想是周作人等新文化运动先驱们大力倡导的人类至高理想。遗憾的是，他们很快就丢弃了这一理想，此后不断深陷因思想撕裂而造成的错位对话当中。历史之蹉跎，意味深长。

① 张先飞：《“认识性装置”的建构与运作：以五四现代人道主义思潮运动为例》，《社会科学战线》2019年第5期。

绍兴革命经验与鲁迅的“辛亥”书写

黄　铁　上海师范大学

内容摘要：鲁迅走出传统儒学成为一个启蒙主义者，大致历经了六个“年青的梦”破碎的递进性过程，其中非常重要的转捩点是其留学归来后在浙地三年间的失望体验，尤其是辛亥年间参与绍兴“复兴”的革命经验让其在新文化运动早期成为旁观的“呐喊者”“助威者”。但也正是这分对改造民族文化心理痼疾之难的清醒，促使他走上了一条与众不同的传统儒学批判之路，在绝望中反击，最终成为具有坚定的反儒思想和启蒙精神的文学家、思想家。

关键词：鲁迅　辛亥经验　辛亥叙事　启蒙主义　儒学批判

应着时代转型的大风潮，新文化名家走出儒家传统文化、接受现代理念的路径大同小异，机缘和参与度却各有不同。鲁迅从“三味书屋”走向新学并最终选择儒学批判，也是其从传统旧学走向科学主义并最终选择启蒙主义的过程。笔者认为其中最关键的转捩点不是常常被言说的留学日本期间促其弃医从文的“幻灯片”事件，也不是创办《新生》杂志的失败，而是在绍兴期间参加越社的经历和“辛亥”期间的失望体验，这一体验将其塑造为一个新文化运动的“旁观者”和“文学革命”早期的“呐喊者”，最终又推动其在绝望中成为具有坚定的反儒思想和启蒙精神的文学家、思想家。

一

鲁迅走出传统儒学，成为一个启蒙主义者，大致历经了几个递进性的阶段，即“走异路”——从“旧学”到去南京求新学、留学日本——从西医“维新”到人文主义的探索、“辛亥”实践——从思想到行动的蜕变，这几个阶段也伴随着他年轻时候几场粉红色的“好梦”发生与破碎的过程，是鲁迅不断走向觉醒的“成长期”。

根据《〈呐喊〉自序》的记述，鲁迅走出旧学，伴随着“年青时候”的梦[①]的四次幻灭，这四次都发生在1909年从日本留学回来之前：第一个梦是花大价钱延请名医，以图治好父亲的病；第二个梦便是到南京去学洋务，“走异路，逃异地，去寻求别样的人们”；第三个梦是知道了日本维新大半发端于西方医学，于是到了“日本一个乡间的医学专门学校”，渴望学成后救治病人或做军医；第四个梦是发现改变国民精神才为第一要务，于是弃医从文，筹措创办《新生》杂志。这四个梦想无一例外都以失败告终：父亲终究亡故了，在南京的学业其实也相当“荒唐”，到仙台学医无非是见识了留学生的“麻木”和“愚弱”，《新生》的出版也是“虚妄”。这一系列“将来的好梦”变成了“未尝经验的无聊”，使鲁迅感到如“置身毫无边际的荒原”一般的悲哀和寂寞。这是鲁迅思想的第一次觉醒。

无疑，鲁迅将这悲哀和寂寥视为在无望的中国“做梦”的必然结局，研究者也依据这一叙述来认定鲁迅深刻的绝望早在其回国前就成型了。其实仔细阅读这篇《自序》，会发现鲁迅在四场破碎的梦与“钞古碑”之间，似乎漏写了一些“恶梦”的打击，这些梦似乎更具杀伤力，对其一生的道路选择和思想发展都有重要影响。

鲁迅回国时29岁，虽然对于当时中国社会之黑暗、民众之愚弱、改造风气之艰难、个人道路选择之曲折都有认识，但他毕竟还是一个未曾真正涉足社会的青年，还未曾真正涉足国内的教育、文化或革命实践，那种“寂寞”和“悲哀”未免显得空泛了些，他“虽然有无端的悲哀，却也并不愤懑”，更没有走向彻底绝望而袖手的深渊，也就是说他还有一些“做梦的资格”——这正是他从日本回到绍兴后热心参与的投身教育、办刊实践以及“辛亥”期间的革命之举，这些也是《自序》中他既没有一笔带过又没有细致展开的那些“更寂寞更悲哀的事”。

其中，在家乡从事办学、办刊、入社等工作，尝试“通过教育改善人民生活”[②]，这可以说是鲁迅的第五个“年青的梦”。1909年7月，鲁迅遵从母命结束了七年多的留日生活回到浙江，先是在杭州两级师范学堂做化学和生理学教员，辞职后入绍兴府中学堂任监学，兼教生物学，收入甚微，几乎不足自养。但在此期间，鲁迅除了教学（还包括带学生野外实习、搜采植物标本等）和监

① 鲁迅：《〈呐喊〉自序》，《鲁迅全集》第1卷，人民文学出版社，2005年版，第437页。

② 参阅鲁迅：《致许寿裳》（1910年12月21日）“注释”7，《鲁迅全集》第11卷，人民文学出版社，2005年版，第338页。

学，还主要做了几件事。一是翻类书，辑录古逸书，尤其关注散佚于正史之外的历史、地理、小说类书，这便是《古小说钩沉》《会稽郡故书杂集》的来历。这种当时被鲁迅视为“我的休息”的“抄书或看书”[①]，为后来鲁迅撰著《中国小说史略》埋下了伏笔。二是反抗地方上的封建顽固派，先是在师范学堂参与声讨夏震武的“木瓜之役”，后是在绍兴府中学堂为学生辩污，对学生风潮表达同情，认为“此次风涛，别有由绪，学生之哄，不无可原”[②]。这也是鲁迅在《摩罗诗力说》中所言“立意在反抗，指归在动作”的具体体现，这种反抗权威的精神其实贯穿了鲁迅一生。三是 1911 年 4 月始，参与南社骨干人员在绍兴组办“越社”的筹备工作，在 4 月 12 日给许寿裳的信中，鲁迅曾说：“迩又拟立一社，集资刊越先正著述，次第流布，已得同志数人。”[③] 即便明明知道这是“蚊子负山”般的艰难之业，但还是燃起了新的希望，“不自量力之勇，亦尚可嘉”。他编辑了《越社丛刊》第一集，民国元年又赞助出版《越铎日报》，作《〈越铎〉出世辞》，这些与南社的交往影响到他后来对南社成员的评价。以上诸般事务终究琐屑猥杂，“足浊大脑”，1911 年 7 月鲁迅辞去了中学堂职务，想到一个书店去做编译员，终究也被拒绝了，于是 10 月又在学生坚请下续任学堂数周监学。或许，他暗暗期待着一场大变革的来临，这场变革便是辛亥革命。

“辛亥”首义之时，可以说鲁迅又禁不住做了一场革命的“好梦”，这可谓之第六个“年青的梦”。武昌起义刚刚发生，鲁迅曾率领学生组成“武装演说队”，意在宣传革命的意义；11 月杭州光复的消息传到绍兴，越社同仁在一个寺内宣传迎接革命，鲁迅被推为主席，他义不容辞地接受了；他支持青年们请愿，亲自掌灯迎接王金发入绍兴任都督，随即鲁迅被委任为民国绍兴山会初级师范学校校长，受到学生“完全和欢迎新国家的态度一样”[④] 的热烈欢迎。这件热血沸腾的事引起鲁迅内心光明奋发的情感，“觉得中国将来很有希望”[⑤]，后来“每逢谈起，先生总带着不少的兴趣描述当时情景，就好像刚刚出发回来

① 周芾棠：《鲁迅在绍兴府中学堂》，《杭州文艺》1976 年第 5 期。

② 鲁迅：《致许寿裳》（1910 年 12 月 21 日），《鲁迅全集》第 11 卷，人民文学出版社，2005 年版，第 337 页。

③ 鲁迅：《致许寿裳》（1911 年 4 月 12 日），《鲁迅全集》第 11 卷，人民文学出版社，2005 年版，第 346 页。

④ 孙伏园：《鲁迅先生二三事》，湖南人民出版社，1980 年版，第 2 页。

⑤ 鲁迅、许广平：《两地书》（八），《鲁迅全集》第 11 卷，人民文学出版社，2005 年版，第 31 页。

的那么新鲜，感动”[①]。可见，鲁迅当时对革命成功的热切期待。不过，第六场“好梦”破灭得更快。待绍兴革命稍稍风平浪静，他与范爱农在街上走了一遭，先是发现旧乡绅策划的军政府表面上换了旗子，“内骨子是依旧的”；随后，他亲自迎来的绍兴革命党首领王金发竟然将谋杀秋瑾的主犯释放了。鲁迅又一次陷入了深深的绝望，他在后来的《论“费厄泼赖”应该缓行》中沉痛指出：“这就因为先烈的好心，对于鬼蜮的慈悲，使他们繁殖起来，而此后的明白青年，为反抗黑暗计，也就要花费更多更多的气力和生命。”[②] 绍兴军政的腐败让他对革命党人越来越失望，1912 年 2 月他辞去师范学校职务，曾计划到上海做编辑，后终于接受许寿裳邀约决计往南京参加临时政府教育部工作，每与许“谈及故乡革命的情形，多属滑稽而可笑”[③]。3 月袁世凯就任临时大总统，“中国又一天一天沉入黑暗里”[④]。

鲁迅在回乡后这一连串事情上的作风与留日期间有些不同。留学期间，鲁迅热心的只是学外语、搞翻译、读书、创作与筹办刊物，或者跟章太炎学小学，总之都是文艺，正如他所说：“我们在日本留学时候，有一种茫漠的希望：以为文艺是可以转移性情，改造社会的。”[⑤] 他虽然写过《文化偏执论》《摩罗诗力说》，对中国传统文化之痼疾颇有深见，但当时提出的“立人”原则和启蒙宏愿终究有些书生意气和青春想象的意味，其主体位置未免有点“凌驾”和“蹈空”。那时的日本，相当于是鲁迅苦苦思考人生和社会、寻求心灵顿悟的所在，他“是留学生中持低调的人”[⑥]，很不愿意参与具体的社会活动，更不太热衷于参加留学生们发起的革命集会、演讲，更不要说参加排满组织“青年会”或反对日俄战争的“义勇军”了。所以，当他在仙台看不惯留学生们的做派时，也只是默不作声地选择离开。最明显的例子是 1905 年，清廷为了打压革命热情，希望日本政府能对中国留学生加以约束，日方便颁布了《清国留学生取缔规则》，引发留学生哗然一片，但是随着事态发展，却形成了两派意见：一派坚决主张罢课回国、继续革命兴办教育，另一派主张继续留在日本学习。

---

① 景宋（许寿裳）：《民元前的鲁迅先生》，复旦大学等编写组：《鲁迅年谱》（上），安徽人民出版社，1979 年版，第 90 页。

② 鲁迅：《论“费厄泼赖”应该缓行》，《鲁迅全集》第 1 卷，人民文学出版社，2005 年版，第 338 页。

③ 许寿裳：《亡友鲁迅印象记》，上海文化出版社，2006 年版，第 34 页。

④ 鲁迅：《论“费厄泼赖”应该缓行》，《鲁迅全集》第 1 卷，人民文学出版社，2005 年版，第 289 页。

⑤ 鲁迅：《〈域外小说集〉序》，《鲁迅全集》第 10 卷，人民文学出版社，2005 年版，第 168 页。

⑥ 孙郁：《在路上》，《鲁迅与现代中国》，安徽大学出版社，2013 年版，第 169 页。

鲁迅是后者的拥趸，也因此引发秋瑾不悦。

回到家乡绍兴从教办刊这三年，鲁迅其实走的是“教育+革命”的路线，具体参与了小城市井细民的教育事务、革命活动，虽然他也发现“越校甚不易治，人人心中存一界或”，屡屡觉得无可期待，但终究还是主动的、热情的。但待到第六个“年青的梦”也夭亡时，鲁迅的心理状态向下发生了位移，文化焦虑和“指手画脚”的优越感落实在现实境遇和具体“动作”之中，宣告了他民元前教育梦的破灭，也标志着最初的社会改造的失败，确乎没有比这是“更寂寞更悲哀的事了”。那些早年“虚无缥缈”的对于国民劣根性的认识，在浙地得到“货真价实”的验证，不堪回首的监学感受令他种下了悲观主义的因子，具体的“辛亥”参与埋下了真正绝望的种子，鲁迅也终于不再年轻，似乎也不敢再做梦，再没有青年时候的慷慨激昂了。天真的思想者终于走进了“经验”，他对国民所受封建礼教教化之深厚、根性之愚顽有了更加清醒的认识，发现所谓“文化改造”只能是点滴争取，绝非一蹴而就，甚至百呼不应也有可能。这后两个梦破灭的过程，其实也是鲁迅在现实斗争中走向第二次觉醒的阶段，“希冀既亡”决定了他随后离开故地的人生抉择，也奠定了他在新文化运动和五四运动期间的思维方式和行为原则。

二

从 1915 年《新青年》创刊、新文化运动发生到 1918 年“文学革命”的星星之火点燃青年一代，再到 1919 年的五四运动，鲁迅其实重新调回了留日期间的心理模式，一直处于“蛰伏”或“听将令”的状态。新文化运动如火如荼，但鲁迅恰恰已经看透了——砸破“铁屋子”似乎只是运动者自己的事情，“那时仿佛不特没有人来赞同，并且也还没有人来反对”，自己在“辛亥”时深刻感受过的这种寂寞和悲哀如今又在他们身上蔓延。在这一点上，鲁迅和南社诸多成员其实走过了同样的心路历程——尽管鲁迅后来对参与辛亥革命的南社文人在革命落潮时意志消沉提出过批评：“他们叹汉族的被压制，愤满人的凶横，渴望着‘光复旧物’。但民国成立以后，倒寂然无声了。我想，这是因为他们的理想，是在革命以后，‘重见汉官威仪’，峨冠博带。而事实并不这样，所以反而索然无味，不想执笔了。”[①] 这其中，未必没有他个人的心灵独白，他自己也是那“不想执笔”者中的一员。因为他也已确认自己“决不是一个振

① 鲁迅：《现今的新文学的概观》，《鲁迅全集》第 10 卷，人民文学出版社，2005 年版，第 137—138 页。

臂一呼应者云集的英雄"[①]，学生运动时很多文化界、教育界人士纷纷表态或营救学生，鲁迅是"隐身"的，这自然和他在教育部任职的身份有关系，但也绝非唯一因素。他在无端的悲哀中"寓在这屋里钞古碑"以麻醉自己的灵魂，使自己沉入于国民中，回到古代去，以此消耗生命。

鲁迅和胡适、陈独秀、钱玄同等新文化观的明显不同处，就是鲁迅更重视民间文化心理结构。[②] 胡、陈虽然提出彻底推翻传统文化，但对"国民之腐败"的原因缺乏充分且深刻的认识。大部分新文化运动的名家也认为辛亥革命带来了巨大的社会变革，终于酿成了"文艺复兴"的新文化运动，正如蔡元培在《中国新文学大系·总论》中所言："辛亥革命，实行'恢复中华建立民国'的宣言，当时思想言论的自由，几达极点"，后虽经袁世凯"洪宪帝制"，但"自由思想的勃兴，仍不能遏抑，代表他的是陈独秀的《新青年》"[③]。也就是说，新文化运动正是酝酿于辛亥革命阶段所带来的风气。今天看来，这一见解也甚有道理，仅仅就 1912 年 1 月 3 日，蔡元培膺任中华民国教育总长，随后制定《普通教育暂行办法》而言，它奠定了我国新教育的基础。[④] 反过来讲，鲁迅对民间心理痼疾的认识也绝非空穴来风，这分清醒是经由梁启超发展而来的。鲁迅早年曾在《摩罗诗力说》中指出："中国之治，理想在不撄。"[⑤] 新文化运动期间陈独秀《东西民族根本思想之差异》所谓"东洋民族以安息为本位，儒者不尚力争"、李大钊的《东西方文明根本之异点》所谓"东洋文明主静"等观点，和鲁迅"不撄"的概括是一致的。正是这种"不撄"的文化传统成全了专制的帝君，创造了"吃人"的礼教，也造就了逆来顺受的"不争之民"。鲁迅对新文化运动一开始有些悲观，甚至有些"冷漠"，他似乎早看透了、麻醉了，绝不"慷慨激昂"了。这一点他在《〈自选集〉自序》中说得更清楚："我那时对于'文学革命'，其实并没有怎样的热情。见过辛亥革命，见过二次革命，见过袁世凯称帝，张勋复辟，看来看去，就看得怀疑起来，于是失望，颓唐得很了。"[⑥] 这也可以回答为什么新文化运动发生时，鲁迅不仅缺席"现场"，而且在日记中简直完全将此事忽略不计。正因为这分清醒，他才

---

① 鲁迅：《〈呐喊〉自序》，《鲁迅全集》第一卷，人民文学出版社，2005 年版，第 439—440 页。

② 孔范今：《孔范今自选集》，山东文艺出版社，2004 年版，第 409 页。

③ 蔡元培：《〈中国新文学大系〉总序》，赵家璧主编：《中国新文学大系》，上海文艺出版社，2003 年版，第 7—8 页。

④ 孙常炜编著：《蔡元培先生年谱传记》（上），台湾"国史馆"，1985 年版，第 259 页。

⑤ 鲁迅：《摩罗诗力说》，《鲁迅全集》第 1 卷，人民文学出版社，2005 年版，第 70 页。

⑥ 鲁迅：《〈自选集〉自序》，《鲁迅全集》第 4 卷，人民文学出版社，2005 年版，第 468 页。《自选集》即《鲁迅自选集》，1933 年 3 月由上海天马书店出版。

能充分认识到要破除“铁屋子”的艰难。所以，鲁迅“在这些新文化运动的先驱者中间，是唯一一个明确地认识到中国启蒙主义知识分子的存在本身就注定是悲剧性的人”[①]。在后来的文学史论述中，“五四”的主题被笼统地归为“国民性改造”，其实未必不失之粗疏，毕竟“五四”的核心人物对国民性问题有着不同的认识。

除了思想上的蜕变和人生道路的选择，辛亥年也是鲁迅文学创作的一个分水岭。“国民性批判”作为五四文学的主题，在鲁迅这里其实时时处处和“辛亥”见闻裹挟在一起。鲁迅深悟中国文化传统本质、在留日期间发表了《文化偏执论》《摩罗诗力说》这类激扬文字，辛亥革命后因寂寞和悲哀几乎陷入了沉寂，从 1911 年创作那篇文言的《怀旧》（刊于 1913 年 4 月《小说月报》）到《狂人日记》的横空出世，这期间鲁迅几乎中断了文学创作，甚至文学翻译。在《新青年》发刊三年，陈独秀、胡适的“文学革命”发表宣言两年后的 1918 年，鲁迅买杂志送给周作人时，还指出“颇多谬论，大可一驳”；也是在这一年，鲁迅才在钱玄同的劝说下勉强“呐喊几声，聊以慰藉那在寂寞里奔驰的勇士，使他不惮于前驱”。很明显，鲁迅自以为不在“猛士”与“前驱”之列，而是“旁观的助威者”——这便是“呐喊”的真正含义。所以，当我们将鲁迅认定为新文化的运动的“旗手”和“主将”时，难免会遇到一个难题：鲁迅并不是这场思想启蒙运动的发难者。但毕竟，因“听将令”而踟蹰踏入新文化运动的鲁迅，虽然仍旧觉得“惟黑暗与虚无乃是实有”[②]，但毅然决定要来“肉搏这空虚中的暗夜”[③] 了。“肉搏”的方式当然是重新拿起笔。

从早年留日时对儒家教化的本质“不撄”的发现，到 1918 年《狂人日记》里对几千年来的文明传承“无非就是吃人”的盖棺论定，这些正是鲁迅历经了“辛亥”前后六次好梦的破灭而发出的诛心之论，鲁迅思想的蜕变——从“立意在动作、指归在反抗”的斗士到寂寥击掌的“呐喊者”、绝望的彷徨者，不是在弃医从文时或者新文化运动和五四运动时完成的，而是在历经了越社—辛亥年的奋激和绝望后完成的，也意味着其儒学批判思想的进一步深化。也可以说，历经了失败的“寂寞”和“悲哀”煎熬的鲁迅，在“孤独的沉思”中以《狂人日记》的写作为标志最终真正走上了启蒙主义的道路，“那些戴着礼教假面具吃人的滑头伎俩，都被他把黑幕揭破了”[④]，他最终超越了希望、幻灭的

① 王富仁、赵卓：《突破盲点》，中国文联出版社，2001 年版，第 46 页。

② 鲁迅：《两地书》（四），《鲁迅全集》第 11 卷，人民文学出版社，1981 年版，第 21 页。

③ 鲁迅：《希望》，《鲁迅全集》第 2 卷，人民文学出版社，1981 年版，第 181 页。

④ 吴虞：《吃人与礼教》，《新青年》第 6 卷第 6 号，1919 年 11 月。

阶段而走上了“绝望中反抗”的道路。

三

从“五四文学”的整体看，鲁迅的创作在题材上特别与众不同，他最重要的选题其实都离不开“辛亥”背景，所谓的“国民性批判”的主题就是借助“辛亥”叙事而呈现的，或显或隐罢了。换言之，当新文学作家满怀激情，急于揭批当下社会“问题”、句句离不开“复兴”“新文化”时，鲁迅的着力点或者说启蒙的着眼点还在“旧时代”“旧人物”，这是他无法忘却的“噩梦”。《呐喊》《彷徨》的大部分篇章其实是对辛亥革命的讽喻和反省，那些发生在“革命”后的故事实际上和“发生前”一脉相承，作家用“一切照旧”验证了辛亥革命的失败，如《怀旧》《狂人日记》《药》《头发的故事》《风波》《阿Q正传》《在酒楼上》《孤独者》，等等。

鲁迅的“辛亥”叙事，第一个便是极力写“辫子”。1911年年初，剪辫风潮在绍兴兴起，鲁迅曾对学生的剪辫渴望作策略性劝阻，无效后又多方设法保护剪辫学生。“无辫之灾”是他留洋往返期间所屡次经受的，无辫者甚至被污蔑为“里通外国”。他作为监学，也不得不在圣诞节与校长一起戴上假辫子，率领学生向万岁爷跪拜。经验如此无聊无奈，所以鲁迅涉及“辫子”的作品很多，《怀旧》《阿长与〈山海经〉》《头发的故事》《风波》《阿Q正传》等无不把人与辫子的命运关系写到极致，其他杂文如《病后杂谈之余》等亦多次谈及辫子。清军入关，辫子是一种区分满洲统治者与汉族的标志，清初长达数十年间，辫子问题都是大清子民极大的困扰，“这辫子，是砍了我们古人的许多头，这才种定了的”，“剃一点，留一点，才可以算是一个正经人了”[①]。直到晚清，留学海外的学生，为顺应时代或蓄发、或盘辫、或剪辫，内心的挣扎与纠结依然严重。鲁迅这一代人与“辫子”的纠缠充满了历史的荒诞性，其含义从“华夷之辨”到“土匪强盗”再到“革命党”逐渐丰富。首先，蓄发与否成为顺与逆的“政治事件”，与身家性命紧密相连。在绍兴期间，鲁迅是教员中唯一没有辫子的，“我所受的无辫之灾，以在故乡为第一。尤其应该小心的是满洲人的绍兴知府的眼睛，他每到学校来，总喜欢注视我的短头发，和我多说话”[②]，所以鲁迅劝学生暂时不要剪辫子。[③]《风波》极力写了细民对作为身份标志的

---

① 鲁迅：《病后杂谈之余》，《鲁迅全集》第6卷，人民文学出版社，2005年版，第193页。

② 鲁迅：《病后杂谈之余》，《鲁迅全集》第6卷，人民文学出版社，2005年版，第194—195页。

③ 许钦文：《鲁迅先生的幼年时代》，浙江人民出版社，1956年版，第40页。

辫子的诚惶诚恐，那是他们观望社会潮流的风向标，一不小心就会因此掉了脑袋。后来在南方起家的洪秀全太平军强调“满汉分野”，反对剃发蓄辫，“叛迹显然”，已经在清廷强迫下习惯了留辫的百姓称之为“长毛”，《阿长与〈山海经〉》里的长阿妈口中的“长毛”，“不但洪秀全军，似乎连后来一切土匪强盗都在内，但除却革命党，因为那时还没与”，《怀旧》里的“长毛”也是山贼海盗白帽赤巾一切匪人的统称。当然，在《阿Q正传》中，辫子的去与留绝对是革命与否的标志，阿Q用筷子盘辫子的表演则是对革命的极大嘲讽，未庄人自然认为革命者和“长毛”也差不多，所以，辫子其实就是“良民与匪徒”的区别。在鲁迅眼里，辛亥革命最直接的成果，除了革命者沦为“人血馒头”，便是这剪辫子了，其他似乎“一切照旧”，毫无起色。

鲁迅“辛亥”叙事的另一面，是着重塑造“腐儒”庸众与“狂人”这三类人物形象：他们历经“辛亥”，却未曾改变什么，即便“狂人”也是如此。鲁迅笔下的“腐儒”类人物，如秃先生（《怀旧》）、大哥（《狂人日记》）、孔乙己（《孔乙己》）、赵七爷（《风波》）、鲁四老爷（《祝福》）、高尔础（《高老夫子》）、陈士诚（《白光》）等。《怀旧》极力描写了秃先生摇头晃脑释《论语》的酸腐丑态：“先生又近视，故唇几触书，做欲啮状。人常咎吾顽，谓读不半卷，篇页便大零落；不知此咻咻然之鼻息，日吹拂是，纸能弗破烂，字能弗漫漶耶”，且“战其膝，又大点其头”，不仅未能唤起学童们的兴趣，反倒惹起他们的厌倦，因而设“秃先生病耳，死尤善”。《狂人日记》中深得儒学精髓的“大哥”顽固且阴鸷，《风波》中的“学问家”赵七爷狭隘虚荣、故弄玄虚，《祝福》中的乡绅鲁四老爷道貌岸然却极为冷漠无情……这些深受儒家教化、经受动荡世变的儒生性格和身份或有不同，“腐”得也是“各有千秋”。“庸众”类人物，如《阿Q正传》中的阿Q、《药》中的华老栓和花白胡子、《明天》中的老拱和阿五、《风波》中的七斤夫妇、《故乡》中的闰土、《祝福》中的祥林嫂等，是鲁迅作品人物中的“最大多数”，是旧中国黎民百姓的“总代表”。他们无知愚昧，麻木可怜，随俗而无脑，常常不自知地做了统治者的帮凶。“狂人”，如狂人（《狂人日记》）、夏瑜（《药》）、N先生（《头发的故事》）、吕纬甫（《在酒楼上》）、魏连殳（《孤独者》）……一方面，他们是启蒙者、革命者，也似乎象征着未来和新生；但另一方面，他们不是被腐儒排斥，就是被庸众误解，甚至被当权者追捕，最终或者被重新召回旧阵营“赴某地候补矣”，或者被康大叔之流万般讥笑甚而成为华家的“人血馒头”，这些人物的命运书写彻底暴露了辛亥革命的败绩。回忆性散文《范爱农》记述了徐锡麟刺杀恩铭，徐锡麟、秋瑾被杀，徐和秋自然是世间少有的热血“狂人”，文章着重写到武昌起义、绍兴光复，范爱农那天非常高兴——“笑容是从来没有见过的”，但在街上走了一圈，发现一切“内骨子依旧”，心里的期待一下子从头冷到脚，这一记述更详细地出现在杂文《论“费厄泼赖”应该缓行》之中，又作为主要情节出现在《孤独者》中，可见鲁迅对虚张声势的革命的警惕与反感——因为一不小心就变成了“以人血染红顶子”。

如果说鲁迅笔下的“腐儒”和“庸众”特别讲规矩，特别有“古风”，儒教的三纲五常早内化成了他们的精神本然，那“狂人”呢？如果说鲁迅对闰土一样的乡下人寄予悲凉的同情，他也确实给予了“我”、孔乙己、狂人等知识者自嘲自戕式的落幕。周作人的断语可谓入木三分，他认为鲁迅抓住了启蒙问题的症结，即摹写出了阿Q、闰土、华老栓等中国“一切的‘谱’的结晶”，他们“没有自己的意志而以社会因袭的惯例为其意志”，“承受了噩梦似的四千年来的经验所造成的一切‘谱’上的规则……，实在是一幅中国人坏品性的‘混合照相’”[①]。正因为民间百姓“不撄”的传统，所以阿Q觉得“人生天地间，大约本来有时也未免要杀头的”，祥林嫂会一遍遍木然地讲述阿毛被狼偷走的故事，闰土会被兵匪官绅逼得“像一个木偶人了”，七斤会被“皇帝要坐龙庭”的传言吓得提心吊胆，当然也会有方玄绰把一句“差不多”奉为警句，康大叔鄙夷地认为“这大清的天下是我们大家的”根本不是人话，S城的人会把魏连殳视为“异类”，他们统统怕“将那好的地狱失掉了”[②]。

鲁迅对“辛亥”的失望其实和他对S城（绍兴）的恶劣印象是重叠的，《琐记》述及周边人们善于流言和谎话，而他的“到外国去”本就是为了逃离，归来后发现毫无改观，“辛亥”在那里只不过是一场阿Q式的“盘辫”和“杀头”的闹剧。这使鲁迅深深认识到中国传统儒学教化的深厚影响绝非一场革命或一次“新文化”运动可一劳永逸地消除的，它随时有可能卷土重来，摧毁所有的努力。这种理性认知最终塑造了“绝望中反抗”的鲁迅精神：“抱着十多年前的启蒙主义，以为必须是为人生，而且要改良这人生。”[③]“铁屋子”的譬喻可以理解为鲁迅对启蒙的怀疑，但他并不是否定启蒙的价值本身，而是对这一漫长、寂寞的过程做好了心理准备，即如《故乡》中，立定了要脱离麻木或恣睢的生活，但接着就感到“愿望茫远”得如同“手制的偶像”，但终于还是鼓舞自己：“希望是本无所谓有，无所谓无的。这正如地上的路；其实地上本

---

① 周作人：《阿Q正传》，《晨报副镌》，1922年3月19日。

② 鲁迅：《失掉的好地狱》，《鲁迅全集》第2卷，人民文学出版社，2005年版，第204页。

③ 鲁迅：《我怎么做起小说来》，《鲁迅全集》第4卷，人民文学出版社，2005年版，第526页。

没有路，走的人多了，也便成了路。”[①] 由此，鲁迅从早期的文艺启蒙尝试到回到国后的亲身实践，从对辛亥革命的质疑和否定，再到新文化运动时旁观立场的“呐喊”，最终在绝望中走向绝地反击，他走出了一条与众不同的儒学批判之路。

---

① 鲁迅:《故乡》,《鲁迅全集》第 4 卷，人民文学出版社，2005 年版，第 510 页。

也谈鲁迅《藤野先生》中的“讲义”[①]

廖久明　乐山师范学院

内容摘要：根据现有研究成果可知，《藤野先生》中 9 次出现的“讲义”的意思分别为：第 1 次意为鲁迅在仙台医专所上的全部课程，第 2 次意为藤野先生讲授的血管学，第 6 次意为鲁迅在仙台医专第一学年的课堂笔记，第 3、4、5、7、8、9 次意为鲁迅所做的血管学、神经学、解剖学笔记。其中第 3 次指藤野先生尚未批改的血管学笔记，第 4、5、7 次指藤野先生批改过的血管学和神经学笔记，第 8、9 次指“订成三厚本”的解剖学笔记。根据现有资料，只知道鲁迅的 6 册“仙台医专讲义”是许广平于 1956 年 6 月向鲁迅博物馆捐赠第一批文物时捐赠的，至于许广平得自何处，目前只能存疑。在将《藤野先生》编入中学语文教材时，有必要通过注释介绍这些情况。

关键词：鲁迅　《藤野先生》　“讲义”

“讲义”一词在《藤野先生》中出现了 9 次，有关“讲义”的文字大约占全文的三分之一，人们对“讲义”的研究仅次于“幻灯片事件”，可见其重要性。《藤野先生》长期入选中学语文教材，一些研究成果被吸收进中学语文教材的注释中，如“那本《解剖学笔记》后在 1951 年从鲁迅家藏三箱书中找到，现藏于鲁迅纪念馆”[②]，“藤野先生‘所改正的讲义’20 世纪 50 年代从鲁迅留在绍兴的藏书中被找到，现收藏于北京鲁迅博物馆”[③]，因此产生了极大影响。不过，根据现有研究成果可知，这些注释不但不完整，并且有错误。因此，笔者拟在介绍现有研究成果基础上提出建议，以便为将来修订注释中学语文教材提供参考。

---

① 收录了本文完整版的《鲁迅〈藤野先生〉探疑》即将由商务印书馆出版。

② 课程教材研究所、中学语文课程教材研究开发中心编著：《语文八年级（下册）》，人民教育出版社，2002 年版，第 10 页。

③ 教育部组织编写：《语文八年级（上册）》，人民教育出版社，2017 年版，第 25 页。

一、关于“讲义”的意思

关于日本学者对“讲义”的研究情况，日本顺天堂大学医学部解剖学第一讲座坂井建雄教授有如此介绍：“泉彪之助作为医学研究人员，首次对鲁迅医学笔记做了研究。泉彪之助于1993年（平成五年）8月和1994年（平成六年）7月先后2次前往北京鲁迅博物馆进行调查，并写了调查报告。2004年（平成十六年）10月，为纪念鲁迅来仙台留学100周年，日本东北大学出版了《鲁迅与仙台》一书，其中刊登了几页鲁迅医学笔记的图像及其文字的翻印。2005年（平成十七年）9月出版了该书的中文版，并在北京鲁迅博物馆举办了以‘鲁迅的起点：仙台的记忆’为题的国际研讨会。2006年（平成十八年）2月，在东北大学举办了以‘鲁迅与藤野先生’为题的国际研讨会。作为这一系列纪念活动的一部分，北京鲁迅博物馆将鲁迅医学笔记的电子复制版赠送给了东北大学。除了鲁迅医学笔记的电子复制版以外，东北大学鲁迅研究课题组还找到了鲁迅在仙台留学时的课程表、毕业纪念册、以及其他几位医专学生的课堂笔记等资料。于是，日本研究人员有关鲁迅与藤野先生的综合研究正式启动。”[①] 根据译介到中国的成果可知，作为日本东北大学鲁迅研究课题组成员之一的坂井建雄教授应该是迄今研究“讲义”最深入的学者。

为了方便人们了解这6册课堂笔记的情况，笔者以表格形式将坂井建雄的《从鲁迅医学笔记看医学专业学生鲁迅》中的相关内容摘录如下：

册数	课程名	页数 *	学年	任课教师
第1册（306页）	解剖学总论	12页	第1学年	敷波教授
	骨骼学讲义	102页	第1学年	敷波教授
	骨骼图	31页		
	韧带学	59页	第1学年	敷波教授
	肌肉学讲义	56页	第1学年	藤野教授
	肌肉图	42页		

① ［日］坂井建雄：《从鲁迅医学笔记看医学专业学生鲁迅》，解泽春译，《鲁迅研究月刊》2007年第11期。

续表

册数	课程名	页数*	学年	任课教师
第2册（328页）	血管学	123页	第1学年	藤野教授
	神经学	126页	第1学年	藤野教授
	局部解剖学	77页	第2学年	藤野教授
第3册（349页）	组织学	149页	第1学年	敷波教授
	生理学	198页	第1学年	横田教授
第4册（323页）	感觉器学	123页	第1学年	敷波教授
	内脏学	200页	第1学年	敷波教授
第5册（193页）	病理学	193页	第2学年	东教授 柏村教授
第6册（297页）	有机化学	296页	第1学年	佐野教授

*各册页数中包括标题页和空白页在内，但各门课笔记的页数中则不包括。

关于解剖学笔记的修改情况，坂井建雄在该文中如此写道："解剖学课是由敷波教授和藤野教授担任的，其课堂笔记被装订在6册中的第1、2、4册。第2册的血管学、神经学和局部解剖学笔记，藤野教授全都做了批改。血管学和神经学是第1学年的课，局部解剖学是第2年的课。第1册和第4册中有关解剖学的课堂笔记和第3、5、6册中解剖学以外的笔记上，有的画有下线以示强调，有的稍微做了修改订正，但都不是藤野教授的笔迹。《藤野先生》一文中写道：'他所改正的讲义，我曾经订成三厚本，收藏着的，将作为永久的纪念'。鲁迅的6册医学笔记中，解剖学的课堂笔记有3册，其中藤野教授用红笔批改最多的有1册。"①

关于藤野先生开始批改鲁迅笔记的情况，坂井建雄在随后的一篇文章中如此写道："藤野教授对鲁迅笔记的批改，从1年级过了两个月左右开始一直持续到2年级的局部解剖学笔记。鲁迅提交笔录的课堂笔记，藤野教授用红笔在鲁迅的笔记上进行批改。不过，鲁迅的解剖学笔记中缺少若干内容。血管学最后的部分，显然缺少一部分授课内容。一般说来，血管学课的结尾是有关静脉、胎儿循环、淋巴管的内容，鲁迅的笔记上没有这部分内容。神经学最后的

① ［日］坂井建雄：《从鲁迅医学笔记看医学专业学生鲁迅》，解泽春译，《鲁迅研究月刊》2007年第11期。

10页上没有批改的痕迹，临近学年末，鲁迅可能没有提交笔记。”①

据鲁迅的课堂笔记，解剖学总论由敷波教授讲授。不过，据研究，该门课程由敷波教授和藤野先生合上：“解剖学史，作为解剖学总论的一部分，安排在解剖学课的开头讲是最合适的。实际上，鲁迅周围学生的课堂笔记中，记述有解剖学史的内容，正好就是解剖学总论的开头讲的”；“根据鲁迅周围学生的课堂笔记，以及课程表等资料所做的推论，与《藤野先生》一文中所描写的藤野教授讲授的第一堂课的内容完全一致。鲁迅的课堂笔记中，虽然没有解剖学史的内容，但这并不能成为否定《藤野先生》中描写的依据。可以明确推断，鲁迅是在仙台医学专门学校学的解剖学史，是藤野教授在解剖学的第一堂课上讲授的”。②

要想了解鲁迅在仙台医专第一年的上课情况和笔记保存情况，有必要看一看他的成绩表：解剖学59.3分，丁，不及格；组织学72.7分，丙；生理学63.3分，丙；伦理83.0分，乙；德语60.0分，丙；物理学60.0分，丙；化学60.3分，丙；总平均65.5分，在142名同学中排名68。③ 由此可以得出以下结论：一、第一年学的解剖学课包括解剖学总论、骨骼学、韧带学、肌肉学、血管学、神经学、感觉器学、内脏学8门课程；二、鲁迅没有保存第一学年的德语、物理学、伦理学笔记。

现在根据以上研究成果梳理一下《藤野先生》中9次“讲义”的意思。出现“讲义”的9次文字依次为：“从此就看见许多陌生的先生，听到许多新鲜的讲义”（第1次），“我的讲义，你能抄下来么?”（第2次），“我交出所抄的讲义去”（第3次），“原来我的讲义已经从头到末，都用红笔添改过了”（第4次），“翻出我那讲义上的一个图来”（第5次），“本级的学生会干事到我寓里来了，要借我的讲义看”（第6次），“大略是说上年解剖学试验的题目，是藤野先生在讲义上做了记号”（第7次），“他所改正的讲义，我曾经订成三厚本”（第8次），“恰巧这讲义也遗失在内了”（第9次）。其意思分别为：第1次出现时是鲁迅对在仙台医专所上课程的概括介绍，所以确实意为“课，课程（课

---

① ［日］坂井建雄：《仙台医专的医学教育与藤野先生的授课情况》，解泽春译，《鲁迅与藤野先生》出版委员会编：《鲁迅与藤野先生》，中国华侨出版社，2008年版，第59页。

② ［日］坂井建雄：《关于鲁迅的第一堂解剖学课》，解泽春译，《鲁迅与藤野先生》出版委员会编：《鲁迅与藤野先生》，中国华侨出版社，2008年版，第78页。

③ ［日］渡边襄：《鲁迅与仙台》，鲁迅·日本东北大学留学百周年史编辑委员会编：《鲁迅与仙台：鲁迅留学日本东北大学一百周年》，解泽春译，中国大百科出版社，2005年版，第58页。

目)"[①]，也即《藤野先生》中两次写到的“功课”；第2次出现的“讲义”指有关血管学的讲课内容，所以应该意为藤野先生讲授的血管学；第3次出现的“讲义”指藤野先生尚未批改的血管学笔记，第4、5、7次出现的“讲义”指藤野先生批改过的血管学和神经学笔记，由于这两门课程都属于解剖学，因此第3、4、5、7次出现的“讲义”可以统称为解剖学笔记；由于《藤野先生》中并未写明“本级的学生会干事到我寓里来了”借什么“讲义”看，估计干事也不会只借解剖学笔记看——这样做针对性太强，所以，第6次出现的“讲义”当指鲁迅在仙台医专第一学年的课堂笔记；第8、9次出现“讲义”指“订成三厚本”的第1、2、4册解剖学笔记。

二、关于“失而复得”问题

在《藤野先生》中，鲁迅如此写道：“他所改正的讲义，我曾经订成三厚本，收藏着的，将作为永久的纪念。不幸七年前迁居的时候，中途毁坏了一口书箱，失去半箱书，恰巧这讲义也遗失存内了。责成运送局去找寻，寂无回信。”1976年，鲁迅博物馆成立了鲁迅研究室，编辑出版《鲁迅研究资料》，叶淑穗（署名叶子）在该刊1980年第4辑发表了一篇题为《鲁迅〈解剖学笔记〉与藤野先生》的“补白”，文中首次披露“1951年绍兴人民政府和当地人民在鲁迅的家乡发现了鲁迅家藏的三箱书，从中找到鲁迅的《解剖学笔记》一共6厚册”等。该文发表后，三箱书经手人之一的张能耿撰文指出：“从中发现了鲁迅少年时代手抄的《二树山人写梅歌》并经鲁迅批注过的《花镜》和他在南京读书时的四本数学手抄本：几何、开方、八线、开方提要。其中并无《解剖学笔记》，说该《笔记》是在绍兴发现，这是弄错的。”[②] 遗憾的是，张能耿的纠正并未得到人们重视，叶淑穗的说法却“已成为学界和社会共识”[③]。谷先生根据当事者王鹤照、张能耿的回忆和《绍兴鲁迅纪念馆大事记（1949—1988)》的相关记载得出结论：“其一，仙台讲义是否真的从绍兴发现（找到)？答案是，否。即，在绍兴发现的是南京手抄本，不是仙台讲义。其二，鲁迅记忆有误，误在哪里？答案是，误在：仙台讲义没有遗失，也没有放在寄存的三

---

① 谷兴云：《鲁迅用词“讲义”研究——兼评〈鲁迅大辞典〉相关条目》，谷兴云：《鲁海求索集》，百花文艺出版社，2018年版，第186页。

② 张能耿：《鲁迅与绍兴有关人物·鲁迅与张梓生》，张能耿：《鲁迅早期事迹别录》，河北人民出版社，1981年版，第206页。

③ 谷兴云：《鲁迅“医学笔记”是“失而复得”吗——对仙台讲义问题的考辨》，《中华读书报》，2020年7月22日。

箱书中，它原本就在运回北京的书箱里（并非‘带回北京的书中根本就没有医学笔记’），以后一直保存于鲁迅家中；也就是说，没有‘失而复得’这回事。”[①]

对第一个结论，笔者不但完全赞同，并且可以补充两个理由：其一，1919年12月鲁迅搬家时，在搬了8箱书到北京[②]的情况下，将他非常重视的“讲义”寄存在绍兴的可能性很小；其二，结合鲁迅1924年3月15日的日记可以推断，寄存的三箱书中没有“讲义”。鲁迅在该日日记中写道：“旧存张梓生家之书籍运来，计一箱，检之无一佳本。”[③] 至于“运来”的原因，可从以下文字中找到线索：“张梓生父亲原在清江浦搞水利工程，后来殉职在任所。由于孤儿寡母，内受族叔欺凌，外受乡里重加赋役，无法生活，一九二二年间，把家产变卖典质殆尽，一家流离到上海。”[④] 据笔者研究，在回忆的四要素时间、人物、地点、事件中，时间出错的可能性最大：“就时间而言，日复一日、月复一月、年复一年，周而复始，加上人们平时并不注意具体日期，所以要想准确回忆具体时间是很难的，除非出现以下情况：‘当你试图回忆某一事件的发生日期时，除非你能够回忆起其他某种更为显著的信息（如那次参观博物馆是作为你的生日庆典的一个部分而安排的），从而得以将日期建构出来，否则，你就有可能作出错误的，甚至是相差甚远的错误回忆。’”[⑤] 根据鲁迅收到“旧存张梓生家之书籍”的时间，笔者认为张梓生“把家产变卖典质殆尽，一家流离到上海”的时间是1924年3月。当然，也存在另外两种可能：第一，张梓生1922年间“家产变卖典质殆尽，一家流离到上海”后，1924年3月回到绍兴将寄存的部分藏书寄给鲁迅；第二，张梓生1922年间“家产变卖典质殆尽，一家流离到上海”时，将寄存的部分藏书带到上海，然后于1924年3月寄给鲁迅。不过，这两种可能性都很小，最后一种可能性几乎为无。尽管无法确定具体时间，却可以确定张梓生“把家产变卖典质殆尽，一家流离到上海”时，曾经打开过鲁迅寄存的三只书箱，并将其中一部分于1924年3月寄给鲁迅。由此可以得出以下两个结论：第一，张能耿他们1953年3月16日取回的“当

① 谷兴云：《鲁迅“医学笔记”是“失而复得”吗——对仙台讲义问题的考辨》，《中华读书报》，2020年7月22日。

② “解放后，有一次周建人先生来参观故居，当他走到南屋的时候，顺便告诉我存在那里的八只书箱是一九一九年鲁迅先生从绍兴搬出来的。”见许羡苏：《回忆鲁迅先生》，鲁迅研究室编：《鲁迅研究资料·3》，文物出版社，1979年版，第212—213页。

③ 鲁迅：《鲁迅全集》第15卷，人民文学出版社，2005年版，第504页。

④ 张能耿：《鲁迅与绍兴有关人物·鲁迅与张梓生》，张能耿：《鲁迅早期事迹别录》，第205页。

⑤ 廖久明：《回忆录的定义、价值及使用态度与方法》，《当代文坛》2018年第1期。

年鲁迅家寄存的三箱藏书”并非全部[①]，其中的一部分已于 1924 年 3 月寄给鲁迅；第二，根据日记中的“检之无一佳本”可以推断，张梓生根据自己的判断将三箱藏书中的“佳本”挑选出来寄给了鲁迅，并写信告诉了鲁迅[②]，鲁迅却认为“无一佳本”——由此可知，鲁迅只是将他认为不重要的书籍寄存在张梓生家。既然张梓生根据自己的判断将三箱藏书中的“佳本”挑选出来寄给了鲁迅，意味着他翻阅过寄存的藏书。结合以下两个事实可以推断，三箱藏书中确实没有仙台医专讲义：第一，据统计，同在上海的张梓生 1929 年拜访了鲁迅 7 次，收录有《藤野先生》的《朝花夕拾》出版时间是 1928 年 9 月，在这种情况下，张梓生没有阅读过《朝花夕拾》的可能性很小；第二，鲁迅逝世后，张梓生在《文集》第 1 卷第 2、3、4、5 期（1938 年 5 月 13、23 日，6 月 3、13 日）连载了《关于鲁迅的一生》，该文“通过对鲁迅作品的介绍与分析，串联起对鲁迅的评价”[③]，《关于鲁迅的一生》提及《朝花夕拾》，意味着至少写这篇连载文章时看过。换句话说，在张梓生一生中，只要他看过一次《朝花夕拾》，便会看见《藤野先生》中有关“讲义”的叙述。假设三箱藏书中有“讲义”，翻阅过这些藏书的他，应该告诉鲁迅或许广平或周海婴[④]，或通过写文章告诉大家。事实上这些事情都未发生，由此意味着三箱藏书中没有“讲义”。

对第二个结论，笔者更认同叶淑穗的答复：“而今，所有当事者，均离我们而远去了，对此仙台医专讲义的来历，只能存疑了，有待后人来解惑吧”，理由为“许广平先生保存的鲁迅遗物中未见‘仙台医专讲义’”。不过，笔者认为有必要对答复文章中有关“鲁迅博物馆接收仙台医专讲义的经过”的说法发表一点看法。

关于“鲁迅博物馆接收仙台医专讲义的经过”，叶淑穗这样写道：

---

① 《绍兴鲁迅纪念馆大事记（1949—1988）》有如此记载：1953 年 3 月 13 日，“查阅三箱藏书，发现内有鲁迅在南京求学时期手抄的《开方》、《开方提要》、《几何学》、《八线》等极为珍贵的文物”；4 月 2 日，“整理三箱藏书，并初步鉴定、编目”。

② 1924 年 3 月 14 日鲁迅日记中有如此记载：“下午得张梓生信。”见《鲁迅全集》第 15 卷，人民文学出版社，2005 年版，第 504 页。

③ 孙兴武：《鲁迅与张梓生交往研究拾遗》，《上海鲁迅研究·鲁迅与期刊》，上海社会科学院出版社，2019 年版，第 144 页。

④ 鲁迅逝世后，时在南京太平路开明书店的张梓生于 1936 年 10 月 29 日曾致信许广平与周海婴，见《张梓生致许广平》，周海婴编，北京鲁迅博物馆注释：《鲁迅、许广平所藏书信选》，湖南文艺出版社，1987 年版，第 332 页。

查鲁迅博物馆文物账，这六册仙台医专讲义是鲁迅博物馆建馆前的1956年6月，许广平先生向鲁迅博物馆捐赠第一批文物时捐赠的。

当时接收鲁迅文物的是许羡苏先生（鲁迅的学生、许广平的同学和好友），许羡苏先生也是鲁迅博物馆最早从事鲁迅文物保管的前辈，本人是先生的助手，1956年7月从部队转业到鲁迅博物馆工作。许广平先生捐赠此件文物时，本人还未到鲁博工作。后来在整理文物和将文物分类编账时，我曾问过许羡苏先生此文物的来历，许羡苏先生告诉我，“许广平先生说是绍兴派人送来的”，这一点我记忆犹新，但当时就没有再细问，甚至坚信无疑，因为那时已知在绍兴发现了三箱书，主观认为这六册讲义是从那里发现的。①

笔者阅读了许羡苏写作于1961年6月30日的《回忆鲁迅先生》后认为，“许羡苏先生告诉我，‘许广平先生说是绍兴派人送来的’”的说法可能是记忆错误。在《回忆鲁迅先生》中，有两节标题分别是“藤野先生”和“故居南屋的八只书箱”，只字未提“讲义”问题。毕业于北京女子高等师范学校的许羡苏，她应该知道“讲义”下落的重要性，如果许广平确实对她说过“是绍兴派人送来的”，她应该会在文章中交代一下。当然，许羡苏没有写的原因也有可能是认为不便写、没有必要写或者已经忘记此事。如果是认为不便写，似乎找不到不便写的理由；如果是认为没有必要写，说明许羡苏未能认识到“讲义”下落的重要性；如果已经忘记此事，时间过去不到五年，可能性不大。由于所有可能性都不大，所以最好的办法是“存疑”，哪怕只能一直“存疑”下去。

看看以下采访文字可以知道，“许羡苏先生告诉我，‘许广平先生说是绍兴派人送来的’”的说法确实有可能是记忆错误：

一说到鲁博，叶淑穗首先想到的就是鲁迅夫人许广平。她跟许先生是广东番禺老乡，是能聊得来的忘年交。每次许广平来馆，或者陪外宾，都由叶淑穗她们接待或做讲解。许广平每次捐献鲁迅文物，没有仪式，就是拿复写纸写个收据，接交手续就算完成了。老同学许羡苏调到鲁博工作后，许先生就更放心了，愿意把东西交到博物馆，陆续找到什么就交什么。

“有一天许先生通知我们去取新找到的鲁迅文物，使我们惊奇的

① 叶淑穗：《答谷兴云先生“对仙台讲义问题的考辨”》，《中华读书报》，2020年9月2日。

是——这文物竟是鲁迅在《藤野先生》文中曾写过，丢失了的六册医学笔记。据许先生说，这是绍兴交来的。日本学者对此很感兴趣，多次来馆研究。”①

两相比较可以知道，叶淑穗两次回忆的内容不同：2014年记者采访时说，许广平在将“仙台医专讲义”交给鲁迅博物馆时，自己在现场；2020年查阅鲁迅博物馆文物账后，在写作的文章中又说自己不在现场。根据《日本学者的研究及有关结论》部分可以知道，日本学者泉彪之助对鲁迅的“仙台医专讲义”进行研究的最早时间是1993年8月，许广平1956年6月捐赠时不可能说出“日本学者对此很感兴趣，多次来馆研究”这样的话。

综上所述，笔者认为，可以这样为《藤野先生》中的“讲义”作注：“现存鲁迅在仙台医学专门学校的课堂笔记共6册，许广平于建馆前的1956年6月向鲁迅博物馆捐赠第一批文物时捐赠。以第1学年的课堂笔记为主且并非全部，鲁迅曾在包装纸上亲笔写有‘仙台医专讲义录’。解剖学笔记为其中的第1、2、4册，第1册包括解剖学总论、骨骼学、韧带学、肌肉学的笔记，第2册包括血管学、神经学、局部解剖学的笔记，第4册包括感觉器学、内脏学的笔记，这些课程由敷波、藤野‘两个教授分任’，藤野先生仅对自己讲授的第2册笔记的大部分内容进行了批改，对自己前两个月讲授的解剖学总论（与敷波教授合上）、肌肉学笔记未进行批改。文中9次出现的‘讲义’指涉的对象第1次意为鲁迅在仙台医专所上的全部课程，第2次意为藤野先生讲授的血管学，第6次意为鲁迅在仙台医专第一学年的课堂笔记，第3、4、5、7、8、9次意为鲁迅所做的解剖学笔记，其中第3次指藤野先生尚未批改的血管学笔记，第4、5、7次指藤野先生批改过的血管学和神经学笔记，第8、9次指‘订成三厚本’的解剖学笔记。”

---

① 陈国华：《隐匿在鲁迅故居的流光碎影》，《北京青年报》，2014年8月12日。

再谈《木刻纪程》出版广告是否是鲁迅的佚文

葛　涛　鲁迅博物馆

内容摘要：学术界对于《文学》杂志第三卷五号刊登的《木刻纪程》的出版广告是否是鲁迅的手笔，一直没有定论。本文通过梳理鲁迅与《文学》杂志编辑人的交往经过，并结合这则出版广告在开头标明的“中国青年作家出品”这一关键信息，在鲁迅的多封书信中查到鲁迅并没有用“木刻家”来称呼《木刻纪程》一书中的8位木刻作者，而是用“中国青年作家”“中国新作家”“中国青年”来称呼，而这几个称呼都与这则出版广告在开头标注的“中国青年作家出品”这一称呼相近，这也从另一个角度证明这则出版广告是鲁迅的手笔。

关键词：鲁迅　木刻　广告　青年作家　木刻家

1934年11月1日出版的《文学》杂志第三卷五号刊登了一则《木刻纪程》的出版广告，倪墨炎在1981年发表文章指出这则“告白”（笔者按：鉴于《木刻纪程》一书中附录了一则“告白”，而且这则“告白”已经收入《鲁迅全集》之中，为了区别这两篇文章，笔者建议把《文学》杂志三卷五号刊登的关于《木刻纪程》的文字介绍称为广告）。但是倪墨炎的观点并没有得到广泛的认可，尤其是没有得到负责编辑人民文学出版社2005年版《鲁迅全集》的有关专家的认可，因此这则出版广告也没有被收入人民文学出版社2005年版《鲁迅全集》之中。不过，刘运峰把这则出版广告收入了他主编的《鲁迅佚文全集》（群言出版社，2001年版）和《鲁迅全集补遗》（天津人民出版社，2006年版）之中。另外，刘运峰又在《现代中文学刊》2021年第8期发表了《新发现的鲁迅〈木刻纪程〉出版广告》一文认为这则出版广告是鲁迅的佚文。刘运峰的这篇文章发表后引起了鲁迅研究界一些学者的争论，认为刘运峰在文章中所举出的理由不够充分，还无法确证这则出版广告是鲁迅拟写的，因此也不能认同这则出版广告是鲁迅的佚文。笔者认为应当查阅《文学》杂志以及鲁迅和参与《文学》杂志编辑工作的茅盾、郑振铎、傅东华、黄源等人士的交往情况，才能确认这则出版广告是鲁迅的佚文。

一、倪墨炎在《〈木刻纪程〉出版告白》一文中的观点

倪墨炎在1981年8月30日撰写了《〈木刻纪程〉出版告白》一文，引用了在1934年11月1日出版的《文学》月刊第三卷第五号上的一则关于《木刻纪程》的"告白"[①]：

> 中国青年
>
> 《木刻纪程》（第一辑）出版
>
> 作家出品
>
> 内皆去今两年中的木刻图画，由铁木艺术社选辑，人物风景静物具备，共二十四幅，用原刻木版，中国纸精印，订成一册。只有八十本发售。爱好木刻者，以速购为佳。实价大洋一元，邮购加寄费一角四分。上海北四川路底内山书店代售。[②]

倪墨炎通过梳理鲁迅编印《木刻纪程》一书的过程，认为这则"告白"是鲁迅的手笔，应当收入《鲁迅全集》，并举出了如下几点理由：

> 《木刻纪程》从编辑、写序到印订、发行，都是鲁迅一人经手的，除许广平帮助做些事务性工作外，别无他人插手。这则告白，自当出自鲁迅之手，不可能有第二人。这本画集由内山书店"代售"，售去一本拿一本的回扣，是不会出钱来登广告的，因而代售店撰写这则告白的可能性也不存在。其次，鲁迅历来有事必躬亲的作风，他为未名社、朝花社、三闲书屋的书都曾亲拟广告，这次告白为鲁迅亲拟并非偶然。再次，实事求是、朴实无华的文风，也是鲁迅所亲拟广告的共同特色。最后，鲁迅是《文学》月刊编委之一，这则告白很可能是利用补白的义务广告，即不付费用的。我推断它出自鲁迅的手笔，即根据上述的这几点理由。[③]

---

① 笔者按：倪墨炎引用这则"告白"的内容有几处标点符号与原刊文不同。

② 佚名：《〈木刻纪程〉（第一辑）出版》，《文学》月刊第3卷第5号。

③ 倪墨炎：《〈木刻纪程〉出版告白》，倪墨炎：《倪墨炎书话》，北京出版社，1998年版，第211—212页。

但是，倪墨炎的上述观点没有得到有关专家的认可，也就是说，确认这则《木刻纪程》出版广告是鲁迅的手笔还缺乏有力的证据。

附带指出，倪墨炎在写这篇文章之前的9天，即1981年8月21日，写了《鲁迅推荐〈萧伯纳在上海〉》一文，指出1934年上海联华书局出版的《解放了的董吉诃德》一书的书末有一篇题为《萧伯纳在上海》的介绍性文字，这篇介绍性文字应当出自鲁迅的手笔。倪墨炎对这篇介绍性文字的考证，提出了如下几点原因："因为它的内容和鲁迅为这本书写的序言，是一致的"；"它和《文艺连丛》的广告一起刊载在《解放了的董吉诃德》的书末……两则广告同时刊登在鲁迅编的书上，一则是鲁迅所写，另一则也是鲁迅所写，是比较合乎情理的"；"了解《萧伯纳在上海》的编辑过程的，不外乎四个人：鲁迅、瞿秋白、许广平、杨之华。后两人写广告的可能性可以排除。而在《解放了的董吉诃德》发稿付印之时，瞿秋白早已离开上海去中央苏区了，因而瞿秋白也不可能写这则广告。唯一能写这则广告的，只有鲁迅！"[①] 倪墨炎的上述观点得到了负责编辑人民文学出版社2005年版《鲁迅全集》的有关专家的认可，因此这则题为《萧伯纳在上海》的出版广告也被收入人民文学出版社2005年版《鲁迅全集》之中。

倪墨炎首先发现了这两则出版广告，并通过考证认为这两则广告都是鲁迅的手笔，虽然倪墨炎对《木刻纪程》出版广告的考证结果没有被人民文学出版社2005年版《鲁迅全集》的编者采纳，但是他的上述考证文章为后来的研究者继续考证《木刻纪程》出版广告奠定了基础。

二、刘运峰在《新发现的鲁迅〈木刻纪程〉出版广告》一文中的观点

在倪墨炎提出《文学》月刊第三卷第五号上刊登的《木刻纪程》"告白"是鲁迅的手笔过了40年之后，刘运峰于2021年在《新发现的鲁迅〈木刻纪程〉出版广告》一文中再次提出这则《木刻纪程》的出版广告是鲁迅的佚文：

> 那么，何以见得这则广告就是出自鲁迅之手呢？第一，广告的内容与书中的《告白》相近；第二，行文风格与鲁迅一致；第三，广告中所提及的木刻题材、图版数量、用纸、印数、定价、代销地点等等细节，除了鲁

① 倪墨炎：《鲁迅推荐〈萧伯纳在上海〉》，倪墨炎：《倪墨炎书话》，北京出版社，1998年版，第214—215页。

> 迅本人，没有人知道得如此清楚。
>
> 而且，鲁迅曾是《文学》编委会成员，在《文学》上发表一则补白式的广告，是顺理成章的事。何况，此前的1933年12月1日，鲁迅就在《文学》第1卷第6期上刊发《北平笺谱》广告，之后的1935年5月1日，鲁迅也在《文学》第4卷第5期上刊发《十竹斋笺谱》广告，作为刊物曾经的编委和资深作者，鲁迅的这点“特权”还是有的。[①]

刘运峰的这篇文章在8月18日被《现代中文学刊》的微信公众号首先转发之后，在“现代文学茶馆”微信群中引起了一些学者的争议，这些学者认为证据不足，仍然不能确定这则出版广告是鲁迅的佚文。

三、鲁迅与《文学》杂志几位编辑的交往及在《文学》杂志发表的文章

1933年7月1日，《文学》杂志在茅盾、郑振铎、傅东华的努力下正式出版[②]。该刊共有10位编委，包括鲁迅。鲁迅应茅盾之邀担任该刊的编委，但为了避免给鲁迅带来麻烦，所以在杂志上只刊登了茅盾等9位编委的名字。鲁迅很支持这本杂志，在创刊号上就发表了《又论“第三种人”》和《谈金圣叹》这两篇文章；在第一卷第二期上发表了《我的种痘》和《辩“文人无行”》这两篇文章。但是《文学》杂志第一卷第二期上还发表了伍实（主编傅东华的化名）《休士在中国》一文。鲁迅在7月29日就看到了这期杂志，并对《休士在中国》一文强烈不满，当天就写信给《文学》杂志反驳《休士在中国》一文对自己的污蔑。茅盾代表《文学》杂志编委会处理了这次纠纷。最后，《文学》杂志在第一卷第三期刊登了鲁迅的这封来信和《文学》杂志编委会给鲁迅的信，正式向鲁迅道歉，此外还有伍实（傅东华）致《文学》杂志编委会的信，解释《休士在中国》一文存在一些误会。虽然这次纠纷在茅盾的努力下化解了，但是鲁迅还是决定辞去编委职务，并且决定不再向《文学》投稿。

1934年1月22日，郑振铎来到上海，当晚就拜访鲁迅，并携来《北平笺谱》一函六本。1月26日，茅盾和郑振铎一起拜访鲁迅，解释《休士在中国》一文存在的问题，谈到准备以出版专号的方式来应对国民党政府的审查，并请

---

① 刘运峰：《新发现的鲁迅〈木刻纪程〉出版广告》，《现代中文学刊》2021年第8期。

② 笔者按：《文学》杂志在第一卷署名编辑者文学社，从1934年1月1日出版的第二卷第一期开始署名编辑者为傅东华、郑振铎。

求鲁迅继续支持《文学》杂志。鲁迅由此对《文学》杂志的态度有所缓解，并当场把自己翻译的西班牙作家巴罗哈的小说《山中笛韵》投稿给《文学》杂志。茅盾、郑振铎等《文学》杂志的编委高度重视鲁迅投来的文章，以最快的速度，将其刊登在3月1日出版的《文学》杂志第二卷第三号（也是“翻译专号”）上（署名：张禄如）。附带指出，《文学》杂志第二卷第四号（也是“创作专号”）、第二卷第五号（也是“弱小民族文学专号”）、第二卷第六号（也是“中国文学研究专号”）都没有刊登鲁迅的文章，不过第二卷第六号（1934年6月1日出版）刊登了《引玉集》的广告，其全部文字内容如下：

> 敝书屋搜集现代版画，已历数年，西欧重价名作，所得有限，而新俄单幅及插画木刻，则有一百余幅之多，皆用中国白纸换来，所费无几。且全系作者从原版手拓，与印入书中及锌版翻印者，有霄壤之别。今为答作者之盛情，供中国青年艺术家之参考起见，特选出五十九幅，嘱制版名手，用玻璃版精印，神采奕奕，殆可乱真，并加序跋，装成一册，定价低廉，近乎赔本，盖近来中国出版界之创举也。但册数无多，且不再版，购宜从速，庶免空回。上海北四川路底施高塔路十一号内山书店代售，函购须加邮费一角四分。三闲书屋谨白。①

这则出版广告因为在介绍文字的最后注明“三闲书屋谨白”，所以毫无争议地作为鲁迅的文章被收入人民文学出版社1981年版《鲁迅全集》之中。附带指出，1981年版《鲁迅全集》收入这则《引玉集》出版广告时，删掉了标题中的一些文字，并另拟标题为《〈引玉集〉出版广告》，这就破坏了鲁迅原文的完整性。《文学》杂志第二卷第六号刊登的《引玉集》出版广告的原文如下：

> 最新木刻　　　　　　限定版二百五十本
>
> 　　　　　　引玉集
>
> 原拓精印　　　　　　每本定价一元五角
>
> （此处略去上面引用的广告的正文）

上述文字不仅介绍了《引玉集》具有“最新木刻”“原拓精印”的特点，

---

① 三闲书屋：《引玉集》，《文学》第二卷第六号。

而且介绍了《引玉集》的印数、定价等关键信息，可以说是这则广告最突出介绍的内容，不是可有可无的文字；因此笔者建议新版《鲁迅全集》在收录《引玉集》出版广告时应当恢复上述文字。此外，“三闲书屋谨白”是与“函购须加邮费一角四分”这些文字同行排印的，而《鲁迅全集》收录时则错误地把“三闲书屋谨白”另起一行，不与“函购须加邮费一角四分”这些文字同行。

鲁迅不仅继续投稿支持《文学》杂志，而且也扶持一些青年木刻家，开始推荐一些青年木刻家的木刻作品给《文学》杂志刊登。下面就列出鲁迅在《文学》杂志发表的文章，以及他推荐给《文学》杂志发表的青年木刻家的木刻作品名录。其中罗清桢、张慧、张望都有木刻作品被鲁迅编入《木刻纪程》一书之中。

1934 年 7 月 1 日出版的《文学》第三卷第一号，刊登罗清桢木刻四幅：《韩江舟子》《爸爸还在工厂里》《向何处去》《赌徒》。1934 年 8 月 1 日出版的《文学》第三卷第二号，有鲁迅（署名：许遐）翻译的高尔基文章《我的文学修养》，在这篇文章之后刊登了罗清桢木刻二幅：《愁》《夜渡》。1934 年 9 月 1 日出版的《文学》第三卷第三号，刊登罗清桢的三幅木刻（《倦息》《浦江晚眺》《在路灯之下》）和张慧的三幅木刻（《溪光船影》《前进是光明的》《泊》）。1934 年 10 月 1 日出版的《文学》第三卷第四号，有鲁迅（署名：直）的杂文《做“杂文”也不易》，和散文《忆韦素园君》。1934 年 11 月 1 日出版的《文学》第三卷第五号，有鲁迅（署名：隼）的杂文《“以眼还眼”》，同期刊登了《木刻纪程》出版广告。1934 年 12 月 1 日出版的《文学》第三卷第六号，没有鲁迅的文章，该期刊登了木刻四幅，有张望的两幅木刻（《浪》《风景》）和罗清桢的两幅木刻（《母女同归》《三农妇》）。1935 年 2 月 1 日出版的《文学》第四卷第二号，有鲁迅的文章《病后杂谈》。1935 年 3 月 1 日出版的《文学》第四卷第三号，有鲁迅的文章《病后余谈》，该期刊登了罗清桢的木刻《逆水行舟》和张慧的木刻《绿了芭蕉》。1935 年 4 月 1 日出版的《文学》第四卷第四号，有鲁迅的文章《论讽刺》（署名：敖）和《非有复译不可》（署名：庚）。1935 年 5 月 1 日出版的《文学》第四卷第五号，有鲁迅的文章《人生识字糊涂始》（署名：庚）和《“文人相轻”》（署名：隼）；1935 年 6 月 1 日出版的《文学》第四卷第六号，有鲁迅的文章《不应该那么写》（署名：洛）和《再谈“文人相轻”》（署名：隼）。1935 年 7 月 1 日出版的《文学》第五卷第一号，有鲁迅的文章《“题未定草”（一至三）》和《文坛三户》（署名：干）；1935 年 8 月 1 日出版的《文学》第五卷第二号，有鲁迅的文章《几乎无事的悲剧》（署名：旁）和《三论“文人相轻”》（署名：隼）；1935 年 9 月 1 日出版的

《文学》第五卷第三号，有鲁迅的文章《四论“文人相轻”》（署名：隼）和《五论“文人相轻”》（署名：隼）。1935年10月1日出版的《文学》第五卷第四号，有鲁迅的文章《六论“文人相轻”》（署名：隼）和《七论“文人相轻”》（署名：隼）。

由此可以看出鲁迅与《文学》杂志的关系已经大为缓和，继续大力支持《文学》杂志，甚至可以说鲁迅是该刊的重要作者之一。《文学》杂志以补白形式免费刊登鲁迅编印书籍的出版广告，也可以视为对鲁迅大力支持的回报。

四、《文学》杂志刊登的《引玉集》出版广告

《文学》杂志第一卷第一号在末尾有《〈文学〉启事》，内容如下：

> 本月刊由文学社负责编辑，凡关于投稿，接洽编辑上各种事务，及交换寄赠书报等，均请与上海拉都路敦和里五号文学社接洽。惟关于零售、订阅，批购等发行及广告种种事务，请向上海陶尔斐司路中生活书店接洽。各界赐函，幸勿误投，以免转辗延搁。[①]

由此可以看出，《文学》杂志的编辑只负责稿件的编辑事务，刊登广告等事务都是由生活书店负责。

另外，与这则“启事”并排的位置还刊登了《文学》杂志的《广告价目》，大致内容摘录如下：广告的“等级”分为“特等”“优等”“上等”“普通”，其中“普通”类广告的“地位”（即刊登在杂志中的具体位置）是“正文中正文后”；“普通”类广告每期刊发的价格是“全面，四十元”，“半面，廿四元”，“四分之一，十四元”。

《文学》杂志第二卷第六号（1934年6月1日出版）刊登的《引玉集》出版广告，其位置在一篇文章之后空白的地方，大致占了四分之一个页面，如果按照《广告价目》算起来，刊登这则广告需要和生活书店接洽，并支付十四元的广告费。但是，鉴于鲁迅对于《文学》杂志的重要性，《文学》杂志会向鲁迅收取广告费吗？笔者估计《文学》杂志在正文中的空白的位置刊登鲁迅编印的《引玉集》的出版广告，是不会向鲁迅收取广告费的。

从鲁迅日记可以看出鲁迅编印《引玉集》后与《文学》杂志的交往。

---

① 文学社：《〈文学〉启事》，《文学》第一卷第一号。

鲁迅在1934年3月1日的日记记载："……午后编《引玉集》毕，付印。"[①] 而1934年3月1日出版的《文学》杂志第二卷第三号（"翻译专号"）刊登了鲁迅（署名：张禄如）翻译的《山中笛韵》。鲁迅在3月12日的日记中记载："……收文学社稿费六十一元。"[②]《山中笛韵》在《文学》杂志的发表，标志着鲁迅与傅东华之间的矛盾基本化解，开始重新投稿给《文学》杂志。而鲁迅在《引玉集》付印之后，肯定也想在《文学》杂志上刊登广告性的文字来扩大《引玉集》的社会影响，并希望通过销售来收回一些编印的成本。

鲁迅日记在1934年4月和5月都有和茅盾见面的记载。如鲁迅在1934年4月20日的日记中记载："……晚方璧来邀夜饭，即与广平携海婴同去，同席共九人。"[③] 这里的"方璧"就是茅盾。

而《引玉集》在5月23日就从东京的洪洋社寄给鲁迅了。鲁迅在1934年5月23日的日记中记载："……上午洪洋社寄来《引玉集》三百本，共工料运送泉三百四十元。"[④] 鲁迅肯定也知道《引玉集》大致的出版时间，所以提前拟写好一则介绍性文字，争取在《引玉集》出版之后就尽快在《文学》杂志刊登。从6月1日出版的《文学》杂志刊登《引玉集》的广告来看，鲁迅很可能在4月份，至迟在5月初，就把这则《引玉集》的出版广告交给茅盾了。因为《文学》杂志署名的编辑人是傅东华、郑振铎（常居北京），编辑是黄源（没有在刊物上署名，负责实际编辑工作，当时和鲁迅尚不熟悉），但《文学》杂志的领袖人物是茅盾。茅盾和郑振铎于1月26日拜访鲁迅并成功化解鲁迅和《文学》杂志主编傅东华之间的矛盾之后，以最快的速度将鲁迅在当日交给他们的《山中笛韵》刊登在3月1日出版的《文学》杂志上。在此之后鲁迅将《引玉集》出版广告交给茅盾转交《文学》杂志刊登，可能性就比较大了。

1934年5月，鲁迅日记中有两次和茅盾会面的记载。鲁迅在1934年5月24日的日记中记载："……上午以《引玉集》分寄相识者。寄雾城信。寄保宗信。……寄西谛信。"[⑤] 这里的"保宗"就是茅盾，"西谛"就是郑振铎。鲁迅在1934年5月27日的日记中记载："……晚邀莘农夜饭，且赠以《引玉集》一本，并邀保宗。"[⑥] 这里的"保宗"也是茅盾。

---

① 鲁迅：《鲁迅全集》第15卷，人民文学出版社，1981年版，第136页。本文引用鲁迅文字均来源于这一版本，后不赘述。

② 鲁迅：《鲁迅全集》第15卷，第137页。

③ 鲁迅：《鲁迅全集》第15卷，第143页。

④ 鲁迅：《鲁迅全集》第15卷，第149页。

⑤ 鲁迅：《鲁迅全集》第15卷，第149—150页。

⑥ 鲁迅：《鲁迅全集》第15卷，第150页。

1934年6月1日，《文学》第二卷第六号出版，刊登了鲁迅以“三闲书屋”名义拟写的《引玉集》出版广告。考虑到《文学》杂志虽然在目录页注明是每月一日出版，但实际上经常提前就印刷好并寄给作者了，如鲁迅在1933年7月29日就收到注明在8月1日出版的《文学》杂志第一卷第二号；因此，笔者推测，鲁迅在5月27日邀请茅盾赴宴时可能就已经收到《文学》第二卷第六号了。此外，鲁迅很可能是在4月20日和茅盾会面时把《引玉集》出版广告交给茅盾，请他转交《文学》杂志刊登。

五、这则《木刻纪程》出版广告是鲁迅撰写的吗?

从鲁迅日记可以梳理出鲁迅编印《木刻纪程》一书的过程，以及在此期间他和茅盾、郑振铎等《文学》杂志人士的交往。

> 7月18日：“……下午编《木刻纪程》并作序目讫。”①
> 7月21日：“雨。上午同保宗往须藤医院诊，云皆胃病。”②
> 7月30日：“……午后收八月分《文学》稿费二十四元……得西谛信，附致保宗笺，即为转寄。”③

按：1934年8月1日出版《文学》第三卷第二号刊登了鲁迅（署名：许遐）的译文《我的文学修养》（原作者高尔基），在这篇文章之后的空白处刊登了罗清桢的木刻作品《愁》和《夜渡》（由鲁迅推荐给《文学》杂志）。

> 8月5日：“……生活书店招饮于觉林，与保宗同去，同席八人。”④
> 8月14日：“……编《木刻纪程》讫，付印。”⑤
> 8月15日：“……上午复西谛信。寄保宗信。”⑥
> 9月2日：“……下午保宗及西谛来，并赠《清人杂剧》二集一部十二本，名印两方。河清来。”⑦

---

① 鲁迅：《鲁迅全集》第15卷，第160页。
② 鲁迅：《鲁迅全集》第15卷，第160页。
③ 鲁迅：《鲁迅全集》第15卷，第161页。
④ 鲁迅：《鲁迅全集》第15卷，第163页。
⑤ 鲁迅：《鲁迅全集》第15卷，第164页。
⑥ 鲁迅：《鲁迅全集》第15卷，第165页。
⑦ 鲁迅：《鲁迅全集》第15卷，第168页。

9月4日：“……晚望道招饮于东亚酒店，与保宗同往，同席十一人。”①

9月6日：“……午后作短评一篇与文学社。”②

按：这篇文章即《做“杂文”也不易》。③

9月30日：“……得罗清桢信。夜作《解杞忧》一篇，约二千字。”④

10月1日：“……下午雨。复罗清桢信。晚……寄保宗信并稿一篇。”⑤

按：《解杞忧》即《“以眼还眼”》，鲁迅在10月1日将其稿寄给茅盾，刊登于1934年11月1日出版的《文学》第三卷第五号，同期刊登了《木刻纪程》出版广告。

10月2日：“……茅盾来并赠《短篇小说集》一本。晚寄《动向》稿一篇”。⑥

10月3日：“……《木刻纪程》（一）印成，凡一百二十本。”⑦

综合以上鲁迅日记的有关内容，可以看出鲁迅在7月18日就编好了《木刻纪程》一书的序目，并写好了序言。8月14日，鲁迅编定《木刻纪程》一书，并付印。为了扩大这本书的社会影响，并收回一些编印成本，鲁迅肯定要设法在有关报刊刊登介绍《木刻纪程》一书的广告。另外，从鲁迅致友人的书信中也可以看出鲁迅知道《木刻纪程》大概在9月底10月初正式印刷完成，因此，鲁迅也会想办法于10月初在一些报刊刊登介绍这本书的广告性文字。检索有关数据库，目前只看到1934年11月1日出版的《文学》杂志第三卷第五号刊登了《木刻纪程》的出版广告。

那么，这则《木刻纪程》的出版广告究竟是不是鲁迅拟写的？需要指出的

① 鲁迅：《鲁迅全集》第15卷，第168页。
② 鲁迅：《鲁迅全集》第15卷，第168页。
③ 鲁迅：《鲁迅全集》第15卷，第172页。
④ 鲁迅：《鲁迅全集》第15卷，第171页。
⑤ 鲁迅：《鲁迅全集》第15卷，第172页。
⑥ 鲁迅：《鲁迅全集》第15卷，第172—173页。
⑦ 鲁迅：《鲁迅全集》第15卷，第173页。

是，这则《木刻纪程》的出版广告刊登在一篇文章后面的空白处，在位置上属于正文之后的广告，带有“补白”性质，并不是刊登在杂志的目录页前后和版权页前后的广告栏之中。

这则《木刻纪程》的出版广告在开头就标注“中国青年作家出品”，这有点莫名其妙，广告文字中已经说明这本书“由铁木艺术社选辑”，怎么在开头又说是“中国青年作家出品”？很显然，“中国青年作家”不是这本书的出版机构，另外，这些木刻是中国青年木刻家创作的，并不是中国青年作家创作的。

查阅鲁迅的书信，可以看到鲁迅多次用不同的文字来评论《木刻纪程》。鲁迅在 1934 年 6 月 3 日致杨霁云的信中写道“收集中国青年作家的木刻”：

> 现在我在收集中国青年作家的木刻，想以二十幅印成一本，名曰《木刻纪程》，留下来，看明年的作品有无进步。这回只印一百本，大约需要者也不过如此而已。①

鲁迅在 1934 年 6 月 6 日致吴渤的信中写道“准备印一本中国新作家的木刻”：

> 新近印了一本木刻，叫作《引玉集》，是东京去印来的，所以印工还不坏。上午已挂号寄上一本，想能和此信同时收到。此外，则我正在准备印一本中国新作家的木刻，想用二十幅，名曰《木刻纪程》，大约秋天出版。②

鲁迅在 1934 年 8 月 31 日致姚克的书信中称收入这本书中的木刻是“中国青年的新作品”：

> 我在印一本《木刻纪程》，共二十四幅，是中国青年的新作品，大约九月底可以印出，那时当寄上一本。不过这是以能够通行为目的的，所以选入者都是平稳之作，恐怕不能做什么材料。③

---

① 鲁迅：《鲁迅全集》第 12 卷，第 447 页

② 鲁迅：《鲁迅全集》第 12 卷，第 451 页。

③ 鲁迅：《鲁迅全集》第 12 卷，第 511 页。

鲁迅在1934年10月10日致杨霁云的信中称收入这本书中的木刻是“中国新作家的木刻”:

> 中国新作家的木刻二十四幅，已经印出，名《木刻纪程》；又再版《北平笺谱》亦已到沪，不及初版，我可以换一部初版的给先生的。[①]

值得注意的是，鲁迅在1935年9月12日致李长之的书信中，不仅列出了自己编印的四种画集的目录，而且对《木刻纪程》的说明就是“中国新作家的作品”:

> 长之先生：
>
> 来信收到。我所印的画集计四种：
>
> 一、《士敏土之图》　德国梅斐尔德（Carl Meffert）木刻　一九三〇
>
> 二、《引玉集》　苏联作家木刻　一九三四
>
> 三、《木刻纪程》　中国新作家的作品　同　上
>
> 四、《珂勒惠支（Käthe Kollwitz）版画选集》　一九三五
>
> 末一种尚未装订好。[②]

综上所引书信内容，可以看出鲁迅对《木刻纪程》评价性文字的异同：鲁迅在1934年6月3日致杨霁云的信中用“中国青年作家的木刻”；鲁迅在1934年6月6日致吴渤的信中用“中国新作家的木刻”；鲁迅在1934年8月31日致姚克的书信中称《木刻纪程》“是中国青年的新作品”；在1934年10月10日致杨霁云的信中用“中国新作家的木刻”；鲁迅在1935年9月12日致李长之的书信中称《木刻纪程》是“中国新作家的作品”，如果把鲁迅的这五次评价性文字综合起来看，可以看出鲁迅并没有用“木刻家”来称呼这些木刻作者，而是用“中国青年作家”“中国新作家”“中国青年”来称呼这8位木刻作者，这几个称呼都与这则出版广告在开头标注的“中国青年作家出品”这一称呼相近，这也从另一个角度证明这则出版广告是鲁迅的手笔。

需要补充说明的是，鲁迅在1935年9月12日致李长之的信中列出自己编印过的4本画册的目录：在1930年编印的《士敏土之图》；在1934年编印的

① 鲁迅：《鲁迅全集》第12卷，第533页。

② 鲁迅：《鲁迅全集》第13卷，第213页。

《引玉集》和《木刻纪程》；在1935年编印的《珂勒惠支（Käthe Kollwitz）版画选集》（实际上于1936年7月出版），由此也可以看出鲁迅比较重视《木刻纪程》，那么，既然在《文学》杂志第二卷第六号（1934年6月1日出版）刊登过《引玉集》广告，当然会设法在《文学》杂志上刊登《木刻纪程》的出版广告。

此外，这则出版广告在11月1日刊登，考虑到出版时间，这则出版广告需要在9月底10月初就交到《文学》杂志。按照《文学》杂志的《广告价目》，这则广告还不到四分之一个页面，勉强算八分之一个页面，但如果不是《文学》杂志的同仁或主要作者，肯定也要支付一笔广告费的。这就产生了一个问题，谁会出钱为这本《木刻纪程》在《文学》杂志刊登这则广告呢？是出版这本书的鲁迅，还是代售这本书的内山书店？抑或是创作了收入这本书中木刻作品的八位青年木刻家？很显然，这则广告不是花钱在《文学》杂志刊登的，而是由《文学》杂志免费刊登的。也就是说，把这则广告交给《文学》杂志的肯定是和《文学》杂志有密切关系的人士。

而鲁迅在8月14日编好《木刻纪程》后付印，并且也知道这本书大概在9月底10月初能够出版。如果用排除法，除了亲身参与编印《木刻纪程》一书的鲁迅，还会有什么人能够知道如下的详细信息？知道鲁迅在8月14日便能编好《木刻纪程》一书，并且还知道这本书用铁木艺术社（这个名称是鲁迅虚构的，这个铁木艺术社也是不存在的，因此，只有在鲁迅对别人说明时，别人才会知道铁木艺术社这个名称）的名义出版。这本书共收入二十四幅木刻图画，“人物风景静物具备”，并且“用原刻木版，中国纸精印，订成一册。只有八十本发售……实价大洋一元，邮购加寄费一角四分。上海北四川路底内山书店代售”。此外，这则出版广告的撰写者还和《文学》杂志有密切的合作关系，甚至可以以杂志撰稿人的身份免费刊登这则出版广告。需要说明的是，鲁迅曾经在征集木刻作品时向罗清桢、何白涛、陈烟桥、陈铁耕等青年木刻家说过编印这本木刻集的一些设想，此外，鲁迅也在给郑振铎、姚克、杨霁云等友人的信中谈到过编印这本木刻集的一些设想，但是这些青年木刻家和鲁迅的这几位友人，会代替鲁迅拟写《木刻纪程》的出版广告，并交给《文学》杂志刊登吗？虽然鲁迅在一些书信中谈到了编印《木刻纪程》的设想，但是这些内容在细节方面与这则《木刻纪程》的出版广告均有所差异。

如鲁迅在1934年5月28日致罗清桢的信中有如下内容：

> 弟拟选中国作家木刻，集成一本，年出一本或两三本，名曰《木刻纪

程》，即用原版印一百本，每本二十幅，以便流传，且引起爱艺术者之注意。①

如鲁迅在 1934 年 6 月 3 日致杨霁云的信中有如下内容：

现在我在收集中国青年作家的木刻，想以二十幅印成一本，名曰《木刻纪程》，留下来，看明年的作品有无进步。这回只印一百本，大约需要者也不过如此而已。②

鲁迅在 1934 年 7 月 27 日致何白涛的信中有如下内容：

前几天热极，什么也不能做，现已稍凉，中国木刻选要开始付印了，共二十四幅，因经济关系，只能印百二十本，除送赠每幅之作者共二十四本及别处外，只有八十本可以发售，每本价六角或八角，要看印后才可以决定。③

鲁迅在 1934 年 8 月 31 日致姚克的信中有如下内容：

我在印一本《木刻纪程》，共二十四幅，是中国青年的新作品，大约九月底可以印出，那时当寄上一本。④

很显然，鲁迅在上述书信中所谈到的关于《木刻纪程》一书的内容，和后来在《文学》杂志刊登的《木刻纪程》的出版广告，在一些细节方面有所差异。最明显的就是关于《木刻纪程》最后的定价，因为鲁迅在给这些收信人的信中，只有一次提到《木刻纪程》大概七、八角，也就是说这些收信人都不知道《木刻纪程》在 10 月 3 日印刷出版后的定价是 1 元。由此也可以排除这些收信人撰写《木刻纪程》出版广告的可能。

综上所述，通过对比在《文学》杂志刊登的《引玉集》的出版广告和《木刻纪程》的出版广告，可以判断鲁迅在 9 月中下旬拟写了《木刻纪程》的出版

① 鲁迅：《鲁迅全集》第 12 卷，第 434 页。
② 鲁迅：《鲁迅全集》第 12 卷，第 447 页。
③ 鲁迅：《鲁迅全集》第 12 卷，第 491 页。
④ 鲁迅：《鲁迅全集》第 12 卷，第 511 页。

广告。鲁迅在9月30日写好了《“以眼还眼”》一文，并在10月1日把这篇文稿寄给茅盾，这篇文章以最快的速度刊登于1934年11月1日出版的《文学》第三卷第五号，同期杂志还刊登了《木刻纪程》的出版广告，因此，笔者推测鲁迅很可能是在10月1日寄稿件给茅盾的同时还寄去了这则《木刻纪程》的出版广告。因此，这则《木刻纪程》的出版广告应算鲁迅的佚文，今后应该被收入新版的《鲁迅全集》之中。

“发大声于海上”

——论鲁迅文学发生的蒋百里之环与“中国路径”

符杰祥　上海交通大学
李向南　上海交通大学

内容摘要：鲁迅与蒋百里在东京留学界相遇，浙江同乡会及其会刊《浙江潮》为二人提供了思想交流的公共空间。作为“超级读者”的鲁迅，不仅认可与接受了《浙江潮》，而且成为其重要的译者与作者。“国魂”与“尚武”之说引起鲁迅的共鸣，他由此开启了改造国民性的文学之路。蒋百里触发了鲁迅的第一篇小说译（著）作《斯巴达之魂》。没有“飞生”，或许不会有“自树”，没有《国魂篇》，或许也不会有《斯巴达之魂》。在鲁迅文学发生的综合机制里，浙江同乡会及其组织者蒋百里是被长期忽视的重要一环。民族主义促进了鲁迅“国民”意识的觉醒，尚武精神也内化为鲁迅的“战士”气质。关于“鲁迅的青年时代”，明治日本与西方文化的影响当然是重要的，但并非唯一的，“中国影响”与“中国路径”也同样需要认真对待。

关键词：鲁迅　蒋百里　浙江潮　国魂　尚武　中国路径

1902年农历二月廿一日，就读于江南水师学堂的周作人（1885—1967）在叔祖椒生处收到一本被扣留的刊物，这本刊物来自遥远的东京，是留学日本的大哥周树人（鲁迅，1881—1936）邮寄给自己的。显然，此书很合周作人的胃口，甚至给出了“甚善甚善”的好评[①]。周作人点赞的刊物就是《浙江潮》第一期，由留学东京的浙江同乡会编辑发行。当我们回顾周作人的阅读史，重读《浙江潮》，就会发现：这本杂志是倡导民族主义和尚武精神的。从创刊伊始，鲁迅对《浙江潮》就有深切的关注，不只是将刊物和思想传播给了二弟，而且与其有着深厚的渊源。在《浙江潮》上，鲁迅发表了自己的第一篇小说

① 周作人：《周作人日记》（影印本）上，大象出版社，1996年版，第378页。

译（著）作《斯巴达之魂》与其他文章①，在深受主流思潮影响的同时，又以自己的文学译作参与了主流思潮的建构。关于鲁迅文学的发生与起源问题，学界往往聚焦明治日本与外部材源，也取得了很多很好的成果，这是毋庸置疑的。不过，这是否因此而忽略、遮蔽了与中国留学生圈内的浙江同乡会、《浙江潮》之间的内部精神联系？当许寿裳（1882—1948）的约稿成为鲁迅开启早期文学创作的正统叙事时，是否忽略了其他编/作者更广泛也更早的隐性联系？事实上，仅就《浙江潮》而言，影响力远远大于许寿裳的，是另一位主编和撰稿人。他撰写了《浙江潮》发刊词，发表了多篇阐释民族主义和尚武思想的文章，不仅占据第一期的绝对篇幅，而且奠定了刊物的基本风格。这位将自己的精神意志贯穿于《浙江潮》的编/作者，就是民国时期著名的军事学家蒋方震（字百里）（1882—1938）。自古文武殊途，难以想象一位文学大师与一位军事学家会有什么联系与交集。然而，身处风云变幻的近代中国，人与国家相互重写对方，改写历史的人亦为历史所改写，又有什么不可能呢？梳理两位青年同乡在东京留学界的相遇与如何相遇，也许可以为追溯鲁迅对“精神界之战士”的召唤、“国民”意识与文学机制的生成及其时代政治等问题，探寻一种新的思考与解答。

一、一个社团，一份期刊：鲁迅与蒋百里的相遇

鲁迅与蒋百里早年的人生遭际与教育轨迹高度相似：两人相差一岁，都是浙江人，一位故家在绍兴，一位在海宁；都出生在大家族，家道中落，少年丧父；都接受了传统文化教育，少年时代在私塾读书，也都参加过 1898 年的科举考试，鲁迅只参加了县考，蒋百里则考中秀才。二人稍后都进入新式学堂学习，蒋百里于 1898 年入上海经济学堂，学堂停办后回到家乡，又于 1900 年考入杭州求是书院。鲁迅则于 1898 年入江南水师学堂，因不满学校风气，半年后退学，1899 年考入江南陆师学堂附设的矿务铁路学堂。之后，两人都踏上东渡留学之路，最终在东京相遇。

1901 年 4 月，自费生蒋百里先鲁迅一步赴日，进入梁启超创办的清华学校学习日语，从此终生师事梁启超，与其结下了亦师亦友的深厚情谊。面对国家残破的局面，蒋百里决心弃文从武，学习军事。经梁启超从中斡旋，蒋百里得以进入日本初级军事学校——成城学校学习。毕业后，被编入日军近卫步兵

① 符杰祥：《鲁迅早期文章的译/作问题与近代翻译的文学政治：从〈斯巴达之魂〉“第一篇”疑案说起》，《文艺争鸣》2020 年第 11 期。

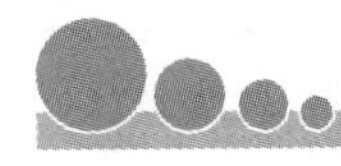

第一联队，成为士官候补生。

在晚清这个危机四伏的时代，中国最早开办的新式学校多是军事武备或与军事武备相关的学堂，中国最早的一批留学生如严复等人，大多也是学海军或陆军的。在后来的留学生中，不只蒋百里，周氏兄弟所走的求学之路，亦是如此。官费生鲁迅于 1902 年 4 月抵达日本，本以为要进入成城学校学习军事，但“根据清朝公使与日本政府所订的‘定例’，鲁迅等虽然附属江南陆师学堂，学的却不是陆军而是采矿，因此，不准进入成城”[①]。本可能与蒋百里成为同学，在阴差阳错中却丧失机会，鲁迅于是进入了嘉纳治五郎创办的弘文学院，和另一位同乡许寿裳相遇。

在派遣留日学生的诸省中，浙江开风气较早，规模也较大。1897 年，浙江官派稽伟和汪有龄二人到日本学习蚕业，是为开端。[②] 除了官费留学生，像蒋百里这样的自费生占据了相当大的比重。还有一些浙江籍留学生，比如鲁迅，是以南洋官费生而非浙江官费生的身份赴日的。就在鲁迅留日这一年的秋天，浙江省留学生已达一百多人，有了一定的规模，蒋百里等人“按照国内的传统，发起组织了浙江同乡会，并决定出版《浙江潮》杂志”[③]。

浙江同乡会成立的主旨是“笃厚乡谊”，对内提供帮助，对外“输入文明”。同乡会做的两项大事是创办杂志和成立调查部。创办的杂志即是著名的《浙江潮》，调查部的任务则是调查浙江省的自然和社会情况[④]。浙江同乡会成立时，浙江籍留学生合影留念，照片刊登在《浙江潮》第一期扉页上。《浙江潮》第三期还刊登了《浙江同乡留学东京题名》，记录浙江籍留学生的“姓名”“年龄”“籍贯”“到东年月”“费别”“学校及科目”等信息。蒋方震和周树人的信息赫然在列。

《浙江同乡会简章》规定浙籍留学生每年“冬夏二季各开恳亲会一次”“春秋二季各开茶话会一次”[⑤]。实际上，仅在 1903 年，同乡会的活动就已超过简章规定的四次，其中《浙江潮》详细记载的有三次，简略提及的有两次。除了冬夏两季的同乡大会，其中三次特别会议都是因遭遇重大事件而临时召开的。

---

① 马力：《鲁迅在弘文学院》，薛绥之主编：《鲁迅生平史料汇编》第 2 辑，天津人民出版社，1982 年版，第 13 页。

② 参见《敬上乡先生请令子弟出洋游学并筹集公款派遣学生书》，《浙江潮》1903 年第 7 期。

③ 杜继东：《蒋百里传》，中华书局，2018 年版，第 45 页。

④ 参见《浙江同乡会简章》，《浙江潮》1903 年第 1 期。

⑤ 《浙江同乡会简章》，《浙江潮》1903 年第 1 期。

前两次是响应 1903 年 4、5 月间东京留学界爆发的拒俄运动[①]，后一次则是抗议杭州士绅高尔伊出卖浙江矿产给意大利人[②]。可见，浙江同乡会在参与国内外重大事件中发挥了一定作用。对鲁迅而言，这两次活动直接催生了《斯巴达之魂》与《中国地质略论》两篇译（著）作或文章的发表。在一个思想活跃、气氛热烈的公共空间之下，鲁迅和蒋百里的相遇机会想必是不少的。

相较于与时代思潮保持审慎距离而自居边缘地带的鲁迅，蒋百里则非常活跃，是东京留学界的“风云人物”。早在 1902 年年末召开中国留学生大会时，蒋百里即担任清国留学生会馆的干事。同时，蒋百里也是浙江同乡会的主要发起人之一，并担任同乡会干事和《浙江潮》主编。在拒俄运动中，蒋百里表现积极，与汪精卫、胡汉民等人主持召开留学生大会，决议成立拒俄义勇队[③]。

浙江籍留学生内部关系复杂，两人的朋友圈也有重合之处。鲁迅的好友许寿裳、厉绥之等人与蒋百里同为“求是学子”；蒋百里的好友钱均夫与鲁迅是弘文学院的同学，后来同在章太炎门下学习文字学；两人与蒋观云、蒋尊簋父子都相熟，蒋百里与蒋尊簋是终生好友，鲁迅对蒋观云的转变则心生反感。从师生关系来说，蒋百里一直视梁启超为精神导师，鲁迅后来则转而崇敬“有学问的革命家”[④] 章太炎。章、梁之间最终因分歧走向对立，但他们从不同方面共同影响了东京留学生圈子的文化建构，则是确定无疑的。思想的交互与交锋是危机时代探索中国道路的不同结果，也是那一时代的共同产物。从章太炎的另一位学生许寿裳接替好友蒋百里编《浙江潮》来看，民族主义思想与风格的延续，仍是那一时代最大的文化政治，师长之间的分歧，并未影响青年学生的交往。

浙江同乡会最重要的事业便是创办《浙江潮》。《浙江潮》有明确的创刊宗旨，兼备国家意识和地方意识。办刊的方向是“输入文明”，“着眼国民全体之利益”，为地方自治提供信息资源。《浙江潮》设置了完备而独特的文类体系，计有“社说”“论说”“学术”“大势”“谈丛”“记事”“杂录”“小说”“文苑”“日本闻见录”“新浙江与旧浙江”“图画”十二个大门类，许多大门类下还有若干子栏目。每期八万字左右。编辑部最初设在东京神田区骏河台铃木町十八

---

① 参见《留学界记事·（二）拒俄事件》，《浙江潮》1903 年第 4 期；《留学界记事·记军国民教育会》，《浙江潮》1903 年第 5 期。

② 参见《留学界记事·记吾浙同乡特别会》，《浙江潮》1903 年第 8 期。

③ 参见许逸云：《蒋百里年谱》，北京：团结出版社，1992 年版，第 25—26 页。

④ 鲁迅：《且介亭杂文末编·关于太炎先生二三事》，《鲁迅全集》第 6 卷，人民文学出版社，2005 年版，第 566 页。

番清国留学生会馆，后来移入牛込区东五轩町九番地[①]。《浙江潮》办刊质量较高，内容充实，销路广泛，在国内有几十家代派所；而且销量也大，曾多次加印或重版，甚至还出现过印刷三版的现象。虽然只出了十期，但影响还是很大的。

《浙江潮》“起初由孙江东、蒋百里二人主编”[②]，从第五期开始由许寿裳接编。作为“早期最主要的负责者”[③]，蒋百里无疑是其中较具影响力的一位。他不仅着手《浙江潮》的编辑工作，草拟了慷慨激昂、气势磅礴的发刊词，而且以飞生、余一等笔名先后发表了《国魂篇》《民族主义论》《俄罗斯之东亚新政策》《俄人之性质》《近时二大学说之评论》《真军人》等文章共十三篇。此外，还有近十篇文章也可能出自其手[④]。蒋百里系统阐述了民族主义、军国民主义思想，不仅奠定了《浙江潮》的办刊基调，而且对留学生乃至中国知识界都产生了重要影响。鲁迅早期文学的发生，就是在这样的影响之下开始的。

许寿裳接编《浙江潮》后，鲁迅在好友力邀之下崭露头角，先后发表了《斯巴达之魂》《哀尘》《中国地质略论》《说鈤》《地底旅行》（前两回）等多篇译（著）作，开始了自己的文学实践。在阅读、接受民族主义等新思潮的过程中，鲁迅也从中汲取养分，创造了属于自己的一种新的“国民”意识，也形成了一种特殊的“战士”气质。

二、“发大声于海上”：“国魂”与“尚武”的交集

晚清时期，国家遭遇“三千年未有之变局”，严峻的现实危机促使士人阶层不断尝试改变国家命运的方略。19世纪90年代初，中国知识界在西学东渐的大潮中发现了民族主义这一剂“良药”，首倡者便是梁启超。

梁启超在考察东西方国家的强弱大势时，发现民族主义是国家强盛的关键所在：“欧洲所以发达，世界所以进步，皆由民族主义（Nationalism）所磅礴冲激而成。”西方列强则已发展为“民族帝国主义（National Imperialism）”：“其国民之实力，充于内而不得不溢于外，于是汲汲焉求扩张权力于他地，以

① 《本志特别广告》，《浙江潮》1903年第5期。

② 许寿裳：《〈浙江潮〉撰文》，薛绥之主编：《鲁迅生平史料汇编》第2辑，天津人民出版社，1982年版，第35页。

③ 刘训华：《近代留日学生的革命性——对〈浙江潮〉编辑群的历史考察》，《江西社会科学》2014年第3期。

④ 谭徐锋：《前言　从浙江潮到民国风》，《蒋百里全集》第1卷，北京工业大学出版社，2015年版，第7页。

为我尾闾。”中国要摆脱成为“尾闾”的命运，“惟有我行我民族主义之一策”[①]。民族主义是梁启超在维新变法失败后所发现或者说发明的又一剂“药方”，他既看到了民族主义在建构现代民族国家与改变世界格局过程中的强大力量，也看到了民族主义发展成民族帝国主义的攻击性与侵略性。民族主义是药，是毒？是带药的毒，还是带毒的药？当梁氏极力鼓吹民族主义，试图以民族主义来抵抗帝国主义时，对民族主义的两面性似乎很敏感，又似乎不够敏感，其复制西方列强之路的新帝国幻想不无艳羡，也不无分裂。

受梁启超感召，蒋百里多次发表宣扬民族主义的文章，这也奠定了《浙江潮》的思想主潮。在慷慨悲凉的发刊词中，蒋百里赋予浙江奇观——钱塘江大潮以“爱国潮”的象征意义。在民间传说中，浙江潮的形成源自春秋时期吴国名臣伍子胥的爱国之泪，这“风景的发现”背后流露出强烈的民族情感。作者由此发出不甘做亡国奴的呐喊：“忍将冷眼，睹亡国于生前；剩有雄魂，发大声于海上。”寄语留日同学在“二十世纪之大风潮中”，“发其雄心”，“养其气魄”：“我愿我青年之势力，如浙江潮；我青年之气魄，如浙江潮；我青年之声誉，如浙江潮。”[②] 这篇情文并茂的发刊词虽有浓厚的地域色彩，但目光所及，并不限于浙江一地，而是放眼整个民族国家。文章将救亡的重任寄予青年，“潮”与“人”相互为喻，“青年”就是“潮流”，就是希望，其动人的修辞与逻辑同样延续了乃师在《少年中国说》中“少年强则国强”的新文体风格。

“国魂”说是蒋百里民族主义思想的创造性发挥与转化。《国魂篇》作为《浙江潮》发刊词之后的开篇之作，具有纲领的意义。在作者看来，“国魂”是一个国家的灵魂，具有“内之足以统一群力，外之足以吸入文明与异族抗”的“转旋世界”的决定性力量[③]。相较于梁启超在理论上的空泛与模糊，蒋百里更注重民族主义凝聚与抵抗的实际功能。对于历史上中国屡被异族统治，他认为根源在于中国人缺乏“民族的自觉心”，需要培养“祖国主义”：“根于既往之感情，发于将来之希望”[④]。这正印证了民族认同的理论机制：“重新发现了族群的往昔，并承诺将恢复黄金年代的集体荣光。”[⑤] 回归伟大传统，描绘美好蓝图，是民族主义召唤民众认同的永恒修辞与不竭资源，每当危急时刻，就

---

① 梁启超：《新民说·论新民为今日中国第一急务》，汤志钧、汤仁泽编：《梁启超全集》第2集，中国人民大学出版社，2018年版，第530—531页。

② 蒋百里：《浙江潮发刊词》，《浙江潮》1903年第1期。

③ 飞生（蒋百里）：《国魂篇》，《浙江潮》1903年第1期。

④ 飞生（蒋百里）：《国魂篇》，《浙江潮》1903年第3期。

⑤ ［英］安东尼·D. 史密斯：《民族认同》，王娟译，译林出版社，2018年版，第206页。

会被重新激发或激活。

在另一篇《民族主义论》中，蒋百里的文风仍然是梁启超式的，表现出一种强烈的危机感与紧迫感："今日者，民族主义发达之时代也，而中国当其冲，故今日而再不以民族主义提倡于吾中国，则吾中国乃真亡矣！"[①] 文章认为，在列强扩张的民族主义时代，只有民族主义才能救中国。民族主义的优势在于"对外而有界，对内而能群"，这和"国魂"说是一致的。有别于乃师的零星表述，蒋百里不限于概念的移植，而是根据中国当时的国情提出了诸多建设性的举措。作为国内首次系统阐发民族主义的理论文章，《民族主义论》为《浙江潮》的读者提供了可能的启发与思考。这其中，也包括"超级读者"鲁迅。我们无法确证，鲁迅当时与许寿裳讨论中国民族性与异族入侵的"因缘"[②] 问题时，是否受到了蒋百里文章的影响，但至少我们可以说，他是在这篇文章的启发与影响下完成自己的思考的。

1903 年对中国来说绝非太平之年，日俄争抢东北，沙俄拒不退兵，严重的地缘政治危机威胁着民族生存。蒋百里对此有着清醒的认知，他在《浙江潮》所译述的英国记者赫威克的《俄人之性质》，就是源自"天下之大患在俄"[③] 的忧患意识。在随后所作的《俄罗斯之东亚新政策》一文中，蒋百里具体分析了沙俄侵华政策的变化，指出东北"不亡其名，亡其实，不亡其政，亡其民"的严峻形势[④]。"拒俄运动"之后爆发，也足见其谋深虑远。对沙俄侵华野心的警惕也影响了蒋百里此后的人生规划。从日本回国后，他放弃了回浙任职的机会，选择进入盛京将军赵尔巽幕府担任新军督练所总参议，投身边疆国防建设。

时代大潮之下，鲁迅的民族主义热情也在不断滋长。其早年的译作（著作）实践，与蒋百里构成了一种无形的对话关系。不同于蒋百里的军事视野与理论建构，鲁迅运用所储备的矿学知识，发出了自己的民族之声。针对中国矿权屡遭列强侵夺的现象，鲁迅为《浙江潮》撰写了《中国地质略论》一文，发出捍卫国家主权的强烈呐喊："中国者，中国人之中国。可容外族之研究，不容外族之探捡；可容外族之赞叹，不容外族之觊觎者也。"[⑤] 鲁迅的用意显然不只是科学启蒙，普及地质知识，更是警醒国人保护矿权，避免瓜分之祸。鲁

① 参见余一：《民族主义论》，《浙江潮》1903 年第 1、2、5 期。
② 参见许寿裳：《回忆鲁迅》，《我所认识的鲁迅》，人民文学出版社，1961 年版，第 18—19 页。
③ 飞生（蒋百里）：《俄人之性质》，《浙江潮》1903 年第 1 期。
④ 飞生（蒋百里）：《俄罗斯之东亚新政策》，《浙江潮》1903 年第 2 期。
⑤ 索子（鲁迅）：《中国地质略论》，《浙江潮》1903 年第 8 期。

迅与顾琅编写的另一本书《中国矿产志》，据同窗沈瓞民回忆，是其在弘文学院就读时期所作，《中国地质略论》是它的缩本[①]。可见，民族主义与爱国情感是推动鲁迅写作的内驱力。

面对清政府不可救药的腐朽与愚昧，知识界开始将救亡希望转移到国民身上，试图以改造国民性来改变国家的命运。那么，如何重塑新国民、新中国？当时的普遍看法是，中国之所以屡战屡败，就在于国民之“不武”。要改变落后挨打的局面，就必须从根本上改变国人孱弱萎靡的身体与精神状态，以尚武精神重振国魂。

尚武救国在梁启超的两位学生蒋百里和蔡锷那里有生动的呈现。他们本是一介书生，到日本后决心弃文从武，学习军事以挽救国家。两人在梁启超主办的《新民丛报》上，都曾极力鼓吹“军国民主义”。在蔡锷看来，要想挽救危局，必须以军事方式淬炼国民的“元气”和“体血”，“武装”国民的身体和思想，养成“军国民”资格[②]。蒋百里在随后译述的《军国民之教育》一文中，也鼓吹“全国皆兵主义”：“国魂者，国之所恃以为国，盖由国民爱国之精神之热血所酝酿胚胎，以成此一种不可思议之妙物。其为用也，乃能举一切上下社会而熔铸之，无大无小，使之成一忘死舍身之烈士。故无国魂乎，何以有军人？无军人乎，何以有国魂？”[③] 在蒋氏这里，军人精神与铸造国魂是不可分割的整体。“国魂”的确可以激励国民的爱国意识，但将“国魂”等同于军魂，无疑是一种极端与偏执。

在主编《浙江潮》后，蒋百里继续发挥其学说，强调以“军国主义”救中国：“中国无军人，而救今日之中国，则非军人莫为功。其理奈何？曰使中国成一军国而已。”[④] 蒋百里构想出的是一幅“军国”蓝图：军人群体是民族革命和国家建设的主导力量，军国主义是社会组织和道德风俗的主导思想。换言之，就是以“武”安邦，以“武”治国。至此，军国主义与民族主义得到逻辑上的整合。这种军国民思想是近代中国屡遭帝国主义入侵的特殊产物，寻“药”的迫切性表征了一种集体性的“现代性焦虑”。

风潮所及，书写军人英雄的文学也应运而生。《浙江潮》上连载多篇军事小说的特色栏目，便是在主编影响之下所设的。喋血生（陈景韩）连续发表了

---

① 沈瓞民：《回忆鲁迅早年在弘文学院的片段》，薛绥之主编：《鲁迅生平史料汇编》第2辑，天津人民出版社，1982年版，第44页。

② 奋翮生（蔡锷）：《军国民篇》，《新民丛报》1902年第1号。

③ 百里（蒋百里）：《军国民之教育》，《新民丛报》1902年第22号。

④ 飞生（蒋百里）：《真军人》，《浙江潮》1903年第3期。

三篇题为《少年军》的小说，主旨如小序所言："予爱军国民精神如第二性命。"[①] 小说通过讲述美、法、意大利等国少年军的英雄故事，鼓舞国民摆脱孱弱的老态，焕发出刚健勇武的少年气象。身体即国体，以少年军为载体的"军国民精神"，即是小说中未来理想国家的隐喻与缩影。

事实上，鲁迅早年也有进入日本士官学校的预备学校成城学校学习军事的念头，以至于转而学医之后，除了疗救国人的病体，还有一个"战争时候便去当军医"的梦想[②]。在时代思潮的激荡之下，时为《浙江潮》读者的留学生周树人也无法抑制内心的冲动，将蕴蓄已久的热血与激情释放于文学想象之中，"隔了一天便缴来一篇——《斯巴达之魂》"[③]，交稿之快，让刚刚接编《浙江潮》的许寿裳也大为震惊。这是鲁迅人生中的第一篇小说译（著）作，署名"自树"，刊登在《浙江潮》第五期与第九期。小说材源来自温泉关战役的历史记载，但许多细节则出自作者自己的中国式想象[④]。

小说分为两个部分。前半部分叙述了斯巴达王黎河尼佗率领三百勇士扼守温泉关、血战牺牲的英雄事迹。面对数十万波斯大军的前后夹击，斯巴达上至国王，下至士兵，坚守不退，视死如归，真正诠释了什么是"武士之魂"。后半部分叙述了斯巴达武士亚里士多德因目疾生还，妻子涘烈娜无比羞愤，怒斥其临阵脱逃，以死谏夫。将军闻后拍案而起，大赞其为"女丈夫"，在全军将士面前为之竖立纪念碑。

小说以丰富的想象与铁血的文辞渲染了斯巴达的尚武精神。鲁迅的别出心裁之处在于，他挪用了中国古典文学"巾帼不让须眉"的叙事传统，将历史学家普鲁塔克所描绘的斯巴达女性的传说强行植入中国式的虚构之中，从而产生一种慷慨悲壮的美学效果："世有不甘自下于巾帼之男子乎？"《斯巴达之魂》或译或作，演义的是斯巴达勇士英勇献身的故事，激励的则是中国人的爱国热情。如有学者所言："这篇小说弘扬斯巴达的尚武精神，就是要给中国的国民性注入一种刚健不挠、以身殉国的强力性格。"[⑤] 小说所歌颂的"武士之魂"，就是斯巴达的国魂，这与蒋百里的"国魂"说在逻辑上和精神上是一致的，都旨在以尚武精神重铸国魂，重塑新国民。鲁迅小说译（著）作所渲染的全民皆

---

① 喋血生：《少年军（二）》，《浙江潮》1903 年第 7 期。

② 鲁迅：《呐喊·自序》，《鲁迅全集》第 1 卷，人民文学出版社，2005 年版，第 438 页。

③ 许寿裳：《〈浙江潮〉撰文》，薛绥之主编：《鲁迅生平史料汇编》第 2 辑，天津人民出版社，1982 年版，第 36 页。

④ 符杰祥：《〈斯巴达之魂〉材源考辨》，《东方论坛》2021 年第 3 期。

⑤ 高旭东：《鲁迅：从〈斯巴达之魂〉到民族魂——〈斯巴达之魂〉的命意、文体及注释研究》，《文学评论》2015 年第 5 期。

兵、视死如归的牺牲精神与爱国热情，其实正是蒋百里军国民主义理论更为生动、更为丰富、更为感人的文学版本。

鲁迅在这一时期还翻译了儒勒·凡尔纳的两部科幻小说《月界旅行》和《地底旅行》，在输入域外文明时也同样输出近代中国所特有的尚武精神。当鲁迅在翻译文本中直接引用“精卫衔微木，将以填苍海。刑天舞干戚，猛志固常在”[①]，以中国诗人陶渊明的诗句赞美美国枪炮会社的军人精神，似乎没有任何违和感，因为这也是一种“自然”，即一种民族主义高涨时代为中国引入尚武精神的“自然”。如鲁迅自己在译介科学小说的序言中所辨：“若培伦氏，实以其尚武之精神，写此希望之进化者也。”[②] 两部小说所讲述的探险故事与所宣扬的进取精神，对崇尚静穆的中国文明来说，有显明的针对性与指向性。

在时代的大风潮中，两位留日的同乡青年“发大声于海上”，在异域奏响了一支共同的“青春之歌”。他们共同参与了这一时代民族主义思潮的建构，既是时代的产物，也是时代的推行者。蒋百里倡导在先，鲁迅呼应在后。虽然方式、风格有所不同，蒋百里着眼于理论建构和时事述评，鲁迅倾向于文学译（著）作和科学普及，但所表达的“我以我血荐轩辕”[③] 的爱国热情是一致的。

三、“中国路径”：蒋百里与鲁迅的文学选择

鲁迅或作或编的《中国地质略论》和《中国矿产志》，直接起源于保护浙省矿权的“爱国斗争”[④]。在爱国情怀的驱动下，浙江同乡会掀起了一场反对杭州士绅高尔伊盗卖浙省矿权给意大利人的运动。在《浙江潮》刊载的一封致浙江士绅的公开信中，执笔者写道：“瓜分中国之实行，发源于路矿。有路而一省之险要失，有矿而路必及之，而一省之内地险要产物，无不全失。”[⑤] 留学生们认识到，占据矿权是列强瓜分中国的第一步，其侵略的爪牙必将四处延伸。显然，保矿运动不是经济纠纷的问题，而是主权意识的表现。

《中国地质略论》与浙江同乡会致杭绅高尔伊的警告、专件、公开信等，在《浙江潮》同期刊登。文中所表达的爱国情感，既有保矿运动具体事件的刺

---

① ［法］儒勒·凡尔纳：《月界旅行》，《鲁迅译文全集》第1卷，福建教育出版社，2008年版，第8页。

② 鲁迅：《〈月界旅行〉·辨言》，《鲁迅全集》第10卷，人民文学出版社，2005年版，第163页。

③ 鲁迅：《集外集拾遗·自题小像》，《鲁迅全集》第7卷，人民文学出版社，2005年版，第447页。

④ 王若海、文景迅：《鲁迅与〈浙江潮〉》，薛绥之主编：《鲁迅生平史料汇编》第2辑，天津人民出版社，1982年版，第225页。

⑤ 《为杭绅高尔伊盗卖四府矿产事敬告全浙绅民启》，《浙江潮》1903年第8期。

激，也有民族主义思想的激励。鲁迅发表这篇文章，既是一种响应，也是一种认同。在某种意义上可以说，这篇文章是呼应《浙江潮》、认同其民族主义思想的结果。鲁迅对民族主义思想的认同，即是一种民族认同。英国学者安东尼·D. 史密斯（Anthony D. Smith）指出："祖地"是民族认同的重要标志，"这块土地上的资源也专属于它的人民；它们不是供'外人'（alien）使用和开发的。"[①] 正是在这个意义上，鲁迅关注中国矿产资源的分布与权益，发出了"中国者，中国人之中国"的呐喊。在民族主义思想的激发之下，鲁迅的身份认同完成了由"臣民"到"国民"的现代转变，自觉产生了捍卫主权的"主人翁"意识。

在民族主义与尚武精神蓬勃发展的时代，古希腊军事强国斯巴达进入中国视界，成为跨文化译介中最受推崇的学习镜像。在鲁迅的《斯巴达之魂》之前，梁启超就写有一篇介绍、赞颂斯巴达为"尚武之祖国"的《斯巴达小志》[②]。在 1903 年爆发的拒俄运动中，留学生在致北洋大臣袁世凯的电文中，也引述了斯巴达三百勇士的经典故事[③]，表明不甘屈服的抗俄决心：

> 昔波斯王泽耳士以十万之众，图吞希腊。而留尼达士亲率丁壮数百，扼险拒守，突阵死战，全军歼焉。至今德摩比勒之役，荣名震于列国，泰西三尺之童，无不知之。夫以区区半岛之希腊，犹有义不辱国之士，可以吾数百万万里之帝国而无之乎！[④]

在晚清中国与东京留学界，斯巴达已然成为尚武精神的超级能指，从一种思潮走向了现实。

《斯巴达之魂》在尚武精神的语境中发生，是必然的，也是复杂的。除了拒俄运动的外部刺激、梁启超建构的斯巴达神话，作为《浙江潮》主编的蒋百里在传播中的作用同样不容忽视。更重要的是，蒋百里自己就是军国民主义理论的积极倡导者。军国民体制源于斯巴达，蒋百里在译述的《军国民之教育》一文中，便多次以斯巴达为例[⑤]。《斯巴达之魂》与蒋百里的文风同属于"耳

---

① ［英］安东尼·D. 史密斯：《民族认同》，王娟译，译林出版社，2018 年版，第 16 页。

② 陈漱渝：《〈斯巴达之魂〉与梁启超》，《鲁迅研究月刊》1993 年第 10 期。

③ 杨天石：《〈斯巴达之魂〉和中国近代拒俄运动》，《光明日报》1976 年 10 月 23 日。

④ 《留学界记事·（二）拒俄事件》，《浙江潮》1903 年第 4 期。

⑤ 百里：《军国民之教育》，《新民丛报》1902 年第 22 号。

朵发热”的类型，“激昂慷慨，顿挫抑扬”[①]。这种风格，是从蒋百里在《浙江潮》第一期发表第一篇《发刊词》开始就奠定了的。不难理解，“《斯巴达之魂》在张扬鲁迅的文学个性时，亦受制于同人刊物的集体规约”[②]。

在开启鲁迅文学实践的发生过程中，蒋百里是长期被忽视却相当重要的一环。蒋百里与鲁迅相遇的意义即在于此。如果说浙江同乡会是两位留日学生时有相遇的公共空间，那么同乡会会刊《浙江潮》则是浙江籍留学生的公共读物。作为主编，蒋百里的思想趣味与个人意志必然会通过《浙江潮》散播给读者，产生不同程度的影响。对蒋百里撰写的《发刊词》，许寿裳多年之后仍记忆犹新，他甚至还能背诵其中激烈汹涌的语句：“忍将冷眼，睹亡国于生前；剩有雄魂，发大声于海上。”[③]《浙江潮》印出第一期，鲁迅就将其寄给周作人，显然也有同样的共情与感动。“鲁迅自创刊号起即订阅保存”[④]，也一直寄给周作人。直到1904年，周作人收到的包裹中仍然有这份刊物[⑤]。这说明，《浙江潮》的文风与思想是符合鲁迅早年的价值理念和阅读趣味的。作为“超级读者”的鲁迅，不仅认可与接受了《浙江潮》，而且成为其重要的译者与作者。可以肯定的是，鲁迅发表《斯巴达之魂》，不仅仅是为了支持许寿裳的工作，“撰文之迅”[⑥]的关键还在于，蒋百里的民族主义和尚武学说引起了鲁迅的共鸣与共振，其创作冲动蕴蓄已久，一有机会便迅速释放。从这个意义上也许可以说，是蒋百里触发了鲁迅的第一篇小说译/作《斯巴达之魂》。没有“飞生”，或许不会有“自树”；没有《国魂篇》，或许也不会有《斯巴达之魂》。

当然，从另一方面来说，无论是蒋百里，还是鲁迅，所接受的民族主义与尚武思想都是同一时代的产物。无论有无蒋百里，鲁迅都会以各种方式与自己周边的时代思潮发生激荡。从个人志趣与文章风格等方面看，二人的差异之处也并不少于共同点。但在时代的大潮中，两个不同的人、两条不同的路径，还是在各自的人生轨道上交叉与相遇了。

在鲁迅文学发生的各种阐释里，这是一条隐秘的“蒋百里路径”，一条长期以来被忽略与遮蔽的“中国路径”。

---

① 鲁迅：《集外集·序言》，《鲁迅全集》第7卷，人民文学出版社，2005年版，第4页。

② 符杰祥：《〈斯巴达之魂〉材源考辨》，《东方论坛》2021年第3期。

③ 许寿裳：《〈浙江潮〉撰文》，薛绥之主编：《鲁迅生平史料汇编》第2辑，天津人民出版社，1982年版，第35页。

④ 鲁迅博物馆鲁迅研究室编：《鲁迅年谱长编》第1卷，河南文艺出版社，2012年版，第83页。

⑤ 周作人：《周作人日记》（影印本）上，大象出版社，1996年版，第401页。

⑥ 许寿裳：《〈浙江潮〉撰文》，薛绥之主编：《鲁迅生平史料汇编》第2辑，天津人民出版社，1982年版，第36页。

鲁迅文学发生过程中的蒋百里环节与“中国路径”之所以被学界长期忽视，除了浙江同乡会的重要性被低估、《浙江潮》作者署名混乱、蒋百里自身游离于文学史视野之外等因素，主要原因还在于二人回国之后交集极少，彼此踏上了不同的人生道路，也形成了不同的社群网络。现存资料显示，在蒋百里的文字中未发现关于鲁迅的只言片语，鲁迅也只在书信中提到蒋百里一次。1921 年，蒋百里与沈雁冰、周作人、郑振铎等人组织成立了文学研究会，鲁迅积极支持该会的事业。但在给周作人的信中，鲁迅批评蒋百里翻译的小说“短如羊尾”，不应在《小说月报》“徒占一名”①。这是二人最后一次“共事”。也许鲁迅没有意识到，自己所批评的这位文学研究会“同人”，也正是自己早年重要的“启蒙者”之一。与有意识的崇敬相比，周边潜移默化的影响往往是无意识的，对周边的记忆也远远谈不上深刻，甚至会被长久地遗忘。在鲁迅这里，也存在着记忆与忘却的问题。在鲁迅早年的留学生涯中，可以感念的师友肯定不只是像章太炎、藤野先生这样曾撰文纪念的两位。鲁迅很少提及同时代人对自己的影响，尤其是不同政治和文化立场的人，对梁启超、林琴南等人如此，对蒋百里也如此。

鲁迅从仙台医专退学后，思想发生了关键性的转变，对纷纭复杂的思想学说不再采取囫囵吞枣的接受方式，而逐渐有了很高的辨识力。最重要的是，鲁迅此后确立了自己的“立人”思想，超越了片面鼓吹富国强兵的“文化偏至论”②。对于早年由蒋百里等人鼓吹、自己有所认同的军国民主义思想，鲁迅后来显然已无法再完全认同了。因之，在后来编《坟》时，他出于各种考虑，并没有收入《斯巴达之魂》。到了“五四”时期，蒋百里本人也对军国民主义采取了自我否定的态度。面对第一次世界大战的惨状和国内的军阀政治，他已有所反思：“我国非阶级制度之国家，故立宪政治，军国主义，于历史上不能得其据，于事实上无以立基础。”③ 自行宣告了军国民主义理论在现代中国的消亡与破产。这一时期的蒋百里积极投身新文化运动，与梁启超组织“讲学社”和“共学社”，编辑《改造》杂志，和徐志摩等人接待泰戈尔来华讲学。然而，因为文化理想与政治立场的巨大差异，鲁迅与蒋百里在东京时期的“唱和”难以再度上演。两人相遇的历史，也由此留下一段空白。

不可否认，梁启超、蒋百里等人倡导的民族主义开启了鲁迅的自我认同，

---

① 鲁迅：《致周作人》，《鲁迅全集》第 11 卷，人民文学出版社，2005 年版，第 401 页。

② 鲁迅：《坟·文化偏至论》，《鲁迅全集》第 1 卷，人民文学出版社，2005 年版，第 47 页。

③ 蒋百里：《中国之新生命——军国主义与立宪政治之衰亡》，《蒋百里全集》第 1 卷，北京工业大学出版社，2015 年版，第 119 页。

促进了其现代“国民”意识的觉醒。不过，鲁迅最终以“立人”思想完成了自我超克，否定了种种“兽性爱国”[①] 之论，修正了民族主义自身所携带的危险而粗暴的排外机制，从此走上了一条致力于改造国民性、重塑中国魂的文学之路。

不过，鲁迅扬弃了军国民主义，并不意味着他完全否定了尚武精神。在鲁迅的骨子里，尚武精神已养成、内化为一种独特的“战士”气质。鲁迅的事业是“文”的，但气质是“武”的。鲁迅弃医从文，选择文艺作为终生事业，推崇的是“立意在反抗，指归在动作”[②] 的摩罗诗人，召唤的是中国的“精神界之战士”。不是鲁迅选择了摩罗诗人才有了后来的“精神界之战士”，而是鲁迅先养成了“战士”的气质才选择了摩罗诗人。鲁迅的“战士”气质在《野草》中有最集中、最诗意、最奔放的展示。明知前方是“坟”而毅然前行，向“无物之阵”举起投枪，“复仇”“叛逆”“绝叫”“烧完”，这一株株“野草”，何尝不是“战士”的有情化身，“武”之气质的诗性外放？直到晚年，鲁迅对天真幼稚的《斯巴达之魂》仍有所爱：“我惭愧我的少年之作，却并不后悔，甚而至于还有些爱，这真好像是‘乳犊不怕虎’，乱攻一通，虽然无谋，但自有天真存在。”[③] “乳犊不怕虎”，不就是一种热血精神的流露？如同武士魂之于斯巴达一样，“战士”的生命与使命，构成了鲁迅之为鲁迅的“内曜”与精魂。

结　语

关于“鲁迅的青年时代”，明治日本与西方文化的影响当然是重要的，但并非唯一的，“中国影响”与“中国路径”也同样需要认真对待。事实上，“对鲁迅产生深刻影响的，除了明治日本思潮的外部刺激，更有周边中国留学生文化圈的直接熏染。对当时立誓‘我以我血荐轩辕’、深怀家国忧思而急切寻路的青年留学生周树人来说，明治日本是周边的周边，中国意识则是周边的核心”[④]。如果将“中国影响”与“中国路径”进一步划分，老师辈的严复、梁启超等人，与学生辈的蒋百里、蔡锷等人，具有明显的差异。从社会交往的视域考察，中国留日学生界则处于“核心”之“核心”。当发生引人注目的思想

---

① 鲁迅：《集外集拾遗补编·破恶声论》，《鲁迅全集》第8卷，人民文学出版社，2005年版，第34页。

② 鲁迅：《坟·摩罗诗力说》，《鲁迅全集》第1卷，人民文学出版社，2005年版，第68页。

③ 鲁迅：《集外集·序言》，《鲁迅全集》第7卷，人民文学出版社，2005年版，第5页。

④ 符杰祥：《“狂人”/“小传”——鲁迅与“林译小说”的初遇，兼及〈狂人日记〉材源问题》，《东吴学术》2021年第1期。

与事件时，作为留学生圈内部的周树人更易感同身受，受到影响。严复、梁启超、林琴南等师辈与鲁迅的精神联系已引起普遍关注，相对而言，对中国留学生内部文化圈包括各省同乡会的关系考察，则还有所不足。

文学创作的发生机制有两种，一种是显性机制，另一种是隐性机制。着重提到、普遍认可的，可称为显性机制；沉潜在"历史地表"之下、尚未关注的，可称为隐性机制。隐性机制并非不重要，只是因为其对作者的影响处于潜移默化的状态，难以发现而已。探索浙江同乡会与《浙江潮》这一"中国路径"，探索隐性机制潜藏下的不同故事，既需要"大胆假设"，更需要"小心求证"。

《西南联大艺术发展历程》前言

李光荣　西南民族大学

内容摘要：《西南联大艺术发展历程》一书全面系统地描述了西南联大戏剧、音乐、美术、舞蹈等各科艺术的面貌，梳理出各科艺术的发展历史，论述了各科艺术的重要社团、代表作品和代表作家，对西南联大艺术的成就、贡献、特点、规律、地位、影响等作出了评价，并总结了西南联大艺术的历史经验，讨论了其艺术成就与其艺术教育的关系、艺术与社会的良好互动等，还插入了许多有代表性的历史图片。《前言》旨在阐述西南联大艺术产生的背景是抗日战争及其稍后的历史以及云南的社会文化环境，西南联大艺术的面貌及其发展历程，并把其历程分为五个时期，认为西南联大艺术的显著特点是兼具艺术性和现实性，最后阐明本书写作的相关问题，说明本书的研究目标是填补中国艺术研究的空白，而实现此目标的重要标志是史料的收集运用与撰著的原创性。

关键词：西南联大艺术　背景　概况　分期　特点

一、西南联大艺术产生的背景

国立西南联合大学（简称西南联大）是一所存在于抗日战争及其稍后时期的大学，1937 年开办，1946 年结束，共九年历史。

1937 年 7 月，日本侵占华北，为保全中国的大学与文化，国民政府决定在内地“筹设临时大学若干所”①。其中，北京大学、清华大学、南开大学三校迁移长沙，联合组成国立长沙临时大学。11 月 1 日，国立长沙临时大学开学。京津才子笳吹湘江边，弦诵岳麓山，得以继续完成学业。

可恨日军再行相逼。1938 年 2 月，学校迁往云南，更名为国立西南联合大学。师生分三路迁徙，乘车的和乘船的两路均先出国到越南，从河内乘滇越

① 《教育部设立临时大学计划纲要草案》，北京大学等编：《国立西南联合大学史料》第 1 卷，云南教育出版社，1998 年版，第 53 页。

铁路的火车回国到达昆明，另一路由身强体壮的三百名师生组成“湘黔滇旅行团”，取道湘西，经贵州，徒步进入云南到达昆明。“旅行团”2月20日启程，历时68天，步行3500里，于4月28日抵达昆明，完成了教育史上“最悲壮的一件事”[①]，抒写了“书生长征”的历史。

开初，西南联大置理学院和工学院于昆明，设文学院和法商学院于蒙自。5月4日，西南联大在昆明和蒙自两地同时开学上课，开始了“笳吹弦诵在山城”的历史[②]。一个学期后，文、法商学院再迁昆明。

1939年9月，新校舍在昆明西北角城外筑成使用，西南联大有了属于自己的校园。新校舍面积一百二十四亩，建有办公室、教室、图书馆、实验室、学生宿舍、食堂等设施。1938年8月，学校遵教育部令创建师范学院，1939年7月，遵教育部令设置训导处。西南联大形成了“三处五院”的组织机构。“三处”即教务处、训导处、总务处，“五院”即文学院、法商学院、理学院、工学院、师范学院。学校常委会和“三处”办公室，文学院、法商学院、理学院设在新校舍，工学院仍在东城外拓东路的几处会馆，距新校舍十里，师范学院初设昆中北院，被日机轰炸后迁至龙翔街昆华工校，离新校舍不远。

1938年9月28日，日机开始轰炸昆明。自此，昆明人的生活中增添了一项新内容：跑警报。地处城边的西南联大也莫能例外。上课时，听到空袭警报，立即下课往后山疏散。疏散频繁必然影响教学。后来摸索到日机来袭一般在中午前后，学校调整作息时间予以应对。1940年7月，日军攻占安南（越南），云南变成了前线。西南联大遂创叙永分校以作万一之准备。1940年的新生和先修班在叙永分校上课。叙永与昆明相距遥远，由于交通和通信不发达，造成了许多麻烦。1941年8月底，叙永分校结束，师生迁回昆明。自此，无论战争形势如何险恶，西南联大都未曾迁移。

战争是影响西南联大办学最直接的因素，当然也是西南联大办学的最大背景。西南联大因抗战而诞生，因战局而迁徙，在战争中历尽艰辛、受够磨难，但坚持弦歌不辍，为国家培养了大批人才。与此同时，西南联大积极抗战，先后有一千多名师生参军作战，有的牺牲在战场。学校还为战争进行智力服务，例如，开办军工课程培养军事人才，承担译员训练班的教学和管理工作，为盟军培养翻译人员，与地方合作承担军事工程的设计，参与策划设计公路、铁路

---

① 《梅贻琦、黄子坚、胡适在联大校庆九周年纪念会上的讲话摘要》，西南联大校友会编：《笳吹弦诵在春城》，云南人民出版社、北京大学出版社，1986年版，第514页。

② 罗庸：《西南联合大学校歌》歌词，西南联合大学北京校友会编：《国立西南联合大学校史》，北京大学出版社，2006年版，插页1。

等。文艺则承担起宣传抗战的义务，创作了大量抗战作品，举办文艺表演，鼓舞部队官兵和普通民众的抗日热情。

1941 年年初，皖南事变发生，共产党人遭到打击而撤出学校，国民党从重庆派员来清查共产党，进步势力暂时隐退，致使西南联大已经形成的民主自由风气和活泼多彩的校园文化消失，多数文艺团体停止了活动。西南联大进入了低沉期。这种状况持续到 1943 年秋天才出现改变的迹象，至 1944 年“五四”，民主运动又走向高潮，生龙活虎的局面形成。

1945 年 8 月，日本宣布无条件投降。西南联大师生喜不自胜，奔走相告：终于结束了战争，终于有了北归家园的希望！

可是抗战刚结束，解放战争又将爆发。西南联大师生掀起了昆明的反内战“运动”。11 月 25 日晚，联大、云大、中法、英专四所大学联合举行反内战时事晚会。云南省党政军当局派部队开枪威胁，遂引发了昆明市大中学校全面罢课。云南省党政军当局企图用武力解决“罢课问题”，制造了震惊中外的“一二·一”惨案。不屈的昆明学生坚持斗争，最终取得了胜利。

“反内战要和平，反独裁要民主”发展成全国性的运动，“一二·一”运动是这场运动的中心，西南联大则是运动中心的策源地。抗战胜利后，西南联大是在反内战、争民主的氛围中教书育人的。

1946 年 5 月 4 日，西南联大举行典礼，宣告结业。

根据云南省的请求和国民政府教育部的安排，西南联大将原有的文学院、法商学院、理学院和工学院回迁京津，将新办的师范学院留给云南，成立昆明师范学院。部分教师和师范学院学生留下。

云南的社会情况亦是西南联大办学的重要背景。

龙云当上了云南省政府主席后，竭力保持云南在政治、经济、军事上的独立性。西南联大迁来之时，云南基本上处于“半独立”状态。教育的落后是云南经济社会发展的掣肘。一批高校迁来，等于“送教上门”，云南省给予了热烈的欢迎。值得一提的是，云南省为迁滇高校提供了宽松的政治环境。云南省政府不准国民党特务在昆明随便捕人，而昆明的治安由云南的宪警负责，国民党对昆明的进步人士奈何不得。1941 年 1 月，皖南事变发生后，国民党两次派人来昆明，企图逮捕进步学生，均遭云南省政府拒绝。1942 年 1 月，西南联大学生举行“打倒孔祥熙”的游行，云南省政府未加阻挠。不久，重庆再次派人来昆明追查“倒孔”主谋，云南省政府亦未支持。后来，昆明学生的一系列爱国民主运动，如“五四”活动周、“七七”纪念会、“国是宣言”、反内战游行等都得到了以龙云为首的云南省政府的默许。这些做法引起了蒋介石的深刻忌恨，遂下决心解决“龙云问题”。1945 年 10 月 3 日，蒋介石密令杜聿明部队包围“龙公馆”和云南省政府，胁迫龙云离昆。从此，昆明的学生运动失去了保护，爱国民主活动进入艰难时期，遂有“一二·一”惨案的发生。历史表明，昆明民主运动的形成，爱国热潮的高涨，与龙云及云南省政府提供的宽松政治环境有密切关系，而西南联大则是昆明爱国民主运动的主力军。

由于交通工具紧张，西南联大结束后师生分批乘车离开昆明，5 月 4 日第一批学生一百多人启程，7 月 11 日最后一批二百多名学生离开。当晚，云南省警备司令部派特务杀害了民主人士李公朴，四天后的 7 月 15 日，又杀害了闻一多。闻一多先生的鲜血成为西南联大在昆明八年的历史祭奠。

7 月 31 日，西南联大在昆明的工作全部完成，西南联大至此结束。

二、西南联大艺术概况

艺术是人类生活的花朵，只要人类在文明的土壤上生活，就会有艺术之花开放。西南联大的艺术即是上述办学活动的产物。

1937 年 11 月，西南联大在长沙初创，就有艺术表现了。师生们尽管才逃离敌占区，旅途的艰险还历历在目，枪声还不绝于耳，仍然开始了文艺活动。但这种文艺不是欢快的，而是悲伤的，同时也是反抗的、强劲的。学生组织了临时大学话剧团，演出抗战剧目，参加当地的文艺汇演，到部队去慰劳；抗战歌曲时时回响在校园，学生还曾去部队教唱抗战歌曲；南岳分校学生创办了壁报，张贴了美术作品。

长沙临时大学在西迁途中，“湘黔滇旅行团”的学生唱歌，闻一多先生画素描，旅行团与当地群众联欢，一路皆有艺术活动。5 月开学，昆明的学生或者组织剧团公演话剧，或者参加昆明剧团的演剧活动，把抗战精神和话剧艺术推广开来。蒙自的学生办壁报，创作美术作品，办夜校，教唱抗战歌曲，把抗战歌曲传遍蒙自城的大街小巷。

1938 年 12 月，新学期开学不久，学生中的戏剧爱好者即自行筹演话剧《祖国》，接着组织了西南联大话剧团。联大剧团的演出可圈可点，曾几次改变了云南艺术史的书写内容。1939 年 2 月《祖国》的演出刷新了云南戏剧演出场次的新纪录，还被选为代表国家慰问援华抗日华侨的演出剧目并为“华侨机工”演出。

也是在这个时候，学生组织了群社，开展了绘画、歌咏、演剧等文艺活动，组织文艺队下乡演出，宣传抗日。在群社的推动下，西南联大的文艺活动掀起了热潮。

群社的《热风》壁报刊登了多种美术作品，并逐渐形成了以漫画为主的风格。吴晓铃先生的一组关于恋爱问题的漫画在同学中引起了很大反响，“门神图”的辛辣则让人感到畅快淋漓。马杏垣的木刻是这一时期的代表作。魏建功先生的藤印开创了印材的新品种，义卖藤印则成为历史上的盛举。

群声歌咏队致力于抗战歌曲的演唱和普及，把抗战歌曲唱响校园各个角落，唱到昆明大街小巷和郊外农村，既活跃了西南联大的生活，又宣传普及了抗战意识。

1939 年 8 月，西南联大的教师邀请曹禺来昆明导演他自己的剧本《原野》和《黑字二十八》，是为云南戏剧史上空前的盛事。《原野》由西南联大主演，《黑字二十八》由昆明多个剧团联合演出。其导演团、舞台监督、舞台美术以及后台服务者多为西南联大师生。演出开创了云南戏剧和《原野》演出的新纪录，在中国戏剧史上具有一定地位。

西南联大歌咏团与群社歌咏队不同，显示出向专业社团发展的方向。虽然歌咏团仍以唱抗战歌曲为主，但加强了艺术性。1940 年 7 月昆明广播电台试播，即将其请去电台做播音演唱。8 月正式开播后，西南联大歌咏团举行了专场演唱会，首次把中国人民的抗战歌声通过电波传向世界部分地区，之后又多次应广播电台之邀去演唱。9 月 15 日，在云南省合唱音乐会上，西南联大歌咏团再次演唱了《黄河大合唱》全曲。

《国立西南联合大学校歌》（简称《校歌》）是西南联大校方组织创作和演唱的唯一一首歌曲。因此，《校歌》的诞生和演唱是西南联大艺术史上的一件大事。在我国高校艺术史上，其也是著名的。《校歌》的咏唱贯穿了西南联大办学的全过程，它是西南联大最为普及、咏唱最多的一首歌曲。从内涵的思想艺术到外在的创作咏唱，《校歌》都可以称为“西南联大第一首歌”。

1940 年 9 月，戏剧研究社《阿 Q 正传》的演出再次把西南联大戏剧推向高潮。此剧组织了西南联大最大的演出及服务队伍，再次刷新了昆明戏剧单部剧作演出场次的纪录。

西南合唱团是以昆明的西南联大校友为主体组成的一个合唱团。1940 年，已有一些西南联大学生参加，1941 年以后，合唱团成员几乎就都是西南联大学生了。西南合唱团以唱艺术歌曲为主，《蓝色多瑙河》《胜利进行曲》《老黑奴》《故乡的老亲人》《可爱的家》等是常唱的曲子。合唱团曾多次应邀到昆明广播电台播音演唱。尤其值得记载的是 1940 年深冬举行的专场音乐会，演唱亨德尔的轻唱剧《弥赛亚》。在当时的大后方，西南合唱团是唯一一个能够演唱《弥赛亚》全曲的合唱团。可以说，西南合唱团是当时昆明和大后方较为优秀的合唱团之一。

皖南事变发生后，西南联大校内文艺活动除戏剧外都停止了。艺术爱好者只好谋求向外发展，许多同学参加了校外的音乐活动，而戏剧公演本来就是在社会上进行的，从这个意义上说，这时的特点便是向外发展。

1941 年 7 月，联大剧团演出《玩偶家庭》，孙毓棠、凤子夫妇再次联袂出演，改变了联大剧团因内部分化造成的演出衰落情况。这是凤子最后一次在昆明的戏剧演出。

同年 8 月，国民剧社演出的《野玫瑰》，是继《祖国》之后又一部纯粹“西南联大牌”的演出，从剧本、导演、舞台监督、舞台美术、演员到幕后工作人员，全是西南联大的师生。这是陈铨的代表作《野玫瑰》的首次演出，又一次为戏剧史增添了一笔内容。1942 年 6 月，《野玫瑰》再次由青年剧社演出。

1943 年 10 月，山海云剧社在昆明演出曹禺新改编的《家》，请曹禺的学生范启新做导演。该剧演出全剧需五个小时，是真正的大戏。这是《家》在昆明的首次演出。演员高超的演技征服了全场观众，引得市民争相往观。演出只好一续再续，其演出场次仅次于联大剧团的《原野》和戏剧研究社的《阿 Q 正传》，与其并立为西南联大戏剧的“三大演出”。

高声唱歌咏队 1944 年秋开始活动，1945 年春正式成立。歌咏队倾向于咏唱艺术性歌曲，常唱《静静的顿河》《我流浪遍了四方》《哥萨克之歌》《红河波浪》《都达尔和玛丽亚》《红彩妹妹》《萝雷莱》《幽静的岸滩》《我所爱的大中华》等，还和昆明的其他合唱团同台演唱过《黄河大合唱》。反内战运动中，高声唱歌咏队以勇敢的姿态投入了战斗，到街头演唱宣传，创作歌曲。严宝瑜的《送葬歌》唱出了大家心里的悲伤，成为西南联大的歌曲中咏唱人数最多、影响较大的一首，是西南联大的“第二首歌”。

西南联大还对《茶馆小调》的传唱起了推广作用，是高声唱歌咏队和西南联大学生的咏唱把《茶馆小调》传遍了昆明以至大后方一些地区并带到了北方，使之成为当时的“流行歌曲”。

1944 年 4 月，阳光美术社创办壁报《阳光》画刊，发表漫画作品，《登龙有术》在师生心里产生了巨大的冲击波，给许多师生留下了终生难忘的印象。

于 1944 年秋开始活动的剧艺社，次年秋演出《风雪夜归人》获得好评，遂确立了演出艺术性戏剧的发展方向。罢课开始后，剧艺社不得不改变方向投入斗争，创作并演出反内战戏剧。《凯旋》和《潘琰传》是其代表。《凯旋》成为中国反内战戏剧中演出场次最多，影响最广泛的剧作，被论者与《放下你的鞭子》相提并论。“一二·一”运动结束后，剧艺社回归艺术方向，演出《芳草天涯》获得高度赞誉。可惜这时西南联大已进入历史的尾声，剧艺社不能继续在昆明演出了。

西南联大以校歌的组歌演唱结束了九年的办学历史，这歌声久久回荡在西南联大师生的记忆中。《西南联大校歌》传唱了几十年，校友们生前常在各种聚会时唱起。

西南联大在昆明的工作至 1946 年 7 月底全部结束。在西南联大宣告结束后，由西南联大发起组织的彝族歌舞演出再一次轰动了春城，引起了云南文艺界的广泛关注和热烈讨论，开创了我国民族民间原生态歌舞的演出历史。

三、西南联大艺术的分期

以上对西南联大的艺术发展历程作了简单描述，下面将对西南联大艺术历程做一个大致的时期划分。

《国立西南联合大学校史》（以下简称“本书”）把西南联大九年的历史分为五个时期：长沙临时大学时期（1937 年 8 月至 1938 年 2 月）、“皖南事变”前期（1938 年 2 月至 1941 年 1 月）、皖南事变后期（1941 年 1 月至 1944 年 5 月）、爱国民主运动高潮期（1944 年 5 月至 1945 年 8 月）、反内战时期（1945 年 8 月至 1946 年 7 月）。这种分期的主要依据是政治事件。的确，政治对西南联大的影响是巨大的，它几乎决定了西南联大的“命运”。但文学艺术不等同于政治，它有其自身的规律。文学艺术与政治有关，但似乎又与政治局势的起伏变化不完全吻合。①

根据西南联大文艺的活动及其发展变化情况，可以把西南联大艺术活动的历史分为三个时期：前期（1937 年秋至 1941 年春），即艺术的高昂期；中期（1941 年春至 1943 年秋），即艺术的深沉期；后期（1943 年秋至 1946 年夏），即艺术的突变期。分期理由如下。

长沙临时大学虽然上课时间只有三个多月，但它确实是西南联大办学的一个阶段。其存在的时间、地点与名称与西南联大不同，教学的条件、课程的设置、学校的工作以及学生的活动内容等也与西南联大不同，作为一个独立阶段没有问题。但是，其时间太短，若独立出来，与西南联大九年间的其他分期时间长度不平衡，更为主要的是长沙临时大学还没有形成自己的独立个性。无论是存在时间、制度建设、教学内容还是思想学风都没有形成自己的特征。以

① 参见李光荣、宣淑君：《季节燃起的花朵——西南联大文学社团研究》，中华书局，2011 年版，第 2 页。

《西南联大艺术发展历程》所研究的艺术而言，长沙临时大学已经开始了戏剧、歌咏、美术等活动，但成绩并不突出，留下的资料相当有限，若将其独立出来书写，无论内容还是篇幅都与后来各时期很不相称。也就是说，要把长沙临时大学的艺术划分为一个单独的时期，无论在其内容或者划分时期的技术处理上都是不恰当的。再从历史的发展角度来看，长沙临时大学有如西南联大的准备期，在艺术上则相当于一个排练期。长沙临时大学的艺术在内容上的宣传抗战，精神上的朝气蓬勃被学生带到了昆明，在西南联大发扬光大。例如，长沙临时大学剧团演出的“好一计（记）鞭子”（《三江好》《最后一计》《放下你的鞭子》）和《前夜》由同学带到昆明继续演出；《义勇军进行曲》《牺牲已到最后关头》《打回老家去》等歌曲由同学一路唱到云南，在昆明和蒙自继续演唱。这就是说，在艺术上，长沙临时大学与西南联大初期的关系是连续性的，而未显出独立性。基于这个原因，《西南联大艺术发展历程》不把长沙临时大学的艺术单独划分为一个时期。

皖南事变确实是西南联大生活面貌的一个分水岭。它虽然是一个政治事件，而且发生地远离昆明，但对西南联大的生活与作风产生了巨大影响，使其前后呈现出不同的面貌。皖南事变之前，西南联大师生精神昂扬，意气风发，轻松活泼；皖南事变之后，走向沉稳、平静、冷寂。具体地说，尽管学校的管理、教学、环境、设施等照旧，但师生的精神面貌、生活作风、文艺活动和以前大不一样了。皖南事变之前，校园里到处飘荡着歌声，演讲会、辩论会、读书会、朗诵会等每周都有，几十种壁报贴满墙头，琳琅满目，各种思想、观点以及形式多种多样，只要走进校园，便会感到新鲜鼓舞，活力倍增。皖南事变之后，一切都消失了。从长沙到昆明，西南联大形成了浓厚的民主、自由的学术风气，但在皖南事变后，这种风气失去了表现。

文艺是注重表达的文化种类，它依据形式而存在，如果失去了形式，文艺也就不复存在。“皖南事变”后的西南联大校园，其文艺丧失了生存条件，师生不得不开拓其他道路，结果是到社会上去寻找生存空间，从而形成了向外发展的特征。皖南事变前，西南联大的戏剧、音乐、美术、文学社团均在校园里开展活动，皖南事变后，除戏剧外全部停止了校内活动而走向校外。

西南联大的戏剧团体具有很强的艺术实力，其表演水平自然会要求其演出节目呈现于较大的空间，因此，剧团一开始就纷纷在公众舞台上演出。这样，皖南事变虽然迫使戏剧研究社解散，联大剧团的实力略有削弱外，对西南联大戏剧的整体活动没有造成太大影响。音乐爱好者则参加了昆明市的歌咏团体，去校外练歌。美术爱好者几乎停止了活动，在校园内外均没有太多的表现。文学爱好者在校外办刊物，办报纸副刊。校园里只剩下正常的教学和学术讲座。

由于皖南事变前后西南联大的风气与艺术的生存环境不同，艺术的思想倾向也有所不同，本书把皖南事变作为一个节点，划分西南联大艺术的时期。但它仅仅是一个分期的标志而已，与西南联大艺术的内容与形式没有直接关系。正如道路旁的一块路牌，路牌本身与道路的长短好坏没有关系。这里虽然使用了政治事件作为分界线，但不是用政治作为分界的标准。

西南联大的冷寂沉闷气氛一直到1943年秋才有改变。暑假时，闻一多为编选《现代诗钞》，读到了田间、艾青等解放区诗人的作品而深受震动。开学后，闻一多在课堂上介绍田间的诗，称其为“鼓的声音”[①]。闻一多充满诗情的讲解，点燃了青年学生的热情，促使他们寻找感情的喷发点与喷发形式。也是在这时，几个痴迷文学的学生张挂出一份壁报《耕耘》，另外几个耐不住寂寞的学生受到启发，也贴出一份壁报《文艺》。由于两份壁报所秉持的文艺观不同，遂发生了争论。争论引起了同学们的兴趣，激发了大家的热情。闻一多以及《耕耘》《文艺》壁报唤醒了西南联大师生沉睡的热情，酝酿着新的喷发方式。终于，1944年4月，新诗社诞生，《诗与画》壁报创刊，紧接着“五四”到来，师生的热情汇成了民主运动的潮流。由于戏剧与音乐爱好者一直在校外活动，因此可以把《诗与画》视为后期艺术开始活跃于校园的标志。《诗与画》壁报诗画同刊，图文并茂，稍后，“画”独立出来，成为《阳光》画刊，专门刊登美术作品。虽然《诗与画》的创刊时间晚于1943年，但我们应看到，新诗社的最初发起人何达，既是闻一多“田间课”的听者并写文章介绍该课的人，又是《文艺》壁报的负责人之一，正是他发起组织了新诗社，主创筹划了《诗与画》壁报和《阳光》画刊；而讲“田间课”的闻一多先生，既是新诗社的导师，又是阳光美术社的导师。由于闻一多和何达的作用，西南联大美术以及艺术进入活跃的后期的启动时间并不迟，应该在1943年秋天。基于此，《西南联大艺术发展历程》把西南联大艺术后期的起点放在1943年秋。

在西南联大后期，横亘着一个“一二・一”惨案。日本侵华犹如一颗硕大的钉子插在中国现代之树的躯干上，把中国历史的进程扎破了，所以，中国现代史怎么叙述都被日本侵华所阻，而无法顺畅。在西南联大的历史上，“一二・一”惨案扎断了西南联大的历史进程，无论怎么描述西南联大历史，“一二・一”惨案都突出在外。在“一二・一”运动期间，西南联大终止了所有教学工作，全校师生无一例外地围着这场运动转。由于这个原因，西南联大后期

① 闻一多语，转引自何达:《闻一多・新诗社・西南联大》,《北京文艺》1980年第2期。

的艺术社团，剧艺社、高声唱歌咏队、阳光美术社等都改变了自己的发展方向，终止了自己的工作和活动计划，全力投入“一二·一”运动。虽然戏剧、音乐、美术都在斗争中放射出卓异的光芒，但变成了“斗争的艺术”，弱化了纯艺术的色彩。运动结束后，各社团又恢复到原先的艺术道路上。“一二·一”运动在西南联大的历史上如此突兀而不协调，能不能舍弃不论述呢？不能。因为其事件重大，地位突出，不能忽略。能不能将其独立为一个时期来论述呢？也不能。因为它游离于西南联大的历史进程，与西南联大的办学活动融不到一起，即不属于办学内容。“一二·一”运动在西南联大历史上不能独立，那么，在论述西南联大的艺术活动以及艺术社团的时候更不能将它独立了。出于这种认识，本书在论述西南联大后期艺术历程及各个艺术社团的时候，总是要谈到“一二·一”运动，但又不能将其独立出来单独论述。

四、西南联大艺术的特点

西南联大艺术各个时期的活动、成就、贡献、特点、影响等将在书中各章里展开论述，这里拟谈谈西南联大艺术的总体特点。

西南联大艺术总体特点是现实性和艺术性。

现实性是西南联大艺术最为鲜明的特点。

首先，西南联大的艺术是在现实生活中产生的，与那种坐在书斋中的研究和创作大不相同。

例如，因湘黔滇迁徙步行而产生了闻一多的沿途写生画。连闻一多本人也没有想到，自己会重新拾起放下了十多年的画笔。在“机会难得”的旅途中，闻一多出于对祖国壮美河山的热爱以及留下一点纪念的想法，援笔作画，甚至画兴大发。不顾旅途劳顿，放弃了休息和谈天的时间，他一路走一路画，遂产生了一组稀世素描珍品。假若没有西南联大的迁徙和湘黔滇旅行，便不会产生闻一多的素描写生画。

又例如，由于“四烈士”出殡的需要，严宝瑜创作出了《送葬歌》。昆明市学联经过多次与云南省政府代表的谈判，才争取到为“四烈士”出殡游行。云南省政府害怕学生把游行变成大张旗鼓地宣传行动，提出了不准呼口号、贴标语、发传单的限制。但他们没有想到除这些方式之外还有其他的宣传方式能够利用，所以没有提出不准唱歌。昆明市学联及“一二·一”殉难烈士治丧委员会提出，请高声唱歌咏队找一首歌来练习，教会同学们唱，届时在送葬队伍中唱。可是，就他们所知，古今中外没有一首适合为同学出殡唱的歌。这一现实的需要迫使高声唱歌咏队考虑自行创作一首歌。于是严宝瑜在极度悲愤中创作了《送葬歌》。假若没有“四烈士”出殡的需要，就不会有《送葬歌》的诞生。

而离开了特殊的现实生活环境，即使是同一个作者，也找不回相同的感觉，写不出彼时彼景中的作品。面对死难同学的遗体，郭良夫决心写一点东西，于是他出入灵堂，收集各种资料，创作出了三幕剧《潘琰传》[①]。剧本写成后，剧艺社即行演出，感动了全体观众。在演出实践中，作者发现了一些问题，需要再作些提炼。在发表时，刊登了第一二幕，第三幕要等作者修改后再刊登。但西南联大随即结束，刊物也停止了。师生北返，却没想到第三幕的稿子在迁徙途中丢失了！于是郭良夫决心将它补写出来。为此，他再行收集资料，还去潘琰的家乡徐州访问调查。可以说，作者这时掌握的材料比初创时更丰富，认识比原先更深刻了。可是，他怎么也找不回先前的感觉，激不起创作的冲动，无法补写出来，最终剧作成了残本。

可见，西南联大的艺术是现实环境的产物，是实际生活催生出的花朵。

其次，西南联大的艺术是为现实生活服务的，与那些为创作而创作的作品大不相同。

魏建功素来喜爱篆刻艺术，但他在蒙自和昆明治印时发现了一种新的材料，引发了兴趣。他利用这种兴趣和艺术，为抗战服务。他义卖藤印一百余方，将所得款项全数捐献给抗日部队。闻一多治印的动因是为生活所迫，靠刻印所得弥补家庭生活的不足，让全家人渡过了无米之炊的难关。

从长沙到昆明，西南联大所唱的歌曲大多数是抗战类的。抗战是当时最大的现实，最切实的生活。群声歌咏队的最大功绩是普及抗日歌曲。他们不仅在校园里唱，感染了多数同学，还下乡去唱，做抗日宣传，鼓舞群众的抗敌情绪。高声唱歌咏队所唱的歌曲，在抗战时期是抗日歌曲，抗战胜利后是艺术歌曲，“一二·一”运动中是反内战争民主的歌曲，这种变化非常明显。

戏剧的演出最能表明为现实生活服务的事实。联大剧团演出《祖国》是“为前线将士募鞋袜”，演出《夜未央》是“为筹募劳军礼金”，演出《玩偶家庭》是“战时公债劝募总队西南联大劝募分队公演”，演出《塞上风云》是为“募集前线将士医药公演”。戏剧研究社演出《阿Q正传》是为昆明学生救济委员会募集西南联大贫寒学生基金。国民剧社演出《野玫瑰》是“劝募战时公债”。山海云剧社演出《北京人》是为“募集前方将士医药”，演出《家》是“为本市中国建设中学筹募基金”。

---

① 《潘琰传》又名《民主使徒》。闻一多曾篆书剧名“民主使徒”。

举办“彝族音乐舞蹈会”更是出于对少数民族同胞的爱，为了宣传少数民族文化，促进民族大团结。

出自为现实生活服务的目的，作品往往能够切合实际，受到大众的欢迎。正是本着为现实服务的精神，才会对于与抗战毫无关联的《原野》做出有利于抗战的解释，认为剧中蕴含着莽苍浑厚的诗情，原始人爱欲仇恨与生命中有一种单纯真挚的，如泰山、如洪流所撼不动的力量，并说“这种力量对于当今萎靡的中国人恐怕是最需要的吧!”[①] 这真是慧眼独到的阐释。

西南联大艺术与现实性紧密相连的特点是其对艺术性的坚持。

艺术作品必然具备艺术性，这本是天经地义的道理。但在某些特殊时期，艺术会丧失其艺术性，变成一般的宣传品。这在抗战时期是很突出的。因此抗战初期才会引起一场对于艺术与宣传关系的争论。当时许多人认为，大敌当前，抗战是第一要务，可以牺牲艺术去做抗战宣传。从政治的角度说，这种观点无疑是对的。但没有艺术性的东西，还能够称为艺术吗？另一种观点认为，艺术必须坚守艺术性，坚持艺术的“阳春白雪”，不考虑接受者的文化程度和其所喜爱的形式，只要创作出来的是艺术的就能传之久远，而且艺术性越高越好。从艺术的角度说，这种观点也是对的。但象牙塔里的艺术，必然不能为大众接受，起不到宣传抗战的作用。如何把宣传与艺术的关系恰当地处理好，使作品既是艺术品，又能被群众乐于接受呢？这一问题，抗战时期的文艺界实际上很难处理好，或者俯就了宣传而损害了艺术，或者坚持了艺术而放弃了宣传，能够把两者很好地结合起来的艺术品并不太多。而在西南联大的艺术实践中，宣传与艺术的矛盾似乎并不突出。

在闻一多的心目中，宣传与艺术的关系是很清楚的。1939 年 2 月，正当艺术与宣传的关系在文艺界讨论得热烈的时候，他写了《宣传与艺术》一文阐述自己的观点。他首先指出：“抗战以来我们宣传的工作实在难令人满意。……其原因则在做宣传工作的人热情有余，技巧不足。”他说：“我所谓的宣传，在文字方面是态度光明而诚恳的文艺作品，在形式上它甚至可以与抗战无大关系，但实际能激发我们敌忾同仇的情绪，它的手段不是说服而是感动，是燃烧！它必须是一件艺术作品。”艺术与宣传的关系在这里阐述得再清楚不过了。闻一多根据当时我国民众知识水平普遍不高的现实，在文中又提出：“在我们特殊情况之下，文字宣传究不如那‘不落言诠’的音乐、图画、戏剧

① 闻一多为《原野》演出所写的《说明书》，转引自李乔：《看了〈原野〉以后》，《云南日报》，1939 年 8 月 23 日。

等来得有效。”[①] 这篇文章写于《原野》策划之前，《祖国》演出之时，由此我们能够理解闻一多参与策划《原野》演出的原因，也能够理解闻一多在抗战时期及其之后从事文艺活动的思想根源。闻一多的文艺观在西南联大是极具影响力的。他除了自己的文艺实践，还指导了多个文艺社团的活动，他是南湖诗社、联大剧团、冬青文艺社、新诗社、阳光美术社、剧艺社的导师，说他引导了西南联大文艺的方向并不是夸赞之语。在闻一多的思想和实践影响以及具体指导下，西南联大的艺术既是艺术的，又是宣传的。

对于艺术性的坚持，在西南联大有两种表现：一种是在现实性较强的作品中贯穿强烈的艺术性。《西南联大校歌》是一个典型的例子。校歌歌词叙写西南联大在战火中劳苦迁徙为国育才的历史，期望学子们修成人杰以中兴国家，上阕叙述迁徙流离的辛酸和最终安定的欢愉，下阕表达报国雪耻的壮志和抗战必胜的信心。其思想内容表达了当时西南联大师生共同的愿望，传达了师生的心声，每次唱起都会激起大家的强烈共鸣。而在艺术上，长调词牌“满江红”的选取，填词的工稳，借代、比喻、典故等的恰当运用，字词的精炼，上下两阕在结构上的均衡统一，感情表达的适度等都是其所长。曲谱又能恰当地与词意配合，把上阕的悲愤，下阕的雄壮充分地表现了出来。

另一种是在与现实不够紧密的作品中突出艺术性。抗战期间，在西南联大各戏剧团体演出的剧目中，至少有这么一些是与现实生活关系不十分密切，具体说是与抗战没有关系的：《原野》《雷雨》《玩偶家庭》《权与死》《阿Q正传》《北京人》《家》《风雪夜归人》等，可这些剧目的演出都获得了较高的上座率，得到观众的赞誉，有的还开创了历史记录，这是为什么？因为剧本是艺术的。剧本的艺术性奠定了演出的精彩，因此演出有强烈的艺术性，既能够吸引观众，又能够得到艺术家的好评。再说，人们在战斗中也需要休息、娱乐，补充力量。这些演出适应了这种需要。

现实性和艺术性可以说是西南联大艺术能够感动人，产生巨大影响，获得生命力，具有历史地位的原因。

五、研究任务与目标

《西南联大艺术发展历程》的研究任务与目标是：全面系统地研究西南联大九年间的戏剧、音乐、美术、舞蹈，通过具体描述、分析和概括，展示西南

---

① 闻一多：《宣传与艺术》，昆明《益世报》，1939年2月26日。

联大艺术的面貌及其发展历程，揭示其成就，论述其贡献，归纳其特点，评价其地位，总结出具有规律性的认识，以填补中国艺术研究在这方面的空白，使成果成为西南联大艺术、中国校园艺术、抗战时期艺术和中国现代艺术研究的基础性论著之一。

由于西南联大的艺术教育有其特殊性，本书先论述了西南联大的艺术教育。西南联大没有艺术院系，没有艺术课，没有艺术教师①，也没有组织过艺术演出或比赛，而其艺术活动却开展得蓬蓬勃勃，并取得了巨大成就，为艺术史做出了多种贡献，培养出许多艺术人才，成为云南艺术的重要园地，影响达至大后方及沦陷区一些城市，成为我国高校艺术的翘楚，这在当时绝无仅有，在教育史上也不多见。那么，西南联大的艺术教育是如何开展的？艺术人才如何培养？艺术教育观是什么？这些问题必须回答，才能进行西南联大艺术的本体研究。所以，本书从西南联大的艺术教育论起，首先讲西南联大的艺术教育观及其教育实施情况，再论西南联大艺术在校园和社会两种场域中的表现和作用。于是，我们认识到西南联大艺术教育的自治和引导机制，开展活动的生活化与业余性。并且能得出这样的观感：师生日常生活中的业余活动都取得了如此之大的成就，不能不使人对西南联大刮目相看。

固然，任何行动如果完全群众化即是一盘散沙，所谓“群龙无首”，还需有组织领导才能实现目标。因而不能不使笔者认识到文艺骨干、导师和社团的作用。这就是西南联大开展文艺活动的“机制”：学校鼓励，骨干带动，社团实施，导师指导。骨干发动一些人组成社团，请导师指导，进行某项艺术活动。戏剧社排练剧本演出，音乐社组织大家唱歌，美术社创作图画发表。由于这些活动来自学生，由学生完成，于是反过来又把艺术普及到学生之中，从而形成了西南联大艺术教育的良好机制：由学生发起，创造佳绩，在此过程中又普及到学生中去，进而培养人才。

西南联大艺术活动的基本经验如下：着眼于民间性和生活化，由骨干带动，教师指导，社团实施。这其中至关重要的是骨干人物。西南联大的文艺社团全都是学生自己发起组织的②，没有骨干的发动便没有社团的产生，没有骨干的表现便没有社团的业绩。可以这样说：西南联大艺术社团能够长期坚持活动，全靠骨干的热情与才能；西南联大艺术能够在九年间生机勃勃地开展，全

---

① 西南联大师范学院根据人才培养的需要，在教育系聘有两位音乐教师，上该系音乐课。虽然学校要求音乐教师负责指导全校的音乐活动，但他们所做不多，并没有突出表现。

② 西南联大校歌合唱队由学校发起，从全校挑选歌手组成，由张清常先生任指挥。但校方未过问工作的具体情况，校歌演唱活动结束之后就解散了。

靠骨干的组织与带动；西南联大艺术能够取得辉煌成绩，全靠骨干和社团的创造。事实上，西南联大艺术业绩绝大部分是社团的业绩，而社团的业绩中的主要部分是骨干的功劳。关于骨干不力的反面教训也是有的：皖南事变后，由于骨干不敢抛头露面，没有骨干出面组织美术社团，这一时期西南联大的美术创作在校园里便没有开展活动，没有产生什么影响；1944 年，当西南联大的风气焕然一新，各种社团风起云涌之时，戏剧方面由于骨干力量不足，因而没有社团组织而活动沉寂。

明白了骨干与社团的作用和贡献，也就明白本书为什么要在各章里立专节介绍各种社团及其业绩了。

由于西南联大的艺术活动靠自发性开展，而各科骨干的分布不均匀，西南联大各科艺术的发展也是不平衡的。戏剧最为活跃，成绩也最大，音乐次之，美术又次之，舞蹈最末。西南联大基本上没有舞蹈活动，如果闻一多、王松声不组织那次彝族音乐舞蹈会，本书几乎没有相关内容可写。骨干的均衡与否与艺术成绩的好坏似无必然联系。如上文所述，西南联大在戏剧、音乐、美术、舞蹈方面都取得了骄人的成就，具有开创历史的贡献。但各科艺术活动的不平衡，造成了本书结构安排上的困难。

本书各章节根据当时的艺术活动情况及笔者掌握的材料而立，由于各种艺术活动在参与的人数、开展的范围和取得的实绩等方面并不均衡，因此各章节的数量不等且所写内容在分量和篇幅上亦不均衡。有话则长，无话则短。

本书最值得一提的是资料的搜集与运用。笔者对西南联大材料的搜集始于 20 世纪 80 年代，集中精力大规模的搜集是 2003 年为完成国家课题“西南联大文学社团研究”而进行的，有三四年多数时间“泡”在图书馆里，之后，资料的搜集一直没有停止。另有一些时间做联络和访问工作，用面谈、书信、电话、邮件等方式访问过一百多位西南联大校友和少量亲属，还到全国许多地方去查阅过资料。在占有大量资料的前提下，才敢展开本书写作。但“书到用时方恨少”，资料是很难有充足之时的。在研究中，笔者又不时去查找资料，访问老先生，花费了不少时间在资料搜集上。有了足够的资料才动笔写作。尽管如此，还是有感到材料不济的时候。有的地方不能充分展开论述，多半因为材料不够，不敢妄加推论。笔者对搜集到的材料还进行过认真地甄别和考证，直到最后确证了才敢运用在书中。使用第一手资料，是本书撰写中坚持的原则。实在缺乏第一手资料，不得不用第二手资料时，也是做了仔细的考证再用，用时加以说明或作注。用事实说话是笔者坚持的另一写作原则。用事实说话就是用材料说话。在本书中，笔者坚持把事实看作本书的基本内容。基本内容说清了，才谈得上价值判断。因此本书用了很大的篇幅去介绍基本事实。笔者坚信："见解人人可发，而材料（事实）是唯一的。由于同样的材料可以形成不同的观点，而每一个观点都必须建立在材料之上，可以认为在一定程度上，发现一则新材料的价值比得出一个新观点更重要。"[①] 基于这种见解，本书使用了大量材料来叙述基本事实。

"原创性"是本书的学术目标。事实上，进行此项研究，即使不想原创也不可能。因为此前没有人对西南联大艺术做过全面系统的综合研究，笔者必须白手起家，从头做起。在此之前对于西南联大具体艺术作品的研究，如果不算当事人的回忆文章，并没有多少。其中文章最多的是关于《西南联大校歌》的研究，而那些文章主要集中于探寻歌词作者是谁的问题上，对于《校歌》本身的研究并不多。本书则略写歌词作者这一争论不休之问题，而侧重对《校歌》本身进行研究，这与他人的文章是大不相同的。闻一多的美术也是他人研究过的，陈梦家和闻立鹏的文章值得重视，本书采纳了他们的部分意见，而更多面的闻一多艺术研究则是本书的贡献。西南联大戏剧当事人王松声和李凌写过关于闻一多戏剧的文章，本书有所借鉴。在研究过程中，当然参考了别人的东西，也吸收了别人的有益观点，凡使用之处本书都已一一注明。学界对西南联大其他艺术的研究则少之又少。既然本书对西南联大具体艺术的论述也与他人多有不同，所论或可以视为原创吧？那么，本书实现了"原创性"的学术目标。

① 李光荣、宣淑君：《季节燃起的花朵——西南联大文学社团研究》，中华书局，2011年版，第369页。

开放视域里的宁夏文学

——兼及“地方路径与文学中国”的理论意义

李生滨　西北师范大学

李澄芳　宁夏大学

内容摘要：从“地方路径”来重新审视已有的中国现代文学和地域文学研究，探讨地方人文地理与文学中国之间的动态关系，意义深远。《王贵与李香香》是在宁夏盐池革命老区的现实空间里发生的故事，以地方民歌传唱的艺术方式上升为解放区的文学经典之一。张贤亮创作的文学史表现在伤痕文学和苦难书写两翼上审视，研究者也能深入其文本内里和情感深层。当代宁夏作家在中国现代性发展的总体包容中对地方根生或再生经验的各种探索，打破了文学话语的单一和扁平。或言之，地方路径、地方经验是相对的讨论和意义的开放，亦强调文学生成机制的“在地性”，而不是静止和固化人地关系的自我封闭或特别所指，其理论目的和意义在文化自信的宏大背景上彰显了“文学中国”及其人文空间的多样性生态景观。

关键词：地方路径　宁夏文学　文学中国　多样性　开放意义

在中国现代文学研究走向某种困境或者说产生新的蜕变之时，李怡教授提出从“地方路径”来重新审视已有的研究，探讨地方人文地理与文学中国之间的动态关系。“地方路径与文学中国”提出了部分与整体互相平等建构的理论主张，试图打破地域文学研究受制于已有文学史主流叙述范式的局限性①，显现了自觉的开放意义。在新中国文学总体发展与当代宁夏文学同构的研究中，笔者也做了一些文献搜集和基础研究工作，本文借助“地方路径”的方法和视角重新观照当代宁夏文学的滥觞和发展，进一步思考当代文学研究领域部分与

---

① “这一正史传统的局限性也显而易见，因为它难以深入到地方基层，难以具体描述文学与群众交织得最为紧密的层面。”见石岸书：《新时期文学在基层——兼论中国当代文学史的基层研究》，《文学评论》2021 年第 3 期。

总体之间的辩证关系。“地方路径”理论倡导的一个重要方面，就是在开放的学术视域里客观讨论文学生成的人地关系，或者说加重地理因素的权衡力度。阿Q头上的旧毡帽，孔乙己出入的咸亨酒店，“我”怀念的三味书屋，自然体现了鲁迅文学创作的“故乡经验”。沈从文从湘西记忆与印象的文学化写作走向世界。没有东北那个叫“呼兰河”的小县城，中国现代文学史上也不可能有萧红的一席之地。“‘大传统’的更新和改变显然与地方经验的不断生成关系紧密。”[①] 当代宁夏文学的发生肇始于陕甘宁边区，是贯彻了延安文艺思想的创作实践。宁夏是陕甘宁边区的主要组成部分，革命与文艺相结合的地方经验怎样成为“大传统”？在已有的文学史叙述中还是被主流的话语模式所遮蔽，文学史家大多忽略了《王贵与李香香》的盐池（宁夏）经验。

辩证而言，宁夏盐池（三边革命老区）的人文资源和真实生活构成了李季创作《王贵与李香香》的“在地”经验。

1936年，西征红军来到宁夏，第一个解放的地方就是盐池县。盐池这片贫瘠的土地上焕发出革命的新生力量，诞生了许许多多脍炙人口的诗歌、散文、歌谣，其中最著名的是由李季创作的《王贵与李香香》。作品自1946年发表后，轰动全国，晓喻中外，“被誉为诗歌创作的一个丰硕成果”[②]。李季（1922—1980），河南唐河县人。1938年到陕北进入延安抗日军政大学学习，1939年5月加入中国共产党。1942年冬，李季被调到“三边”地区工作。1943年调《三边报》报社任社长。几年间他的足迹遍及三边的各个区、乡，并在工作中认识到信天游、花儿等西北民歌的社会意义和文艺价值。这是《王贵与李香香》产生的主要路径，也成为延安文学和新中国诗歌创作的一个重要方向。

当然，真正催生这首解放区文学经典的，还是革命话语与地方经验结合的力量。根据历史记载，1942年农历八月，在革命解放区盐池县发生了一起杀人案，该县三区三乡百家井村农民徐天宝被人打死。王有等人将这件事编成了说唱歌谣《寡妇断根》，传唱开来，影响广泛。[③] 诗人李季因偶然的机会认识了王有。这是一个普普通通的盐池放羊老汉，却也是天生的土生土长的民间艺术家。在学习三边民间文艺时，特别是在与王有的切磋中，李季创作了《王贵与李香香》。李季与王有交往颇深，1973年他还专门回边区看望这位老朋友。

---

① 李怡：《“地方路径”如何通达“现代中国”——代主持人语》，《当代文坛》2020年第1期。

② 唐弢主编：《中国现代文学史》（三），人民文学出版社，1979年版，第309页。

③ 请参考闵生裕《闵庄烟火》，宁夏人民出版社，2012年版。此书还收录了《寡妇断根》民间传唱的手抄本。

这首从“地方路径”产生的民歌体长诗最早发表名为《太阳会从西边出来吗?》，而副标题则是《三边民间革命历史故事》。诗里的男主角名叫王贵，但女主角应该叫什么名字呢？李季反复考虑，在一张草稿纸上写写画画，罗列了不少农村女孩常用的名字，但没有一个令他满意的。与诗人一起在盐池县政府工作的一个通讯员，经常向李季问一些字的写法。这引起李季的特别注意，仔细琢磨这小伙子问的字，发现他是在给相好的女孩写“情书”，原来通讯员喜欢的女孩名叫“香香”。这自然也成了诗人笔下革命“故事”里的李香香了。

1945年冬天，这首以信天游形式（不是原态的信天游）写出来的长达740余行的长篇革命叙事诗脱稿了。1946年夏天，先在《三边报》上连载。同年9月，延安《解放日报》发表时将作品的标题改为《王贵与李香香》。该诗采用了大众喜欢的说唱形式，轰动了当时的文坛，得到各方面的好评。这是“三边”（靖边、定边和盐池）大地上孕育出来的文艺新花，茅盾称它“是一个卓越的创造，就说它是‘民族形式’的史诗，似乎也不过分”[①]。郭沫若称赞它是人民翻身和文艺翻身的“响亮口号”[②]。这正是得益于毛泽东《在延安文艺工作座谈会上的讲话》精神的引导，许多作家和艺术家深入延安和其他革命根据地的新生活，地方经验的艺术化创作很快上升为解放区文学的“大传统”。不仅是《王贵与李香香》，还有《白毛女》借用的“白毛仙姑”民间传说及河北民歌《北风吹》，都是一种“在地性”元素的艺术提炼和创造，不仅承载和激发了革命的情感，也刷新了民族艺术的审美价值。

“地方路径”强调总体的个别，包括个体差异，在差异的认识中辨析“地方经验”如何与总体在互动中形成“中国经验”。每一个作家的独异个性在“地方路径”的审视中自然凸显，并可进一步辨析文学空间生成与中国文学总体之间的互动关系。同样，“宁夏出了个张贤亮”，地方经验的艺术化生成和个性化创造，成就了当代作家张贤亮在新时期显赫的声名。

如果说，《灵与肉》及由此改编的电影《牧马人》，让张贤亮成为新时期最具有正能量的作家，而《邢老汉和狗的故事》及改编的同名电影，都是中国当代文艺史上具有经典意义的作品。《绿化树》浓郁的诗意渲染和主观情绪宣泄，在伤痕反思文学的热潮中赢得了读者和批评家的广泛关注，当时的评价也很高。小说叙述者投射自我的主人公章永璘围绕马缨花的情感倾诉，是在与真正

---

① 茅盾：《再谈“方言文学”》，《茅盾全集》第23卷，黄山书社，2014年版，第465页。

② 参见凌宇、颜雄、罗成琰主编：《中国现代文学史》，湖南师范大学出版社，1999年版，第554页。

喜欢马缨花的另一男性海喜喜的比照中展开的。因为大量引用中外古今的诗歌炫耀才情，这部小说更像抒情散文。但小说话语结构的真正肌理恰恰还是“地方路径”的东西，没有地道的乡村生活，没有海喜喜、马缨花口里真挚的花儿、信天游和民间小调，这篇小说的浮泛和不成熟，就会更加显豁。张贤亮下放和劳教的地点，是宁夏与陕北、内蒙古交界的地方，干旱少雨，土地盐碱化程度较高，天气寒冷风沙大，皆是困扰当地生活的主要因素。认真研读过《资本论》的张贤亮，理解马克思主义，理解中国革命，深谙时代政治和中国现实。“地方路径”的生活气息支撑了过于矫情的苦难叙事和艺术幻想[①]。从小说的叙事和历史的反思来说，笔者认为《男人的一半是女人》才是超越《绿化树》情感滥觞的成熟之作。小说叙述语言流畅，文采摇曳，“刺激了处在不同知识层面的读者的接受意识”[②]。张贤亮通过文学创作成名后选择留在银川，出卖“荒凉”，使自己成为宁夏对外宣传的一张“文化名片”。其实，知识性（马缨花学名“绿化树”的考证）与地方性（马缨花作为人名）不仅形成了《绿化树》小说叙事的空间张力，而且也暗示了张贤亮的人生走向和现实反省。这是“地方经验”在文学之外另一种“曲径通幽”，也透露了一个知识分子来自现实经验的人生智慧。在修复严重被侵蚀的暴力化、粗鄙化[③]文学语言的自觉中，张贤亮的文学追求首先是语言的诗意化，其次是地方化——或者说民间文艺和人民口头语言大量运用的生活化，与世界的、现代的、诗歌的语言糅合成其小说叙事之语言华彩，包容了情感消解和精神冶炼的人性观照。

换言之，苦难和苦难地宁夏承载了张贤亮后半生的辉煌。中国南北自然环境和生存条件的差异，刺激并增强了张贤亮的生命感受，进而沉淀为其作品的重要特色。白杨、沙枣、盐碱化、饥饿、劳动、干旱、牛马、火炕、羊圈、土坯屋、戴头巾的女性、管制干部、蚊虫、右派、土豆、乏羊、死亡、白面馒头等，构成了张贤亮 20 世纪 80 年代作品的主要风貌，也是形成其艺术感染力的主要元素。作家遭遇苦难和超越苦难的小说“故事”离开了这些“在地性”的风物和体验，情感和思想就无所附丽。不是简单的一句“这些作品‘以心理学上的极大真实性，重现了这个既悲壮又充满了诗意的年代’”[④]，就可以由此淡

① 李遇春：《超越苦难的白日梦——张贤亮小说创作的深层心理机制解析》，《武汉大学学报（人文科学版）》2001 年第 1 期；又见《西部作家精神档案》，商务印书馆，2012 年版，第 6-26 页。

② 本社编：《评〈男人的一半是女人〉》，宁夏人民出版社，1987 年版，第 137 页。

③ 参见李怡：《现代中国文学发展中的权力化语言》，《学术月刊》2020 年第 7 期；《中国现代、当代文学研究》2020 年第 10 期全文转载。

④ 参见孟繁华、程光炜：《中国当代文学发展史（修订版）》，北京大学出版社，2011 年版，第 248 页。

化或忘却历史的共时性应归结于当下的现实依托，没有地理纬度的抽象是不存在的。这种艺术沉潜最好的结晶，就是《邢老汉和狗的故事》。陈思和在其主编的《中国当代文学史教程》中有独到的批评。从张贤亮《一切从人的解放开始》长文回忆可知，这部短篇小说的“故事”和女主人公恰恰有着生活的真实原型。正如白烨重读张贤亮早期代表作所总结的：“这样的严酷的生活遭际，造就了他的独特的精神气质与艺术品质，给他的创作以潜移默化的巨大影响。应该说，张贤亮此后的小说创作，无论是回溯过去，还是直面现实，都无不带着他这些过往经历的深刻底色。因而也可以说，他的创作所呈现出来的艺术特征，与他的人生经历的独特经验有着相当密切的内在关联。”① 所谓“过往经历”和“独特经验”，在时间的反省中恰恰指向了“地方路径”的宁夏张贤亮。地方经验和北方风物改变了张贤亮的心性，与宁夏北部这块土地结下共命运的情缘，不仅是艺术创作，还有参与、逃避和超越的现实思考。宁夏成为张贤亮安妥自我的“福地”，犹如“一小块土壤上扎下根去”，“使自己在时空中保持一份永久”。② 老来乡关望南北，物欲人情说红尘，其最后一部长篇《一亿六》结尾，一对饮食男女选择回到“荒凉”的贺兰山下——西部影城古堡外的葵花地里，一亿六“闻到了地球的味道”！这不是文学的夸张，而是昭示了作家的地缘宿命。2014 年 9 月 27 日张贤亮去世，他的骨灰被送回镇北堡西部影城安葬。张贤亮在这里奋斗和生活了大半生，最后也在这里长眠。这就是作家张贤亮“地方路径与文学中国”相互建构的“时空永久”。《一亿六》看似夸张的人种衰变的讽刺批判，其深层是国家民族的忧患意识和对人类命运的悲悯探照。

秦统一六国，宁夏地区为北地郡所属。汉至民国，建制和统辖变动不定，原属甘肃，1929 年建省。今天的宁夏，南北狭长，南部山区与河陇农耕文化区联通，北部镶嵌在腾格里沙漠和毛乌素沙漠之间，地理和气候状况比较复杂，境内地貌多样，贺兰山和黄河之间形成小块平原，虽有“塞上江南”之美誉，但总体的生存环境还是比较艰苦。流寓宁夏的苦难书写，不仅是以张贤亮为代表的小说创作的主题，更成了许多散文作家的应有之题。简言之，若从“地方路径”投射个人际遇的生命体验来说，散文作家吴淮生、王庆同、袁伯诚等各有独特显现。

吴淮生（1929—2021），安徽泾县茂林村人。《梦里青山》是其第一部散文

① 白烨：《时代的生活和情绪的历史》，见《张贤亮精选集》，北京燕山出版社，2013 年版，第 1 页。

② 张贤亮：《心安即福地》，见《繁华的荒凉：张贤亮散文》，浙江文艺出版社，2016 年版，第 82 页。

集，“自愧诗无幽燕气，故向冰天跃马行”。林非在《序》中肯定吴淮生散文“不仅写出了宁夏的山川风光之美，还亲切地写出了那里的社会人情之美”，“显示出一种壮阔和恢宏的美”。[①] 故乡，宁夏，故乡，看似简单的轮回，“梦里青山”及地的参照是贺兰山下的北国风光。如果剥离了宁夏几十年生活的地方经验，吴淮生就谈不上有什么生命质实的文学创作。

张贤亮在落难的反思中强调劳动的情感，王庆同在回归书斋的庆幸中感念农民的情义。特别是王庆同，苦难成就其《边外九年》[②]，可以说是杜鹃啼血之作。这个“边外”就是革命老区“三边”的“边”。秦汉长城在宁夏盐池和陕北高原与内蒙古接壤处多有遗存，周边多是干旱的沙漠和盐碱地，“三边”曾是革命老区，历来也是生存极其艰难的地方，长城之“边外”更为荒寒。这部长篇自述散文，体现了人生信念超越时代苦难的高尚情操，区别于袁伯诚情感内化的书生意气和形而上的历史反思。王庆同 1936 年出生于南京，祖籍浙江嵊县（今嵊州市）。1954 年考入北京大学中文系新闻专业。1958 年大学毕业第一志愿来宁夏，任《宁夏日报》记者、编辑。1963 年失去工作，随后下放盐池县高沙窝等地劳动改造。1983 年调入宁夏大学中文系，长期担任新闻教研室主任，1996 年退休。2015 年王庆同出版自选集《好了集》，收录他退休以来所写的文章，大多数是报章短文，却煌煌近 60 万字，文章之杂，尽显其百味人生，自成一家。这种“盐池经验”不仅体现王庆同和宁夏文学的独特性，更是一代知识分子与人民共度劫难的人间佳话。当然，发愤著书，个人经验构成了文化无意识艺术审美呈现，又构成了总体之“中国经验”，且不断被总体性所认同——黄河出版传媒集团阳光出版社再次编辑了王庆同《边外九年》扩展版《青山无言》，即将出版。

如果王庆同以自己的诚朴德行战胜了曾经的苦难，写下了《边外九年》，那么袁伯诚（1934—2007）则以庄子的诗意精神超越了现实的磨难，留下了《读〈庄〉自白书》。陈思和在讨论当代文学时提出民间写作和潜在写作，讨论非正常状态下的写作，袁伯诚就是个案和典型。1964 年年底，他因言论而身陷牢狱后，却仍然读《马克思恩格斯选集》《列宁选集》和《毛泽东选集》等著作。后下放宁夏西海固山区劳动监管，辗转间通读《十三经注疏》、《资治通鉴》、二十四史等典籍。1978 年，十一届三中全会后，在固原师专、青岛大学师范学院等高校任教。而从潜在写作来说，磨难最沉重时，诗人、书法家袁伯

---

① 林非：《序》，见吴淮生《梦里青山》，宁夏人民出版社，1989 年版。

② 王庆同：《边外九年》，中国文联出版社，2002 年版。

诚以《庄子》《道德经》等诸子经典为生命寄托，参悟天地，烛照内心，手订《读〈庄〉自白书》。多为椎心泣血之文，蕴藏生命慎独之沉痛，有屈子“问天”之浩叹。“和吟老杜茅屋歌，忧思漂落天下怀。”① 然而这一切贴近心灵的情感发酵和情感抒发，滋生于西海固山村油灯下的阅读、思考和写作。传就黄土留风骨，袁伯诚在青岛去世，遗嘱立碑固原东岳山。“地方路径”其实也指向了根生之外亦能植入某一个生存环境的精神向往和情感力量。

同样，如无艰辛劳作的生存体验和人生经历，新时期的张武、丁一波、高耀山等作家的作品就很难形成亲切而质朴的感人力量。具体到这些作家的西北经验和创作磨砺，一方面是学习了赵树理、柳青等新民主主义革命作家的写实主义经验，另一方面又从儒家文化中吸纳了人性美善的肯定性元素，在地方经济和文化欣欣向荣的发展中形成了各自的写作路径。这是地方的新中国文学，也是在地的根生的个体经验与“文学中国”相互建构的个案和样态。

新时期经济和文化的良好发展，特别是 21 世纪以来改革开放带来的深入发展，使现代性带来的问题影响到每一个中国人的日常生活，市场经济大潮撕裂了人们的传统情感并对伦理发起了挑战。面对日益严重的人性伤害和精神虚浮，踩着脚下的土地，在新时期成长起来的宁夏作家，大多注重个体的经验，对时代情绪的抒写少了。这首先在张九鹏、阿尔、金瓯等最初具有先锋意识的作家身上有了“在地性”的转化。特别是金瓯，其作品从成长小说转向日常化的探究，又从生活的体验触摸人性的庸常，多了对当下小人物的悲悯。这与木妮、韩银梅、阿舍等女作家的个人化写作不谋而合，多了西部市场化转型的切身感受。相对于中国现代文学，宁夏是一个部分，但具体到宁夏“5 个地级市和 22 个县级区划单位”，“地方”的区分同样个异而独特。如南部山区作家多乡土抒情，而平原地区诗人喜黄河意象。乡土情怀的温厚深挚与长河意象的奔腾飞扬，形成了宁夏文学内部动态互补的不同力量。西海固诗人虎西山、王怀凌、雪舟等性情温和而矜持，文本内里是远接秦汉的道法自然，黄河岸马钰、导夫、杨森君等个性鲜明，字里行间是山河入梦的现代情志。如导夫笔下：“流动的黄河就像一场盛大的交响乐，各个音区，各类音符，各种演奏形式汇聚成黄河庄严、饱满、热烈的凯歌。”② 而田鑫紧贴大地的“乡愁”：“质朴而又丰满”，“洞察当下的乡情”，“避开同质化的写作，寻找新的再现，并将这种

---

① 袁伯诚：《蛮触斋诗选》，生活·读书·新知三联书店，2014 年版，第 87 页。

② 李生滨：《宁夏文学六十年（1958—2018）》，宁夏人民教育出版社，2018 年版，第 191 页。

再现回报给乡村”。[①] 可以说，这种“在地”的经验和表达是超文体的。建构“西夏史诗”的诗人杨梓立足“地方路径”的艺术想象和文化培植，成为宁夏人文地标的创造者。“词语奔跑”的“狂人”单永珍漫游西部的现代性感受，与石舒清、郭文斌、马金莲，包括火会亮、李进祥等小说家的思想情感亦是同构的，挚爱悲悯西北原野上的人们及其歌哭。可以说，真正的文艺创作肯定是来自诗人或作家对当下生活的悲悯和批判。个别与总体，“地方路径”的批评观照呼吁艺术烛照幽微的细节真实，当代宁夏文学正是在求真的“地方路径与文学中国”并生同构的自我完成中呈现出多样形态。

在“地方路径”开放的视域里观照当代文学，可以探究改革开放四十多年影响中国农村乡镇生活的深层力量。“《古船》在反思文学的叙述深层，还是乡土与革命、与现代想象之间冲突的极端困惑……柳青的农村合作化叙事、路遥反思城乡差别的焦虑、陈忠实无法理解白鹿原动荡的困惑、贾平凹废都与商州之间的犹疑，皆是乡土遭遇革命现代性和经济现代化的历史过程。”[②] 正如崔宝国在评说马知遥长篇《亚瑟爷和他的家族》时所言：“一种古老的、祖辈习以为常的、温馨的、田园牧歌式的生产方式正在渐渐变为历史，而另一种新的生活方式正不依人的意志迅速地建立起来。”[③] 马克思从政治经济学原理和历史唯物主义揭示人类社会发展的根本力量，是在于工具和工具的使用，私有制和封建王国远未能达到今天大工业生产、高科技和资本运营的巨大力量，因此蔓延世界的现代性特征虽不尽相同，但人的异化和环境的恶化却是一致的。正因如此，我们无法从局部印证总体的正确，百年沧桑与辉煌，而只有每一个“地方路径”传达市场化经济发展与乡土生活冲突的个别经验，才能汇流成“文学中国”巨大的艺术力量和未来想象。

在时代的浪潮中，吴淮生、王庆同、袁伯诚等带着生命的期冀来到宁夏，遭际不同，荒寒边外，西吉山村和塞上平原，刻骨铭心的大西北生存磨砺让各自完成生命自我涅槃的同时，也留下了各自的发奋（发愤）之作。“由地方路径进入中国现代文学史的讲述，并不需要刻意‘去中心化’。毋庸置疑，中国现代文学基本上依托于城市，城市生产并传播一切现代观念和现代之物。更确切地说，是中外的中心城市为诸多中小城市和乡土社会提供了现代观念之

---

① 叶梅：《序：问苍茫大地》，见田鑫：《大地知道谁来过》，作家出版社，2020年版，第1页。

② 李生滨：《丝路文学新观察：后乡土时代与作家的情志——“宁夏文学六十年（1958—2018年）”文学史散论》，《宁夏大学学报（人文社会科学版）》2018年第5期。

③ 崔宝国：《汇入历史长河的溪流——读马知遥〈亚瑟爷和他的家族〉》，《朔方》2001年第7期。

源。”① 如此的批评辨析恰恰论证了宁夏文学与时代潮流之间的呼应关系。外来的“观念之源”和地方本在的根生机制并不矛盾，张贤亮小说《灵与肉》改变了电影艺术，“牧马人”所统摄的自然场景是鲜明的北方干旱地带的生存经验和自然景观。这是从跨形式的艺术化创设对总体的充实，因此《牧马人》“苦难见情志”的主题得以彰显并得到最大范围的多元认同。异曲同工的是，石舒清《清水里的刀子》在精神守常的一种生命或心理能量的肯定中丰富了中国文学情感内敛的审美样态。郭文斌《吉祥如意》在西海固乡村生活的节日呈现中发掘了农历文化内部的恒定系数及其诗意精神。马金莲《1987 年的浆水和酸菜》在念叨六盘陇山周边“一缸浆水的馨香”中强化了“地方路径”与当代中国人生活记忆的审美通感。这样的路径上，鲁迅文学奖获得者石舒清、郭文斌、马金莲，包括“静守一隅”的西海固诗人虎西山、王怀凌和郭静等，对“文学中国”皆有了个体的、独特的美学建构意义。

李怡及其同仁最初的立足点也许是四川文学与巴蜀文化的“在地性”研究。其诸多文章共同呈现了平等而开放的视域里四川文学的现代性面相和内涵。如李扬畅言“成都模式”对于现代文学的建构意义；陈羲、曾绍义撰文分析巴金小说的四川方言书写及其主要特征，挖掘并肯定巴金文学创作的“地方路径”；赵静从文本细读的基础上区分成都不同于北京、上海的城市特色；叶珣从非常细致的考察中讨论四川的启蒙之光的独立路径。显而易见，这样的开放和平等的学术寻求，是在北京、上海中心话语之外，试图开辟别样的新文化和现代性发生的路径及经验。当然，对“地方路径”的倡导，一是要打破地方与中心的不平等关系，这有利于“文学中国”的细部研究和个体肯定；二是开放“乡土”与“地域”文学研究的某种封闭，带给文学研究更大空间从而超越区域的自我框范；三是理论思辨与具体批评的双向整合，或者说交流与对话。不少学者在可能性讨论各种观念构成方式的同时，也触及更广大时空和相对论的认知方式。这种历史文化空间的相对打开，是否也潜隐“我者与他者”的动态迁移眼光？“‘中国’是一个复杂的观念，因此其‘自—他’关系，也有许多不同的形态。”② 理论倡导不止于此，特别是李怡不断地从更开放的意义上阐发了“地方路径与文学中国”的思维空间，而李永东《中国现代文学研究的地方路径》进一步探究了这一理论的可操作性。也可以说，“地方路径”“地方经

① 李永东：《中国现代文学研究的地方路径》，《当代文坛》2020 年第 3 期。

② 许倬云：《我者与他者：中国历史上的内外分际》，生活·读书·新知三联书店，2015 年版，第 3 页。

验”是相对的表述和讨论，强调文学生成机制的“在地性”，而不是静止和固化人地关系的自我封闭，其理论目的和意义在文化自信的宏大背景上彰显了“文学中国”及其人文空间的多样性生态景观，蕴藉了理论的开放意义。

综上而言，当代宁夏不是某种文化与经济状况被量化、被限制的“边地”自治区，而是自足完善和自我生发活力的空间存在。《王贵与李香香》是在宁夏盐池革命老区的现实空间里生发的“故事”，以地方民歌传唱的艺术方式上升为解放区的经典之一。张贤亮的文学创作从伤痕文学和个人苦难书写两翼上审视，也能深入其文本内里和情感深层；但增加“地方路径”的批评视角，我们会发现更多艺术创造的地域性元素及意义。六盘晓云接陇原，黄河北上回阴山，宁夏作家在中国现代性发展的总体包容中“地方”根生与再生经验的各种探索，早已打破文学话语单一和扁平的地域封闭，在诗歌、小说、散文等领域独特而丰富的收获已为“文学中国”提供了审美经验的个体的创造，从不可替代的“地方路径”共同建构了当代中国文学丰富多元的开放形态。

江苏之思：百年中国文学的另一种路径

——1883—1980江苏文学思潮与批评的素描

杨洪承　南京师范大学

内容摘要：“江苏”一词并非单指现代行政区域的划分。它衔接跨世纪空间的沧桑巨变，深受近现代新文化新思想的浸染；承载东南地域悠久历史文化的传统基因，具有得天独厚的自然山水之滋润。“一方水土养一方人”的“江苏之思”，既是裹挟着诸多种文化思想的一种符号，也是汇聚时代精英、城乡骄子鲜活群体的雕像。百年江苏文学思潮，记录了江苏文人丰富而生动想象世界的精神谱系，镌刻了近现代中国知识分子先驱的心路印痕。“潮”起江苏则成“思”：由雅集而成革命诗社，开智合群，率先传播新思潮；富庶江南生成市井人生，开启了现代中国通俗文学的先河；废科举，兴教育，一批学者兼文学批评家自觉坚守学术独立，营造文学批评新型的文化场域，自成百年中国文学思潮一脉，引领新文学多元思想的风向标；开风气之先发端现代“人学”理念，脚踏实地践行文学与人生，与人民最大限度相融合的思想。

关键词：江苏之思　思潮批评　百年文学　一种路径

一

江苏新文化新文学的序幕开启，自然缘起，离不开在近现代社会交替巨变中历史聚光的辐射。首先，列强欺辱，亡国危境，激发民族奋起，民众觉醒，求自强自立。这就有了向西方学习先进技术的洋务运动；反对自身旧体的僵化，触及“制度”“思想”的君主立宪改良维新运动及其寻求革命性手段，推翻封建旧王朝，建立资产阶级民主共和国的辛亥革命等一系列重大变革举措和行动。其次，江苏不仅顺应时代的大潮救亡图存，而且以上海、苏州一体的苏南区域作为全国革新的排头兵，在此成长起来了一批先觉的中国新文化新思想的知识分子群体，他们是中国现代文化思想启蒙运动的先锋。

况且，江苏是我国洋务运动的重要起源地之一。1865年前后，曾国藩出任两江总督，在南京创办金陵机器制造局；李鸿章任江苏巡抚，在上海南京建江南制造总局、上海轮船招商局、上海机器织布局，及苏州、无锡、常州等地的各类民营工厂等。而尤其引人注目的是，近现代以来江苏开启了新思想、新文化、新知识传播和实践之先河，为一场更为深层的文化思想革命推波助澜。废科举，兴学堂，办教育，“群故通，通故智，智故强”[①]。经江苏之地和江苏人独辟蹊径地倡导的多种革新举措，在全国的文化思想界也起了引领和示范作用。1883年，左宗棠在南京设立金陵同文电学馆，曾国荃在南京设立江南水师学堂。1895年，维新运动的发起人康有为赴南京，请张之洞在上海组织强学分会。康有为主张“学则强，群则强”[②] 的群体观念，鼓动维新人士组织起来反叛朋党，率先在江苏得到回应和支持。1896年，苏州人章钰、孔昭晋等就成立了苏学会。1897年，董康、赵元益等人在上海成立译书公会。1898年，白话学会于无锡创立。主要成员有裘廷梁、顾述之、吴荫阶、汪赞卿、丁仲佑等，并且在无锡出版了中国第一份白话报《无锡白话报》，后改名为《中国官音白话报》；还有苏州出版的《吴郡白话报》等。1901年又有包天笑主编《苏州白话报》于苏州创刊。

无论是近现代中国新文化新思想的传播，还是民众新文化新思想启蒙意识的开启，江苏百年都处于时代大潮的前列。在江苏迅疾展开的新式教育、新的社群观念、新的语言交流方式诸多新文化革新中，最耀眼、最有灵气的是将新思想新观念转化为诗意表现的新文学。而文学中思潮理论批评的潮流，更加整体地统摄和引领了江苏文学的思想精神和魂灵。江苏百年文学思潮批评的流变和形态，既是近现代中国启蒙、白话、左翼、民族大众、工农兵、人民等文学思潮类型的一个地域标识，又是自由主义、唯美主义、现实主义、浪漫主义、现代（后现代）主义诸种文学理论形态的一个特色案例。它具有鲜明而独特的区域文学史存在，在百年来江苏文学思潮批评中，以其鲜明的地域文化精神特色，不断追求人的思想启蒙，民族解放，国家独立、民主自由的现代化进程；以江苏地域本真生活为基础，通过表情达意、叙事写人的语言艺术，特别是在文学理论批评和创作形态两方面，彰显出江苏地域浓重色彩的“思想倾向”之“组合乐队”，加入了近现代以来中国文学思潮演变发展的“交响乐团”。“凡

---

① 参见《戊戌变法·论学会》，中国史学会编：《中国近代史资料丛刊》第4册，上海人民出版社，1957年版。

② 康有为：《上海强学会后序》，《康有为全集》（2），上海古籍出版社，1990年版，第195页。

‘思’非皆能成‘潮’，能成‘潮’者，则其‘思’必有相当之价值，而适合于其时代之要求者也。凡‘时代’非皆有思潮，有思潮之时代，必文化昂进之时代也。”“凡时代思潮，无不由‘继续的群众运动’而成。所谓运动者，非必有意识，有计画，有组织，不能分为谁主动谁被动。”① 梁启超在其《清代学术概论》之开篇言“思潮”与时代，与运动，与组织者的关联，理清了一个原本比喻概念中必备的重要学术要素。自五四新文化运动而降，近现代中国文学开放思想，吸纳意识，贴近社会，感应时代，书写人生，本质上是一部现代中国人鲜活而凝重的多类型分册的思想解放的精神史。它与现代作家文学观念主张及其原理的基本内容，文学批评的实践方式和文学创作的表现形态互动关联，与社会政治生活，时代大潮相融通，助推了繁复多彩的聚合思想精英、传播时代精神、引领想象诗意人生的百年中国文学“思之潮”滚滚向前。

率先发生在江苏的现代中国启蒙主义文学思潮，即是近代中国民族危机激发了中国早期知识分子忧患意识的表现。他们在危机中有着革新图新的强烈诉求。仅仅为维护既有体制和王朝修补式的“变法”，其注定的失败催生了先进知识分子的觉醒。而文学的现代性转型最先反映了知识分子这一思想渐变的痕迹。知识分子首倡“文言合一”主张，1897 年裘廷梁在《苏报》上发表《论白话为维新之本》一文，强调“文言兴而后实学废，白话行而后实学兴。实学不兴，是为无民”②。随后，梁启超又提出了诗歌新标准：“第一要新意境，第二要新语句，而又须以古人之风格入之，然后其成为诗。”直接呼应了黄遵宪在 1868 年《杂感》中所言：“我手写我口，古岂能拘牵？即今流俗语，我若登简编；五千年后人，惊为古烂斑。”再者，梁启超又挑战中国小说的既有观念。1902 年他在《论小说与群治之关系》中说：“欲新一国之民，不可不先新一国之小说。故欲新道德，必新小说；欲新宗教，必新小说；欲新政治，必新小说；欲新风俗，必新小说；欲新学艺，必新小说；乃至欲新人心，欲新人格，必新小说。何以故？小说有不可思议之力支配人道故。”③ 由此，清末发生的文界、诗界、小说界这三大文学革命，既成了后来五四新文化新文学革命的重要铺垫和预演，又积极配合了近代以来思想启蒙运动的兴起，推动了五四现代知识分子的迅速成长。此后，1911 年辛亥革命的失败和 1915 年《新青年》的创刊，在体制和思想互为因果的影响下，加速了中国现代化进程的步伐。五四

① 梁启超：《清代学术概论》，中国人民大学出版社，2009 年版，第 131 页。

② 裘廷梁：《论白话为维新之本》，《清议报全编》第 26 卷。

③ 梁启超：《论小说与群治之关系》，《新小说》第 1 卷第 1 期，1902 年。当时未具名，后收入《饮冰室合集》。

新文化运动以深入质疑的姿态和传统的反省之思想倾向，在陈独秀、胡适、鲁迅、周作人等一大批现代知识分子身上，更加突出地表现出启蒙理性和批判性价值观。尤其是借助更为声势浩大的启蒙主义文学思潮引领了五四新文化新文学前行。从《文学改良刍议》的“八不主义”[①] 到《文学革命论》的“三大主义”[②]，再到“人的文学”[③] 的理论主张和“为人生”[④] 的文学观，新文学以其彻底反叛旧文学，在语言文学及思想取向上形成了一个文学理论上全新的完整系统和文学批评场域。重要的是，其还在文学创作实践上鲜活地表现出积极遥相呼应的姿态。异军突起的五四新文学创作表面多是婚姻爱情题材，实则指向姿态多样化的“人”之内外。有郭沫若的《女神》于熊熊火光中的“凤凰涅槃”、气吞山河的“天狗”体现了狂飙突进之时代精神；郁达夫的《沉沦》“他”自我写真的暴露和宣泄表现了人的觉醒；鲁迅的《呐喊》《彷徨》，塑造狂人、阿Q、祥林嫂、孔乙己等以改造国民魂灵，作深度的拷问；叶圣陶的《隔膜》表现平民人生的冷静沉思；许杰的《惨雾》《赌徒吉顺》等对宗法制乡村的写实与批判……都无不最直观最生动地展现了五四启蒙文学思潮的核心观念和精神内涵，即指向“人”的发现，诸如人的爱与婚姻、个性、自由、平等、和谐等融入现代文学主体的新的价值观和新的认识论。全新的启蒙者彰显了历史主体的新的文化人格。

二

“五四”一代新型现代知识分子大多数“走异路，逃异地，去寻求别样的人们”[⑤]，离开了封闭的乡村，由南到北汇集京华，以北京大学为新文化运动的中心策源地。在他们中间无论是五四文学革命发动者，还是由地域因素结缘聚合的文学社群，乃至作为中国现代启蒙主义文学思潮的重要支脉，都不能不注意到地处东南区域江苏新文学的发生，以及积极参与百年中国文学思想文化进程建设中，专属于江苏人与事的重要位置。

第一，清末江苏区域开智合群率先引导新思潮的走向。与近代中国思想启蒙运动发端同步的江苏文学思潮最具代表性的事件，是富庶的鱼米之乡、江海湖泊汇通之水最早滋养了新兴知识分子的生长发育。1902 年蔡元培任总理，

① 胡适：《文学改良刍议》，《新青年》，1917 年 1 月，第 2 卷第 5 号。
② 陈独秀：《文学革命论》，《新青年》，1917 年 2 月，第 2 卷第 6 号。
③ 周作人：《人的文学》《新青年》，1918 年 12 月，第 5 卷第 6 号。
④ 《文学研究会宣言》，《小说月报》，1921 年 1 月，第 12 卷第 1 号附录。
⑤ 鲁迅：《呐喊·自序》，《鲁迅全集》（1），人民文学出版社，1981 年版，第 415 页。

江苏武进人吴稚晖为学监。在原爱国学社的基础上，又创办了中国教育会；1907年由江苏人柳亚子与陈巢南（陈去病）、高天梅（高旭）三人为主发起酝酿文人雅集的“南社”。前者参与其中的主要成员“或为学校师，或为编译员，或为新闻记者，或为学生”[①]，“都是上海及内地顶有名望的人，总共也聚了一百多人”[②]。这个群体从总的社会性质说未能超出改良的教育救国范围。1902年7月5日《选报》第21期《中国教育会章程》称：“本会以教育中国男女青年，开发其知识而增进其国家观念，以为他日恢复国权之基础为目的。”中国教育会到1908年解体。前后经历最初的组织开创期，爱国女学校、爱国学社建立的全盛期，及《苏报》案后的恢复期，1905年前后的中兴期，最后以蔡元培离沪为结束。这个过程正是近代中国从维新立宪到民主革命的重要转折阶段。该会依靠文化教育凝聚民族，以新知识传播为己任，率先以培养人才为中心，将革命与教育结合起来，产生了较大的社会影响。“南社”则是一个具有政治色彩的文学团体。江苏人柳亚子在《新南社成立布告》中说：“它的名字叫南社，就是反对北庭的标志了。”该团体与朝廷对立，有追求民主革命的思想倾向，其主要骨干都是早期革命团体中国同盟会的会员，南社可谓同盟会的外围组织和宣传机构。后来鲁迅先生也说过：“属于‘南社’的人们，开初大抵都是很革命的。”[③] 有人还做过这样的统计，从1903年到辛亥革命前后，活跃于当时思想界、文化界、新闻界、教育界、科技界的著名先进人士，后来大都加入过南社。[④] 南社虽也属松散聚合而成的文学团体，但它不是传统中国士大夫的诗酒风流，不是朝廷官员在政务之余，打发闲暇而结的诗社，也不是士人为切磋诗艺而结社。南社在13年的时间里，共有18次雅集，每年两次，一般在春秋季。雅集是南社的主要活动方式，最多的一次有近60人到会。活动地点主要在隶属江苏区域的苏州和今上海。南社的大多数社员是一群血气方刚的青年，他们既有面对现实满怀强烈的爱国的革命之志，又有充满理想的浪漫情趣。柳亚子自述：“我论诗不喜欢艰涩，主张风华典丽；做诗不耐苦吟，喜欢俯拾即是。”（《我对于创作旧诗和新诗的感想》）“在短时期中间神经兴奋，像火一般的狂热，甚么事情都高兴做，并且一天能写几千言的白话文和几十首的旧体诗”，“这是屡试而屡验的事情”（《南社纪略》）。如果统一在一个诗人身

① 《告中国教育会》，《俄事警闻》，1903年12月22日。

② 《文明介绍》，《中国白话报》，1904年3月17日，第7期。

③ 鲁迅：《对于左翼作家联盟的意见》，《鲁迅全集》第4卷，人民文学出版社，1981年版，第233页。

④ 任访秋主编：《中国近代文学史》，河南大学出版社，1988年版，第396页。

上，表现在一部作品之中，那么，南社社员绝大多数应该是“剑态箫心”。这个比喻最为形象，最能说明南社的文化人格。

江苏中国教育会和南社，在清末众多的社团组织中也是独树一帜的。一是南社虽为地方性的群体，但无论规模还是思想文化理念的传播都远远超越了地域的范围，成为近代中国推动社会整体性变革的重要文化代表，为思想文化的启蒙运动提供了广泛的社会文化基础。二是他们最先以区域性优势形成了新的群体观念和新的社会关系，打破了传统的血缘、地缘纽带，显示出现代新型社会结构的孕育和滋生，展示了现代文化同人最初聚散的雏形，表现早期自由思想，是碰撞观念的成功预演。

第二，民初至五四时期江苏文学流派因地而生，开创中国俗文学的先河；首倡学术论衡博古通今，学贯中西，体现新旧文学此消彼长的传承。江苏东南区域的苏州，东临海道，南界浙江，西靠太湖，北枕长江。民间有谚语“苏湖熟，天下足”之说。江海之交，商贾云集，城镇市井之风兴盛，苏南多文人。民国初年起，先后有江苏青浦人王钝根等主编的《申报·自由谈》创刊于上海，随后由该报“自由谈”汇刊发行了2期《自由杂志》，再续编辑的《游戏杂志》也是王钝根等于1913年创刊。同期，吴江同里人范烟桥、徐平阶、张锡佩等在家乡创立同南社。程瞻庐、杨寿人成立苏州文学社团“吴声社”，并创刊《吴声》社刊。1914年王钝根、孙剑秋还在上海主编《礼拜六》周刊，由中华图书馆出版，每逢星期六发行，故名《礼拜六》。江苏松江人姚鹓雏编辑的《春声》月刊创刊于上海。江苏常熟人徐枕亚先是在《民权报》里主过笔政，后来接着编辑《小说丛报》，1916年再主编《小说日报》。同时，他还写了亦真亦幻的新体小说《玉梨魂》与续篇《雪鸿泪史》两部作品，一度轰动社会。如前部“再版三版至无数版，竟销三十万册”①。以上海、苏州、常熟、无锡等地文化人为主体，一时间办刊办报蔚然成风。除了上述报刊，还有《妇女时报》《小说大观》《小说画报》《小说季报》《游戏新报》《销魂语》《快活》等，这其中有影响的创办者、报刊作者又以苏南人最多，如包天笑、周瘦鹃、江红蕉、徐卓呆、程小青、恽铁樵、平襟亚、李涵秋等。他们无论是办报刊还是创作，大都寓新兴的平民市井大众文化俗文学于黑幕、侦探、武侠、哀情、言情、休闲、游戏、滑稽之中。这便是五四新文学兴起后被认为“将文艺当作高兴时的游戏或失意时的消遣”② 的创作群体，创作多为写才子和佳人，“相

① 郑逸梅：《我所知道的徐枕亚》，香港《大成》，1986年9月，第154期，第36页。

② 《文学研究会宣言》，《小说月报》，1921年1月，第12卷第1号附录。

悦相恋，分拆不开，柳阴花下，像一只蝴蝶，一双鸳鸯”，就产生了“鸳鸯蝴蝶式文学”，后有文学史命名为“鸳鸯蝴蝶派”。这期间各类报刊数量众多，鲁迅所说的“鸳鸯蝴蝶式文学的极盛时期”[①] 大概正是指 1914 至 1915 这两年，而该流派发端的地域和作者最集中的原籍地，正是江苏苏南地区。随后到来的五四新文化运动，在全国更大范围展开思想文化变革，也成了近现代中国国家民族命运的重要转折期。1915 年上海群益书社发行的《新青年》（第一卷名称是《青年杂志》）高举民主和科学两面大旗，提倡新的价值观和以新的认识论为先导。1918 年，有江苏人参与、以北京大学的学生和教员为主成立的“新潮社”，主办了《新潮》月刊，发行“新潮丛书”，注重思想革命，致力于唤醒民众反对封建思想和封建文化，批判旧文学。而真正打出纯文学旗帜的，是 1920 年开始针对“鸳鸯蝴蝶派”重要阵地之一的上海商务印书馆《小说月报》的全面革新。该刊 1921 年第 12 卷第 1 号，主编茅盾在“改革宣言”中声明：新刊“将于译述西洋名家小说外，兼介绍世界文学界潮流之趋向，讨论中国文学的革进之方法”。吸纳西方文化文学，立足全面反传统、价值重估的五四新文化新文学，其突出的革命进步的现代性思想话语引导了历史前行。同时，其也在思想方法上表现出某些明显的片面性。几乎就是与新文学发生的同时，南京的东南大学，一批以教师为中坚的“学衡”群体，同样以对西方文化的接受为本，但其思想观念和学术精神却主张“信古”，反对“疑古”，坚持文化传统的守成，予以文学革命激进的制衡。

第三，五四新文学运动的发生发展与江苏籍作家积极参与，多元发声，推进了五四文学革命的各项改革进程，活跃并充实了新文学最早的批评场。当 1917 年 1、2 月胡适、陈独秀两位高举文学革命大旗时，首先呼应的正是江苏作家署名刘半侬（即刘半农，江阴人），同年 5 月在《新青年》第 3 卷第 3 期上，发表《我之文学改良观》文章开篇：“文学改良之一议，既有胡君适之提倡之于前，复由陈君独秀钱君玄同赞成之于后。不佞学识谫陋，固亦为立志研究文学之一人。除于胡君所举八种改良，陈君所揭三大主义，及钱君所指旧文学种种弊端，绝端表示统一外，复举平时意中所欲言者，拉杂书之，草为此文。”其文特别详细地界述诗歌、戏曲、小说、杂文，散文、韵文等文学作品的形式概念，从理论上系统探讨自己文学改革之意见。刘半农不仅撰文观点鲜明地积极为文学革命推波助澜，而且借记者身份不遗余力为五四新文化运动广泛传播造势。1918 年 3 月《新青年》第 4 卷第 3 号上在“文学革命之反响”

① 鲁迅：《上海文艺之一瞥》，《鲁迅全集》第 4 卷，人民文学出版社，1981 年版，第 294 页。

的总标题下，有钱玄同托名“王敬轩”发表反对文学革命、为旧文学辩护的《给新青年编者的一封信》，而后由刘半农以记者名义复信，逐一批驳“王敬轩”之言论。后来的文学史称两人同演了一出“双簧戏”，构成了当时新旧文学论争的重要事件。它有力地推动了新文化运动和文学革命的开展，也代表了新文学阵营坚定的战斗姿态。1921 年新文学第一个纯文学社团——文学研究会，12 个发起人中江苏籍作家就有叶圣陶（苏州人）、瞿世英（常州人）、郭绍虞（苏州人）、耿济之（上海人）四人，这里还不包括江苏籍作家瞿秋白在该团体酝酿成立过程中的重要影响力。叶圣陶的小说、新诗创作是代表着在文学研究会和北京大学“新潮社”这两个著名的新文学团体里的中坚。同时，他与瞿世英也是新文学初期文学批评、创作问题讨论的重要建设者。比如从文学与哲学的关联上阐明文学研究会的“为人生”文学观，“我们既然承认文学是人生的表现，是人生的批评。那么文学的本质便是人生。所以我说文学的本质应当是哲学”①。又如倡导新文学创作“现时非常急需和重要的”“是写出家庭的惨状，社会的悲剧和兵乱的灾难，而表示反抗的意思”。② 再如对新文学的“民众”观的理解：强调“民众文学里有一个特色，是‘乡土风’”，“民众文学当有一种‘潜移默化’之功，以纯正的博大的趣味，替代旧有读物、戏剧等底不洁的、偏狭的趣味；使民众底感情潜滋暗长，渐渐地净化，扩充，……”③。瞿世英、叶圣陶强调文学与哲学相通，文学与现实人生的关联；叶圣陶、朱自清等对于民众文学的讨论，则进行了理论阐释、批评引导。他们与文学研究会同仁茅盾、郑振铎、许地山、俞平伯等参与这些问题讨论的观点形成了影响巨大的互动对话场域，对推广文学研究会“为人生”的文学主张起了积极的作用，更是活跃初期新文学文坛的批评，对面向现实的创作者有着方向性的指导。除了在上述两大社团中文学观点具有重要影响力，江苏籍作家还参与了新文学运动初期关于“整理国故”“问题与主义”之争的讨论，他们的发言鲜明而有针对性，成为论争一方的代表。1923 年 1 月《国学季刊》创刊，胡适在“宣言”中提出要“用历史的眼光来扩大国学研究范围”“用系统的整理来部勒国学研究的资料”“用比较的研究来帮助国学的材料的整理与解释”三大整理国故的主张。同时期，《小说月报》也开展了“整理国故与新文学运动”的专题讨论，顾颉刚（苏州人）撰文《我们对于国故应取的态度》，认为倡导整理

---

① 瞿世英：《创作与哲学》，《小说月报》，1921 年 7 月 10 日，第 12 卷第 7 号。

② 叶圣陶：《创作的要素》，《小说月报》，1921 年 7 月 10 日，第 12 卷第 7 号。

③ 朱自清：《民众文学的讨论》，《文学旬刊》，1922 年 2 月 1 日，第 27 期。

国故是“要满足历史上的兴趣”。其实，他们不过是在象牙塔里孤芳自赏。他明确的态度是：“新文学与国故并不是冤仇对垒的两处军队，乃是一种学问上的两个阶段。”[①] 其鲜明的态度与鲁迅、郭沫若、茅盾、郑振铎等人的论争意见，共同形成了五四之后对思想文化的启蒙、中国社会的走向乃至知识分子队伍的结构的不同思考，从而推进了新文化新文学运动自身的内涵建设和深入发展。五四时期的文坛状况，江苏籍作家多向度的文学创作批评也值得关注。新文学发展初期刘半农、叶圣陶、刘延陵（泰兴人）、宗白华（常熟人）、陈西滢（无锡人）、张闻天（南汇人）、朱自清等一大批作家，既是早期白话新诗、散文、杂感、随笔、小品文、小说等创作的主力，又活跃于各类文学理论建设和文学批评领域。比如文学研究会下设小说、诗歌、戏剧、文学批评、杂文五个“读书会”[②]，均有江苏籍作家参与其中。他们为初创建设期的现代中国文学做出了重要的贡献。

三

由于近现代中国政治、思想的交替，启蒙主义思潮在“五四”新文化运动中走向历史前台，经历了“人之子”的觉醒，自由的呼唤，自我的独立，人生的困境以及五四思想文化启蒙运动落潮的全过程。20 世纪 20 年代中后期，现代中国思想文化的人的解放向着更为开阔、广大的社会的解放，新兴无产阶级崛起。在这个现代化的进程中，五四新文学观中，人的文学向外以客观“写实”为中心的阶级革命的现实主义，向内以主观“体验”为目标的浪漫自由的现代主义，构成了文学思潮的两级并驾齐驱的演进路向。而新文学这一整体变动的风向标，以作家人与事为中心的地域版图调整也是明显的。从思想文化的启蒙主义文学思潮，走向革命大众的现实主义文学思潮大体是由北向南的潮汐涌动。20 世纪 20 年代五四文学革命策源地为北京，30 年代前后革命文学中心变为上海。就区域性作家流向看，前者的江苏先觉知识群体和作家大都通过北上探寻新知识新思想，后者的作家中多在直面现实立足本地，或南下初期现代都市圈形成新文化新政治的强辐射。因此，20 世纪 30 年代前后江苏自然地域山水、经济优势与整体现代中国思想文化、政治社会的迅疾转变之融合，又一次在现代中国文学历史演变中呈现出一个独具特色的文化区域。

在 20 世纪初，现代中国左翼文学思潮和革命文学运动发生的过程中，江

① 顾颉刚：《我们对于国故应取的态度》，《小说月报》，1923 年 1 月 10 日，第 14 卷第 1 号。

② 见《小说月报》，1921 年 6 月 10 日，第 12 卷第 6 号。

苏作家从对早期革命文艺的倡导到对左翼文学思潮的酝酿，尤其注重对无产阶级的革命文学基本要素的厘清辨析、其本体的建设及正确方向的把握。现代中国文学左翼文学思潮的缘起，可以追溯到1921年前后。如五四新文化运动中的李大钊等人发起的马克思主义研究会；邓中夏、恽代英、萧楚女等早期共产党人对革命文艺的倡导，他们在社会主义青年团和中国共产主义青年团的机关刊物《先驱》《中国青年》及《民国日报·觉悟》等纸刊杂志上发表了关于革命文艺的一系列建议与主张。1925年前后，中国共产党开始领导工人运动，中国社会革命发生了历史性的转折。同时，中国无产阶级革命文学，也受到国际无产阶级革命运动的影响，主要集中由从日本和苏俄留学回国的两批革命知识分子积极传播。这一时期后期创造社和太阳社两大文学团体，在中国最先倡导革命文学，并且他们与五四以来鲁迅、茅盾、郁达夫、叶圣陶等作家在主张上的分歧引发了激烈的论争，随后有了20世纪30年代左翼革命运动和文学思潮在中国的大规模展开。应该强调的是，在这批早期共产党人中，两位江苏籍的作家张闻天和恽代英（武进人）身上有着强烈的社会改造意识，较早关注社会政治变革与文艺的关联，从而在中国革命文艺初期建设中极具有代表性。他们两人都是五四时期现代知识分子群体、中国共产党成立前后较大的外围文化社团组织“少年中国会”南京分会的主要成员。1919年张闻天发表的《“五七”后的经过及将来》，1922年发表的《中国底乱源及解决》；1923年恽代英发表的《八股?》，1924年发表的《文学与革命（通讯）》等文章，集中表达了新文学建设与社会变革、政治革命等密切关联的思想主张，与同期李大钊的《什么是新文学》、邓中夏的《贡献于新诗人之前》、萧楚女的《艺术与生活》、沈泽民的《文学与革命的文学》等文章，无疑成为今天研究现代中国革命文学发生的重要文献。当然，对现代中国革命文学的酝酿与左翼文学运动的兴起贡献最大的江苏籍作家，是党的早期主要领导人，伟大的马克思主义者，卓越的无产阶级革命家、理论家和宣传家，中国革命文学事业的重要奠基者瞿秋白。他不仅最早以记者身份前往十月革命后的苏俄，写下带有纪实和自叙色彩融合的早期革命文学作品《赤都心史》《饿乡纪程》，而且积极践行苏俄的社会科学、辩证的、历史的唯物主义，推动马克思主义哲学和理论在中国的宣传和传播。由此，在20世纪30年代初中国左翼文学思潮建设中，瞿秋白不是简单以党派对立思维来倡导和宣传左翼革命文学，而是一开始就针对无产阶级的大众本质和左翼文学的核心命题做阐述和讨论。他先后用史铁儿、宋阳等笔名写了《大众文艺和反对帝国主义的斗争》《大众文艺的问题》《再论大众文艺答止敬》《普罗大众文艺的现实问题》等系列长文，从理论上深入辨析和探讨无产阶级革命文学的基本问题，并提出如何实现文艺大众化的具体路径。除了瞿秋白，为现代中国左翼文艺思潮和革命文学建设积极发声的江苏籍党员作家，就要数宜兴人潘氏的梓年和汉年堂兄弟了。他们作为党在文化战线上的卓越战士，正是活跃于 20 世纪 30 年代前后革命文学和左翼文学运动兴起的重要历史时期。总之，新文学发展的第二个阶段，原江苏区域的上海无疑成为新兴的无产阶级左翼革命文学运动、文学思潮的中心地，而一批江苏籍革命作家也自觉担当了中国左翼革命文学的领航人。

在主流的左翼文学思潮中，江苏革命作家突出新文学与时代社会，与现实大众的密切联系，强调文学贴近底层生活的苦难写实、书写无产阶级反抗斗争的批判现实主义传统。这是顺应中国社会历史和新文学本体发展的必然，但是因区域性发展的不平衡和文学自身规律的特殊性，江苏革命作家群的文化文学思想，因时因地都表现出较为复杂的样貌。20 世纪三四十年代的中国文学产生了很多不同文学文化的流派群体，彼此之间围绕不同立场和政治倾向发生过较多的论争，区域文化文学视角重新关照这些文学史上曾经发生的激烈争论，江苏有一定的典型性和代表性。20 世纪 30 年代初，现代中国文学思潮中最突出的现象是多元文学观念的论争。诸如：追踪时代步履而生成的左翼文学革命团体，更倾向于文学的政治功能和现实人生的文学反映。同期文坛也有作家认为文学除了阶级性，不乏固定的、普遍的人性；有作家明确表示了文学独立、文学自由立场；还有关于文学语言“大众语文”的讨论，等等。在这些文学论争中，江苏籍作家参与度最高、产生影响最大的是发生于左翼文学团体内外的一场“文艺自由”的论辩。1932 年，在《现代》第 1 卷第 6 期上发表了瞿秋白化名“易嘉”的《文艺的自由和文学家的不自由》与苏汶（江苏人）化名“杜衡”的《“第三种人”的出路——论作家的不自由并答易嘉先生》的两篇明显具有争议性的文章，前文是瞿秋白针对作家胡秋原 1931 年在《文化评论》上发表文章自称为文学的“自由人”和“第三种人”，不满左右的政治文学对垒，强调自由主义的文学独立。苏汶的姿态十分明显，既是认同呼应胡秋原的观点，强调文学的阶级性不意味着“那种有目的意识的斗争”，又是对瞿秋白指出他们“要文学脱离无产阶级而自由，脱离广大群众而自由”的反批评。从论争中可以看出，同籍作家间不只是文学观点尖锐对立，也有立意高远的思想阐释。同时期，江苏籍作家张闻天以“科德”为化名，1932 年先在党内秘密发行的机关刊物《斗争》上发表《文艺战线上的关门主义》一文，针对左翼文学批评中某些“左”的倾向，明确指出“革命的小资产阶级的文学家，不是我

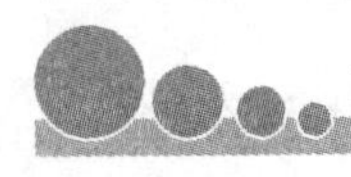

们的敌人，而是我们的同盟者”①。作者冷静而辩证地分析了文学真实性与党性、政治倾向性的关系，并且维护文学真实性标准的独立价值。江苏作家全方位地参与了这场“文艺自由”问题的讨论，既有不同的文学观点，又有开阔的视野，正确把握文学理论的导向和文学批评的策略。尤其是张闻天较早地提出在文艺界执行革命的统一战线，指导文艺论争向着正确方向展开，推进左翼文艺运动从狭窄、秘密状态走向广阔的社会历史和文化语境。这对左翼革命文学的生成乃至现代中国文学的重新认识都具有重要的积极意义。20世纪30年代，上述诸多文学论争应该是中国现代文学思潮中的重要事件（或现象），鲁迅、郭沫若、茅盾、冯雪峰、钱杏邨、林语堂、沈从文、梁实秋等众多作家涉足论争圈，江苏籍代表作家并非有意识地以地域群体进入文学争论的场域，却以敏锐的观察、活跃的思想、积极的姿态，对文学与政治的复杂关系的思考，既充分表达了自己独立的意见，又有全局性的策略和对文学本体的尊重。他们在文学史上这些极有影响的论争中不可缺失。这也成为江苏现代作家一次集体无意识非自觉的理论批评行动，为现代文学史中作家思想碰撞留下了带有区域特色的印痕。

在抗战时期，江苏区域和全国其他很多地域一样，既有国民政府统治区，又有共产党领导的根据地和解放区，还有日本侵略者占领的沦陷区，直至1949年新中国成立。在交错复杂的各种政治环境之下，各式各样的思想文化呈现出相互交锋对垒的状态。无论是置身本地，还是流离他乡，江苏籍作家都自觉地追踪历史前进的步履，捍卫主流时代精神，表现出现代中国知识分子积极进取的思想。比如抗日战争爆发以后，文学观念空前统一，为抗战服务，昂扬激越的爱国主义主题与文学样式的小型化与通俗化相互映衬。江苏作家蒋锡金（宜兴人）在刚刚创刊的《战地》上发表《朗诵的诗和诗的朗诵》一文，就是在积极倡导发展服务于抗战的一种新型的、大众喜欢的文学形式。还有抗战初期和战时相持阶段，为发展团结全国一切力量一致抗敌的抗日民族统一战线，文艺界先后发生了关于“抗战无关论”的讨论、关于暴露和讽刺，及关于民族形式和大众化的论争和关于“战国策派”的讨论等，其中也都有江苏籍或在江苏工作的作家积极发声。如陈白尘（淮阴人）的《地瓜与抗战》和《新“抗战无关论”》，张天翼（南京人）的《论“无关”抗战题材》和《关于〈华

---

① 科德（张闻天）：《文艺战线上的关门主义》，《斗争》，1932年11月3日，第30期。后经作者修改发表于《世界文化》第2期，1933年1月15日。最早由程中原考证此文作者的文章发表于《中国社会科学》1983年第4期。

威先生〉赴日——作者的意见》，潘梓年的《民族形式与大众化》，朱自清的《抗战与诗》，陈铨（南京大学教授）的《文学批评的新动向》等文章。这些文章的标题大体上已能够清楚地反映出对论争问题的鲜明立场和基本倾向。他们在讨论或论争中以弘扬积极的观点，寻求文学的规律、承传历史的精神为出发点，在相互碰撞中推动了文学观念与时代精神的合拍和统一。这一阶段，时间和空间的意识对于生活在战争特殊环境中每一个体来说，不确定性和不稳定性都是常态化的。地域空间上江苏文学批评家置身战争，他们固守家园或流落他乡，既面对时代主潮从各个方面表现出同声共振，又有立足本土区域和文化传统，对自我独立思想的坚守。同时期，江苏区域的民族主义文学社团，高校文人的现代主义诗派，以及共产党领导的地区文艺通俗化的大众文学宣传协会和相关报刊阵地，都出现了战时状态下江苏的独特空间，其中文学与政治对立交叉、多元共生的复杂样貌尤为突出。比如国民政府、汪伪政府统治下的各种知识分子聚集的“文艺协会”和“作家联谊会”，以及高校教师雅集各种诗社和创办诗刊。如龚冰庐（崇明人）主编的《作家》月刊于南京创刊，即“中国作家联谊会”的会刊。孙望（常熟人）、汪铭竹（南京人）、林咏泉等于南京发起成立诗星火社，并创办当时南京唯一的纯诗刊《诗星火》等。而苏北根据地和解放区的苏北文化协会于盐城成立，钱俊瑞（无锡人）、许幸之（扬州人）、夏征农等25人为第一届理事，该协会发表宣言、工作纲领，编辑出版通俗文化读物。仅在盐城一地就先后创办了《江淮文化》《真理》《先锋杂志》《盐阜报》《新华报》多种报刊。

四

1949年10月1日，新中国成立。而之前4月的南京解放是这一伟大历史转折最重要的标志和节点。江苏较早进入了一个不同于以往的历史时期，即中国共产党所领导的人民民主专政的社会主义国家体制。在新的政治空间下，当代江苏文学开始了第一个历史阶段（1950—1978）。仅就文艺文学组织的建制看，江苏自觉地遵循了20世纪40年代“毛主席的《文艺座谈会上的讲话》所规定了新中国的文艺的方向”，“解放区的文艺是真正新的人民的文艺”[①] 之传统。在新的历史阶段，江苏既与全国其他地区步调一致，始终坚持走为无产阶级革命服务的社会主义道路，沿着政治高度统一的方向发展，又继续努力落实

① 周扬：《新的人民的文艺》，《周扬文集》第1卷，人民文学出版社，1984年版，第513页。

新的人民的文艺路线方针，并积极确立和建设新的国家体制下文学的规范与秩序。1950—1978年，中国以重大事件、各类运动和重要相关政策为标志的社会政治变动图示，也鲜明地揭示了这一历史时期文学规范和秩序的内部结构和文学进程。

这一时期，作家群体日益组织化，文学阵地日益规范化。1956年江苏省文学艺术工作者联合会成立，1957年中国作家协会江苏分会成立，并将原《江苏文艺》改为《雨花》文学杂志创刊，成为这一时期江苏文学界唯一的省级刊物。重要的是，江苏文学理论批评界与全国文学发展方向、方针政策直接呼应，成为建构、实施江苏文学规范和秩序的排头兵，积极引导区域文学政治思想主导的历史进程。比如，随机检索一下江苏文学理论批评家1950—1978年间发表的文章篇目：陈白尘的《艺术・政策・真理》(1950)、臧云远的《整顿文艺战线，改进文艺教学》(1952)、王世德的《对生活进行创造性的艺术概括》(1957)、陈白尘的《话剧运动需要领导》（1957年)、吴调公的《论文学的真实性和党性》(1958)、杭天成的《夸张和浪漫主义》(1959)、包忠文等的《试论研究典型形象的原则和方法》（1963)、叶子铭的《发扬无产阶级的革命英雄主义——文艺创作问题随感》（1975)、董健的《简论文艺创作和真人真事——驳“四人帮”的所谓“反对写真人真事”》（1977)、狄其骢的《关于作家选择题材的自由——一个被“四人帮”搞乱的问题》（1978）等。这些篇什大都发表于江苏作家协会主办的《雨花》杂志，或《新华日报》，或全国《文艺报》《文汇报》《文史哲》等重要报刊，就文章的标题足以清楚地反映江苏文艺理论批评家的取向和其文学思想观念，与文学界整体的理论导向、思想方针和文学政策，乃至对文学运动的开展的配合度、时间的节点都保持着高度一致。

当然，江苏的文学理论批评也并非没有内部空间的裂变。作家与文学批评家独立的主体意识，也积极渗透于建设为无产阶级革命服务的社会主义文学的想象和规划之中，努力表现出江苏文学自己的思想主题和文学理论批评的个性。如“双百”方针的提出，既激发了文艺文学界思想与创作自由发展的自觉，又推动了更大规模的文学规范和秩序建构理论批判的自觉。一次聚会上，江苏作家叶至诚、高晓声、方之、陆文夫、梅汝恺、陈椿年等商量创办同人刊物，拟成立“探求者”文学月刊社。因为“对于目前有一些文艺杂志的办法，我们很不满意；认为它们不能够很好地发挥文学的战斗作用。这一些文艺杂志，虽然也明确文艺为政治服务；但是，编辑部缺乏独立的见解，显示不出探讨人生的精神；特别在艺术问题上，没有明确的目标，看不出它们的艺术倾向。这种拼盘杂凑的杂志内容虽然美其名曰‘百花齐放、百家争鸣’，却反映了编辑部战斗力量的薄弱，以及艺术思想的混乱。这是用行政方式来办杂志的必然结果”①。但是，愿意“探索在中国建设社会主义道路”“探求人生的道路”的“探求者”尚未面世，提出动议的作家群体便遭到了批判，被定性为“反党反社会主义”的小集团。这一度成了江苏影响全国的重大文学事件，事件的本质在于江苏“探索者”群体以文学家独立思考和个体写作的方式，试图对当代生活做出自己的回答，试图在融入主流意识形态的同时，也贴近现实，揭示生活矛盾，书写人情人性以及还原生活的某些曲折或历史的某些碎片。同时期，江苏作家将独立思想主张和其创作个性付诸“探求”实践的具体成果就有作家陆文夫的小说创作《荣誉》《小巷深处》，高晓声的《不幸》以及文学理论批评家钱谷融发表的论文《论“文学是人学”》，当时为苏南军区文工团、华东军区艺术剧院的编剧杨履方创作的话剧剧本《布谷鸟又叫了》，等等。这是江苏作家在“百花齐放”时代非主流文学的边缘行走。作为历史“事件”的存在，恰恰是江苏作家别样的自我探索，表现出他们创作实践的推进和理论建构的深入。江苏“探求者”积极进取的创作意识，及其对文学“人学”本质特性的坚守与捍卫，从一个侧面表现出不同于其他地域作家的开阔的理论批评视野，以及深邃睿智的思想。在20世纪五六十年代，江苏文坛同人间本不满创作倾向过度强调一致。作家本无意于“探求”与“干预生活”、“探求”与“第四种剧本”、“探求”与“文学的人性”等之间暗含着什么政治的纠缠；但是，诚如当事人陆文夫后来的回忆，他们同人的文学“流派还没有流出来，‘反右派’就开始了”②，大家猝不及防地卷入了一场文艺领域声势浩大的阶级斗争之中。随后，此起彼伏或有组织、有针对性的批判，或自发的或不无违心的批评，在江苏文学界内外展开。由此，江苏“探求者”的事件，既为当时全国新的政治空间文学规范化和秩序化的一个案例，又是特殊时期江苏文学思想、理论批评的整体划一，与主流意识形态保持高度一致的自觉演练。随后，1975年1月，当《雨花》以《江苏文艺》刊名复刊时，立即以“要热情歌颂无产阶级文化大革命”为题，开辟“工农兵论坛”。这一刊物栏目设置的背后，正是对1950年以来国家体制下，文学一种自然而本能的政治回应，只是“文革”政治灾难期的江苏区域文学这种认同和积极姿态，显得更加极端化。尽管1950—1979年间，除了汪曾祺、陈白尘、高晓声、陆文夫等一批作家的另类

---

① 《“探求者”文学月刊的章程和启事》，《雨花》1957年10月，第1卷第10期。

② 陆文夫：《又送高晓声》，《收获》1999年第5期。

创作，江苏文学中也不乏狄其骢、吴奔星、范伯群、包忠文、董健等一大批理论批评家，敢于畅言自己对文学思想独立的思考，坚守学术研究的求真立场，表达文学批评和而不同的观点。如吴奔星针对《雨花》发表的短篇小说《死亡》的批评，既肯定作者“企图以对抗性的阶级矛盾”作为作品的情节基础，有主题思想和创作动机的积极性，又十分尖锐地指出：“从来没有一篇作品只是因为动机的善良和思想的积极而流传下来和流传下去的。作品的艺术生命决定于它表现了什么样的矛盾和冲突，怎样表现那些矛盾和冲突。”[①] 这里难能可贵的，就是针对一部刚刚发表的作品评论，批评家极其敏锐的文学现场感，既有文本阅读的真切感悟，又有深刻的理性发现。吴奔星大胆地指出，作者采取自然主义的创作态度，缺乏对生活矛盾和冲突的提炼和深加工，作品的艺术性被削弱。此一例，又从一个侧面揭示了特殊时代，江苏文学的创作和理论的艰难前行，不无有学术良知的发声和创作上的积极探求。他们是微弱的“涟漪”和细小的“浪花”，也很难说是幸运还是不幸，却都将成为江苏文坛独特的现象，被载入中国当代文学史。

1883—1980 年，匆匆一瞥。在这有多个社会政治标识的一百年，我们试图勾勒出一个江苏文学理论批评的流变过程和粗线条轮廓。从文学与历史、社会生活的密切联系中，透视出地域文化丰富内涵滋养下的文学精神和思想。一是，百年中国文学与政治不可回避的纠缠，江苏以独特的文学团体和个体精英作家，丰满了现代中国革命文学群体雕像。瞿秋白、张闻天、恽代英、潘汉年、张天翼等左翼革命文学的中坚批评家，他们最早奉献了革命文学的思想资源，成为影响现代中国左翼革命文学主潮不可缺少的重要力量。二是，近现代苏南富裕的经济和汇通江海口岸的地理环境，较早催生了现代中国都市和市民文学及其俗文化极具特色的发源。江苏不仅开启了现代中国通俗文学的先河，也较早倡导了新与旧、雅与俗“两翼双飞”的现代大文学史观。三是，五四启蒙知识分子发起的新文学运动，江苏文学理论批评家阵营强大，英才迭出，聚焦于文学本体，多元建构批评话语。在现代中国现实主义、浪漫主义、现代主义诸类文学思潮的交叉与变异中，难以抹去顾颉刚、叶圣陶、刘半农、朱自清、洪深、苏汶、陈西滢、钱锺书等一大批江苏文学批评家的激扬文字，他们不只是一支文学批评队伍的代表，更重要的是，他们激活了现代中国文学思潮史的生命活力。四是，自废科举、兴教育以来，江苏南京既是现代中国政治文

① 吴奔星：《从创作方法看〈死亡〉——值得警惕的自然主义的创作倾向》，《雨花》1957 年第 5 期。

化的中心，也是现代中国大学教育最为密集的区域之一。东南大学的师生游走于中与西、新与旧文化之间，以守成姿态参与五四新文化运动，产生了影响极大的校园学派“学衡”；还有平民女子学校、金陵女子大学、南京大学等学府汇集文化思想精英，即时传播左翼革命文学、厚生“树人”教育理念，坚守学术独立性，主张自由对话，营造文学批评新的文化场，自成百年中国文学思潮一脉，引领新文学多元思想的风向标。

江苏文学理论批评虽不过是整体区域文学史的一个门类和分支，但其本质集中代表了区域文学整体的精神风貌。它凸显个体作家极为活跃的思想观念、主张，汇聚不同阶段性的文学整体思想潮流，并且又呈现出有组织的或松散的各式各样的文学群体形态。“时运交移，质文代变”，文学史就是一代知识分子的精神史。江苏厚重而悠久的文化历史传统，优美的自然环境和殷实的经济基础，滋生了区域文学极其丰润的文化底蕴。近百年江苏文学思想的凝聚和传播，镌刻了自己鲜明的地域印记。江苏地域直接在中华文明长江文化和海洋文化的融通、碰撞下，古六朝时代是中国南方的中心，富庶的吴越之地培育了活跃的经济。在社会历史的重大变革期，中华民国建都于金陵，新中国以跨越长江为标志，开启了新的历史篇章。受惠于此的文化积淀和传承，使江苏持续呈现出政治、文化、教育与经济不断互动发展的活力，使近现代江苏文学较早高扬新民“群”的意识和现代“人学”理念，乃至文学与人生，与人民相融合的理论思想得开风气之先。

延安文艺与现代中国研究论纲

袁盛勇　陕西师范大学

内容摘要：延安文艺是现代中国文化史上一种较为独特的文艺形态。在"大现代"视域中，延安文艺与现代中国的关系其实就文化创生层面而言，主要处于一种不断进行文化转型和建构的过程中。审美现代性和启蒙现代性、社会现代性等在延安文艺实践中的辩证交融，既是马克思主义文艺理论中国化的必然，也是现代中国革命实践的必然，更是延安文艺现代性之中国特色和中国经验之所在。

关键词：延安文艺　现代中国　文化创造性

一

延安文艺在现代中国文化史上有其较为独特的历史、文化和思想内涵，也形成了较为独特的审美风貌和内在美学肌理。它在时间上大致以 1935 年 10 月中共领导的红军到达陕北始，以 1949 年 7 月于北平（今北京）召开的第一次全国文代会止。其有广狭两义：狭义是以延安为中心开展的文艺、文化运动和思潮，是重点发生在陕甘宁边区的文艺运动和思潮，以及出现的各种文艺现象、作家、作品等；广义是以延安、陕甘宁边区为中心，发生在中共领导下的各抗日民主根据地和后来解放区的文艺、文化运动和思潮，以及出现的各种文艺现象、作家、作品等，这在以往被称为解放区文艺。本文取广义用法，但以发生在延安、陕甘宁边区的延安文艺为主。延安文艺是一种复杂的存在，而其复杂性是在其历史进程中形成的。延安文艺并非铁板一块，有其繁杂的声响和光色，与其远远观望，不如真诚而安静地走进历史深处聆听。

延安文艺中的重要部分是指文学运动和文学创作，也有更为直观形象甚或抽象的部分，它们包含了音乐、美术、歌舞、戏剧、戏曲等各种艺术形态的广泛运用和创造。其中，在现代中国文学史上，延安文学是一种较为独立的文学形态，它跟20世纪40年代其他区域的文学并不一样，具有一定美学和政治意识形态的超越性品格，此种超越性品格因为加入了马克思主义和共产主义的信仰维度，并且较为出色地实践和丰富了毛泽东的文艺思想，而使其在社会主义中国具有更为真切和久远的当代价值。

二

延安文艺作为一种20世纪中期承前启后的文艺形态，既和此前现代中国的苏区文艺和左翼文艺等具有密切关联，也和此后当代中国的文艺发展具有内在联系。延安文艺并非只是一种历史存在物，它的复杂面影在社会主义阳光下还会生动呈现，所以，延安文艺在某种意义上也是活生生的社会主义文艺现实的一部分。因此，考虑此种实际情形，我们认为对“现代中国”的理解应该采取“大现代”的观念和视野。有学者认为：“在中国，时间概念上的‘大现代’是相对于学界通常所说的‘小现代’即“现代三十年”（1919－1949年）而言的。‘大现代’是指从晚清民初直至当前仍在延续的现代历程，这是一个历史更长久的现代化进程。”[①] 现代中国之现代是未完成的现代，是仍在延续和发展的现代，是一个“动态”的现代，“当代中国”也就自然处于现代进程之中，而非之外。其实，现当代文学研究成果和文学史著述中已有不少早就采取了此种“大现代”视野，比如陈思和、王晓明主编的“现代中国文学研究书系”（广西师范大学出版社，1999年版），朱德发和魏建主编的《现代中国文学通鉴（1900—2010）》（人民出版社，2012年版），乔以纲等主编的《现代中国文学作品选评（1918—2003）》（南开大学出版社，2013年版），朱栋霖、朱晓进、吴义勤主编的《中国现代文学史（1917—2013）》（高等教育出版社，2014年版）等，这些都体现了一种文学史的大现代观念和趋势。于是，延安文艺与现代中国的关系就会恰当地体现为其与“大现代”中国的关系。从文化视域来重新理解延安文艺与现代中国的关系，探究延安文艺的形成、特质及其在现代中国文化创造和文化建设中的流变与作用、历史经验与教训，是符合延安文艺与现代中国文化发展历史情形的，也是我们探讨延安文艺与现代中国这一重大问题时的基本立意和主旨所在。

在“大现代”视界中可以清楚看出，延安文艺与现代中国的关系其实就文化创生层面而言，主要处于一个不断进行文化转型和建构的过程中：从“五

① 李继凯：《“文化磨合思潮”与“大现代”中国文学》，《中国高校社会科学》2017年第5期。

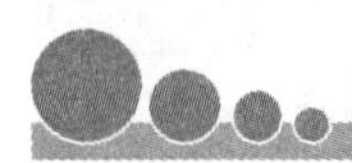

四”到延安是一个大的文化转型，这是从现代个性主义文化到集体主义革命文化；从延安到新中国也是一个大的文化转型，这是从新民主主义文化到社会主义初级阶段的文化。而在延安时期，文化空间由城市向农村的重大转换以及战争环境下延安革命队伍实行供给制，这些情形彻底改变了中国现代知识分子与以往不一样的生存状态，从而带来延安文艺生产方式与文化消费模式的根本改变。这是现代中国文艺和文化发展的重大历史转折点。在此历史背景下，经过延安整风运动，共产党所制定执行的知识分子政策，直接影响了现代中国文艺和文化的发展。文化转型和历史转折自然蕴含了新的文化创生和建构。所以现代文化转型和文化建构就是探究延安文艺与现代中国关系时，必须置身其间的总体历史语境和文化状态。要深入讨论延安文艺的文化价值及其与现代中国文化的历史性关系，首先要回到现代中国的政治文化语境中进行审视和考察，还要回到那个众说纷纭的“现代性”认知观念和知识框架中予以积极揭示和辨析，我们认为，唯其如此，对延安文艺及其与现代中国复杂关系的历史化和知识化认知才有可能得以深入而全面的展开。

中国经验和中国智慧在现代中国文化进程中的出色体现之一，其实单就共产党的政治哲学和文化观念而言，就是从延安时期开始致力于全新的民族解放和民族复兴的伟大事业开始的。“五四”以来的审美现代性和启蒙现代性在以往研究中总是被认为至延安时期遭到了压抑和取缔，“五四”新文学传统遇到了一种政治性的历史断裂，其实，这些看法在我们看来是不准确的，是不正确的审美判断和历史认知。延安文艺与之前现代中国文学和文化的关系不是如此简单的线性断裂，而是一种具有更为深层的联系的转换性传承和创造，其间包含了对“五四”启蒙等现代性话语的收编、改写、转化与创造性传承，在此之上更是有着延安文艺与文化的创造性呈现，延安文艺也由此形成了自身的审美形态和启蒙特征，有着文艺形式变革的现代性自觉及其与革命政治需求的合理互动，有着属于延安文艺发展本身的文化自信和文化自觉。20 世纪 40 年代不断成长和完善的延安文艺，其本质是一种革命文学。中国革命在某种深刻的意义上其实正是“五四”政治－文化符号远为自觉而激进的继承者，中国革命本身就是现代之子，其现代性基因与生俱来。[①] 是故，延安文艺并非断裂或压抑了现代性，而是在新的历史、文化语境中开启了一种具有中国马克思主义文艺理论智慧的新的现代性。在延安时期，毛泽东等人的文化创造力具有鲜明的价值指向，也凸显了明确的创造性智慧，马克思主义的批判锋芒并没有减弱，而

① 参阅罗岗：《“人民文艺”的历史构成与现实境遇》，《文学评论》2018 年第 4 期。

是焕发了一种别样的生机。在延安文艺现代性中，这种生机与活力，部分当然也是来自共产党对于整个中国左翼文化界的有效领导及其内部自觉的互动与支持，毛泽东能够激赏郭沫若对于自己《讲话》之“经与权”[①] 的评议，而郭沫若也能坦率进行评议，这一事件本身就是一种互动，而能够自洽地进行互动，正是延安文艺现代性富有生气的基本保证和前提之一，以往在考察延安文艺体制建构的时候，这样一种带有高度文化象征意义的“互动”却被忽视了。由此出发，延安文艺现代性进入延安文艺之后的现代中国（即当代中国）时，延安文艺经过具体呈现为“新的人民的文艺”这一历史形态后，在现代中国的“当代”语境中，它会发生一种怎样的传承和变化？是否经历了一些内在的自我耗损？是否在遭遇世界冷战背景和国际社会主义阵营内部不断恶化的环境下，延安文艺现代性所具有的互动性情怀已经变形或消亡？倘若如此，那么应该如何依靠文艺乃至文化制度的建构来守护延安文艺现代性中凸显的互动姿态和美好因素，并以此守护共产主义和马克思主义信仰，守护我们中国特色社会主义文化的良知和根本？这也是我们在考察延安文艺与现代中国文化关系时应有的题中之义。当然，以往对于延安文艺体制化和文化制度的建构往往有偏于消极的理解。现在看来，对这样的认知还是应该给予适度反思。因为中共的文艺和文化观念、政策等在当时及以后一段时间内所要求的思想观念的自我收缩及归化，其实在当时不仅是一个政党的发展需要，而且是与中华民族和人民群众渴求独立、解放的强大历史意志在总体上相一致的。故党性和人民－现代性、民族－现代性以及其他现代性因素的耦合，应该在当时的历史境遇中给予正面和综合性的解释。后来社会主义初级阶段文学中所呈现的积极向上的社会精神状貌，不应理解为仅仅是一种艺术虚构和历史想象，更应看作当时社会状态一种较为真实的艺术表征。在这个意义上，延安时期开始创建的文化制度在现代中国文化建构中，乃是一种具有积极历史和现实价值的文化结构的一部分。

而上述所有这一切有关延安文艺和文化的发生，都在中国这片广袤的土地上，社会主义现代性之根既然是在延安，也最初在延安生长和开花，那么，能够促使这些延安文艺和文化之花生成的是什么呢？是革命，是信仰，是无边的土地，无边的人民的激情，无边的领袖的风采，无边的民族激情和阶级情怀在黄河边迎风怒吼和飘扬。但是，在我们看来，归结为一点，更为重要的是创造

---

① 《讲话》发表后，毛泽东对胡乔木说，郭沫若和茅盾发表意见了。其中，郭说“凡事有经有权”，这是说《讲话》里有着经常的道理和权宜之计，毛泽东听了很欣赏，觉得遇到了知音。见胡乔木：《胡乔木回忆毛泽东》，人民出版社，1994 年版，第 60 页。

了这一切现代性奇迹的主体——人，是充满了感性和理性的血肉之人，尤其是延安时期的革命知识分子、文化人，当然，也含有部分民间艺人。而到了新中国，则是社会主义的知识分子、文化人。没有知识分子和文化人，没有文艺创作主体的建构，何来延安文艺和文化？何来社会主义文艺和文化？所以，在对延安文艺与现代中国文化发展之复杂关系的考量中，以往为人们所忽视的文化创造主体——从左翼文艺到延安文艺，从延安文艺到社会主义文艺的创造主体——应该成为这一历史进程的最为厚重而真切的一环。人是一根会思想的芦苇，但延安文艺现代性和社会主义文化现代性的建构和复杂关系在展开时，也应该多多倾听历史进程中，芦苇在风中摇曳时所发出的声音，这些饱经沧桑的声音其实含蕴了种种不可多得的历史智慧和经验教训。人是脆弱的，但是有了对于真理和真知的追寻与坚守，自会成为宇宙中最为坚强的一个维度。延安时期中国革命的具体展开，乃是在中共这一富有现代性质的政党的领导下进行的，而中共核心领导阶层，就有很多现代知识分子。因此，如何呵护最脆弱又最坚强的文艺和文化创作主体的生成与发展，并且让其在社会主义文化建构中不断盛开灿烂的艺术之花和思想之花，这既是我们在研究延安文艺与现代中国这一重大问题时理应予以认真思考和回答的，也是当代人们可以从这一重大场域得到较为明确而自觉的历史启示的。

我们认为，以上这些都是探究延安文艺与现代中国这一重要课题时值得予以认真关注和思考的，也是延安文艺与现代中国发生密切而绵延的现代性关联之后，能够留给人们并向当下发声的宝贵经验和财富之一。所以，中华人民共和国成立后的前二十七年（1949—1976 年）文学和文化不断激进并趋于一定贫弱化的根源，并非如有些人所言是在延安和延安文艺本身，而是不断发生历史变化的其他因素。在我们看来，新中国成立后的前二十七年文艺现代性中曾具有的某些激进和消极景观，或许也是社会主义基本制度建构初期不断震荡和磨合的声响在文学与文化上的一种艺术表征，中国社会主义初级阶段文学与文化的形成不可能在悄无声息中完成。当然，其最终因某些极端化走向而呈现出来的不良结果，也是值得给予适当反思的。

基于以上对延安文艺现代性及其与现代中国文化发展关系的积极而复杂的理解，我们可以从现代中国文化创造与建设的角度，深入探究延安文艺在革命文化创造、审美文化形态创造、文化制度建构、中国马克思主义文艺话语体系创建以及知识分子问题上所具有的独特面貌和人文景观，并在此之上总体性地呈现延安文艺所具有的文化创造性及其与现代中国文化转型和建构的密切关联。